JOHN SINCLAIR

FRIEDHOF DER VAMPIRE

KULT-AUSGABE BAND 3

UND ZWEI WEITERE HORROR-KLASSIKER

BASTEI LÜBBE TASCHENBUCH
Band 26137

1. Auflage: August 2003

Vollständige Taschenbuchausgabe

Bastei Lübbe Taschenbücher
ist ein Imprint der
Verlagsgruppe Lübbe

Originalausgabe
All rights reserved
© 2003 by
Verlagsgruppe Lübbe GmbH & Co. KG,
Bergisch Gladbach
Umschlaggestaltung: Tanja Østlyngen
Satz: Heinrich Fanslau, Communication/EDV, Düsseldorf
Druck und Verarbeitung:
AIT Trondheim, Norwegen
Printed in Norway
ISBN 3-404-26137-2

Sie finden uns im Internet unter
http://www.luebbe.de
und
http://www.bastei.de

Der Preis dieses Bandes versteht sich einschließlich
der gesetzlichen Mehrwertsteuer

**Liebe Grusel-Freunde,
liebe Sinclair-Fans,**

wie hat das nur alles angefangen? Das ist eine Frage, die ich mir in den wenigen freien Stunden, wenn ich mal nicht an der Schreibmaschine sitze, immer wieder stelle. Selbst ich kann es kaum begreifen, wenn ich auf mein schriftstellerisches Schaffen zurückblicke.

Es war im Jahre 1973, und ich arbeitete beim Bastei Verlag noch als Redakteur. Aber ich hatte schon den einen oder anderen Roman geschrieben und auch veröffentlicht, unter anderem für die Serie »G-man Jerry Cotton«. Offenbar waren meine Werke nicht gar so schlecht, denn als BASTEI seine neue Reihe »Gespenster-Krimi« startete, fragten mich die Kollegen, ob ich nicht Lust und Zeit hätte, den ersten Band zu schreiben. Ich tat es, denn Gruselromane las ich selbst sehr gern, und ich taufte meinen Helden auf den Namen »John Sinclair«. Womit ich nicht rechnete: Die Reihe »Gespenster-Krimi« wurde nicht nur ein Riesenerfolg, die Leser schrieben und forderten weitere Abenteuer mit dem Geisterjäger John Sinclair, denn »Die Nacht des Hexers« hatte ihnen besonders gut gefallen. Ich schrieb ein weiteres Abenteuer mit diesem Helden, »Mörder aus dem Totenreich«, fügte zwei neue Figuren hinzu, Johns Freund Bill Conolly und seinen Chef James Powell. Und wieder flatterten begeisterte Leserbriefe ins Haus, wieder verlangten die Gruselfans nach mehr. Und es wurde mehr – bis John Sinclair schließlich seine eigene Serie erhielt.

Lieber Himmel, was ist seitdem alles passiert! Fast

1300 Heftromane mit dem sympathischen Geisterjäger, der mir selbst so sehr ans Herz gewachsen ist, habe ich inzwischen geschrieben, dazu weit über 250 Sinclair-Taschenbücher. Eine Gesamtauflage von über 250 Millionen Exemplaren habe ich erreicht, das Sinclair-Hörspiel »Der Anfang« ist das erste Hörspiel in den deutschen Charts, man hat sogar versucht, Sinclair zu verfilmen, und der Bastei Verlag will ermitteln, ob Stephen King oder ich der meistgelesene Horror-Autor ist.

Ich gebe zu, ganz ungerührt lässt mich das nicht – aber viel wichtiger als der Ruhm ist es mir, dass meine Leser weiterhin zufrieden mit mir sind, dass sie Woche für Woche die Abenteuer des Geisterjägers John Sinclair lesen und mir nach all den Jahren immer noch schreiben: »Ihre Romane sind toll! Sinclair ist das Beste, was es gibt!« An dieser Stelle muss ich meinen vielen Fans danken: Ohne Ihren und euren Zuspruch wäre es vielleicht anders gelaufen!

Aber ich muss mich auch bedanken beim Hause BASTEI, jetzt Verlagsgruppe Lübbe, denn dort wurde dieser Erfolg möglich gemacht. Und ich muss mich auch bedanken für diese vierbändige »John Sinclair Kult Edition«, die zum 50-jährigen Verlagsbestehen herausgebracht wird. 50 Jahre BASTEI! 50 Jahre Lübbe! Ich kann es kaum glauben. Und so viele Jahre bin ich nun schon dabei!

Natürlich, es hat in all den Jahren auch Anfeindungen und Neider gegeben, selbst ernannte Kritiker, die die Nase rümpften, weil ich »nur« Heftromane schreibe. Ich lache darüber, denn mir ist es egal, ob ein guter Roman, den ich gerade lese, geheftet oder gebunden ist – er muss mich mitreißen und fesseln. Und inzwischen gibt es »John Sinclair« ja seit Jahrzehnten auch als Taschenbuch, und in den verschiedensten Buchausgaben sind meine Romane immer wieder neu aufgelegt worden – zwischen festen Buchdeckeln, damit die Kritiker zufrieden sind. Und gerade schreibe ich an einem dicken Hardcover-Roman mit dem Geisterjäger John Sinclair. Wer hat Recht, die wenigen naserümpfenden Kritiker – oder die vielen, vielen Leser? Ich habe eine ganz klare Meinung dazu!

In den vier Taschenbüchern der »Kult Edition« erleben Sie, verehrte Leserinnen und Leser, noch einmal die Anfänge mit. Wie John Sinclair seinen ersten Fall löste, wie Bill Conolly mit ins Spiel kam und so weiter. »Kult Edition« – ist John Sinclair tatsächlich schon Kult? Die Leser behaupten es, und ich möchte nicht widersprechen. Nur insofern: »John Sinclair« ist ein *lebendiger* Kult, denn ich schreibe weiter. Woche für Woche ein neuer Heftroman – und ich freue mich immer wieder erneut, wenn ich das erste Blatt in die Schreibmaschine spanne und sage: »So, der erste Satz muss sitzen!«

Meine Leser bleiben mir treu – und ich meinen Lesern!

Mit besten Grüßen
Ihr

Friedhof der Vampire

Mit einer entschlossenen Bewegung schob John Sinclair den dunkelroten Vorhang zur Seite.

»Kommen Sie ruhig näher, junger Mann«, sagte eine kichernde Stimme. Der Raum, den John Sinclair betrat, wurde durch rote Glühbirnen nur schwach erhellt. Das Zimmer hatte keine Fenster, und es roch muffig.

Die Alte mit der kichernden Stimme hockte hinter einem Tisch. Vor sich hatte sie eine Glaskugel stehen, die sie mit ihren gichtgekrümmten Fingern umklammert hielt.

Langsam trat John Sinclair näher.

Die Alte murmelte Beschwörungsformeln. Ihre strichdünnen Lippen bewegten sich kaum, während sie die Kugel anstarrte, die plötzlich zu leuchten anfing.

»Ich sehe«, flüsterte die Alte, »einen Mann. Er liegt in einem Sarg. Ja, ich kann es ganz deutlich erkennen. Da, schauen Sie selbst in die Kugel, junger Mann.«

John Sinclair beugte sich über die magische Kugel.

Was er sah, jagte ihm einen kalten Schauer über den Rücken. Die Alte hatte Recht.

In den unergründlichen Tiefen der Kugel war ein Sarg zu erkennen. Ein Mann lag darin.

Dieser Mann war er selbst!

Plötzlich war das Bild verschwunden.

John Sinclair spürte, dass er schweißnass war. Mit dem Handrücken wischte er sich über die Stirn.

»Manchmal ist es nicht gut, wenn man die Zukunft

kennt«, sagte die Wahrsagerin leise. »Aber die Menschen, die zu mir kommen, wollen einen Blick in die Zukunft werfen. Und deshalb darf sich niemand hinterher beschweren.«

»Das hatte ich auch nicht vor«, erwiderte John. »Ich bin sogar froh, dass ich gesehen habe, was mich erwartet. So kann ich mich besser darauf einstellen.«

»Seinem Schicksal kann keiner entgehen«, bemerkte die Alte düster.

John kniff die Augen zusammen und starrte die Wahrsagerin an. »Woher haben Sie die Kunst, in die Zukunft zu sehen?«

Die Alte lächelte geheimnisvoll. »Dies zu verraten wäre mein Tod. Auch einem Inspektor von Scotland Yard kann ich es nicht sagen.«

»Das wissen Sie also auch schon.«

»Mir bleibt nichts verborgen.«

John beschloss, seinen Besuch hier abzubrechen. »Was habe ich zu zahlen?«

»Nichts.«

»Warum nicht?«

»Ich will einem Todgeweihten nicht noch Geld abnehmen«, sagte die Alte mit dunkler Stimme. »Das, was Sie in der Kugel gesehen haben, wird in spätestens einem Jahr geschehen. Nutzen Sie diese Zeit. Machen Sie Urlaub, tun Sie etwas, was Ihnen Spaß macht, denn bald wird Sie der Tod holen.«

»Da habe ich auch noch ein Wörtchen mitzureden«, erwiderte John leichthin.

Er nickte der Alten zu und verließ das kleine Steinhaus.

Als John Sinclair seinen Bentley erreichte, hatte er die Sache schon wieder vergessen.

Jedoch sollte er schon bald sehr deutlich daran erinnert werden ...

»Wann sind wir eigentlich in Bradbury?«, fragte Charles Mannering den Zugschaffner, der müde durch die fast leeren Wagen schlich.

Der Schaffner kramte umständlich eine Nickelbrille aus der Tasche, klemmte sie sich auf die Nase und suchte in dem Fahrplan herum.

»In genau 16 Minuten«, erwiderte er nach einer Weile.

»Danke sehr.«

Der Schaffner verzog sich.

Charles Mannering blickte aus dem Fenster. Wo er hinsah – nur öde, trostlose Sumpflandschaft. Jetzt, bei Beginn der Dämmerung, sah alles noch schlimmer aus. Die kahlen Äste der Krüppelbäume wirkten wie Totenfinger, die anklagend gegen den wolkenverhangenen Himmel wiesen.

Nebel kam auf. In Schwaden zog er über den Boden, machte den Sumpf noch unsichtbarer.

Charles Mannering saß ganz allein in dem Wagen. Er hatte das Gefühl, als einziger Reisender in dem Bummelzug zu hocken, der noch von einer alten Dampflok ächzend durch die Landschaft gezogen wurde.

In dem Ausweis, den Mannering bei sich trug, stand, dass er Kunstmaler war.

Mannering trug einen Kordanzug und ein kariertes Hemd. Er hatte dunkelbraunes Haar, das bis über die Ohren reichte. Auf seiner Oberlippe wuchs ein buschiger Bart, den Charles Mannering immer sorgfältig pflegte.

Der Zug verlangsamte seine Geschwindigkeit. Die ersten Häuser von Bradbury huschten an den Fenstern vorbei.

Dann hielt die altersschwache Lok schnaufend auf dem kleinen Bahnhof.

Der Maler holte seinen Koffer aus dem Gepäcknetz und stieg aus. Eine Minute später fuhr der Zug weiter.

Charles Mannering blieb auf dem menschenleeren Bahnsteig zurück. Langsam wandte der Maler den Kopf. Wo er hinsah, Nebel. Er hatte sich noch mehr verdichtet.

Charles Mannering fröstelte. Er nahm seinen Koffer und betrat das aus Holz gebaute Bahnhofsgebäude.

Eine grün gestrichene Bank und ein Fahrkartenautomat waren alles, was der Maler entdeckte.

Vor dem Schalter hing das Schild »Geschlossen«.

Charles zuckte mit den Schultern und verließ auf der anderen Seite das Bahnhofsgebäude.

Bradbury war ein abgeschiedenes Dorf. Niedrige, windschiefe Häuser standen links und rechts neben der Hauptstraße. Aus einigen Fenstern fiel schwacher Lichtschein nach draußen.

Charles Mannering machte sich auf die Suche nach einem Gasthaus. Er war kaum zehn Meter gegangen, als ihn Hufgetrappel aufhorchen ließ.

Der Maler blieb stehen.

Ein leichter Buggy, der von einem Pferd gezogen wurde, schälte sich aus dem Nebel.

»He, Sie«, rief Mannering dem Mann auf dem Bock zu und sprang mitten auf die Fahrbahn.

»Brrr.« Der Mann zügelte das Pferd.

Charles musste ein paar Schritte zurückspringen, um nicht von den Hufen getroffen zu werden.

»Entschuldigen Sie bitte, aber können Sie mir sagen, wo ich das nächste Gasthaus finde?«, fragte der Maler den Fahrer des Buggys.

Der Mann auf dem Bock beugte sich Charles Mannering entgegen.

Unwillkürlich wich der Maler zurück.

Der Mann hatte nur ein Auge. Das andere war durch eine schwarze Klappe verdeckt.

Der Fahrer grinste und entblößte eine Reihe nikotingelber Zähne.

»Sie können mit mir kommen«, sagte er mit einer Reibeisenstimme. »Ich fahre nach Deadwood Corner.«

»Deadwood Corner?«, wiederholte Charles Mannering.

»Es ist ein Gasthof. Gar nicht weit von hier. Ich bin dort Hausknecht. Sie werden sich bestimmt bei uns wohl fühlen. Kommen Sie.«

»Tja, warum nicht?«

Charles Mannering warf seinen Koffer auf die Ladefläche und kletterte auf den Bock.

Der Fahrer knallte mit den Zügeln, und das Pferd setzte sich langsam in Bewegung.

Charles Mannering hatte Zeit, sich den Einäugigen näher anzusehen.

Der Mann war gedrungen. Riesige Muskelpakete drohten fast die Leinenjacke zu sprengen. Charles Mannering schien es, als hätte sein neuer Bekannter keinen Hals. Der Kopf saß direkt auf den Schultern.

Der Fahrer hatte ein hässliches Gesicht. Wenigstens kam es Charles so vor. Die Nase war ein Fleischklumpen, und die Oberlippe sprang vor.

»Wie sind die Zimmer denn so in eurem Hotel?«, fragte der Maler.

»Gut«, lautete die einsilbige Antwort.

Charles Mannering fragte nicht weiter.

Irgendwann bogen sie von der Straße auf einen schmalen Feldweg ab.

Der Weg führte mitten durch den Sumpf. Rechts und links gluckste das Wasser, und ab und zu hörte Charles Mannering schmatzende Laute. Irgendwo quakten Frösche. Manchmal tauchten auch ein paar Bäume aus der milchigen Nebelsuppe auf, und Charles Mannering hatte immer das Gefühl, als würden die kahlen Äste nach ihm greifen und ihn ins Moor ziehen wollen.

Der Fahrer lenkte den Buggy so sicher durch die gefährliche Gegend, als befände er sich auf einer breiten Straße.

»Wie weit ist es denn noch?«, wollte Charles wissen.

»Wir sind gleich da«, knurrte der Fahrer.

Er hatte nicht gelogen. Wenige Minuten später sah Charles Mannering einige Lichter durch den Nebel blinken. Jetzt wurde der Pfad auch ein wenig breiter, und schließlich hielt der Buggy vor Deadwood Corner.

Charles Mannering nahm seinen Koffer und sprang vom Bock.

Von dem Haus selbst sah er nicht viel, jedoch glaubte er zu erkennen, dass es ziemlich groß war.

Knarrend öffnete sich eine Tür.

Gelber Lichtschein fiel nach draußen.

Charles Mannering sah eine Gestalt im Türrahmen stehen.

Eine weibliche Gestalt.

Der Maler beschleunigte seine Schritte.

Dann sah er die Frau genauer. Nein, das war keine Frau, es war ein Mädchen. Eines, wie er es selten gesehen hatte.

Pechschwarzes Haar umrahmte ein Gesicht, wie es schöner nicht sein konnte. Zwei dunkle Augen sahen Charles Mannering lockend an.

»Willkommen in Deadwood Corner«, sagte das Wesen mit leiser Stimme. »Ich hoffe, es gefällt Ihnen bei uns.«

Charles Mannering musste zweimal ansetzen, ehe er sprechen konnte.

»Das wird es, Miss, darauf können Sie Gift nehmen.«

»Dann kommen Sie erst mal ins Haus, Mister ...«

»O Verzeihung. Ich heiße Mannering. Von Beruf Maler.«

»Ein interessanter Beruf, Mr. Mannering. Ich heiße Grace Winlow.«

»Sehr erfreut, Miss Winlow.«

»Sie können Grace zu mir sagen.«

»Und meine Freunde nennen mich Charles.«

Das Mädchen führte den Maler ins Haus.

Eine große Diele nahm sie auf. Der Fußboden bestand aus roten Kacheln. An den Wänden hingen düstere Bilder, die alle die Moorlandschaft zeigten. Eine alte Standuhr tickte monoton. Neben der Uhr stand eine Harfe.

Charles, der einiges von Kunst verstand, war von diesem Instrument fasziniert.

»Sie ist schon sehr alt und ein Erbstück«, sagte das Mädchen.

Der Maler nickte schweigend und trat an das Instrument. Sacht strichen seine Fingerkuppen über die Saiten.

Glockenklare Töne schwangen durch den Raum und verklangen mit leisem Echo.

»Fantastisch«, sagte Charles Mannering und blickte Grace Winlow an.

Das Mädchen nickte. »Ja«, erwiderte sie leise. »Es ist die Todesharfe. Meine Ahnen haben auf ihr gespielt. Immer, wenn eine bestimmte Melodie erklang, musste jemand sterben. Aber lassen wir das. Sie werden müde sein, Charles. Kommen Sie, ich zeige Ihnen Ihr Zimmer.«

»Nein, nein, Grace«, wehrte der Maler ab. »Es ist doch noch früh am Abend. Ich werde mich nur ein wenig frisch machen und dann zum Essen kommen. Ich habe nämlich einen Bärenhunger.«

»Na, wir werden Sie schon satt bekommen.«

Grace Winlow führte ihn über eine breite Treppe in die erste Etage.

»Sind eigentlich noch mehr Gäste hier?«, erkundigte sich der Maler.

»Im Augenblick nicht«, antwortete das Mädchen und öffnete die Tür zu Charles' Zimmer. Dann schaltete sie das Licht an.

Das Zimmer war behaglich eingerichtet. Ein breites Bett, ein Tisch, zwei Stühle und ein Kleiderschrank bildeten das Mobiliar. Die Tapete war bunt und passte in den Farben genau zu den Vorhängen.

»Wann darf ich Sie unten erwarten?«, fragte das Mädchen.

Grace stand genau unter der Lampe. Der warme Lichtschein umschmeichelte ihr knöchellanges, hochgeschlossenes hellblaues Kleid, das mit einer weißen Borte abgesetzt war und in dem Grace aussah wie ein Wesen aus dem vorigen Jahrhundert.

Charles Mannering räusperte sich, ehe er weitersprach. »In einer Viertelstunde ungefähr.«

»Gut«, lächelte Grace. »Wo die Gaststube ist, wissen Sie ja.«

»Natürlich.«

Grace Winlow verließ das Zimmer und schloss leise die Tür.

Charles Mannering verstaute seinen Koffer im Schrank und trat an das kleine Waschbecken in der Ecke.

Er wusch sich die Hände und das Gesicht.

Er hatte sich gerade abgetrocknet, als er eine seltsame Melodie hörte.

Jemand spielte auf einer Harfe.

Charles Mannering lauschte.

Er kannte das Stück nicht, das dort unten gespielt wurde, trotzdem faszinierte ihn diese Melodie.

Und plötzlich fielen Charles Mannering wieder die Worte des Mädchens ein.

»Meine Ahnen haben auf ihr gespielt. Immer, wenn eine bestimmte Melodie erklang, musste jemand sterben.«

Charles Mannering schluckte. Er hielt nicht viel von diesem Aberglauben. Trotzdem hatte er ein unbehagliches Gefühl.

Vielleicht war er das nächste Opfer?

»Ahhh!«

Der schrille Entsetzensschrei, geboren aus höchster Todesangst, gellte durch das Haus und verstummte abrupt.

Für Sekunden stand Charles Mannering wie festgenagelt. Der Schrei klang immer noch in seinen Ohren.

Doch dann fasste sich der Maler, rannte zur Tür, riss sie auf und sprintete in den Gang.

Hier oben war es stockfinster. Charles wusste nicht, wo sich der Lichtschalter befand. Er nahm sich auch nicht die Zeit, ihn zu suchen, sondern lief in Richtung Treppe.

Charles sah die Stufen zu spät. Er stolperte, fiel polternd ein halbes Dutzend Stufen hinunter, versuchte sich vergeblich am Geländer festzuhalten und landete schließlich krachend auf dem ersten Treppenabsatz.

Der Maler rappelte sich hoch, quetschte einen Fluch durch die Zähne und lief den Rest der Treppe hinunter.

Unten in der großen Diele brannte eine Wandlampe. Ihr Schein fiel auf die Harfe, die immer noch neben der alten Standuhr an der Wand lehnte.

Stand die Melodie, die darauf gespielt worden war, in einem unmittelbaren Zusammenhang mit dem Schrei?

Charles konnte noch nicht einmal sagen, ob es ein Frauen- oder Männerschrei gewesen war.

Der Maler biss sich auf die Lippen. Er ließ seinen Blick kreisen und zählte unbewusst die Türen, die von der großen Diele abzweigten.

Hinter welcher Tür war wohl der Schrei aufgeklungen?

»Suchen Sie etwas, Mr. Mannering?«

Charles kreiselte erschreckt herum.

Grace Winlow stand in dem offenen Türrechteck, das zum Gastraum führte.

»Ja, ich, ich ...«, stotterte Charles.

»Die Gaststube ist hier, Mr. Mannering.«

»Ich weiß.« Charles hatte sich wieder gefangen. »Haben Sie nicht den Schrei gehört, Miss Winlow?«

Unbewusst waren sie wieder zu der etwas förmlicheren Anrede übergegangen.

»Welchen Schrei? Hier hat niemand geschrien.« Grace Winlow schüttelte den Kopf. »Sie müssen sich verhört haben.«

»Aber ich bin doch nicht taub«, begehrte Charles auf.

Grace lächelte verstehend. »Kommen Sie mit, Mr. Mannering. Sie werden Hunger haben. Sie scheinen auch etwas nervös zu sein.«

Das Mädchen gab die Tür frei und machte eine einladende Handbewegung. »Bitte schön.«

Charles betrat zögernd die Gaststube.

Sie war so eingerichtet, wie er es erwartet hatte. Auf den mit Sägemehl bestreuten Holzdielen standen klobige Tische und Stühle. Von der Decke baumelte ein schwerer Leuchter, und neben den vier mit Butzenscheiben versehenen Fenstern brannten Wandlampen.

Ein Tisch war gedeckt. Für zwei Personen.

»Erwarten Sie noch einen Gast?«, fragte Charles, als er sich setzte.

»Nein, Mr. Mannering. Ich werde mit Ihnen essen.« Grace sah ihm in die Augen. »Es ist Ihnen doch recht?«

»Aber sicher. Setzen Sie sich nur.«

»Gleich. Ich muss noch das Essen holen.«

Grace Winlow verschwand durch eine kleine Tür.

Charles Mannering blieb allein in der Gaststube zurück. Ein unbehagliches Gefühl hatte ihn beschlichen. Er wusste auch nicht, woher es kam, aber wahrscheinlich machte ihn die triste Umgebung verrückt.

Grace Winlow kam mit einem Tablett voll Speisen und Getränken zurück.

»So, Mr. Mannering, jetzt langen Sie mal ordentlich zu.«

»Vorhin haben Sie noch Charles gesagt.«

Grace lachte auf. »Richtig, wir wollten uns ja beim Vornamen nennen. Ich hatte es ganz vergessen. Tja, man wird langsam alt.«

Charles, der sich gerade eine Toastschnitte schmierte, sah Grace mitleidig an. »Das müssen Sie gerade sagen. In Ihrem Alter möchte ich noch mal sein. Im Vertrauen, Grace, Sie sind doch kaum 20 Jahre.«

»Sie irren sich, Charles«, erwiderte Grace Winlow. »Ich bin über 200 Jahre alt.«

Charles Mannering fiel vor Schreck das Messer aus der Hand.

»Was?«, ächzte er. »Sie sind …? Sagen Sie das noch mal.«

»Vergessen Sie es, Charles.«

»Das sagen Sie so leicht.«

Charles stellte noch einige Fragen, doch er erhielt kaum oder gar keine Antwort.

Schließlich wandte er sich seinem Essen zu. Es schmeckte wirklich ausgezeichnet, und der Maler hatte auch einen guten Appetit.

Als er sich seine Verdauungspfeife angesteckt hatte, konnte er seine Neugierde nicht mehr bremsen.

»Jetzt mal ehrlich, Grace. Was geht hier vor? Das seltsame Harfenspiel, der Schrei, Ihr angebliches Alter von über 200 Jahren, das alles passt nicht zusammen. Und ich habe auch das Gefühl, ich bin der einzige Gast hier.«

»Sie sind der einzige Gast, Charles.«

Der Maler schluckte. Das gefiel ihm gar nicht.

»Und wer betreut hier die Gaststätte?«, wollte er wissen.

»Ich«, erwiderte Grace.

»Machen Sie sich doch nicht lächerlich«, erwiderte Charles. »Sie können doch nicht eine ganze Pension allein bewirtschaften.«

Grace zuckte nur mit den Schultern.

»Was ist zum Beispiel mit dem Mann, der mich hergefahren hat? Wie heißt er? Was tut er hier?«

»Das sind sehr viele Fragen, Charles. Es ist nicht gut, wenn man zu viel fragt.«

Grace Winlow stand auf und räumte den Tisch ab. Charles sah ihr ärgerlich nach, wie sie in der Küche verschwand.

Er lehnte sich auf seinem Stuhl zurück. Hier stimmte doch eine ganze Menge nicht. Außerdem ...

Mitten in Charles' Gedanken hinein verlöschte das Licht.

Finsternis umgab den Maler.

Irgendwo knarrte eine Tür.

Charles Mannering glitt von seinem Stuhl und duckte sich neben den Tisch. Die Pfeife steckte er in die Jackentasche.

Mit angehaltenem Atem lauschte der Maler in die Dunkelheit.

Schritte! Schwer und dumpf.

Charles riss die Augen weit auf, versuchte, in diesem Stockdunkel etwas zu erkennen.

Und dann begann wieder die Harfe zu spielen. Erst leise, doch dann immer lauter.

Die Töne dröhnten in Charles' Ohren, machten es ihm unmöglich, sich zu konzentrieren.

Plötzlich sah er Grace Winlow!

Aber war es noch die Gleiche wie vorhin?

Sie stand direkt vor ihm, trug immer noch das hellblaue Kleid.

Doch was war mit ihrem Gesicht?

Es sah auf einmal alt und hässlich aus. War bedeckt mit unzähligen Falten und Runzeln. Doch am schrecklichsten waren die beiden oberen Eckzähne. Sie standen ein Stück vor, ragten fast bis zu der Unterlippe.

Gedankenfetzen schossen Charles Mannering durch den Kopf.

»Ich bin über 200 Jahre alt«, hatte Grace gesagt.

So alt werden keine Menschen. So alt werden nur Vampire.

Grace Winlow war ein Vampir!

Diese Erkenntnis traf den jungen Maler wie ein Keulenschlag.

Er wollte aufspringen, irgendetwas sagen, doch seine Glieder und Sinne gehorchten ihm nicht mehr. Er starrte nur unverwandt dieses grässliche Wesen an.

Und dann war alles vorbei.

Das Licht flammte auf, und Grace Winlow stand tatsächlich an der gleichen Stelle.

»Was machen Sie denn da auf dem Fußboden, Charles?«, fragte sie lachend.

Der Maler brauchte Sekunden, bis er begriff.

»Mein Tabakbeutel ist mir heruntergefallen«, erwiderte er lahm.

»Aber er liegt doch auf dem Tisch.«

»Ach so, ja, hatte ich gar nicht gesehen.«

Charles stemmte sich hoch. Als er wieder auf dem Stuhl Platz nahm, spürte er, wie seine Knie zitterten.

»Warum ist denn plötzlich das Licht ausgegangen?«, wandte er sich an Grace, die ebenfalls Platz genommen hatte.

»Irgendein Defekt an der Leitung. Das passiert öfter. Haben Sie Angst im Dunkeln?«

»Nein, eigentlich nicht. Nur …«

»Nur was?«

»Ach, lassen wir das. Ich bin auch müde. Die Reise war doch etwas anstrengend.«

»Das kann ich verstehen«, sagte Grace Winlow teilnahmsvoll. »Am besten, Sie legen sich in Ihr Bett und schlafen. Morgen ist auch noch ein Tag.«

Schlafen ist gut, dachte Charles Mannering.

Er stand auf und nickte Grace zu. »Das Essen war ausgezeichnet.«

»Danke. Gute Nacht.«

Charles Mannering wünschte dem Mädchen ebenfalls eine gute Nacht und ging nach oben in sein Zimmer.

Er legte sich jedoch nicht ins Bett, sondern holte seinen Koffer aus dem Schrank. Mit einem Spezialschlüssel öffnete er die beiden Schlösser. Als der Deckel zurückschwang, fuhren Charles' Hände unter die Wäschestücke und holten einen kleinen, viereckigen Kasten hervor, der kaum größer als eine Zigarrenkiste war.

Der Kasten war ein Sender.

Charles stellte ihn auf den Tisch, zog die Antenne heraus und drehte an einigen Knöpfen. Dann löste er ein kleines Mikrofon aus der Halterung und begann mit seinem Bericht.

Nach den ersten Worten wurde schon klar, dass Charles Mannering nie im Leben Maler war, sondern Beamter von Scotland Yard ...

Charles Mannering stand am Fenster und rauchte eine Zigarette. Er rauchte immer Zigaretten, wenn er nervös war.

Mit müden Augen starrte er durch die Scheibe nach draußen. Der Nebel hatte sich verdichtet und lag nun wie dicke Watte auf dem Land.

Über dem Eingang des Gasthauses schaukelte eine Laterne. Ihr trüber Lichtschein erreichte gerade noch das Fenster zu Charles' Zimmer und ließ auch ein winziges Stück des Platzes vor der Haustür erkennen.

Tief sog Charles Mannering den Rauch der Zigarette in seine Lungen. Er hatte einen Funkspruch an seine Dienststelle abgegeben und wartete fast ungeduldig darauf, dass etwas passierte.

Die Minuten tickten dahin.

Unten im Haus war kein Laut zu hören. Charles Mannering drückte die Zigarette aus und trank einen Schluck Wasser. Dann nahm er seinen Beobachtungsplatz am Fenster wieder ein.

Charles wusste nicht, wie lange er in den Nebel gestarrt hatte, da schlug unten die Haustür zu.

Sofort öffnete Charles Mannering das Fenster und beugte sich nach draußen.

Eine Gestalt trat in den Lichtschein der Laterne.

Es war eine Frau. Grace Winlow. Sie tat ein paar zögernde Schritte und blickte instinktiv nach oben.

Charles wich vom Fenster zurück.

Hatte Grace ihn gesehen?

Er wartete einige Sekunden und peilte dann vorsichtig nach unten.

Nein, er war wohl nicht entdeckt worden.

Das Mädchen war bereits weitergegangen in Richtung Moor. Charles sah sie nur noch ganz kurz, ehe der Nebel sie verschluckte.

Der als Maler getarnte Inspektor zögerte keinen Augenblick. Er lief aus dem Zimmer und schlich im Dunkeln die Treppe hinunter. Ihn interessierte es brennend, wohin sich Grace zu dieser Stunde noch gewandt hatte.

Die Haustür hatte sie nicht abgeschlossen.

Charles Mannering huschte ins Freie. Er hatte sich die Richtung gemerkt, in die Grace verschwunden war.

Schon bald war der Inspektor in der dicken Nebelsuppe untergetaucht.

Neben ihm gluckste und schmatzte es.

Das Moor! Ein mörderischer Moloch, der alles verschluckte. Ein falscher Tritt konnte den Tod bedeuten.

Obschon es kalt war, schwitzte Charles Mannering am ganzen Körper. Er hatte, ohne es zu wollen, Glück gehabt. Es gab nur einen schmalen Pfad durch das

Moor, und auf diesen war Charles Mannering durch Zufall gelangt.

Von Grace Winlow war nichts zu sehen. Sie musste irgendwo vor ihm in dem dichten Nebel stecken.

Etwas schrammte an Charles Mannerings Arm vorbei.

Der Inspektor erschrak. Doch nur der Ast eines kahlen Baumes hatte ihn gestreift.

Charles Mannering hatte solch einen Auftrag noch nie bekommen. Er hatte sich schon mit manchem Verbrecher herumgeschlagen. Da wusste man wenigstens, woran man war. Aber hier? Keine Spuren, keine Fakten – nichts. Es schien, als hätte der Nebel alles verschluckt.

Wohin mochte der Weg führen?

Charles Mannering verspürte plötzlich den Drang, umzukehren. Doch dann siegte sein Pflichtbewusstsein, und er ging weiter.

Dann wurde der Weg auf einmal fester. Charles Mannering versank nicht mehr bis zu den Knöcheln im Schlamm.

Sollte er das Ziel erreicht haben?

Nach einigen Minuten war es tatsächlich so weit.

Aus dem Nebel sah Charles Mannering die Umrisse eines kleinen Steinhauses auftauchen. Und noch etwas sah er.

Grace Winlow.

Sie stand vor dem Haus und hatte die Arme erhoben.

Charles ging keinen Schritt weiter. Er wollte vorerst nur beobachten.

Er sah, dass Grace Winlow gegen irgendetwas klopfte. Wahrscheinlich war es eine Tür. Hören konnte er nichts, da der Nebel die Geräusche verschluckte.

Charles Mannering ging noch einige Schritte vor. Jetzt konnte er erkennen, dass es tatsächlich eine Tür gewesen war, und er bekam auch mit, wie sie geöffnet wurde.

Wie ein Schemen war Grace Sekunden später in dem Haus verschwunden.

Die Tür wurde wieder geschlossen.

Wenig später stand Charles Mannering davor. Er hatte sich vorher, so gut es ging, das Haus angesehen, jedoch nichts Verdächtiges entdeckt. Ihm war nur aufgefallen, dass das Haus keine Fenster hatte.

Charles atmete noch einmal tief durch und schlug mit der Faust gegen die Tür.

Gespannt wartete er ab.

Nach einigen Sekunden hörte er schwere Schritte. Ein Schlüssel knarrte im Schloss.

Dann wurde die Tür mit einem Ruck aufgerissen.

Charles Mannering wich unwillkürlich einige Schritte zurück. Der Mann, der so plötzlich vor ihm stand, schien einem Horrorfilm entsprungen zu sein.

Grünliche, weit aus den Höhlen hervorquellende Augen starrten Charles an. Anstelle der Nase hatte dieses Ungeheuer nur zwei Löcher. Der Mund war ein formloser Klumpen, aus dem abgebrochene, verfaulte Zähne hervorsahen. Der Mann trug ein altes Hemd, eine geflickte Hose und hielt in der linken Hand eine Laterne.

Ein Monster, schoss es Charles durch den Kopf.

Er wich noch weiter zurück.

Der Unheimliche kicherte hohl. Er krümmte den Zeigefinger der rechten Hand.

»Komm ruhig näher, Freund«, sagte er mit seltsam hoher Fistelstimme. »Gäste sind uns immer willkommen.«

Charles Mannering wollte sich herumwerfen, einfach weglaufen von diesem gespenstischen Ort, doch er war unfähig, sich zu rühren. Es schien, als hätte ihm jemand unsichtbare Fesseln angelegt.

Das Monster verließ jetzt das Türrechteck, kam schwerfällig auf Charles zu.

Lauf weg!, schrie es in ihm. Mein Gott, lauf doch weg!

Der Unheimliche griff mit seiner freien Hand nach Charles' Arm.

Und plötzlich war der Bann gebrochen.

Charles duckte sich, versuchte, dem harten Griff zu entwischen.

Das Monster war stärker.

Wie eine Stahlklammer presste es Charles' Arm zusammen.

Der Inspektor besann sich auf seine Boxausbildung. Er drosch dem Unheimlichen seine rechte Faust in die schreckliche Fratze.

Ihm war, als hätte er in einen Teigklumpen geschlagen.

Das Monster zeigte keine Reaktion. Im Gegenteil.

Unbarmherzig zog es Charles Mannering in Richtung Haus. Die Tür kam immer näher.

Charles versuchte, sich an einem Mauervorsprung

festzuhalten. Doch seine Finger rutschten an dem rauen Gestein ab, und er schrammte sich die Hand auf.

Stück für Stück wurde er in das Haus hineingezogen.

Dann ließ ihn der Unheimliche auf einmal los, schlug ihm aber sofort mit der freien Hand vor die Brust.

Charles Mannering wurde zur Seite geschleudert und knallte mit dem Rücken schmerzhaft gegen eine Wand.

Das Monster warf die Tür zu, schloss ab und steckte den Schlüssel in die Hosentasche.

Charles rappelte sich auf die Füße. Noch immer hielt das Monster die Laterne in der Hand. Seine hervorquellenden Augen starrten Charles Mannering an.

Langsam ließ bei dem Inspektor der Schreck der ersten Minuten nach.

»Was soll das?«, fragte er schwer atmend. »Was haben Sie mit mir vor?«

Charles setzte sich in Bewegung. Er hielt den Kopf schräg, um zu sehen, was das Monster hinter ihm tat.

Der Schein der Laterne reichte gerade aus, um das Nötigste erkennen zu können.

Charles Mannering sah einen schmalen Gang, dessen Seiten aus dicken Felsquadern bestanden.

Der Gang war nur kurz. Er mündete in einen fast quadratischen Raum, in dem seltsame Kisten standen. Charles glaubte jedenfalls, dass es Kisten waren.

Bis der Unheimliche sich an ihm vorbeischob, den Raum betrat und die Laterne hochhielt.

Es waren keine Kisten.

Es waren Särge!

Steinsärge. Insgesamt sieben Stück. Sie standen nebeneinander wie in einer Leichenhalle.

»Hier schlafen meine Freunde«, kicherte der Unheimliche. »Und ich sorge dafür, dass ihre Ruhe nicht gestört wird.«

Charles Mannering spürte, wie er am gesamten Körper zitterte. Was er hier erlebte, war unvorstellbar. Das Grauen drohte ihn zu überwältigen.

Das Monster ging ein paar Schritte vor. Es stand jetzt dicht vor dem ersten Sarg. Mit fast spielerischer Leichtigkeit schob es den schweren Steindeckel zur Seite.

Ob er wollte oder nicht, Charles Mannering starrte gebannt auf den Sarg, der jetzt zum Teil offen stand.

In dem Sarg lag ein Mensch.

Eine Frau.

Es war Grace Winlow ...

Der eisige Schreck lähmte Charles Mannerings Muskeln. Er versuchte, etwas zu sagen, doch seine Stimmbänder gehorchten ihm nicht mehr.

»Ist sie nicht schön?«, kicherte hinter ihm der Unheimliche, trat an den Steinsarg und leuchtete mit der Laterne in Grace Winlows Gesicht.

Charles Mannering konnte nicht anders. Er musste Grace einfach ansehen.

Sie erschien ihm noch schöner. Das lackschwarze Haar umrahmte das ebenmäßige Gesicht wie ein Vlies. Grace hatte die Hände über der Brust gekreuzt und hielt die Augen geschlossen.

»Bald ist Mitternacht«, flüsterte der Unheimliche. »Dann stehen sie auf. Sie werden bis zum frühen Morgen ein Fest feiern. Und wenn der Mond untergegangen ist, kehren sie wieder in ihre Särge zurück.«

Das Monster trat an einen anderen Sarg und schob auch diesen Deckel beiseite.

»Da, sieh dir nur alles genau an. Sie sind alle belegt. Bald wirst du auch zu ihnen gehören. Und ich muss dir einen Sarg besorgen, in dem du tagsüber schlafen kannst, wenn die hässliche Sonne scheint.«

Ich werde dir einen Sarg besorgen! Ich werde dir einen Sarg besorgen! Die Worte brannten sich in Charles Mannerings Gehirn fest.

»Nein«, flüsterte der angebliche Maler. »Nein, ich will nicht. Ich will nicht, verstehst du?«

Charles warf sich plötzlich herum, rannte durch den Gang und prallte gegen die stabile Eingangstür.

Verzweifelt rüttelte er an der Klinke.

Verschlossen.

In sinnloser Wut trommelte Charles mit beiden Fäusten gegen das dicke Holz.

»Ich will hier raus! Ich will hier raus!«, brüllte er. Seine Stimme überschlug sich.

Schluchzend brach Charles Mannering zusammen. Wieder hörte er das Kichern hinter sich. Der Schein der Laterne streifte ihn.

»Es ist sinnlos. Du gehörst jetzt zu uns. Alle, die nach Deadwood Corner kommen, gehören zu uns. Wir haben noch viele Särge.«

»Ich, ich kann nicht mehr«, schluchzte Charles Mannering. Er war einem Nervenzusammenbruch nahe.

Eine Pranke mit spitzen Fingernägeln legte sich auf seine rechte Schulter.

Mühelos zog das Monster Charles hoch.

»Komm wieder zurück«, flüsterte der Unheimliche. »Es ist jeden Moment so weit. Du musst doch deine zukünftigen Freunde begrüßen.«

Halb blind taumelte Charles vor dem Unheimlichen her. Als sie in den Raum kamen, wo die Särge standen, lehnte sich Charles zitternd gegen die kalte Steinwand.

Der Unheimliche ging an der Sargreihe vorbei und schwenkte seine Laterne. Dabei murmelte er Worte, die Charles nicht verstand.

Plötzlich drang ein hässliches Knirschen an das Ohr des Inspektors.

Charles' Kopf ruckte herum. Was er sah, ließ ihn an seinem Verstand zweifeln.

Ein schwerer Sargdeckel wurde kratzend weitergeschoben, gerade so viel, dass ein Mensch aus dem Sarg steigen konnte.

Ein Mensch?

Ein Vampir stieg aus dem Sarg!

Blutunterlaufene Augen starrten Charles an. Nadelspitze Eckzähne wurden drohend gefletscht. Knochige Hände mit spitzen, langen Fingernägeln schoben sich Charles Mannering entgegen.

Der Inspektor wich zurück. Er spürte, wie sein Herz rasend schnell schlug, wie das Blut durch seine Adern pulsierte.

Der Unheimliche stieß ihn in den Rücken, genau dem Vampir entgegen.

Die spitzen Fingernägel griffen nach Charles' Gesicht.

Im letzten Moment konnte der junge Inspektor wegtauchen. Es war wohl mehr ein Reflex als eine gesteuerte Reaktion.

Der Vampir griff ins Leere.

Während dieser Zeitspanne hatten sich auch die anderen Särge geöffnet.

Mit puppenhaften Bewegungen stiegen die übrigen Vampire ins Freie. Charles Mannering brüllte auf. Was er hier sah, ging über seinen Verstand.

Die Vampire kreisten Charles ein. Einer sah schrecklicher aus als der andere.

Auch Grace Winlow war jetzt nicht mehr wiederzuerkennen. Das Gesicht war nur noch eine Grimasse, und die spitzen Zähne sahen aus wie weiße Dolche.

Charles Mannering drehte sich im Kreis, suchte nach einem Ausweg, um den Wall der Vampire zu durchbrechen.

Es gab keinen.

Die ersten Hände griffen nach ihm.

Charles Mannering riss sich los, taumelte einen Schritt zurück und prallte gegen die Wand.

Die Vampire lachten, weideten sich an seiner grenzenlosen Angst.

Fäulnisgeruch drang in Charles' Nase.

Starke Arme rissen ihn herum.

Charles Mannering sah in schrecklich entstellte Gesichter, in Fratzen, wie sie in den schlimmsten Albträumen nicht vorkommen.

Das Grauen lähmte Charles Mannerings Verstand. Er bekam nicht mehr richtig mit, wie er zu Boden geworfen wurde, wie scharfe Fingernägel ihm die Kleider zerfetzten.

Charles Mannering war wahnsinnig geworden!

Und plötzlich ließen die Vampire von ihrem Opfer ab. Kreischend traten sie zurück, flohen in Richtung Ausgang. Der Unheimliche musste blitzschnell die Tür aufschließen und die Vampire nach draußen lassen.

Er, der selbst zu den Dämonen gehörte, spürte mit einem Mal auch die starke Ausstrahlung, die von Charles Mannering herrührte. Panikartig floh das Monster nach draußen. Die Tür ließ es offen.

Nur Minuten später erhob sich Charles Mannering.

Aus stumpfen, glanzlosen Augen sah er sich um, bemerkte das etwas hellere Rechteck der offenen Tür und lief nach draußen.

Hier begann der Inspektor plötzlich zu tanzen und rannte dann in Richtung Deadwood Corner. Mit fast traumwandlerischer Sicherheit fand er den Pfad durch das Moor.

Charles Mannering war zwar den Vampiren entkommen, doch der Preis dafür war sehr hoch gewesen.

Charles hatte ihn mit seinem Verstand bezahlen müssen.

Tack, tack.

Unruhig wälzte sich Gil Dexter im Bett herum. Hatte er nicht eben ein Geräusch gehört?

Da, jetzt wieder.

Tack, tack.

Mit einem Fluch fuhr Dexter im Bett hoch. Seine flache Hand knallte auf den Schalter der Nachttischlampe.

»Was ist denn?«, murmelte Lilian, seine junge Frau, neben ihm.

»Ich glaube, da ist jemand am Fenster. Ich seh mal nach.«

»Ach, lass doch, du hast bestimmt nur geträumt.«

Gil gab keine Antwort, sondern schlüpfte in seine Pantoffeln.

Leise näherte er sich dem Zimmerfenster und schob behutsam die Vorhänge zurück.

Ein grinsendes Gesicht starrte ihn an.

Im ersten Impuls zuckte Gil zurück, doch dann wurde er wütend.

Mit einem Fluch riss er das Fenster auf.

»Verdammt noch mal. Ich werde dir...«

Seine weiteren Worte gingen in ein dumpfes Gurgeln über, denn zwei Hände legten sich wie Stahlklammern um seinen Hals. Blitzartig wurde Gil Dexter die Luft aus den Lungen gepresst. Gleichzeitig zog ihn der Unbekannte nach draußen.

Gil Dexter bekam das Übergewicht und fiel aus dem Fenster. Den Schrei seiner Frau hörte er nur im Unterbewusstsein.

Zum Glück schliefen die Dexters Parterre, so dass

Gil relativ sanft auf die feuchte Erde des Vorgartens fiel.

Der Kerl hatte ihn zwangsläufig loslassen müssen, doch nun bückte er sich, um abermals Gils Kehle zu umklammern.

Gil Dexter war Karatekämpfer. Sein Körper war durchtrainiert, und seine Reflexe waren besonders ausgebildet.

Ehe ihn der Kerl zum zweiten Mal überraschen konnte, rollte sich Gil zur Seite.

Die würgenden Hände fassten ins Leere.

Dann stand Gil Dexter schon auf den Beinen.

Ehe sich der Unbekannte versah, hatte ihm Gil schon einen Schlag verpasst.

Der Kerl flog zurück und krachte in die Büsche des Vorgartens.

Gil setzte nach.

Der Mann arbeitete sich soeben aus dem Gebüsch hervor. Im Dunkeln der Nacht sah Gil deutlich das Weiß des Gesichts leuchten.

Und plötzlich begann der Unbekannte zu lachen. Es war ein hohles, geiferndes Lachen, das Gil einen Schauer über den Rücken laufen ließ.

Weit schallte das Gelächter durch die Nacht.

Gil Dexter wurde es zu viel.

»Der ist verrückt«, murmelte er und schlug wohldosiert zu.

Sein Handkantenschlag leistete ganze Arbeit. Der Unbekannte verdrehte die Augen und fiel seufzend zu Boden.

Schwer atmend sah Gil auf ihn hinab.

Durch den Schrei seiner Frau waren Menschen aus dem Schlaf geschreckt worden. Hinter vielen Fenstern flammte Licht auf.

Lilians Stimme brachte Gil in die Wirklichkeit zurück.

»Was ist passiert?«

Dexter wischte sich über die Stirn. »Gar nichts ist passiert. Wahrscheinlich wollte der Kerl einbrechen. Aber die Schau habe ich ihm gestohlen.«

Lilian sah schaudernd auf den am Boden liegenden Mann. »Ist er ...? Ist ...?«

»Nein, er ist nicht tot. Nur bewusstlos.«

Flüchtig angekleidete Menschen rannten auf die beiden zu. Fragen schwirrten durch die Nacht. Doch Gil gab keine Antwort. Er bückte sich und suchte in den Taschen des Bewusstlosen nach irgendwelchen Papieren.

»Warum ist denn seine Kleidung so zerrissen?«, wollte Lilian wissen.

»Was weiß ich. Warte mal. Verdammt, da ist doch was.«

»Wo?«

»Unter dem Jackenfutter.«

Neugierig beugten sich die Menschen zu Gil hinunter. Eine Taschenlampe flammte auf.

Gil Dexter riss das Jackenfutter kurzerhand auseinander. Er fühlte eine Plastikhülle zwischen den Fingern.

»Leuchten Sie doch mal«, sagte er zu dem Mann mit der Taschenlampe.

Der Strahl richtete sich auf die Plastikhülle.

In der Hülle steckte ein Ausweis.

Langsam entzifferte Gil Dexter die Buchstaben. Er las dabei laut vor.

»Charles Mannering. Zweiunddreißig Jahre. Inspektor bei Scotland Yard.«

Gemurmel wurde laut.

Gil Dexter schüttelte den Kopf. »Also, ehrlich gesagt, jetzt verstehe ich gar nichts mehr ...«

»Das kann Sie teuer zu stehen kommen, Mr. Dexter«, knurrte Jim Burns, Konstabler des kleinen Ortes Bradbury.

Gil Dexter schüttelte verwirrt den Kopf. »Wieso denn das?«

Jim Burns, ein Mann in mittleren Jahren und dürr wie eine Bohnenstange, warf sich in die kaum vorhandene Brust. »Mr. Mannering ist immerhin Inspektor von Scotland Yard.«

»Ein Dieb ist er. Mehr nicht«, regte sich Gil Dexter auf. »Er wollte bei uns einbrechen, verstehen Sie? Aber die Suppe habe ich ihm versalzen.«

Lilian Dexter legte ihrem Mann die Hand auf den Arm. »Sei doch nicht so nervös, Gil.«

»Das sagst du. Aber stell dir mal vor, ich hätte das gemacht. Die hätten mich doch vor Gericht gestellt. Da denkt man an nichts Böses, will nur Urlaub machen, und dann passiert so was. Nee, Konstabler, nicht mit uns. Wir reisen heute noch ab.«

Konstabler Burns räusperte sich. »Nicht, bevor die Sache geklärt ist. Außerdem wird der Beamte seine Gründe gehabt haben.«

»Jetzt werden Sie nur nicht kindisch.«

»Ich verbitte mir diesen Ton. Sie sprechen mit einer Amtsperson.«

Burns' hageres Gesicht zuckte.

»Schon gut«, winkte Gil Dexter ab. »Ich wollte Sie nicht in Ihrer Beamtenehre beleidigen.« Er wandte sich an seine Frau. »Hast du mal eine Zigarette?«

»Sicher.«

Lilian Dexter war zweiunddreißig Jahre alt und sah aus wie fünfundzwanzig. Sie trug das blonde Haar kurz geschnitten und hatte eine fast knabenhafte Figur mit kleinen, festen Brüsten, die sich deutlich unter dem knapp sitzenden roten Pullover abzeichneten.

Sowohl sie als auch ihr Mann waren übermüdet. Sie hatten den Rest der Nacht nicht mehr geschlafen und saßen nun, um neun Uhr morgens, im kahlen Büro des Konstablers.

Gil Dexter war von Beruf Generalvertreter eines großen Waschmittelkonzerns, genau vierzig Jahre alt und sah, ebenso wie seine Frau, wesentlich jünger aus.

Es war der erste Urlaub in ihrem Heimatland. Sonst fuhren sie immer in den Süden, aber dann wurden sie den Rummel leid und wollten einmal richtig ausspannen. Doch wie die Sache jetzt lag, sah es nicht danach aus.

Gil Dexter drückte die Zigarette aus. »Wo ist denn Ihr komischer Inspektor?«, wandte er sich an den Dorfpolizisten.

»In der Zelle«, erwiderte Burns. »Wir haben leider kein Krankenhaus.«

»Zelle ist gut«, grinste Gil. »Was haben Sie eigentlich in dem Fall unternommen?«

Konstabler Burns fixierte Gil Dexter aus zusammengekniffenen Augen. »Ich wüsste zwar nicht, was Sie das angeht, aber ich sage es Ihnen trotzdem. Ich habe bereits mit New Scotland Yard in London telefoniert.«

»Und?«

»Sie werden Inspektor Mannering abholen.«

Gil wollte noch etwas sagen, aber in diesem Augenblick ertönte ein entsetzliches Gebrüll.

Der Konstabler sprang hoch wie ein Stehaufmännchen. »Das war bei den Zellen.«

Er hatte den Satz kaum zu Ende gesprochen, da rannte er schon los.

»Bleib du hier, Lilian«, sagte Gil Dexter und setzte sich ebenfalls in Bewegung.

»Sei vorsichtig, Gil.«

Gil folgte dem Konstabler in die Hinterräume der Polizeistation. Ein grüngelb getünchter Gang nahm ihn auf, in dem sich zwei vergitterte Zellen befanden.

Vor einer stand der Konstabler und hatte beide Hände auf den Mund gepresst, während das infernalische Gebrüll durch den Gang schallte.

Gil Dexter warf einen Blick in die Zelle. Was er sah, ließ ihm die Haare zu Berge stehen.

Der Inspektor stand an der Wand und trommelte mit beiden Fäusten gegen den rauen Putz. Seine Handgelenke waren bereits aufgerissen. Das Blut rann in Bächen an seinen Armen herunter. Dazu kam noch das verrückte Gebrüll, das bei einem normalen Menschen fast die Trommelfelle platzen ließ.

Dann hatte Charles Mannering die beiden Männer entdeckt.

Schreiend und mit gefletschten Zähnen warf er sich gegen das Gitter. Seine blutbesudelten Fäuste umklammerten die Stäbe und versuchten, sie auseinander zu biegen.

Gil Dexter und der Konstabler wichen unwillkürlich zurück. Gil sah, dass auf der Stirn des Polizeibeamten ein dicker Schweißfilm lag.

Plötzlich verstummte das Gebrüll.

Fast ohne Ansatz sackte Charles Mannering zusammen und blieb keuchend am Boden liegen. Sein Körper zuckte wie unter schweren Stromstößen.

»Der ist ja nicht mehr normal«, flüsterte der Konstabler.

»Merken Sie das jetzt erst?«, erwiderte Gil sarkastisch.

Burns warf ihm einen bösen Blick zu und sagte: »Kommen Sie. Ich glaube, hier haben wir nichts mehr zu suchen.«

»Wollen Sie nicht lieber einen Arzt holen?«

Burns schüttelte den Kopf. »Geht nicht. Unser Doc ist schon die ganze Nacht im Nachbardorf bei einer Entbindung. Vor heute Mittag wird er bestimmt nicht zurückkommen.«

Die Männer betraten wieder das Dienstzimmer.

Lilian blickte ihren Mann ängstlich an. »Was war los?«

»Nichts«, antwortete Gil. »Wenigstens nichts, was dich beunruhigen könnte.«

Lilian stellte auch keine weiteren Fragen.

»Kannten Sie den Inspektor eigentlich?«, wollte Gil Dexter von dem Konstabler wissen.

»Nein. Ich habe ihn nie gesehen. Auch als ich beim Yard anrief, tat man sehr geheimnisvoll. Weiß auch nicht, warum.«

Inzwischen hatten sich Menschen vor der Polizeistation versammelt. Sie alle waren durch das Brüllen aufgeschreckt worden.

Ein schwergewichtiger Mann betrat das Dienstzimmer und wollte wissen, was geschehen war.

»Nichts von Bedeutung«, erwiderte Burns. »Geht wieder an eure Arbeit.«

Draußen von der Straße hörte man das Brummen eines Automotors. Sekunden später stoppte ein Krankenwagen vor dem Haus.

Zwei Männer sprangen heraus, öffneten die hintere Tür und betraten dann mit einer Trage das Zimmer.

»Wir sollen Inspektor Mannering abholen«, sagte einer, ein Kerl wie ein Baum.

»Er ist hinten in der Zelle. Warten Sie, ich gehe mit. Muss die Tür aufschließen«, murmelte Burns und griff nach seinem Schlüsselbund.

Die drei verschwanden nach hinten.

Wenig später waren sie schon wieder zurück. Charles Mannering lag festgeschnallt und mit geschlossenen Augen auf der Trage. Konstabler Burns musste noch ein Protokoll unterschreiben, und dann zogen die beiden Männer sofort wieder ab.

Alles war blitzschnell über die Bühne gegangen. Die Männer hatten so gut wie kein Wort mehr gesprochen.

»Komisch«, murmelte Gil Dexter. »Irgendetwas stimmt da nicht.«

»Machen Sie sich mal keine Gedanken«, sagte der Konstabler. »Es ist bestimmt besser so.«

Doch Gil Dexter hörte nicht auf ihn. Ihm erschien der Fall verdammt mysteriös.

»Irgendjemand muss diesen Inspektor doch gesehen haben«, sprach er mehr zu sich selbst.

Der Konstabler sah ihn argwöhnisch an. »Was haben Sie vor?«

»Mich ein wenig um die Sache kümmern. Der Urlaub wird mir sonst zu langweilig.«

»Gil, ich bitte dich«, rief Lilian Dexter. »Das geht dich doch alles nichts an.«

»Und ob mich das was angeht. Der Mann wollte schließlich bei uns einbrechen. Wir haben ja noch vierzehn Tage Urlaub vor uns. Und in der Zeit werden wir uns mal ein wenig die Gegend um Bradbury ansehen.«

Der Arzt nahm die Goldrandbrille ab, wischte sich über die Augen und sah seine beiden Gegenüber nachdenklich an.

»Es gibt keinen Zweifel«, sagte er in seiner ruhigen, bedächtigen Art. »Ihr Kollege ist wahnsinnig geworden.«

»Also doch«, erwiderte Superintendent Powell von Scotland Yard.

Der zweite Mann enthielt sich einer Antwort. Er hieß John Sinclair und war wohl der beste Agent, den diese Polizeiorganisation zur Zeit aufzubieten hatte.

John Sinclair war groß, durchtrainiert und hatte blondes kurz geschnittenes Haar. Er wurde nur dort eingesetzt, wo normale Techniken versagten. Hauptsächlich bei Fällen, die ins Mystische, Okkulte gingen. John Sinclair hatte in den letzten zwei Jahren sagenhafte Erfolge errungen. Sein letzter Fall lag erst knapp einen Monat zurück. Er hatte damals Sakuro, einem Dämon aus der fernen Vergangenheit, das Handwerk gelegt.

Und jetzt sah es so aus, als bahnte sich wieder ein neues Abenteuer an.

»Was halten Sie von der Sache, John?«, wandte sich Superintendent Powell an seinen Inspektor.

»Ich fürchte, unser Kollege ist einem Verbrechen zum Opfer gefallen.«

»Aber keinem gewöhnlichen Verbrechen«, warf der Arzt ein. »Der Kranke hat oft im Wahn gesprochen. Worte wie Vampire und Särge kamen darin vor. Ich schreibe das allerdings eher seiner überreizten Fantasie zu.«

»Inspektor Mannering war kein Fantast«, sagte Superintendent Powell.

Der Arzt sah etwas pikiert auf. »Wie Sie meinen, Sir.«

Powell nickte. »Das wäre dann ja alles.«

»Ja«, erwiderte der Arzt. »Sollte sich irgendetwas mit dem Patienten ändern, lasse ich Sie sofort benachrichtigen.«

Wenig später saßen Powell und John Sinclair in dem Dienstwagen des Superintendent und ließen sich nach New Scotland Yard bringen. Während der Fahrt ging John den Fall noch einmal durch.

Alles hatte damit begonnen, dass ein Mann verschwunden war. An und für sich eine alltägliche Sache. Doch dann verschwand ein zweiter, ein dritter, und schließlich waren es sechs Vermisste.

Durch eine Anzeige wurde Scotland Yard erst aufmerksam, als bereits fast alles zu spät war. Charles Mannering wurde mit der Aufgabe betraut, den Fall aufzuklären. Er fand Spuren, die zu dem kleinen Ort Bradbury führten. Und noch etwas hatte Charles Mannering herausgefunden. Alle sechs Verschwundenen gehörten einer okkulten Gemeinschaft an, die mit dem Jenseits Kontakt aufnehmen wollte. Bei einem der Verschwundenen wurde in der Wohnung ein Hinweis auf Deadwood Corner gefunden. Für Charles Mannering natürlich eine heiße Spur. Er schlüpfte in die Rolle eines Malers und machte sich auf den Weg.

Sein erstes und gleichzeitig letztes Lebenszeichen war ein rätselhafter Funkspruch gewesen. Den Text hatte John Sinclair fast noch genau im Kopf.

Bin auf Deadwood Corner eingetroffen. Habe ein Mädchen kennen gelernt namens Grace Winlow. Diese Frau scheint ein Vampir zu sein! Ja, Vampir. Bitte stellt Nachforschungen an. Melde mich morgen wieder.

Ein Morgen gab es für Charles Mannering nicht mehr. Wenigstens nicht in einer normalen Verfassung.

Die Dienstlimousine hielt vor dem Scotland-Yard-Gebäude.

»Kommen Sie noch mit in mein Büro«, sagte Sir Powell.

»Wenn's unbedingt sein muss«, murmelte John. »Hätte eigentlich Durst auf einen Whisky.«

»Was sagten Sie, Inspektor?«

John sah seinen Chef entwaffnend an. »Ich fragte, ob Sie auch Whisky haben, in Ihrem Zimmer, meine ich.«

Sir Powell fixierte John durch seine dicken Brillengläser.

»Sie sind im Dienst, Inspektor Sinclair.«

»Man wird ja mal fragen dürfen.«

Sir Powell sagte nichts.

John konnte sich diese kleinen Freiheiten bei seinem stockkonservativen Vorgesetzten erlauben, denn seine Aufklärungsquote lag bei fast hundert Prozent. Und so etwas imponiert eben auch einem Sir Powell.

Oben in Powells Büro ging der Superintendent an einen in der Wand eingebauten Tresor und holte einen schmalen Aktenordner hervor.

»Hier sind Mannerings Ergebnisse zusammengefasst«, sagte Sir Powell. »Wir haben unter anderem auch nach dieser gewissen Grace Winlow geforscht. Es gibt natürlich Hunderte von Frauen dieses Namens. Aber es gibt nur eine Grace Winlow in der Umgebung von Bradbury.«

»Dann ist uns schon viel geholfen«, meinte John Sinclair.

»Gar nicht ist uns geholfen, Inspektor. Diese Grace Winlow ist schon 200 Jahre tot.«

Johns Gesicht wurde hart. »Dann hatte Charles Mannering wohl doch Recht«, sagte er leise.

»Ja, es sieht so aus«, erwiderte Superintendent Powell. »Sie müssen sich sofort um die Sache kümmern, John. Mit Vampiren haben Sie ja einige Erfahrung.«

»Ich werde inkognito hinfahren. Es ist besser so.«

Sir Powell war einverstanden.

John klemmte sich in seinen silbergrauen Bentley, fuhr nach Hause und packte einen Koffer. Anschließend fuhr er in Richtung Norden, der kleinen Ortschaft Bradbury entgegen.

»Willst du dir wirklich die Gegend um Bradbury ansehen?«, fragte Lilian Dexter ihren Mann.

Gil biss herzhaft in die Toastschnitte. »Und ob«, sagte er kauend. »Was ich mir einmal vorgenommen habe, führe ich auch durch.«

»Ich weiß nicht so recht.« Lilian hob fröstelnd die Schultern.

»Du kannst hier bleiben. Schläfst einige Stunden, und heute Abend machen wir es uns gemütlich.«

Lilian streichelte Gils Handrücken. »Ich komme doch mit, Gil. Ich kann dich einfach nicht allein gehen lassen.«

Gil nahm einen Schluck Orangensaft. »Fein.«

Das Ehepaar Dexter wohnte in einer kleinen Pension, die zwar kaum Komfort bot, dafür bekam man aber was auf den Teller.

Gil blickte auf seine Uhr. »In einer halben Stunde gehen wir los.«

»Gut.« Lilian stand auf. »Ich laufe nur kurz nach oben und mache mich ein wenig frisch.«

Während das Hausmädchen, eine etwas dralle Person, abräumte, zündete sich Gil Dexter die Verdauungszigarette an. Er hatte sie kaum zur Hälfte geraucht, als Konstabler Burns das Gastzimmer betrat.

»Ist es gestattet?«, fragte er.

»Bitte.«

Burns zog sich einen Stuhl heran und setzte sich zu Gil Dexter an den Tisch.

»Haben Sie schon etwas gehört, Konstabler?«, fragte Gil.

Der Beamte schüttelte den Kopf. »Nein, die hohen Herren von Scotland Yard haben sich noch nicht gerührt. Na ja, wenn unsereins schon was sagt, reagieren die sowieso nicht. Wir leben ja hier auf dem Land.«

»Warten Sie es doch mal ab, Konstabler. Immerhin sind seit dem nächtlichen Vorfall erst zwei Tage vergangen«, meinte Gil.

»Trotzdem«, regte sich der gute Konstabler auf. »Schließlich halten sie sich für die beste Polizeiorganisation Europas.«

Gil Dexter lachte. »Das tut wohl jede Polizei. Aber mal was anderes, Konstabler. Meine Frau und ich wollten uns mal ein wenig die Gegend ansehen. Wo kann man denn hier hingehen?«

Der Konstabler schüttelte den Kopf. »Haben Sie dieses Vorhaben immer noch nicht aufgegeben?«

»Nein. Ich habe sogar bei den Dorfbewohnern Erkundigungen eingezogen. Man erzählte mir, hier in der Nähe gäbe es ein Gasthaus, Deadwood Corner.«

»Um Gottes willen, Mr. Dexter. Fangen Sie nicht davon an. Das Gasthaus ist verflucht. Es steht mitten im Sumpf. Nur ein schmaler Pfad führt dorthin. Jeder, der zu diesem Gasthaus ging, kam nie mehr zurück.« Der Konstabler beugte sich vor, und seine Stimme wurde zu einem Flüstern. »Es geht die Sage um, dass dort Vampire und Dämonen hausen. Vampire, verstehen Sie? Sie trinken Menschenblut. Ein alter Mann aus dem Dorf hat sie gesehen, wie sie nachts über dem Sumpf tanzten. Schrecklich war es. Zum Glück haben die Vampire nicht bemerkt, dass sie beobachtet wurden, sie hätten dem Alten sonst das Blut ausgesaugt.«

Gil Dexter lachte. »So schlimm wird es wohl nicht sein. Vampire, so etwas gibt es doch nicht.«

»Das sagen Sie, Mr. Dexter. Sie kommen aus der Großstadt. Aber hier in den Dörfern gelten andere Gesetze. Hier sind die alten Sagen und Geschichten noch lebendig. Es gibt auch Gespenster, Mr. Dexter. Ich...«

Der Konstabler wurde in seinen weiteren Ausführungen unterbrochen, denn Lilian betrat die Gaststube wieder.

»So, ich bin fertig«, rief sie.

Der Konstabler stand höflich auf und begrüßte die Frau.

»Und Sie wollen wirklich gehen?«, fragte er noch mal.

»Ja, warum nicht?«, lachte Gil und legte Lilian seinen Arm um die Schultern.

»Denken Sie an meine Worte«, warnte der Konstabler.

»Was hat der Beamte gesagt?«, wollte Lilian wissen, als sie draußen auf der Straße standen.

»Ach, er sprach von Geistern und Dämonen«, erwiderte Gil. »Du kennst ja die alten Dorfgeschichten.«

Lilian Dexter fröstelte plötzlich. »Ich weiß nicht so recht. Denk mal an den Inspektor.«

Gil sah seine Frau an. »Du hast doch nicht etwa Angst?«

»Ein wenig schon«, erwiderte sie.

»Dann wird es Zeit, dass du sie verlierst. Komm.«

Untergehakt gingen die beiden die Hauptstraße entlang. Es war ein herrlicher Septembermorgen. Die Sonne sandte ihre letzten wärmenden Strahlen auf das Land und ließ alles direkt freundlicher erscheinen.

»Wo willst du denn genau hin?«, fragte Lilian.

»Es soll hier in der Nähe ein altes Gasthaus geben. Dort können wir eine Tasse Kaffee trinken und dann wieder zurückgehen.«

»Ein Gasthaus? Davon habe ich ja noch nie gehört.«

»Es heißt Deadwood Corner. Dorfbewohner haben mir davon erzählt.«

»Deadwood Corner. Schrecklich.« Lilian schüttelte sich. »Kennst du überhaupt den Weg?«

»Ja, den hat man mir beschrieben. Er führt durch das Moor.«

»Auch das noch.« Lilian zog ihren Mann am Arm. »Bitte, Gil, lass uns umkehren.«

Gil Dexter blieb stehen. Er sah zurück zum Dorf, das bereits wenige hundert Yards hinter ihnen lag. »Ich gehe weiter, Lilian. Wenn du willst, kehr um.«

Lilian kaute auf ihrer Unterlippe, während sie überlegte. »Nein, Gil. Ich gehe mit«, sagte sie schließlich.

»Wunderbar. Wusste doch, dass ich mich auf dich verlassen kann. So, und jetzt müssen wir uns links halten. Dort beginnt der Pfad.«

Pfad war wirklich der richtige Ausdruck für den Weg, der durch das Moor führte. Die beiden Leute mussten hintereinander gehen, um nicht in den tückischen Sumpf abzurutschen.

Das Moor lebte. Frösche quakten, und glucksende, schmatzende Geräusche drangen an Lilians und Gils Ohren.

Kein Vogel zwitscherte. Es war eine unheimliche Atmosphäre, die hier vorherrschte. Die kahlen Bäume, die wie Totengerippe aussahen, der Geruch nach verfaulten Pflanzen und dann der Nebel, der urplötzlich gekommen war.

Vor wenigen Minuten hatte noch die Sonne geschienen, doch jetzt lag der Nebel wie eine Wand über dem Land.

»Sollen wir nicht lieber umkehren, Gil?«

»Wenn wir auf dem Weg bleiben, kann uns gar nichts passieren«, erwiderte Gil Dexter und setzte vorsichtig einen Fuß vor den anderen.

Auch ihm war die ganze Sache nicht so recht geheuer. Aber um sein Prestige zu wahren, ging er weiter.

Seit einer Stunde waren sie schon unterwegs. Die Sonne war durch die dichte Nebelwand schon gar nicht mehr zu erkennen. Feuchtigkeit legte sich auf die Mäntel der beiden Moorwanderer und ließ die Kleidung klamm und steif werden.

Gil Dexter blieb stehen. »Wir müssten Deadwood Corner bald erreicht haben«, sagte er. »Die Dorfbewohner haben gesagt, man geht ungefähr eine Stunde.«

Lilian wischte sich über das feuchte Gesicht. »Glaubst du denn wirklich, dass Deadwood Corner bewohnt ist? Dass wir dort eine Tasse Tee oder Kaffee bekommen? Wer geht schon durch den Sumpf?«

Gil grinste verunglückt. »Ich habe dir nicht ganz die Wahrheit gesagt, Lilian. Deadwood Corner ist nicht mehr bewohnt. Wenigstens nicht von Menschen. Man erzählt sich, dass dort Vampire hausen.«

»Vampire?«, echote Lilian. »Diese schrecklichen Monster, von denen in Kinos...« Lilians Stimme brach ab. Die Frau schüttelte sich. »Ja, gibt's die denn wirklich?«

»Das will ich ja eben feststellen«, antwortete Gil.

»Bleib hier, Gil. Ich bitte dich.« Lilian klammerte sich an ihrem Mann fest.

»Unsinn«, lachte Dexter. »Du kannst ja hier auf mich warten.«

»Nein.«

Sie gingen weiter. Schritt für Schritt durch die dicke Nebelsuppe.

Dann wurde der Weg breiter, und wenige Minuten später tauchten die Umrisse eines Hauses aus dem Nebel auf. Vor dem Haus stand ein Buggy.

»Na, wer sagt's denn?«, rief Gil Dexter. »Wir haben es geschafft.«

Lilian schaute mit ängstlichen Augen die Fassade von Deadwood Corner an. »Es ist so unheimlich hier«, flüsterte sie.

»Das wird gleich vorbei sein. Wenn wir erst in der Gaststube sitzen... Verflixt noch mal, gibt es denn hier keine Klingel oder etwas Ähnliches?«

Gil stand vor der Eingangstür, und seine Augen tasteten prüfend die Fassade ab.

»Nichts zu sehen«, murmelte er.

»Klopf doch mal«, sagte Lilian.

Gil schlug gegen die Tür.

Die Schläge dröhnten durch das Haus.

Nichts geschah.

»Scheint tatsächlich völlig verlassen zu sein«, meinte Gil.

Lilian schob sich an ihrem Mann vorbei und drückte auf die gusseiserne Klinke.

»Verschlossen!«

»Ist wohl nichts mit 'ner Tasse Kaffee«, grinste Gil. »Warte mal, Lilian, ich geh' eben um das Haus. Bin gleich wieder da.«

»Aber...«

Lilian Dexter wollte noch etwas sagen, doch da war ihr Mann schon in dem dichten Nebel verschwunden.

Lilian Dexter hatte Angst. Sie stellte sich mit dem

Rücken gegen die Hauswand und versuchte, die schmutzig graue Brühe mit ihren Blicken zu durchdringen. Überall sah sie schon Gestalten, die nach ihr greifen wollten, um sie in den Sumpf zu ziehen, wo es kein Entrinnen mehr gab.

Plötzlich hörte Lilian Musik.

Harfenmusik!

Es war eine schwermütige Melodie. Die Töne schienen aus unendlicher Ferne zu kommen.

Lilian lauschte gebannt, presste ihr Ohr gegen die Holzfüllung der Eingangstür.

Kein Zweifel. In dem Gasthaus spielte jemand Harfe.

Aber wer?

Ein Mensch? Sie hatten doch geklopft. Dieser Jemand hätte doch das Klopfen hören müssen.

Sollte wirklich an den Geschichten der alten Leute etwas Wahres gewesen sein?

Lilian bekam plötzlich Angst. Grenzenlose Angst.

»Gil«, rief sie. »Gil!«

Keine Antwort.

Da! Ein Schatten tauchte aus dem Nebel auf.

»Gil, da bist du ja end … Ahhhh!«

Der Schatten war nicht Gil, sondern ein einäugiger Kerl, der sich mit vorgestreckten Händen auf die wehrlose Frau stürzte.

Lilian fühlte zwei Pranken an ihrem Hals und krachte gegen die Hauswand.

Stinkender Atem streifte ihr Gesicht, während sie das eine Auge des Mannes anstarrte und die Pranken immer fester zudrückten.

Lilian Dexter gurgelte auf. Ihre Hände fuhren fahrig in die Höhe, bekamen die Haare des Unbekannten zu fassen und rissen in einer reinen Reflexbewegung daran.

Der Unbekannte brüllte auf, aber nicht, weil ihm Lilian Haare ausgerissen hatte, sondern weil eine knallharte Rechte sein ungeschütztes Ohr getroffen hatte.

Gil Dexter war im richtigen Moment aufgetaucht.

Ein zweiter Schlag fegte dem Mann gegen die Augenklappe.

Der Unhold ließ schreiend die Frau los und wandte sich seinem neuen Gegner zu.

»Dir werde ich es zeigen!«, zischte Gil Dexter und riss seinen rechten Fuß hoch.

Die Spitze donnerte dem Einäugigen in den Magen.

Der Kerl würgte und brach in die Knie.

Ein zweiter Fußtritt traf seinen Kopf. Der Einäugige wankte.

»Hast du nun genug?«, keuchte Gil Dexter.

Er stand mit geballten Fäusten vor dem Unhold. Lilian lehnte noch immer an der Hauswand. Unfähig, sich zu rühren.

Der Einäugige gab keine Antwort.

Gil wischte sich über den Mund. Dann wandte er sich an seine Frau. »Komm, wir gehen zurück.«

Lilian ging auf ihren Mann zu, und Gil schenkte ihr mehr Aufmerksamkeit als dem Einäugigen.

Das war ein Fehler.

Der Einäugige griff plötzlich nach Gils Bein, bekam es zu fassen, zog ...

»Gil!«

Die Warnung seiner Frau kam zu spät.

Gil Dexter flog zurück und krachte mit dem Hinterkopf gegen das linke Rad des Buggys.

Glühend heißer Schmerz fraß sich durch Gil Dexters Kopf.

Und dann spürte er die würgenden Pranken an seinem Hals, hörte das triumphierende Grunzen über sich und wusste, dass er verloren war.

Der Aufschrei seiner Frau gellte ihm noch in den Ohren, als er das Bewusstsein verlor.

Lilian tat das einzig Richtige. Als sie sah, dass sie ihrem Mann nicht mehr helfen konnte, lief sie den Weg zurück, den sie gekommen waren.

Vielleicht konnte sie in Bradbury Hilfe holen.

Noch in London kam John Sinclair eine Idee. Er wollte zu diesem Klub fahren, dem die sechs Verschwundenen angehört hatten. Aus den Unterlagen von Scotland Yard kannte er die Adresse.

Der Klub lag in Chingfort, einem Londoner Vorort.

John Sinclair quälte sich durch den Mittagsverkehr und erreichte den kleinen Ort etwa gegen vierzehn Uhr.

Marvel Street 28, so lautete die genaue Adresse des Klubs.

Ein junges Mädchen beschrieb John den Weg.

Die Marvel Street war eine Einbahnstraße. Fast so schmal und eng wie die Gassen in Neapel.

Die Häuser hier stammten noch aus der Jahrhundertwende, hatten hohe Fenster und Fassaden, die sich durch vorgebaute Erker auszeichneten.

John fand einen Parkplatz, stieg aus dem Wagen und ging die paar Schritte bis zum Haus Nummer 28 zurück.

Es unterschied sich keinen Deut von den anderen. Eine Steintreppe führte zur Eingangstür hoch. Neben der Tür entdeckte John ein Schild.

»Mystery Club.«

Eine Schelle gab es nicht, dafür einen altmodischen Glockenzug.

John zog an dem Lederband.

Das Gebimmel drang durchs Haus.

Schlurfende Schritte näherten sich. Dann wurde die Tür einen Spaltbreit aufgezogen, und eine Stimme fragte: »Was wollen Sie?«

»Erst mal reinkommen«, erwiderte John. »Ich bin Inspektor Sinclair von Scotland Yard.« John zückte seine Dienstmarke.

Jetzt wurde die Tür ganz aufgezogen.

John Sinclair betrat einen Hausflur, in dem es nach Bohnerwachs roch.

Der Kerl, der ihm geöffnet hatte, erinnerte John an einen Gartenzwerg. Klein, gedrungen und Halbglatze. Zwei listige Augen funkelten John über einer gebogenen Nase an. Der Mann trug eine bis über die Hüften reichende graue Strickjacke, ausgebeulte Kordhosen und Pantoffeln. Fehlt nur noch die Zipfelmütze, dachte John.

»Ich wohne hier unten, Herr Kommissar«, dienerte der Zwerg. »Wenn ich Ihnen behilflich sein kann …?«

»Sie können«, unterbrach John den Redefluss. »Erstens bin ich kein Kommissar, sondern Inspektor, und zweitens rede ich nicht gern im Hausflur.«

Der Mann rieb sich die Hände. »Kann ich verstehen. Bitte, Herr Komm … äh, Inspektor, kommen Sie mit.«

Die Wohnung des Mannes passte zu ihm wie die berühmte Faust aufs Auge.

Wohin man blickte, Kram und Kitsch.

»Bitte, setzen Sie sich, Herr Inspektor«, dienerte der Zwerg und räumte einen Stuhl leer.

Der Mann setzte sich ihm gegenüber, legte die Hände zusammen und sah John aus unschuldigen Augen abwartend an.

Der Inspektor ließ sich nicht täuschen. Dieser Kerl hatte es faustdick hinter den Ohren.

»Wie ich am Türschild gesehen habe, heißen Sie Carl Hutchinson«, begann John Sinclair das Gespräch.

»Das ist richtig, Sir«, nickte der Zwerg.

»Schön, Mr. Hutchinson. Ich will von Ihnen Folgendes wissen: Was hat es mit dem Mystery Club auf sich?«

Für einen winzigen Augenblick zogen sich die Augen des Mannes zusammen, für John ein Zeichen, dass er auf der richtigen Spur war.

Carl Hutchinson tat unschuldig. »Wissen Sie, Inspektor, dieser Klub ist harmlos. Einmal in der Woche treffen sich ein paar Leute, um irgendwelche Geisterbeschwörungen vorzunehmen. Das ist alles.«

John nickte. »Wenn das wirklich alles so harmlos ist, wie Sie es sagen, kann ich mir die Räume ja mal ansehen.«

»Ich weiß nicht, Sir, ob...?« Hutchinson war das Thema wohl unangenehm. »Es ist niemand da und...«

John stand auf. »Dann werde ich jetzt gehen und mit einem Haussuchungsbefehl wiederkommen.«

»Um Himmels willen, Inspektor. So war das natürlich nicht gemeint. Selbstverständlich werde ich Ihnen die Räume zeigen. Ich habe einen Schlüssel. Ich bin so etwas wie eine Vertrauensperson hier im Haus. Sie verstehen?«

»Natürlich«, sagte John.

»Wenn Sie mir bitte folgen wollen, Inspektor.«

Der Kerl ging mit seinem Getue John Sinclair verdammt auf den Wecker.

Hutchinson lief vor John die Treppe hoch. »Die Räume sind ganz oben, Inspektor. Dort sind die Leute ganz unter sich. Die Mitglieder, meine ich. So, hier ist es schon.«

Auf der letzten Etage gab es nur eine Wohnung, während auf den anderen Etagen immer zwei Familien wohnten.

Carl Hutchinson schloss die Tür auf.

»Bitte, Sir«, sagte er.

»Nach Ihnen«, grinste John.

Hutchinson betrat dann als Erster die Wohnung und machte Licht. Lampen mit staubigen Glaskuppeln flammten auf. Die Wohnung bestand aus einer langen Diele und vier Zimmern. Der Holzfußboden knarrte unter den Schritten der Männer.

»Wo fanden die Sitzungen statt?«, wollte John wissen.

»Hier, bitte«, wieselte Hutchinson und öffnete die erste Tür.

John tastete nach einem Lichtschalter und drehte den Knopf. Zwei trübe Wandlampen glommen auf.

John betrat den Raum, während Hutchinson draußen blieb.

Die Einrichtung dieses Zimmers war kärglich. Ein runder Holztisch, um den sich sieben Stühle gruppierten. Eine Wand wurde von einem Bücherregal eingenommen. Johns Blick glitt über die Buchrücken. Er sah nur Werke, die sich mit Magie und Okkultismus beschäftigten.

John trat an das Fenster und schob die Vorhänge auseinander.

Unten auf der Straße sah er eine alte Frau, die soeben die Steintreppe zu diesem Haus hochging.

Wahrscheinlich eine Bewohnerin, dachte John.

Eine Vitrine fesselte seine Aufmerksamkeit. Sie hatte zwei Doppeltüren, und die Schlüssel steckten.

John schloss die rechte Tür auf.

Das Licht im Zimmer reichte aus, um einen kleinen viereckigen Karton erkennen zu können.

John Sinclair stellte den Karton auf den Tisch und hob den Deckel ab.

Der Inhalt bestand aus einer Glaskugel.

John nahm die Kugel vorsichtig heraus und legte sie in den offenen Kartondeckel.

Ehe der Inspektor die Kugel in Augenschein nehmen konnte, drangen Stimmen an sein Ohr.

Die eine Stimme gehörte Hutchinson, die andere einer Frau.

John wandte sich um.

In diesem Augenblick betraten Hutchinson und die alte Frau, die John vorhin in das Haus hatte gehen sehen, den Raum.

»Sind Sie jetzt schlauer geworden, Inspektor?«, fragte die Frau.

John Sinclair kniff die Augen zusammen. Verdammt, die Stimme. Sie kam ihm bekannt vor. Wo hatte er sie nur schon gehört?

Die Alte kam jetzt näher.

Plötzlich fiel es John wie Schuppen von den Augen. Ja, jetzt wusste er, wem die Stimme gehörte.

Der alten Wahrsagerin von dem Jahrmarkt.

Die Alte kicherte. »Na, Inspektor Sinclair, ist der Penny jetzt gefallen?«

»Ja«, sagte John leise. »Ich überlege nur noch, welche Verbindung zwischen Ihnen und diesem Haus besteht.«

Wieder kicherte die Alte. »Es ist doch ganz einfach, Inspektor: Ich wohne hier.«

»Dann haben Sie also den Mystery Club ins Leben gerufen«, folgerte John.

»Ganz richtig, Inspektor. Ich merke schon, Sie sind gar nicht so dumm. Hatte nicht angenommen, dass Sie so schnell meine Spur finden würden.«

»Und die verschwundenen Personen gehen demnach auf Ihr Konto?«, sagte John.

Die Alte lächelte nur hintergründig.

»Wer sind Sie?«, fragte John Sinclair scharf. »Sie haben leider keinen Namen an der Tür stehen.«

Ein lautloses Lachen schüttelte den Körper der Alten. »Ich heiße ... Grace Winlow!«

John Sinclair stieß pfeifend die Luft aus. Er versuchte, sich seine Überraschung nicht anmerken zu lassen.

Vermutungen wirbelten durch seinen Kopf. Grace Winlow – dieser Name schien für ihn zu einem Alptraum zu werden. Charles Mannering hatte ihn erwähnt. Er hatte diese Frau in dem unheimlichen Gasthaus getroffen, sie allerdings als Vampir beschrieben. Was ging hier vor? Welche Parallelen gab es?

»Grace Winlow«, wiederholte John den Namen. »Soviel ich weiß, sind Sie seit zweihundert Jahren tot.«

Die Alte lächelte grausam. Dabei sah John die beiden spitzen Vampirzähne, die sich fast bis zur Unterlippe vorschoben.

»Wissen Sie nun, worum es geht, Inspektor?«

»Ja.«

»Das ist gut. Denken Sie immer daran, was ich Ihnen prophezeit habe. Bald werden Sie zu uns gehören. Es gibt kein Entrinnen mehr für Sie. Wir sehen uns wieder, John Sinclair!«

Der Inspektor war ein Mann schneller Entschlüsse. Das hieß in diesem Fall: Er musste den Vampir vernichten!

Als hätte die Alte Gedanken erraten können, schrie sie plötzlich: »Carl!«

John sah einen Schatten auf sich zuhechten, und dann traf ihn ein ungeheurer Schlag gegen die Brust. Der Inspektor flog zurück und knallte gegen die Vitrine.

Wie ein Wirbelwind war Carl über ihm. Zwei Hände legten sich um seinen Hals, drückten erbarmungslos zu.

Johns sah Carls verzerrtes Gesicht dicht über sich und roch seinen fauligen Atem.

Zwei spitze Zähne näherten sich seinem Hals.

Auch Carl Hutchinson war ein Untoter!

John Sinclair mobilisierte alle Kräfte.

Wuchtig riss er sein Knie nach oben.

Der Inspektor traf genau. Carl bekam die Kniescheibe zwischen die Beine, wurde von der ungeheuren Wucht nach vorn geschleudert und krachte mit dem Kopf gegen die Vitrine.

Der Griff lockerte sich.

John rollte sich zur Seite, bekam Carls linken Arm zu fassen und riss ihn herum.

Es knirschte, als der Knochen brach.

Doch der Untote zeigte keine Reaktion. Kein Schmerzgefühl – nichts. Ihm musste man mit anderen Waffen begegnen.

Carl stand auf, als wäre nichts gewesen. Ehe er den Inspektor angreifen konnte, warf ihn Johns gnadenloser Tritt quer durch das Zimmer. Dicht vor der Tür blieb Carl liegen. Für Sekunden nur, dann war er wieder auf den Beinen.

Mit gefährlichem Knurren glitt er auf den Inspektor zu. Der gebrochene Arm baumelte an seiner linken Seite herab.

John wich zurück.

Der Vampir sprang vor. Nichts konnte ihn in seiner Gier nach Menschenblut aufhalten.

John steppte zur Seite und drosch Carl noch im Flug die Handkante in den Nacken.

Der Vampir knallte auf den Boden.

John Sinclair, einmal in Fahrt, handelte wie ein Roboter. Blitzschnell riss er sich seine seidene Krawatte vom Hals und schlang sie um die Kehle des Vampirs. Am Nacken des Untoten knotete er die Krawatte über Kreuz zusammen, jedoch so, dass er noch einen Teil des Binders in der Hand behielt.

Aus diesem Würgegriff gab es so gut wie kein Entkommen. Auch für einen Vampir nicht.

John zog den wild strampelnden Carl durch die Wohnung nach draußen ins Treppenhaus.

Durch ein kleines Fenster fiel genügend Licht. John hatte vorhin oben an der Decke des Treppenhauses einen Haken entdeckt, an dem wohl früher eine Lampe gehangen hatte.

John wuchtete den Vampir hoch und band blitzschnell die noch freien Enden der Krawatte um den Haken. Während John das eine Ende mit der linken Hand festhielt, schlang seine rechte einen Knoten, den er sofort festzurrte.

Geschafft!

John Sinclair trat ein Stück zurück.

Carl, der Vampir, baumelte an dem Deckenhaken.

John hatte Glück gehabt, dass die Decke hier oben im Dachgeschoss niedriger war.

Der Vampir schaukelte leicht hin und her. Er hatte den Mund weit geöffnet, so dass die beiden spitzen Zähne besonders gut zu sehen waren.

Der Vampir wollte etwas sagen, doch er brachte nur ein trockenes Würgen hervor.

John Sinclair ging zurück in die Wohnung. Er fand schnell, was er suchte.

Einen Holzstuhl.

Der Inspektor packte den Stuhl und brach ein Bein ab. Mit dem Taschenmesser schnitzte er das Bein vorne spitz zu.

»Das müsste reichen«, murmelte er und betrachtete kritisch sein Werk.

John ging zurück in den Flur.

Das Gesicht des Vampirs verzerrte sich in maßlosem Schrecken, als er das Holzstück sah, das John in der Hand hielt.

»Deine Stunden sind gezählt«, knurrte John und versetzte den Körper des Vampirs in pendelnde Bewegungen.

John Sinclair wusste, was er hier vorhatte, war kein Mord. Es war eine Erlösung, denn dieser Mann war ein Untoter, einer, der sich vom Blut anderer Menschen ernährte.

Fast wie in Zeitlupe schwang der Körper hin und her. Der Vampir fuchtelte mit den Armen herum, versuchte, mit den Fußspitzen den Boden zu erreichen, vollführte groteske Bewegungen, um den Haken aus der Decke zu reißen.

Ohne Erfolg.

Der Eisenhaken hielt.

John trat zwei Schritte zur Seite. Das vorn zugespitzte Stuhlbein hielt er wie einen Speer in der Hand.

John Sinclair nahm Maß.

Er beobachtete genau den Rhythmus der Pendelbewegungen, sah das in Todesangst verzerrte Gesicht des Vampirs, wartete noch einige Sekunden ab und stieß dann urplötzlich zu.

Das angespitzte Stuhlbein bohrte sich in den Körper des Vampirs, drang durch das Herz und am Rücken wieder heraus.

Ein entsetzlicher Schrei entrang sich der Kehle des Vampirs.

John sprang zurück und ließ das Stuhlbein stecken. Er wandte sich ab, ging in die Wohnung zurück, um sich eine Zigarette anzustecken.

Was jetzt folgte, kannte er schon.

John hörte das Röcheln des Vampirs bis in die Wohnung der Alten.

Unten im Haus schlugen Türen. Stimmen wurden laut.

»Ist da jemand?«, brüllte ein Mann.

Dann eine weibliche Stimmte. »Bleib ja hier. Du weißt genau, dass es dort oben spukt.«

Der Mann sagte etwas, was John nicht verstand. Schließlich kehrte wieder Ruhe in das Treppenhaus ein.

John Sinclair ging wieder zurück.

Der Haken, an dem der Vampir gehangen hatte,

war leer. Nur noch Johns Krawatte baumelte dort.

Auf dem Boden lag ein Haufen Asche. Alles, was von Carl Hutchinson übrig geblieben war. Neben der Asche lag das angespitzte Stuhlbein, unter dessen tödlichem Stoß der Vampir nun für alle Zeiten sein Leben ausgehaucht hatte.

John hob das angespitzte Stuhlbein auf. Es war eine bessere Waffe als seine Pistole. Wenigstens gegen Vampire.

Mit maskenhaft starrem Gesicht ging der Inspektor nach unten. Im Erdgeschoss stand eine Tür offen.

Hutchinson Wohnungstür. Er hatte sie nicht abgeschlossen, als er mit John nach oben gegangen war.

Der Inspektor inspizierte kurz die Räume.

In einer Schublade fand er einen Zettel. Darauf standen die Namen der sechs Vermissten.

John suchte weiter und entdeckte eine Zeichnung. Es war der Grundriss eines Gebäudes. Oben links in der Ecke des Zettels stand ein Name.

Deadwood Corner.

John Sinclair lächelte hart. Er war sicher, hier eine heiße Spur gefunden zu haben. Der Begriff Deadwood Corner war ihm nicht unbekannt. Schließlich hieß so der Gasthof, in dem Charles Mannering übernachten wollte.

John Sinclair war gespannt, was ihn dort erwartete.

Er steckte beide Zettel in seine Brieftasche und zog die Wohnungstür ins Schloss.

Dann ging er nach draußen zu seinem Bentley.

Wenn er sich beeilte, war er noch am späten Nachmittag in Bradbury. Einen Teilerfolg hatte er schon errungen, wenn ihm auch Grace Winlow, die unheimliche Alte, entwischt war.

John Sinclair war jedoch sicher, dass er sie schon bald wieder treffen würde.

An das Bild, das John in der Kugel gesehen hatte, dachte er nicht mehr ...

Achtundvierzig, neunundvierzig, genau fünfzigtausend Pfund zählte der Kassierer des Bankhauses Cobbs und Neal seinem Filialleiter hin.

Es war drei Minuten vor sechs Uhr. Der Filialleiter nickte zufrieden. »Gutes Geschäft heute, Mr. Dawson. Wenn das so weitergeht, können wir bald noch eine Zweigstelle eröffnen.«

Der Kassierer leckte sich über seine aufgeworfenen Lippen. »Liegt etwas für mich drin, Sir? Ich meine finanziell. Außerdem bin ich fast zwanzig Jahre bei der Firma, und das wäre doch ...«

Der Filialleiter, der sich schon einige Schritte entfernt hatte, drehte sich maliziös lächelnd um. »Seien Sie doch nicht so ungeduldig, Dawson. Ihre Chance wird auch noch kommen.«

»Jawohl, Sir.«

»So, und nun schließen Sie ab.«

In diesem Augenblick wurde die altmodische Schwingtür der Bank aufgestoßen.

Zwei maskierte Männer stürmten in den Schalterraum.

»Keine Bewegung! Überfall!«, schrie der erste der Bankräuber und flankte über den blank polierten Tresen, während ihm sein Kumpan mit einer schussbereiten Maschinenpistole den Rücken deckte.

Außer dem Filialleiter und dem Kassierer befanden sich noch zwei weibliche Angestellte in der Schalterhalle.

Sie alle konnten gar nicht so schnell begreifen, was geschehen war. Wie festgenagelt standen sie auf ihren Plätzen und starrten mit schreckgeweiteten Gesichtern auf die Eindringlinge.

»Los, raus mit den Mücken!«, herrschte der Kerl, der über den Tresen geflankt war, den Kassierer an.

Seine Augen über dem dunkelgrünen Halstuch blitzten drohend.

Mit einer knappen Bewegung warf er dem Kassierer einen Plastiksack zu. »Rein damit.«

Als Dawson nicht sofort reagierte, schlug der Bankräuber zu. Der Kassierer wurde bis an den Zahltisch zurückgeschleudert.

Sekundenbruchteile später schrie der Bankräuber: »Steh auf, verdammt! Und pack ein!«

Leicht grün im Gesicht erhob sich der Kassierer. Er nahm den Plastiksack und schaufelte die eben erst gezählten fünfzigtausend Pfund hinein.

Während dieser Arbeit hielt der zweite Bankräuber die beiden anderen Angestellten und den Filialleiter mit seiner Maschinenpistole in Schach.

Es dauerte nicht mal eine halbe Minute, da war Dawson fertig.

Der Bankräuber riss ihm den Plastiksack aus der

Hand, flankte wieder über den Banktresen und winkte seinem Kumpan zu.

Der Bewaffnete ging rückwärts zur Tür, während der andere Bankräuber schon draußen war.

In diesem Augenblick drehte Dawson, der Kassierer, durch.

Schreiend tastete er nach dem Knopf, der die Alarmanlage auslöste.

Der Mann mit der Maschinenpistole, ebenfalls übernervös, zog durch.

Grellrote Mündungsflammen zuckten aus dem Lauf. Das heiße Blei jagte durch die Schalterhalle und fraß sich in den Körper des Kassierers, noch ehe der Mann mit seinen Fingern den Knopf der Alarmanlage berühren konnte.

Blutüberströmt brach Dawson zusammen.

Die beiden Girls und der Filialleiter warfen sich schreiend auf den Boden, während der Todesschütze noch eine Bleisalve in die Decke hämmerte.

Dann hetzte er nach draußen.

Noch während er die paar Stufen zur Straße hinuntersprang, riss er sich das Halstuch vom Gesicht und rannte auf den grauen Morris zu, der mit offener Beifahrertür und laufendem Motor am Straßenrand parkte.

Er saß noch nicht ganz auf dem Sitz, als sein Kumpan schon lospreschte.

Die wenigen Passanten, die die Szene beobachtet hatten, blieben mit schreckgeweiteten Augen stehen und wurden erst munter, als der Filialleiter aus der Bank gerannt kam und wild gestikulierend rief: »Überfall! Überfall! Holt die Polizei!«

Aber zu diesem Zeitpunkt waren die Gangster längst weg. Sie jagten bereits nach Norden, in Richtung der Stadt Ely.

»Hat doch prima geklappt«, freute sich Al Jordan, der Fahrer des Wagens.

»Das schon«, gab Vince Tucker, sein Komplize, zurück. »Nur der Tote gefällt mir nicht.«

»Musstest du denn schießen?«

»Verdammt, ich habe eben die Nerven verloren.«

»Ist ja schon gut. Weißt du übrigens, wie viel wir erbeutet haben?«

»Nee. Aber bestimmt fünfzigtausend.«

Al Jordan grinste. »Wenn das kein Fischzug war. Und die Polypen kriegen uns nie.«

»Hoffentlich.«

Al Jordan riss das Steuer herum und bog in eine kleinere Straße ein, die durch ein Waldstück führte.

Nach einer Meile bremste er und setzte den Wagen in eine Schneise. Die beiden Männer sprangen aus dem Morris und liefen zu einem grauen Volkswagen, der im Schatten einiger Fichten parkte.

Der Wagenwechsel dauerte noch nicht mal eine halbe Minute. Fingerabdrücke brauchten sie in dem Morris keine wegzuwischen, da sie beide Handschuhe trugen.

Erst jetzt gönnten sie sich eine Zigarette.

»Die Bullen werden sich schwarzsuchen«, sagte Vince Tucker grinsend. »Wie bist du überhaupt auf die Idee gekommen, dass wir uns nach Bradbury absetzen sollen, Al? Du hast immer so geheimnisvoll getan.«

»Jetzt kann ich es dir sagen«, meinte Al Jordan. »Ich stamme aus Bradbury. Bin dort geboren. Habe in dem Kaff siebzehn Jahre gelebt, dann hat's mich gepackt, und ich bin nach Cambridge abgehauen. Und noch etwas. Wenn das Moos weg ist, reiten wir die gleiche Tour noch mal. In Bradbury findet uns kein Schwein.«

»Du bist schon ein raffinierter Kerl«, sagte Vince.

Al Jordan grinste geschmeichelt.

Die beiden Bankräuber durchquerten einen Teil der Ortschaft Ely. Al Jordan hockte schweigend hinter dem Steuer, und auch Vince Tucker sagte nichts.

Nachher, als sie wieder durch das freie Land fuhren, fragte Vince plötzlich: »Sag mal, Al, wo kriechen wir in Bradbury eigentlich unter? Bei deinen Alten oder irgendwelchen anderen Verwandten?«

»Bin ich denn blöd? Wir fahren erst mal zu einem stillgelegten Gasthof, ganz in der Nähe von Bradbury. Dort können wir pennen, den Kies verstecken, und am anderen Morgen statten wir meinem Heimatort einen Besuch ab. Ich stelle dich als Arbeitskollegen vor und sage, wir wollen einige Tage Urlaub machen.«

»Aha«, nickte Vince. »Warum hast du mir das denn nicht alles früher erzählt?«

»Weil du manchmal ein zu loses Maul hast.«

Vince Tucker lachte nur. Er hatte sich voll und ganz damit abgefunden, dass Al den Boss spielte.

Sie fuhren immer weiter nach Nordosten. Unterwegs hielten sie nur einmal an und tankten voll.

Mittlerweile war es auch schon dunkel geworden, und einige Nebelschwaden zogen über das Land.

»Mistwetter«, knurrte Vince.

Sein Kumpan lachte. »Daran musst du dich in dieser Gegend gewöhnen. Nebel ist hier an der Tagesordnung.«

Vince zog fröstelnd die Schultern hoch und starrte durch die Seitenscheibe nach draußen.

»Wie weit ist es denn noch?«, fragte er nach einer Weile.

»Höchstens zehn Meilen.«

Schließlich tauchte das Ortsschild Bradbury auf.

»Wir fahren direkt durch«, sagte Al. »Nachher wird der Weg allerdings sumpfig. Aber keine Angst, ich kenne mich aus.«

Bradbury lag wie ausgestorben, als die beiden Bankräuber die Ortschaft durchquerten.

»Ein mieses Kaff«, knurrte Vince. »Kann verstehen, dass du es hier nicht länger ausgehalten hast. Oh, guck mal, Al. Da steht ein Bentley. Ist hier der Wohlstand ausgebrochen?«

Al ging etwas vom Gas und konnte im Licht der Scheinwerfer das Nummernschild des Bentley erkennen.

»Kommt aus London«, murmelte er.

»Polizei?«, argwöhnte Vince.

»Quatsch. Wie sollen die denn wissen, dass wir hier sind? Wird irgendein Vertreter sein oder so was.«

Doch hier irrte Al Jordan.

Die beiden Bankräuber fuhren weiter.

»Jetzt wird's sumpfig«, sagte Al und fuhr im Fünfmeilentempo.

Vince Tucker starrte argwöhnisch nach draußen. Doch er sah nur dicke grauschwarze Nebelwände.

Er wagte es nicht, seinen Kumpan anzusprechen, der beide Hände um das Lenkrad gekrampft hatte und sich voll konzentrieren musste. Ein kurzes Verreißen des Steuers nur, und der Wagen landete unweigerlich im Sumpf.

Doch Al Jordan schaffte es. Der Weg wurde breiter, und dann tauchten die Umrisse des Gasthauses vor ihnen auf.

»Was ist denn das?«, rief Vince. »Ich denke, das Ding ist unbewohnt. Aber da brennt doch Licht.«

Vince deutete mit seinem Zeigefinger in Richtung eines gelblich verwaschenen Flecks, der ihnen entgegenschimmerte.

»Verstehe ich auch nicht«, brummte Al. »Trotzdem fahren wir hin. Vielleicht ist da auch nur ein Penner, der hier übernachtet.«

Al stoppte den Wagen. Die beiden Männer stiegen aus. Al hatte sich die Plastiktüte mit dem Geld unter den Arm geklemmt.

Langsam gingen sie auf das Haus zu. Die Maschinenpistole hatten sie im Wagen gelassen. Sie lag, durch eine Decke vor neugierigen Blicken geschützt, auf dem Rücksitz.

Jetzt hatten sie die Eingangstür erreicht.

»Klopf mal an«, flüsterte Vince. Ihm passte die ganze Atmosphäre nicht. Es war ihm alles zu unheimlich.

»Quatsch. Wir gehen einfach so rein.«

Al griff nach der Klinke.

Im selben Augenblick wurde die Tür aufgezogen, und heller Lichtschein flutete nach draußen.

Die beiden Männer schlossen für einen Augenblick geblendet die Augen, und als sie sie wieder öffneten, sahen sie ein junges Mädchen, das sie lächelnd anblickte.

Al Jordan räusperte sich.

»Aber bitte, Gentlemen, treten Sie doch näher«, sagte die Unbekannte und gab die Tür frei.

Die beiden Männer nickten und betraten das Innere des Gasthauses.

Hinter ihnen wurde die Tür vernehmlich geschlossen.

Die Bankräuber sahen nicht das Glitzern in den Augen des Mädchens, und als die Unbekannte jetzt lächelte, wurden zwei lange, spitze Vampirzähne sichtbar...

»Sagen Sie mal, Mister, was haben Sie eigentlich für einen Grund, hier herumzuschnüffeln? Sie fragen laufend nach Mr. Mannering. Sind Sie vielleicht ein Verwandter von ihm?«

John Sinclair lehnte sich auf seinem Stuhl zurück. Er saß in der Gaststube der kleinen Pension, in der auch das Ehepaar Dexter abgestiegen war. John hatte sich bei den wenigen Gästen nach Charles Mannering erkundigt, und einer von den Dorfbewohnern musste wohl dem Konstabler Bescheid gesagt haben.

Jedenfalls stand er jetzt in seiner vollen Größe vor Johns Tisch.

»Setzen Sie sich doch, Konstabler«, sagte John Sinclair freundlich.

Burns blickte sich erst misstrauisch um und ließ sich dann auf einen Stuhl fallen.

»Möchten Sie einen Whisky?«, fragte John Sinclair.

»Danke, bin im Dienst.«

John lächelte.

»Also«, knurrte Burns, »was haben Sie mir zu sagen?«

John beschloss, dem guten Mann reinen Wein einzuschenken.

»Mein Name ist John Sinclair, und ich bin Inspektor von New Scotland Yard. Der, sagen wir, seltsame Unfall eines Kollegen hat mich hierher geführt. Ich werde den Fall etwas genauer untersuchen.«

Konstabler Burns bekam den Mund gar nicht mehr schnell genug zu vor Staunen.

»Dann sind Sie doch nicht so lahm... Oh, Entschuldigung, Sir. Ich meine, Sie haben schnell geschaltet.«

John grinste. »Das haben wir nun mal so an uns.«

»Sicher, Sir. Verflixt, jetzt kann ich einen Whisky gebrauchen.«

John bestellte gleich zwei.

Dann zündete er sich eine Zigarette an und sagte: »Nun erzählen Sie mal, Konstabler. Was geht hier vor?«

Burns kratzte sich im Nacken. »Das kann ich Ihnen auch nicht sagen, Sir. Es gibt nur Vermutungen.«

Er griff nach seinem Glas und leerte es in einem Zug.

»Was für Vermutungen?«

Der Konstabler druckste ein wenig herum, bis er antwortete. »Wir hier im Dorf glauben, dass Mr. Mannering bei diesem Gasthaus gewesen ist. Es liegt außerhalb von Bradbury, mitten im Sumpf. Es führt nur ein Weg dorthin, und der ist verdammt gefährlich.«

»Und was hat es mit dem Gasthaus auf sich?«, fragte John. »Ich meine, es ist ja nicht schlimm, dass es mitten im Sumpf liegt.«

Der Konstabler beugte sich vertraulich vor und senkte seine Stimme zu einem Flüstern. »Es soll dort spuken, Sir.«

»Ach«, sagte John nur.

»Ja, Sir. Dort leben Gespenster, Geister, Vampire. Niemand von uns traut sich nur in die Nähe des Gasthauses. Es ist viel zu gefährlich. Manchmal brennt dort Licht, obwohl der Bau nicht bewohnt ist. Und ein Stück weiter gibt es noch ein Haus. Es war früher die Hütte eines Köhlers, aber es geht die Sage um, dass dort auch Vampire hausen. Nachts kommen sie aus ihren Särgen und schweben über dem Sumpf. Der alte Joe Buttleford hat sie mal gesehen. Schrecklich, Sir.«

Der Konstabler bestellte noch eine Runde Whisky.

»Sie glauben mir nicht, Sir, wie?«

John zuckte nur mit den Schultern. Er hatte schon zu viel in seiner Laufbahn erlebt, um dies alles als

Quatsch abzutun. Trotzdem sagte er: »Die Menschen erzählen viel. Aber Sie haben meine Neugierde geweckt, Konstabler. Ich werde mir dieses verlassene Gasthaus mal ansehen.«

»Um Himmels willen, Sir. Sie laufen in den Tod.«

John lachte. »Warum so ängstlich? Ich wollte Sie eigentlich mitnehmen.«

Burns schüttelte entschieden den Kopf. »Nee, da kriegen mich keine zehn Pferde hin. Außerdem ist heute wieder so eine Sache passiert.«

»Erzählen Sie doch mal«, sagte John.

»Ach, ein Ehepaar, das hier in dieser Pension seinen Urlaub verbringt und durch dessen Fenster Mr. Mannering einsteigen wollte, ist heute nach dem Frühstück losgegangen, um sich ebenfalls das Gasthaus anzusehen. Die Frau ist am Nachmittag allein zurückgekommen. Völlig aufgelöst, am Ende ihrer Nervenkraft. Sie hat von einem Einäugigen berichtet, der ihren Mann in das Haus geschleppt hat. Sie konnte noch soeben fliehen. Wollte natürlich Hilfe holen und mit einigen Männern zurückkehren. Sie hat aber keinen Mann bekommen.«

»Und jetzt?«

Der Konstabler zuckte mit den Schultern. »Sie sitzt oben in ihrem Zimmer. Ich glaube, sie will noch mal allein zu diesem Gasthaus gehen. Blanker Wahnsinn, was sie vorhat.«

»Sie wird nicht allein gehen«, sagte John Sinclair.

Der Konstabler starrte den Inspektor an. »Wollen Sie etwa ...?«

»Genau.«

»Na, mir soll's egal sein. Da kommt übrigens Lilian Dexter. So heißt die Frau.«

Eine junge blonde Frau betrat die Gaststube und sah sich suchend um. Die Frau trug einen dunkelgrünen Anorak und lange schwarze Hosen.

Mit energischen Schritten kam sie auf den Tisch der beiden Beamten zu.

Sie schenkte John ein Kopfnicken und sagte zu dem Konstabler: »Ich gehe jetzt, Mr. Burns. Haben Sie inzwischen Ihre Meinung geändert?«

»Äh, ich...« Der Konstabler wandte sich Hilfe suchend an John Sinclair.

Der Inspektor stand auf. »Bitte, nehmen Sie einen Moment Platz, Mrs. Dexter!«

Lilian furchte die Brauen. John sah, dass sie vom Weinen gerötete Augen hatte. »Woher kennen Sie meinen Namen, Mister...?«

»Sinclair, Madam. Inspektor Sinclair von Scotland Yard.«

»Oh! Sind Sie ein Kollege von diesem Charles Mannering?«

»Das bin ich in der Tat, Madam.«

»Sie reagieren schnell. Alle Achtung.« Lilian setzte sich auf den noch freien Stuhl.

Nervös zog sie eine Schachtel Zigaretten aus der Tasche ihres Anoraks.

John gab der Frau Feuer.

»Kommen wir zur Sache, Mr. Sinclair. Was wollen Sie von mir? Ich habe nicht viel Zeit.«

»Ich werde mit Ihnen gehen, Mrs. Dexter«, erwiderte John.

Lilian sah überrascht auf. »Ach, gibt es in diesem Dorf endlich einen richtigen Mann?«, fragte sie sarkastisch und blickte dabei den Konstabler verächtlich an.

Burns bekam einen roten Kopf.

»Mit ›richtigem Mann‹ hat das nichts zu tun«, sagte John. »Es ist mein Beruf, dieser Sache nachzugehen.«

»Sie sprechen von ihrem Kollegen Charles Mannering?«

»Genau, Mrs. Dexter. Er hat nämlich von diesem mysteriösen Gasthaus aus einen Funkspruch abgeben können. Und da war mein Kollege noch normal.«

»Ja, wenn das so ist«, murmelte Lilian. Dann fragte sie: »Wann brechen wir auf?«

»Meinetwegen sofort.«

»Gut, Inspektor. Aber machen Sie sich auf eine längere Wanderung gefasst.«

Der Konstabler sah den beiden kopfschüttelnd nach. »Die sind verrückt«, murmelte er immer wieder, »die sind verrückt...«

»Ich freue mich, Sie als Gäste bei uns begrüßen zu dürfen«, sagte das Mädchen. »Bitte, folgen Sie mir. Mein Name ist übrigens Grace Winlow.«

»Angenehm«, knurrte Al Jordan. Seinen eigenen Namen sagte er nicht.

Und Vince Tucker hielt sowieso den Mund.

Gelächter und Stimmengewirr drangen an die Ohren der beiden Bankräuber.

»Wird hier 'ne Party gefeiert?«, fragte Al Jordan.

»So ungefähr«, erwiderte Grace Winlow. »Es sind noch mehr Gäste hier. Sie können sie später begrüßen. Ich zeige Ihnen erst einmal Ihre Zimmer. Sie bleiben doch über Nacht, oder?«

Den beiden Männer entging der lauernde Unterton in der Stimme der Frau.

»Sicher bleiben wir über Nacht«, sagte Al Jordan schnell.

Grace Winlow lächelte triumphierend und ging mit den beiden Männern in Richtung Treppe, die nach oben führte.

»Was ist das denn für ein komisches Ding?«, fragte Vince Tucker und deutete dabei auf die Harfe neben der alten Standuhr.

Grace Winlow, die schon vorgegangen war, wandte sich um. »Das ist eine Harfe«, erklärte sie. »Ich spiele sehr gern darauf.«

»Nie gehört«, brummte Vince.

Sie gingen die Treppe hoch. Al Jordan hielt die Plastiktüte mit dem Geld fest umklammert.

»Leider haben wir nur Einzelzimmer«, sagte Grace Winlow, als sie oben auf dem Gang standen. »Aber Ihre Zimmer liegen direkt nebeneinander.«

»Macht nichts«, brummte Al Jordan. »Wie viel kostet denn die Übernachtung?«

»Das sage ich Ihnen nachher.« Grace Winlow öffnete die beiden Zimmertüren und schaltete das Licht ein. »So, hier wären wir.«

»Nicht gerade komfortabel, aber zum Pennen reicht's«, meinte Vince.

»Halt's Maul«, knurrte sein Kumpan.

»Sie kommen doch gleich noch mal nach unten, nicht wahr?«, fragte Grace.

»Natürlich. Ein Schluck kann nie schaden«, erwiderte Al Jordan.

»Also, dann bis gleich.«

Die Frau verschwand.

Al Jordan versteckte zuerst die Tüte mit dem Geld. Er klemmte sie unter die Matratze. Dann ging er rüber zu seinem Kumpan Vince.

Tucker saß auf dem Bett und rauchte eine Zigarette.

»Hast mir gar nichts davon erzählt, dass hier was los ist«, sagte er.

Jordan zuckte mit den Schultern. »Hatte auch keine Ahnung. Früher war das Ding leer.«

»Scheint aber viel los zu sein, neuerdings. Frage mich nur, wie die Leute alle nach hier gekommen sind. Ich habe nämlich keinen Wagen gesehen.«

»Die sind vielleicht hinterm Haus. Außerdem ist es neblig.«

Tucker warf seinen Zigarettenstummel zielsicher ins Waschbecken. »Gefällt mir trotzdem nicht.«

»Kannst ja wieder abhauen, du Memme.«

»So war's doch nicht gemeint, Al.«

Jordan nickte. »Gehen wir jetzt noch nach unten?«

»Große Lust habe ich nicht.«

»Schön, dann bleibe ich auch hier und leg' mich auf die Matratze.«

Der Bankräuber war schon fast an der Tür, als ihn Vince Tuckers Stimme zurückhielt.

»Sei vorsichtig, Al. Habe das komische Gefühl, dass noch irgendetwas passiert.«

»Ja, vielleicht kommt diese Nacht noch die Puppe von vorhin zu dir aufs Zimmer und tut dir was Gutes.«

Al Jordan ahnte nicht, wie recht er mit dieser Vermutung haben sollte.

In seinem Zimmer legte er sich aufs Bett. Er spürte das Geld unter der Matratze, holte es hervor und stellte die Plastiktüte in den leeren Schrank.

Dann legte er sich wieder hin und versuchte einzuschlafen.

»Da! Sehen Sie doch, Inspektor! Ein Wagen!«

Tatsächlich. Aus dem dicken Nebel schälten sich die Umrisse eines Fahrzeugs.

»Können Sie sich das erklären?«, fragte Lilian.

»Noch nicht«, erwiderte John und trat an den Wagen. Es war ein deutsches Fabrikat, ein VW.

John Sinclair versuchte, einen Blick in das Innere des Volkswagens zu werfen, doch die Scheiben waren zu beschlagen.

Lilian Dexter stand fröstelnd neben dem Inspektor.

»Es ist noch unheimlicher als heute Morgen«, sagte sie leise. »Was sollen wir jetzt machen? Hören Sie nicht auch die Stimmen, Inspektor?«

John nickte. »Es scheinen sich doch Leute in diesem Gasthof aufzuhalten.«

»Bestimmt ist dieser Einäugige dabei«, sagte Lilian. »Vielleicht finden wir auch meinen Mann.«

Hoffnung schwang in ihrer Stimme mit.

»Sicher finden wir ihn, Mrs. Dexter. Aber vorher sehen wir uns dieses Gemäuer mal von allen Seiten an. Kommen Sie.«

John Sinclair und Lilian Dexter schlichen vorsichtig an der Schmalseite des Gasthauses entlang und standen schon bald an der Rückfront.

»Hier ist alles dunkel«, raunte Lilian.

Ihre Stimme wurde fast von dem dicken Nebel verschluckt.

John ging ein paar Schritte weiter und stand plötzlich vor einem hohen Kasten. Jedenfalls sah dieses Hindernis so aus.

John nahm den Kasten näher in Augenschein und identifizierte ihn als einen Buggy, auf dessen Ladefläche irgendein länglicher Gegenstand lag.

John kletterte auf die Radspeichen des Buggys.

Jetzt konnte er den Gegenstand erkennen.

Es war ein Sarg!

Johns Magenmuskeln zogen sich zusammen.

Ein Sarg! Letzte Ruhestätte eines Toten. Aber auch Wohnung der Vampire, und zwar am Tag, wenn die Sonne schien. Nachts verließen sie dann ihre Särge, um auf Blutjagd zu gehen.

John sprang auf den weichen Boden.

Hinter sich hörte er gedämpfte Schritte, dann einen gurgelnden Schrei, der aber abrupt verstummte.

Lilian! Sie war in Gefahr!

John Sinclair sprang vor.

Schon nach wenigen Schritten sah er schemenhaft zwei kämpfende Gestalten, sah, wie die eine Gestalt zu Boden gedrückt wurde.

Dann war John Sinclair heran.

Ein riesiger Kerl beugte sich über Lilian Dexter, versuchte gerade, ihr die Faust an den Kopf zu schmettern.

John fing den Arm ab und riss ihn herum.

Der Kerl grunzte überrascht.

John ließ ihn gar nicht erst zur Besinnung kommen, sondern fegte ihm die Handkante gegen den Kiefer.

Der Mann taumelte zurück. Jetzt sah John, dass er nur ein Auge hatte.

Der Einäugige war hart im Nehmen. Er verdaute den Schlag, ohne mit der Wimper zu zucken.

Er griff sogar noch an.

John musste einen mörderischen Haken einstecken, der ihm die Luft aus den Lungen trieb. Für Sekundenbruchteile stand er ohne Deckung da.

Eine Faust rasierte über sein Kinn.

John Sinclair kippte zurück. Hart prallte er mit dem Kopf gegen irgendeinen Ast.

Die Wellen der Bewusstlosigkeit drohten ihn zu überschwemmen. Der Inspektor kämpfte mit aller Macht dagegen an. Wenn er jetzt ohnmächtig wurde, war Lilian verloren.

Der Einäugige sprang auf John zu, wollte ihm beide Beine in den Körper rammen.

In einer Reflexbewegung rollte sich John zur Seite.

Neben ihm wühlten die Absätze des Einäugigen den Boden auf. Der Kerl hatte so viel Schwung, dass er nach vorn geworfen wurde und schließlich auf allen vieren landete.

Für Sekunden war sein Nacken ungeschützt.

John Sinclairs Chance.

Er rappelte sich auf und legte alle Kraft in einen mörderischen Handkantenschlag.

Der Einäugige gab noch nicht mal mehr einen Ton von sich, als er bewusstlos zusammensackte.

Breitbeinig stand John über ihm. Jeder Atemzug bereitete ihm Qualen. Nur langsam wurde es besser.

Lilian Dexter lief auf John zu.

»Mr. Sinclair«, schluchzte sie. »Es war schrecklich. Er hätte mich bald ...«

John strich ihr sacht über das Haar. »Es ist noch mal gut gegangen.«

Lilian deutete mit zitternden Fingern auf den am Boden liegenden Mann. »Was machen wir mit ihm?«

»Fesseln.«

»Haben Sie Stricke?«

»Nein, aber der Kerl hat einen Hosengürtel.«

John wälzte den Einäugigen herum, zog ihm den Gürtel aus den Schlaufen, riss dem Kerl die Arme nach hinten und schnürte ihm den Gürtel um die Handgelenke. Dann schnitt John mit seinem Taschenmesser Stoffstreifen aus dem Hemd des Bewusstlosen und benutzte diese als Knebel. Schließlich rollte er den Kerl unter den Buggy.

»So, das wär's.«

»Inspektor. Was steht denn da auf der Ladefläche des Wagens?«, fragte Lilian mit zitternder Stimme. »Ist es, ist es ... ein Sarg?«

John nickte.

»Ist er leer?«

»Ich weiß es nicht, Mrs. Dexter.«

Lilian schauderte. »Wollen Sie nachsehen?«

»Ja. Aber Sie nicht.«

John kletterte auf die Ladefläche und sah sich den Sarg genauer an. Es war ein Fichtensarg.

John begutachtete die Verschlüsse. Sie waren primitiv, und man konnte sie ohne Mühe öffnen.

Was John Sinclair auch tat.

Dann hob er den Deckel ab.

In dem Sarg lag ein Mann.

John zuckte zusammen, als er hinter sich eine Bewegung spürte.

Lilian Dexter. Sie war ihm nachgeklettert.

»Ich habe Ihnen doch ges ...«

Lilians Aufschrei erstickte Johns weitere Worte. Die Frau deutete mit zitternden Fingern auf den Toten.

»Das ist Gil«, flüsterte sie tonlos und brach zusammen.

Lilian Dexter war ohnmächtig geworden. Sie lag mit dem Oberkörper auf dem Buggy, während ihre Beine halb auf der Deichsel lagen.

John Sinclair ließ den Sargdeckel fallen und beugte sich über die Ohnmächtige.

Er hätte es sich denken können, dass Gil Dexter in dem Sarg lag. Er hätte nicht nachschauen sollen. Doch jetzt war es für Vorwürfe zu spät.

Zuerst einmal musste John Sinclair die ohnmächtige Lilian in Sicherheit bringen.

Aber wohin?

Zurück nach Bradbury? Unmöglich, das würde zu viel Zeit kosten. Liegen lassen konnte er sie auch nicht. Also in das Gasthaus. John hatte vorhin Stimmen gehört. Vielleicht waren doch normale Menschen dort.

Er musste es einfach darauf ankommen lassen.

John Sinclair sprang vom Wagen und nahm die ohnmächtige Lilian Dexter auf beide Arme. Während er mit ihr auf das Gasthaus zuging, spürte er deutlich den Druck des angespitzten Stuhlbeins, das er sich an der Seite in den Gürtel gesteckt hatte. Es war seine einzige Waffe gegen Vampire.

Schnell hatte John die Eingangstür des Gasthauses erreicht. Die Stimmen waren, so schien es ihm, noch lauter geworden. Auch hörte er deutlich Gelächter an seine Ohren dringen.

John ging leicht in die Knie und drückte mit dem Ellenbogen probehalber auf die Klinke.

Die Tür war offen.

Langsam schwang sie nach innen.

John Sinclair betrat mit der ohnmächtigen Lilian das unheimliche Gasthaus.

Unter einer Tür fiel ein schwacher Lichtstreifen her. Von dort kamen auch die Stimmen.

John biss sich auf die Lippen.

Sollte er mit seiner Last in die Gaststube gehen? Nein, dies erschien ihm zu riskant. Wenn, dann allein.

John sah rechts die Umrisse einer Treppe, die nach oben führte.

Der Inspektor setzte sich langsam in Bewegung und legte die ohnmächtige Lilian unter der Treppe ab. Das musste als Versteck erst mal reichen.

Auf Zehenspitzen schlich John zurück.

Für einen Moment blieb er vor der bewussten Tür stehen und klopfte dann gegen das Holz.

Die Stimmen verstummten schlagartig.

Schritte näherten sich der Tür.

John trat unwillkürlich zurück.

Dann wurde die Tür aufgezogen.

Ein junges schwarzhaariges Mädchen sah John an.

Der Inspektor war für einen Moment perplex. Alles hätte er erwartet, nur das nicht.

Charles Mannerings Funkspruch fiel John Sinclair wieder ein. »Habe ein Mädchen kennen gelernt. Sie ist ein Vampir!«

»Treten Sie doch ein, Sir«, sagte das Mädchen. »Gäste sind immer willkommen.«

John quälte sich ein Lächeln ab und ging an der Schwarzhaarigen vorbei in die Gaststube.

Sechs Gesichter starrten ihn an.

Vier Männer und drei Frauen.

Sie waren alle gekleidet wie vor zweihundert Jahren, und über ihren Schultern lagen dunkle Umhänge.

Es waren Vampire!

Diese Erkenntnis traf John wie ein Peitschenhieb. Und ihm wurde auch klar, dass er in einer Falle saß.

John kreiselte herum und starrte in das Gesicht des schwarzhaarigen Mädchens.

Was vorhin schön wie ein Engel gewesen war, glich jetzt einer Höllenfratze.

Das Gesicht war eingefallen. Runzeln und Falten hatten sich gebildet, und die dolchartigen Vampirzähne stachen wie weiße Nadeln hervor.

Es war das Gesicht der Wahrsagerin.

»Seien Sie willkommen, Inspektor Sinclair«, sagte Grace Winlow und lachte teuflisch ...

John Sinclair versuchte die Ruhe zu bewahren.

Es war nicht das erste Mal, dass er es mit Vampiren zu tun hatte, deshalb wusste er, dass Panik kein Ausweg war.

Grace Winlow kicherte hohl. »Inspektor, Ihr Tod steht fest«, stieß sie hasserfüllt hervor. »Vielmehr das, was Sie Tod nennen. In Wirklichkeit aber werden Sie zu einem Untoten, zu einem Vampir. Sie bekommen Ihren Sarg und werden darin tagsüber auf dem Friedhof der Vampire schlafen. Aber nachts werden Sie mit uns auf die Jagd nach Menschenblut gehen. Erinnern Sie sich noch an die Kugel, Inspektor?«

Und ob sich John daran erinnerte. Er hatte sich in einem Sarg liegen sehen. Fast sah es so aus, als sollte diese Voraussage eintreffen.

Während Grace Winlow sprach, hatten sich die anderen Vampire von ihren Plätzen erhoben und einen Kreis um John Sinclair gebildet.

Der Inspektor sah in grässliche Fratzen, die nur eins gemeinsam hatten: die nadelspitzen Vampirzähne!

John wich langsam zurück, versuchte, den Kreis zu vergrößern, um mehr Bewegungsfreiheit zu haben.

Grace Winlow stieß einen Fauchlaut aus.

Das Angriffssignal für die anderen.

Gemeinsam warfen sie sich auf den Inspektor.

John Sinclair hatte keine Zeit mehr, nach dem Holzpflock zu greifen.

Dürre Finger mit langen Nägeln versuchten, ihm das Gesicht aufzukratzen, sich wie Messer in seine Haut zu bohren.

Den ersten Schlag, den John austeilte, bekam eine Vampirfrau mitten ins Gesicht. Sie wurde zurückgeschleudert, behinderte dadurch zwei ihrer Gefährten, und John bekam etwas Luft.

Doch schon hing ihm der nächste Gegner im Nacken. Krallenhände drückten in seinen Hals.

Wenn er jetzt nicht sofort handelte, war er verloren.

Ehe der Vampir seine Zähne in Johns Nacken bohren konnte, bückte sich der Inspektor, packte die Handgelenke des Untoten und schleuderte ihn über sich hinweg.

Doch das war vorerst seine letzte Aktion.

Die Bestien hängten sich plötzlich wie Kletten an ihn, zwangen ihn gemeinsam zu Boden.

John wehrte sich verbissen. Schlug in weiche, aufgeschwemmte Körper, jagte seine Fäuste in die entsetzlichen Gesichter und zog doch den Kürzeren.

Irgendwann lag er am Boden. Keuchend, ausgepumpt. Tritte trafen seinen Körper, sein Gesicht.

John sah, wie sich ein grässlich entstelltes Frauengesicht über ihn beugte, fühlte die nadelspitzen Zähne an seinem Hals und war nicht in der Lage, etwas zu unternehmen.

»Lass sein!«, hörte er Grace Winlows Stimme. »Er gehört mir. Noch soll er einige Zeit leben. Er wird uns nicht entkommen.«

Die weiteren Worte der Alten hörte John nicht mehr, denn ein Schlag gegen den Kopf ließ ihn in tiefe Bewusstlosigkeit versinken.

Eine seltsame Musik riss Vince Tucker aus dem Schlaf.

Verwirrt fuhr er in seinem Bett hoch und öffnete die Augen.

Rabenschwarze Finsternis umgab ihn. Vince brauchte einige Zeit, um sich zu besinnen, wo er überhaupt war.

Schließlich setzte sein Erinnerungsvermögen wieder ein.

»Verdammt noch mal«, fluchte er. »Gibt's denn hier kein Licht?«

Wütend stand er auf und tastete sich im Dunkeln zu dem Lichtschalter an der Wand.

Er drehte ihn herum.

Nichts geschah.

»Das gibt es doch nicht«, knurrte Tucker und ging in Richtung Schrank, denn dort hatte er vorhin eine Kerze entdeckt.

Vince zog die knarrende Schranktür auf und fummelte mit den Händen herum.

Schließlich fand er die Kerze oder vielmehr den Kerzenstummel.

Vinces Feuerzeug lag auf dem Tisch. Er schnippte es an und hielt die Flamme gegen den Docht des Kerzenstummels.

Zuckend flackerte das Kerzenlicht auf und warf lange Schatten an die Wände des Zimmers.

Vince träufelte etwas Talg auf den Tisch und stellte die Kerze dann darauf.

Anschließend griff er nach seinen Zigaretten.

Während er rauchte, lauschte er unbewusst der Harfenmusik. Sie war fremd für Vince Tucker, der, wenn er schon Musik hörte, sich nur an Pop- und Beatmusik ergötzte.

Aber diese hier?

Richtig unheimlich.

Vince überlegte, ob er nicht zu seinem Kumpan hinübergehen sollte. Aber dann dachte er daran, dass Al ihn wahrscheinlich auslachen würde und ihn als einen Angsthasen und Feigling...

Vince dachte den Gedanken nicht mehr zu Ende, denn er sah in dem flackernden Kerzenlicht, wie sich unendlich langsam die Türklinke nach unten bewegte.

Vince drückte die Zigarette auf dem Tisch aus.

Wer wollte um diese Zeit noch zu ihm?

Al? Nein, der wäre mit einem Satz im Zimmer gewesen.

Verdammt, hätte er doch nur nicht die Maschinenpistole im Wagen gelassen.

Aber jetzt war es zu spät.

Vince Tucker, der auf der Bettkante saß, konnte seinen Blick nicht von der Tür lösen.

Knarrend schwang sie nach innen.

Eine Hand wurde sichtbar.

Eine Frauenhand.

Vince Tucker stand unbewusst auf, bereit, sich seiner Haut zu wehren.

»Aber, was ist denn mit Ihnen?«, drang eine weiche Frauenstimme an sein Ohr.

Vince Tucker wischte sich über die schweißnasse Stirn und grinste verunglückt.

Er konnte seine Augen nicht von der Frau lassen, die plötzlich im Zimmer stand.

Es war die Schwarzhaarige von vorhin, und sie war zu ihm gekommen. Nicht zu Al, der immer mehr Chancen bei den Frauen hatte.

Die Frau kam langsam näher. Sie trug ein langes Kleid, das vorne weit ausgeschnitten war und die Ansätze ihrer Brüste zeigte.

Die Schwarzhaarige lächelte. »Hat es Ihnen die Sprache verschlagen, Mister?«

»Ich heiße Vince. Vince Tucker«, krächzte der Bankräuber.

»Vince. Ein schöner Name.«

»Das hat noch nie jemand gesagt.«

»Dann bin ich eben die Erste. Komm, setzen wir uns auf dein Bett, ja?«

Vince Tucker wusste gar nicht, was mit ihm geschah, denn plötzlich saß die Schwarzhaarige auf seinem Schoß.

Ihre Hände wühlten in seinem Haar.

»Aber ich ...«, begann er noch, da warf sie ihn auch schon auf den Rücken.

Vince Tucker spürte den festen Druck der Brüste, und sein Verstand setzte plötzlich aus.

»Schließ deine Augen«, forderte Grace Winlow.

Vince gehorchte gern. Alles Weitere überließ er seinen tastenden Händen.

Vince fühlte die Fingerspitzen der Frau über sein Gesicht gleiten, und eine nie gekannte Erregung packte ihn.

Tief beugte sich Grace Winlow über ihn.

Vince spürte den Druck ihrer Lippen auf seinem Mund und zuckte plötzlich zusammen.

Die Lippen waren kalt wie Eis!

Auch spürte er einen fauligen Modergeruch in seine Nase steigen.

Vince merkte es nur im Unterbewusstsein, deshalb reagierte er zu spät.

Als Vince Tucker die Augen aufriss, bohrten sich gerade die grässlichen Vampirzähne in seine Halsschlagader...

Irgendwann schlug Lilian Dexter die Augen auf.

Mein Gott, wo war sie?

Nur bruchstückhaft kehrte die Erinnerung zurück. Sie dachte an John Sinclair, an den Kampf mit dem Einäugigen und sah den Sarg vor sich, in dem ihr Mann gelegen hatte.

Lilian legte sich auf die Seite und entdeckte einen schmalen Lichtstreifen unter einer Tür.

Taumelnd kam die Frau auf die Beine, wollte auf die Tür zuwanken, als diese aufgezogen wurde.

Eine schwarzhaarige Frau kam nach draußen. Lilian konnte für einen Augenblick in den Raum sehen, aus dem die Unbekannte gekommen war.

Sie sah John Sinclair am Boden liegen und einige Gestalten, die ihn umkreist hatten.

Im ersten Moment wollte Lilian aufschreien, doch dann besann sie sich.

Was war geschehen?

Lilian Dexter war beileibe keine Kriminalistin. Aber so viel war ihr klar: John Sinclair musste von diesen Leuten überwältigt worden sein. Er war in Gefahr. Er brauchte Hilfe.

Die Frau hatte die Tür wieder geschlossen, und abermals umgab Lilian tiefschwarze Finsternis.

Lilian hörte, wie die Frau eine Treppe hochstieg. Das war direkt über ihr. Und dann drang das Spiel einer Harfe an ihre Ohren.

Es war eine wunderschöne Melodie. Lilian hätte ihr stundenlang lauschen können.

Fast gewaltsam riss sie sich von den Klängen los und schlich in Richtung Ausgang.

Sie holte ihr Feuerzeug aus der Tasche und knipste es kurz an.

Die flackernde Flamme reichte aus, um sich einigermaßen orientieren zu können.

Ohne Schwierigkeiten erreichte Lilian die Tür.

Sie war nicht abgeschlossen.

Lilian zog sie auf und schlüpfte nach draußen.

Der Nebel schien noch dicker geworden zu sein.

Wie eine schwarzgraue Wand lag er über dem Land.

Lilian Dexter hatte Angst, den Pfad, der nach Bradbury führte, zu verfehlen.

Schritt für Schritt ging Lilian Dexter weiter. Sie merkte gar nicht, dass sie die falsche Richtung einschlug und plötzlich vor dem Buggy stand.

Keuchende Geräusche drangen an ihr Ohr.

Lilian bückte sich und erkannte den Einäugigen, der unter dem Wagen lag und sich vergeblich bemühte, seine Fesseln abzustreifen.

Unwillkürlich trat Lilian zurück.

Plötzlich erfasste sie die Panik. Angstschauer schüttelten ihren Körper. Ihr wurde auf einmal klar, dass sie den richtigen Weg allein nie finden würde. Nicht in diesem Nebel.

Lilian lief weg, begann zu rennen, setzte Schritt für Schritt in dumpfer Verzweiflung.

Der Boden unter ihren Füßen wurde sumpfiger, schien sich an ihren Schuhen festzusaugen.

Das Laufen bereitete Lilian immer mehr Mühe.

Plötzlich rutschte sie mit dem rechten Bein ab, verschwand bis zu den Knien in einer wabernden Brühe.

Lilian Dexter schrie auf.

Sie wollte ihr Bein aus dem Sumpf ziehen, doch sie geriet nur noch tiefer hinein.

Ich bin verloren!, schoss es ihr durch den Kopf.

In ihrer Verzweiflung machte sie immer heftigere Bewegungen und wurde dadurch tiefer in den tödlichen Sumpf hineingezogen.

Die plötzlich aufgetauchte Gestalt bemerkte Lilian erst im allerletzten Augenblick.

Kräftige Hände packten sie unter den Achseln und zogen Lilian aus dem Sumpf.

Lilian schluckte, als sie in den Armen des Unbekannten lag.

Erst jetzt hob die Frau den Kopf.

Sie sah genau in das Gesicht ihres Mannes.

»Gil«, flüsterte sie erstickt, und dann entrang sich ihrer Kehle ein verzweifelter Aufschrei.

Genau in dem Augenblick, in dem Gil Dexters Vampirzähne in den Hals seiner Frau fuhren ...

Auch Al Jordan, der zweite Bankräuber, konnte keinen Schlaf finden. Geplagt von grässlichen Kopfschmerzen, wälzte er sich unruhig in seinem Bett herum.

Plötzlich hörte er ein Geräusch.

Es war aus Vinces Zimmer gekommen und ähnelte einem unterdrückten Stöhnen.

Al Jordan schwang sich aus dem Bett, schlich im Dunkeln zu der Wand, die sein und Vinces Zimmer trennte, und legte sein Ohr gegen die Steine.

Zuerst hörte er nichts.

Al wollte schon wieder zurück in sein Bett gehen, als er das Quietschen von Federn vernahm. Kurz danach klappte die Zimmertür.

Al Jordan grinste.

Vince schien Besuch gehabt zu haben. Weiblichen Besuch? Vielleicht die Schwarzhaarige? So viel Chancen hätte er seinem Kumpan gar nicht zugetraut.

Al's Neugierde war geweckt.

Ob er mal rüberging und Vince fragte? Sicher, eventuell konnte er einen Tipp bekommen und sich auch an die Schwarzhaarige ranmachen.

Al Jordan zog sich im Dunkeln an. Jetzt Licht anzuknipsen wäre zu verräterisch gewesen.

Bevor Al nach draußen ging, steckte er erst seinen Kopf durch den Türspalt.

Doch der Gang lag dunkel und verlassen vor ihm.

Al Jordan huschte aus dem Zimmer und klopfte gegen Vince Tuckers Tür.

»He, Vince, hörst du mich? Wach auf, zum Teufel!«

Vince gab keine Antwort.

»Wird wohl vor Erschöpfung eingeschlafen sein«, murmelte Al Jordan. »Na ja, bei der Frau.«

Al drückte auf die Klinke und schlüpfte in das Zimmer seines Kumpans.

Vince lag im Bett.

Auf dem Tisch stand eine fast heruntergebrannte Kerze und verbreitete flackerndes Licht.

»Was war los, Vince?«, zischte Al Jordan. »War wirklich die schwarzhaarige Puppe bei dir?«

Vince Tucker gab keine Antwort.

Al Jordan runzelte die Stirn. Sofort kam das Misstrauen des Bankräubers wieder zum Vorschein. Sollte Vince etwa …?

Nein, jetzt bewegte er sich, blickte seinen Kumpan an.

Al grinste. »Mein lieber Mann«, sagte er. »Du

scheinst aber ein verdammt hartes Stück Arbeit hinter dir zu haben, wenn du noch nicht mal deinen alten Kumpel bemerkst, der ...«

Al Jordan stockte plötzlich. Er war mittlerweile so nahe an das Bett herangetreten, dass er deutlich dunkle Flecken auf dem Laken erkennen konnte.

Blut!, schoss es Al Jordan durch den Kopf. Etwas anderes kam für ihn gar nicht in Frage.

»Verdammt, Vince, was war los?«

Tucker schwang langsam seine Beine über den Bettrand und richtete sich in eine sitzende Stellung auf.

Jetzt sah Al Jordan auch, dass Vinces rechte Halsseite voll von geronnenem Blut war.

Mit zwei Schritten war Al bei seinem Kumpan, rüttelte ihn an den Schultern.

Das war sein Fehler.

Vince stieß plötzlich ein tierisches Fauchen aus und schlug Al beide Fäuste in das ungedeckte Gesicht.

Schreiend taumelte Al Jordan zurück.

»Bist du wahnsinnig?«, keuchte er. »Du ...«

Ein weiterer Schlag erstickte seine Stimme.

Al Jordan flog quer durch den Raum und krachte gegen die Wand.

Wie ein Panter hechtete Vince Tucker auf ihn zu, landete auf Al's Brust und nagelte ihn mit seinen Knien auf dem Boden fest. Dabei stieß er unartikulierte Laute aus, die Al Jordan, einem wirklich hartgesottenen Burschen, Angstschauer über den Rücken jagten.

Vince Tucker riss seinen Mund auf, wollte Al die Zähne in den Hals hacken.

Jordan merkte es im letzten Augenblick.

Seine rechte Hand schoss hoch und klatschte mit dem Ballen gegen Tuckers Kinn.

Vince wurde der Kopf in den Nacken gerissen, für eine winzige Zeitspanne passte der Bankräuber nicht auf.

Al Jordan rollte sich unter ihm weg, kam auf die Füße, und ehe sich Vince Tucker fangen konnte, hatte ihm Al die Fußspitze gegen die Schläfe geknallt.

Vince Tucker kippte zurück und blieb ausgestreckt liegen.

Von Panik gepackt, raste Al Jordan zur Tür.

Nur weg von hier!, schrie es in ihm. Nur weg!

Al hetzte auf den Gang, stieß sich irgendwo den Kopf und stolperte in Richtung Treppe.

Mehr fallend als laufend nahm er die Stufen.

Keuchend kam er unten an.

Eine Frau, die Al noch nie gesehen hatte, trat ihm in den Weg.

»Können Sie mir sagen, ob …?«

Al verstummte. Er hatte in dem diffusen Licht, das hier unten herrschte, die beiden Vampirzähne gesehen.

Und da riss bei Al Jordan der Faden.

All seinen Hass, seine Wut und auch seine Angst legte er in einen gnadenlosen Schlag, der dem weiblichen Vampir mitten ins Gesicht krachte und ihn zurückschleuderte.

»Ihr Schweine!«, schrie Al. »Wenn ihr denkt, ihr könnt mich fertig machen, ihr …«

Al's Stimme überschlug sich.

Der Bankräuber warf sich herum und rannte zur Haustür.

Er riss sie so ungestüm auf, dass sie gegen die Wand knallte und sofort wieder zurückschlug. Beinahe hätte Al sie noch ins Kreuz bekommen.

Die dicke graue Nebelwand verschluckte den Bankräuber.

»Wo ist der Wagen?«, flüsterte Al. »Verdammt, ich muss den Wagen finden.«

Fieberhaft kramte Al in seiner Hosentasche nach den Autoschlüsseln.

Hinter sich hörte er bereits verdächtige Geräusche.

Seine Verfolger, die kurz nach ihm aus der Tür gerannt waren, hatten ihn fast erreicht.

Na, die würden sich wundern, dachte Al. Schließlich lag im Wagen noch die Maschinenpistole.

Endlich hatte Al Jordan die Schlüssel in der Hand und schloss mit zitternden Fingern die Wagentür auf.

Er wollte sich gerade in den VW beugen, da legte sich eine Hand auf seine Schulter.

Al wirbelte herum und sah in ein grässliches Vampirgesicht.

Mit aller Kraft schlug er in diese hässliche Fratze. Der Vampir wurde zurückgeworfen und vom Nebel verschluckt.

Al Jordan griff nach seiner Maschinenpistole.

Die geladene und gesicherte Waffe in der Hand, kreiselte er herum.

Verschwommene Gestalten tauchten aus dem Nebel auf.

»Kommt nur her, ihr Schweine!«, brüllte Al. »Kommt nur her!«

Sein Zeigefinger riss den Abzug der MPi nach hinten.

Grellrotes Mündungsfeuer leckte aus dem Lauf. Das Blei fetzte durch den Nebel und fraß sich in die Körper der näher kommenden Gestalten.

»Da! Da!«

Al Jordan begleitete jede Salve mit hysterischen Schreien.

Aber nichts geschah. Die Kugeln gingen durch die Vampire hindurch und klatschten hinter ihnen irgendwo gegen die Hauswand des Gasthofs.

»Das ... das ... ist doch nicht möglich«, flüsterte Al Jordan, als er sah, dass seine Geschosse überhaupt keine Wirkung zeigten und die Gestalten immer näher kamen.

Wie glühendes Eisen ließ Al plötzlich die Waffe fallen, wirbelte herum und warf sich mit einem Pantersatz in den Wagen, dessen Tür zum Glück offen stand.

Eine knochige Hand griff nach dem oberen Rand der Autotür.

Al Jordan riss den Wagenschlag zu. Einige Finger des Vampirs wurden von der Tür zerquetscht.

Al stieß den Schlüssel ins Zündschloss.

Der Motor des VW sprang augenblicklich an.

Al kuppelte, drosch den Gang ins Getriebe und gab Gas.

Mit einem Ruck schoss der Wagen vor.

Dreck und Laub wurden von den durchdrehenden Hinterreifen aufgeworfen.

Al Jordan hockte geduckt hinter dem Steuer. Sein schweißnasses Gesicht klebte fast an der Frontscheibe.

»Hoffentlich finde ich den richtigen Weg«, flüsterte er tonlos, während die inzwischen eingeschalteten Scheinwerfer vergeblich versuchten, den Nebel zu durchdringen.

Die schrecklichen Gestalten blieben hinter Al Jordan zurück.

Der Bankräuber kannte nur ein Ziel. Bradbury. Er musste diesen Ort erreichen. Dort war er in Sicherheit.

An das geraubte Geld dachte er nicht mehr.

Fast unerträglich lastete der Druck auf John Sinclairs Kopf.

Nur unter großen Mühen öffnete der Scotland-Yard-Inspektor die Augen.

Dunkelheit. Absolute Dunkelheit.

John Sinclair hob den rechten Arm. Er stieß gegen etwas Hartes, dicht über seinem Kopf.

John tastete weiter. Es dauerte eine Weile, bis sein Gehirn erfasste, wo er sich befand.

Doch dann wurde es ihm schlagartig klar.

In einem Sarg!

Im ersten Augenblick drohte John die Panik zu überwältigen. Grässliche Bilder stiegen vor seinen

Augen auf. Bilder von lebendig Begrabenen, von Scheintoten.

Mach dich nur nicht verrückt, sagte sich John. Behalt jetzt um Himmels willen die Nerven.

John lag auf dem Rücken. Jetzt drehte er sich auf die rechte Seite und machte sich an die nähere Untersuchung des Gefängnisses.

Er lag in einem Steinsarg. Das verringerte die Chancen auf ein Entkommen.

Und dann die Luft. Wie lange würde noch genug Atemluft vorhanden sein?

John merkte, dass er schon jetzt kaum noch richtig Sauerstoff bekam. Sollte er hier bei lebendigem Leib ersticken?

Wieder fielen ihm Grace Winlows Worte ein. Und das Bild in der magischen Kugel.

Es war alles eingetroffen.

John Sinclair war lebendig begraben!

Diese Erkenntnis traf den Inspektor wie ein Fausthieb. In der ersten Reaktion wollte er einfach losschreien, seine ganze Not hinausbrüllen, doch dann siegte die Vernunft.

Nein, nur keine großen Anstrengungen. Das kostete zu viel Luft. Und den Sauerstoff brauchte er nötiger denn je.

John spürte einen Druck an der Hüfte.

Der angespitzte Holzpfahl. Er steckte immer noch hinter seinem Gürtel. War jetzt wertlos geworden.

John überlegte, ob er ihn sich nicht selbst in die Brust stoßen sollte, bevor er hier jämmerlich erstickte.

Doch noch lebte er!

John hob beide Hände und stemmte sie gegen den Sargdeckel. Mit aller Kraft versuchte er, den Deckel nach oben zu drücken.

Vergebens.

Der schwere Deckel rührte sich nicht einen Millimeter.

Erschöpft hielt John inne. Diese Arbeit hatte verdammt viel Sauerstoff gekostet.

Er bekam schon kaum mehr richtig Luft. Die Sachen klebten ihm schweißnass am Körper, sein Atem ging schnell und pfeifend.

Wie lange konnte er es noch aushalten?

Drei, vier oder fünf Minuten?

Das Atmen fiel John Sinclair immer schwerer. Es bereitete ihm Mühe, seine Nerven noch unter Kontrolle zu haben.

Und dann war es mit seiner Beherrschung vorbei. John Sinclair war auch nur ein Mensch.

Mit beiden Fäusten trommelte er gegen die Unterseite des Sargdeckels.

»Ich will hier raus! Ich will hier ...«

Johns Stimme versagte. Ein Hustenanfall schüttelte seinen Körper.

Die Luft wurde immer knapper.

John Sinclair schnappte verzweifelt nach Sauerstoff. An normales Atmen war kaum mehr zu denken.

In diesem Augenblick höchster Gefahr hörte John über sich ein knirschendes Geräusch.

Langsam, unendlich langsam wurde der Sargdeckel zur Seite geschoben.

Ein schwacher, rötlich schimmernder Lichtschein traf John Sinclairs Gesicht.

Und noch etwas strömte in den Sarg.

Luft! Herrliche Luft.

Tief pumpte John den Sauerstoff in seine Lungen. Von Sekunde zu Sekunde ging es ihm besser.

Dann war der Sargdeckel ganz verschwunden.

Jemand hielt eine Laterne über Johns Kopf.

Der Inspektor kniff geblendet die Augen zusammen. Flüsternde Stimmen drangen an seine Ohren. John hörte mehrmals seinen Namen. Endlich konnte er auch wieder besser sehen.

Die Vampire hatten seinen Sarg umkreist!

John sah ihre Gesichter, diese grässlichen, blutsaugenden Fratzen.

Und plötzlich wurde dem Inspektor klar, dass der Erstickungstod vielleicht besser gewesen wäre, als zu einem Untoten zu werden.

Die Laterne über seinem Kopf schwankte hin und her. John sah die Schatten auf den Körpern der Vampire tanzen, und er erkannte auch Grace Winlow, die nun ganz dicht an seinen Sarg trat.

John setzte sich auf.

Grace Winlow beugte sich zu ihm hinab. Sie war jetzt wieder die junge schwarzhaarige Frau, die sie immer dann sein konnte, wenn sie frisches Menschenblut getrunken hatte.

»Ich habe es dir prophezeit«, sagte sie triumphierend. »Du wirst bald einer von uns sein und genau wie wir denken und fühlen. Der Sarg, in dem du jetzt liegst, wird tagsüber dein Platz sein, John Sinclair.«

Der Inspektor kniff die Augen zusammen. »Niemals!«, zischte er. »Niemals werde ich zu euch gehören. Eher bringe ich mich um.«

Grace Winlow kicherte. »Glaubst du, dass wir es zulassen? Nein, du bist zu wertvoll. Ein Inspektor von Scotland Yard als einer der Unseren ist eine zu verlockende Möglichkeit. Die englische Polizei würde bald nur noch aus Vampiren bestehen. Es wäre der Anfang einer Weltherrschaft der Untoten.«

»Du bist verrückt!«, presste John hervor. Er stützte sich mit den Händen am Sargrand ab und konnte sich somit hinknien. Er sah Grace Winlow jetzt genau ins Gesicht.

Deutlich erkannte er die Vampirzähne und die blutunterlaufenen Augen.

Ein hartes Grinsen kerbte sich in John Sinclairs Mundwinkel.

»Versuch es nur«, flüsterte er. »Versuche es nur, Grace Winlow. Du wärst nicht der erste Vampir, den ich endgültig töten würde. Und du wirst auch nicht der letzte sein.«

Johns Sicherheit machte Grace Winlow unruhig. Sie wusste auf einmal nicht genau, wie sie sich verhalten sollte.

»Worte!«, keifte sie. »Nichts als leere Worte. Ich werde dein Blut trinken, John Sinclair. Ich werde es trinken!«

Ihre Hände stießen plötzlich vor, packten ihn an seinem Hemdkragen und zogen ihn nach vorn.

John sah das blutgierige Funkeln in den Augen der Untoten und hörte hinter sich aufgeregtes Getuschel.

»Komm!«, zischte Grace Winlow. »Ich brauche Blut. Dein Blut, John Sinclair!«

Mit einer gedankenschnellen Bewegung warf sie den Kopf vor und zielte mit ihren beiden nadelspitzen Zähnen auf Johns Halsschlagader …

Bradbury!

Schemenhaft tauchte das Schild aus der wabernden Nebelbrühe auf.

Al Jordan wischte sich über die schweißverklebte Stirn. Er hatte es geschafft. War der Hölle entkommen.

Der VW rumpelte über die Hauptstraße des Ortes. Das Geräusch des Motors war der einzige Laut in dem fast totenstillen Ort.

Al Jordan fuhr an dem Gasthaus vorbei, vor dem immer noch der Bentley stand, und bog wenig später in eine kleine Seitengasse ein.

Vor einem alten, windschiefen Haus stoppte er. Hier wohnten seine Eltern.

Al löschte die Scheinwerfer und stellte den Motor ab. Für einige Minuten blieb er in dem Wagen sitzen.

Gedanken kreisten durch seinen Kopf. Wann war er das letzte Mal hier gewesen. Vor drei Jahren – oder war es schon fünf Jahre her?

Al konnte es nicht genau sagen. Er hatte den Kontakt zu seinen Eltern völlig verloren. Wusste nicht einmal, ob sie beide noch am Leben waren.

Al Jordan stieg aus dem Wagen.

Über ihm klappte ein Fenster.

»Ist da jemand?«

Das war die Stimme seiner Mutter.

Al blickte hoch, konnte aber in dem Nebel kaum etwas erkennen.

»Ich bin es«, sagte er. »Al, dein Sohn.«

»Al? Mein Gott, Junge. Warte, ich komme.«

Das Fenster wurde zugeschlagen.

Al ging zu der Haustür. Immer noch die gleiche wie vor Jahren. Die Farbe war abgeblättert, und die dicken Kerben, die er als Junge in das Holz geschnitzt hatte, waren auch noch vorhanden. Erinnerungen wurden in Al Jordan wach.

Die Tür wurde aufgezogen. Dann stand seine Mutter vor ihm. Sie hielt ein Windlicht in der Hand und blickte Al nur an.

»Junge«, sagte sie und schloss ihren Sohn in die Arme.

Jetzt erst spürte Al Jordan die Anspannung der vergangenen Stunden. Wie unter einem Kälteschauer begann sein Körper zu zittern.

»Mein Gott, was ist los mit dir, Al?«

»Nichts, Mutter«, keuchte Al Jordan. »Lass uns ins Haus gehen, bitte.«

»Aber natürlich, Al. Komm herein.« Seine Mutter schloss die Tür und ging voran. »Wir haben immer noch kein elektrisches Licht. Vater wollte es selbst anlegen. Aber jetzt, wo er krank ist...«

»Vater ist krank?«

»Ja, Al. Ein Unfall. Das rechte Bein ist gelähmt. Aber das erzähle ich dir später. Komm erst mal ins Zimmer. Du wirst Hunger haben.«

»Nein, Mutter. Nein, danke.«

Mrs. Jordan führte ihren Sohn in das kleine Wohnzimmer. Die Möbel waren dieselben wie vor Jahren.

Al setzte sich in einen abgewetzten Sessel. Seine Mutter nahm auf der Couch Platz. Das Windlicht hatte sie auf den runden Holztisch gestellt.

»Nun erzähl mal, Al. Wie ist es dir ergangen?«

Al Jordan zuckte mit den Schultern. »Nicht schlecht.«

»Wo arbeitest du? Was machst du? Du hast ja nie etwas von dir hören lassen.« Ein leiser Vorwurf schwang in Mrs. Jordans Stimme mit.

Al Jordan steckte sich eine Zigarette an.

»Deine Finger zittern ja.«

Al blickte seine Mutter an. Und dann schrie er plötzlich: »Ja, verdammt, sie zittern. Wenn du das mitgemacht hättest, was ich soeben erlebt habe, würden deine Hände auch zittern, zum Teufel.«

»Was ist denn passiert?«

»Was passiert ist, Mutter? Wahrscheinlich hältst du mich für verrückt, wenn ich dir das erzähle. Hör zu. Du kennst doch das alte Gasthaus hier in der Nähe.«

»Wo es spuken soll?«

»Genau das. Ich war dort, Mutter. Noch vor ein paar Stunden.«

»Was hast du denn da gemacht?«

»Das spielt jetzt keine Rolle. Auf jeden Fall war ich dort. Und es spukt tatsächlich. Es sind aber keine Geister, sondern Vampire, Blutsauger, verstehst du?«

»Al?« Mrs. Jordan presste ihre Hand auf den Mund. »Überlege dir, was du sagst.«

»Da gibt es nichts zu überlegen, Mutter. Es ist Tatsache. Ich bin den Bestien noch soeben entkommen. Aber meinen Freund, Vince Tucker, den haben sie sich geschnappt. Haben ihm Blut ausgesaugt, Mutter. Verstehst du? Blut ausgesaugt.«

Mrs. Jordan war kreidebleich geworden. »Aber das ist unmöglich. Das ist ja ...« Ihre Stimme versagte.

»Nichts ist unmöglich«, erwiderte Al Jordan und drückte seine Zigarette aus.

»Wir müssen sofort den Konstabler benachrichtigen«, sagte Mrs. Jordan.

»Polizei?« Al fuhr von seinem Sessel hoch. »Kommt gar nicht in Frage.«

»Aber Al, wir müssen. Heute war ein Scotland-Yard-Inspektor hier in Bradbury. Die Leute haben erzählt, er ist zu diesem Gasthof gegangen. Eine Frau war auch noch bei ihm.«

»Weswegen ist er dort hingegangen, Mutter?«

»Wegen dieser – dieser ... Vampire!«

»Weißt du das genau?«

»Ja. Aber warum fragst du?«

»Ach, nur so.«

»Al, du hast doch was. Etwas stimmt nicht mit dir. Warum bist du erst jetzt zu mir gekommen? Du bist doch durch Bradbury gefahren, als du zu diesem Gasthaus wolltest. Du und dein Freund, ihr hättet doch kurz bei uns reinschauen können. Al, hast du wieder etwas angestellt?«

»Ich? Was sollte ich denn angestellt haben?«

»Das frage ich dich ja, Al. Aber gut, wenn du nichts gemacht hast, können wir ja zu Konstabler Burns gehen. Wenn du nicht mit willst, bitte. Aber ich gehe.«

»Das ist Unsinn«, regte sich Al auf. »Denkst du denn, der Konstabler könnte etwas unternehmen?«

»Er nicht. Aber Scotland Yard. Vergiss nicht, Al, dass ein Inspektor auf dem Weg nach Deadwood Corner war.«

»Also, gut«, sagte Al schließlich und stand auf. »Gehen wir zu deinem Konstabler.«

»Warte ein paar Minuten. Ich muss mich eben noch anziehen.«

Mrs. Jordan verschwand nach oben ins Schlafzimmer.

Al verkürzte sich die Wartezeit mit einer Zigarette.

Warum soll ich eigentlich nicht mitgehen, überlegte er. Passieren kann mir ja nichts. Den VW kennt niemand, und bei dem Banküberfall haben wir Masken getragen. Ich muss nur noch eine Möglichkeit finden, an das Geld zu kommen. Dann ist alles klar.

An Vince Tucker, seinen Kumpan, dachte er nicht mehr.

Mrs. Jordan kam zurück. Sie hatte sich einen Mantel übergeworfen und ein Kopftuch umgebunden.

»Gehen wir«, sagte Al forsch.

»Ich habe Vater gesagt, dass du hier bist.«

»Und?«

»Er freut sich.«

»Wundert mich. Wo er mich doch mal hier rausgeschmissen hat.«

»Al, bitte! Vergiss das doch endlich einmal.«
»Ja, schon gut.«

Der Konstabler wohnte in demselben Haus, in dem auch die Polizeistelle war.

Mrs. Jordan musste dreimal klingeln, ehe der Konstabler wach wurde.

»Mrs. Jordan?«, fragte er erstaunt, als er die Frau sah. Dann fiel sein Blick auf Al. »Und was machst du hier?«

Burns kannte Al von früher und war damals nicht gerade gut mit ihm ausgekommen.

»Wir müssen Ihnen unbedingt etwas sagen, Konstabler. Bitte, lassen Sie uns hinein.«

»Aber natürlich.«

Burns, der sich über seinen Schlafanzug einen Morgenmantel gezogen hatte, gab die Tür frei. Er führte die beiden in sein Dienstzimmer.

»Muss ich ein Protokoll aufnehmen?«, fragte er.

»Nein«, erwiderte Al. »Nicht nötig.«

»Erst mal abwarten«, sagte der Konstabler. »So, und nun lasst hören.«

»Al, erzähle du«, bat Mrs. Jordan.

Al berichtete von seinen Erlebnissen in Deadwood Corner. Nur von dem Grund seiner Reise erwähnte er nichts.

Konstabler Burns hörte schweigend zu. Als Al fertig war, sagte er nur. »Ich habe es geahnt. Ich habe es geahnt. Mit dem verdammten Gasthaus stimmt was nicht.«

»Was wollen Sie denn jetzt unternehmen?«, fragte Mrs. Jordan.

Burns zuckte mit den Schultern. Dann wandte er sich an Al Jordan. »Lebt der Inspektor noch?«

»Verdammt, das weiß ich doch nicht. Ich habe Ihren komischen Inspektor überhaupt nicht zu Gesicht bekommen.«

Burns blickte Al misstrauisch an. »Was wolltet ihr überhaupt auf Deadwood Corner?«

Al grinste. »Ferien machen, Konstabler.«

Burns verzog die Mundwinkel. »Lügen konntest du schon immer schlecht. Aber das ist im Moment egal. Ich werde erst mal Scotland Yard informieren. Die sollen entscheiden, wie es weitergehen kann.«

»Aber Sie müssen doch selbst hinausfahren, Konstabler«, mischte sich Mrs. Jordan ein. »Wenn dem Inspektor nun was passiert? Man wird Sie belangen. Wegen unterlassener Hilfeleistung.«

»Sie brauchen mich über meine Dienstvorschriften nicht aufzuklären«, knurrte Burns. »Würden Sie denn freiwillig nach Deadwood Corner gehen?«

Mrs. Jordan schwieg.

»Aber ich, Konstabler.«

»Du, Al?«

»Sicher. Wenn Sie mitkommen. Oder sind Sie zu feige?«

Burns rieb sich den Nacken. In seinem hageren Geiergesicht zuckte es.

»Gut, Al. Ich komme mit dir. Warte hier auf mich. Ich ziehe mich nur eben an.«

»Das ist ein Wort, Konstabler«, grinste Al Jordan.

Der Bankräuber hatte seinen Schreck inzwischen überwunden. Eiskalte Überlegung machte der Panik

Platz. Burns war zwar nur ein mieser Dorfpolizist, aber ein verdammt misstrauischer Bursche. Er kannte Al schon zu lange. Und die Ausrede, auf Deadwood Corner Ferien zu machen, hatte er ihm sowieso nicht abgenommen. Burns würde immer am Ball bleiben.

Aber wenn sie jetzt in Deadwood Corner waren, würde sich vielleicht die Möglichkeit ergeben, Burns abzuservieren. Man konnte Vince Tucker ja die Schuld in die Schuhe schieben oder den Vampiren. Igendwie würde er das schon drehen.

»Al!« Die Stimme seiner Mutter riss ihn aus seinen Gedanken. »Woran denkst du, Al?«

Der Bankräuber lächelte falsch. »An Geld, Mutter. An viel Geld.«

Es geschah alles innerhalb von Sekunden.

Während sich Grace Winlow vorwarf, wich John zurück und riss gleichzeitig das angespitzte Stuhlbein aus seinem Gürtel.

Die Untote konnte gar nicht so schnell reagieren.

Johns rechter Arm schoss vor und rammte die Waffe in Grace Winlows ungedeckte Brust.

Die Vampirfrau blieb mitten in der Bewegung stehen. Den Mund zu einem lautlosen Schrei geöffnet, kippte sie dann langsam in den Sarg.

John Sinclair griff zu und zog das Stuhlbein aus Grace Winlows Brust.

Ehe die anderen Untoten reagieren konnten, sprang der Inspektor aus dem Sarg.

Wie ein Irrwisch kam er über die Untoten.

Der Nächste, dem er seine Waffe durch die Brust rammte, war ein männlicher Vampir.

Ehe dieser überhaupt richtig begriff, sank er schon zu Boden und zerfiel zu Asche.

Doch jetzt hatten sich die anderen gefangen.

Schreiend und mit hassverzerrten Gesichtern gingen sie gegen John vor.

Der Inspektor musste zurückweichen und dabei aufpassen, dass er nicht über die anderen Särge stolperte, die sich noch in der Schreckenskammer befanden.

John Sinclair stellte sich mit dem Rücken gegen die Wand.

Der Erste, der ihn ansprang, war der Vampir, der die Laterne hielt.

John duckte sich gedankenschnell, kam neben dem Vampir wieder hoch, packte dessen Arm, drehte ihn herum und wand dem Untoten die Laterne aus der Hand.

Mit seiner neuen Beute kreiselte John herum.

Die Laterne klatschte in Gesichter und prallte gegen die Wand. Sie zersplitterte. Glasscherben fielen auf den Boden, noch ein kurzes Aufflackern der Flamme, dann war es dunkel.

John wechselte blitzschnell den Standort.

In der Rechten hielt er das angespitzte Holzbein, bereit, jedes dieser verdammten Geschöpfe zu erledigen.

Er hörte das Fauchen der Vampire in der Dunkelheit. Jetzt suchten sie ihren Gegner.

Etwas streifte Johns Gesicht. Wahrscheinlich ein Stück Stoff von einem Umhang.

John spritzte hoch und stieß mit dem Stuhlbein zu.

Ein schreckliches Wimmern ertönte.

Schmerzhaft prallte er mit dem Knie gegen eine harte Kante. Verflixt, er war gegen einen Sarg gestoßen.

Und plötzlich hing ihm ein Vampir im Rücken. John spürte den fauligen Atem und hörte Triumphgeschrei hinter sich.

Er reagierte, wie er es auf der Polizeischule gelernt hatte.

John klemmte sich den Holzpfahl zwischen die Knie, warf beide Hände über die Schultern, packte den Kopf seines Gegners und schleuderte den Vampir über sich hinweg.

In der gleichen Sekunde noch wirbelte er herum, packte den Holzpflock und stieß ihn nach vorn.

Der Pfahl drang durch eine weiche Masse.

Der Vampir hatte jedoch noch so viel Schwung, dass er nach vorn geworfen wurde und seine Krallennägel Johns Gesichtshaut aufkratzten.

Der Inspektor wich einen Schritt zurück, duckte sich dann und kroch auf allen vieren weiter in Richtung Wand.

Er verhielt sich still, versuchte, seinen keuchenden Atem unter Kontrolle zu bringen.

Wie viele Gegner hatte er noch? Zwei, drei?

John hatte nicht mitgezählt.

Vor sich in der Dunkelheit hörte er ein Flüstern. Sicher, sie suchten ihn.

Ein hartes Grinsen verzerrte Johns Mundwinkel, als er seine Kugelschreiberlampe hervorholte.

Sekunden später schnitt der bleistiftdünne Strahl durch die Dunkelheit.

Er traf genau das Gesicht eines Vampirs, riss die schreckliche Fratze aus dem Dunkeln.

John hielt es auf seinem Platz nicht länger aus.

Ehe sich der Vampir von der Überraschung erholt hatte, war John bei ihm und stieß mit aller Macht den Pfahl durch dessen Brust.

Röchelnd kippte der Untote zu Boden, wo er langsam zerfiel.

John Sinclair wirbelte herum. Wie viel waren noch übrig? Nach seiner Rechnung zwei.

Der scharf gebündelte Lampenstrahl schnitt durch die Dunkelheit. Es war kein Vampir mehr zu sehen!

John biss sich auf die Unterlippe. Waren sie entkommen? Wenn ja, wohin?

Johns Blick tastete Stück für Stück die unheimliche Grabkammer ab. Er sah die Kleidung der toten Vampire, die an den verschiedensten Stellen lag, gerade dort, wo der Pfahl die Monster getroffen hatte.

Plötzlich bemerkte John in einem der Särge eine Bewegung.

Mit zwei Sprüngen stand er neben dem Sarg.

Das schreckensstarre Gesicht eines weiblichen Vampirs blickte ihn an. Die Untote fletschte die Zähne, kreischte bösartig auf, als sie John sah, und stemmte sich hoch, um dem Inspektor an die Kehle zu fahren.

Auf halbem Weg traf sie der Pfahl.

Lautlos kippte die Untote zurück. John sah im Licht der kleinen Lampe, wie ihr Gesicht verfiel, wie die blanken Knochen zum Vorschein kamen und dann zu Staub wurden.

Der Inspektor schluckte. War das sein letzter Gegner gewesen?

John schaute in sämtlichen Särgen nach. Sie waren alle leer.

Er hatte die Vampire besiegt!

John Sinclair fühlte sich plötzlich leer und ausgebrannt. Er hatte eine übermenschliche Leistung vollbracht, die nun ihren Tribut forderte.

Aber noch war er nicht aus dem Schneider. Schließlich musste er diesen unheimlichen Ort noch verlassen.

John hatte im Licht der Lampe einen schmalen Gang und eine Holztür entdeckt.

Er wollte gerade auf die Tür zugehen, als diese aufgeschlossen wurde.

John presste sich im letzten Moment in einen toten Winkel gegen die Wand.

Er vernahm das Knarren der Tür und anschließend undefinierbare Laute. Es hörte sich an wie ein schweres Keuchen.

Schritte näherten sich John Sinclair.

Der Inspektor hatte die Lampe ausgeschaltet, sah jedoch einige tanzende Schatten auf dem Boden, die durch flackernden Lichtschein hervorgerufen wurden.

John packte den Holzpflock fester.

Ein riesiger Schatten tauchte auf, stand plötzlich

neben ihm und drehte sich schwerfällig in Johns Richtung.

Der Inspektor knipste im gleichen Moment die Lampe an.

Er sah genau in das Gesicht eines Ungeheuers!

»Verdammt, halten Sie an, Konstabler!«, schrie Al Jordan.

Burns trat auf die Bremse des Volkswagens.

Urplötzlich war aus dem Nebel eine wankende Gestalt aufgetaucht und tanzte wie ein Schemen im Scheinwerferlicht.

Schlitternd kam der Wagen zum Stehen.

»Das ist Vince!«, keuchte Al Jordan und sprang aus dem Fahrzeug.

Al rannte auf seinen Kumpan zu, der stehen geblieben war und in das Scheinwerferlicht starrte.

Al Jordan packte Vince an beiden Schultern.

»Was ist passiert?«, schrie er seinen Kumpan an.

Tucker antwortete nicht.

»Vince! Was ist los mit dir?«

Erst jetzt sah Al in das Gesicht seines Freundes.

Blutunterlaufene Augen starrten ihn an. Zwei spitze Vampirzähne leuchteten aus dem Oberkiefer des Bankräubers.

Ehe Al Jordan irgendetwas unternehmen konnte, legten sich Tuckers Hände um seine Kehle.

Jordan gurgelte auf.

Er riss ein Knie hoch, rammte es in Tuckers Unterleib.

Ohne Erfolg. Im Gegenteil. Der Druck wurde noch stärker.

Die spitzen Zähne näherten sich Al's Hals.

»Nein!«, keuchte er und stieß seinen Kopf vor.

Der Schädel krachte in Tuckers Gesicht. Der Druck um Al's Kehle lockerte sich für einen Moment.

Doch Al hatte nicht mehr die Kraft, diese Chance zu nützen. Er war durch den gnadenlosen Würgegriff schon zu sehr geschwächt.

Die beiden Kämpfenden taumelten zur Seite, gerieten aus der Lichtbahn der Scheinwerfer.

»Al, pass auf. Der Sumpf!«, drang Konstabler Burns' Stimme aus dem Nebel.

Die Warnung kam zu spät.

Die Männer waren schon vom Weg abgekommen.

Der Boden unter ihnen gab plötzlich nach. Sie verloren das Gleichgewicht, konnten sich jedoch wieder fangen und standen plötzlich bis zu den Hüften im Morast.

Vince Tucker war sich der Gefahr, in der beide schwebten, gar nicht bewusst. Er sah nur Al's Hals vor sich. Und biss zu.

Al schrie vor Schmerz auf, während Tuckers Lippen an seiner Halsschlagader klebten und den warmen Lebenssaft heraussaugten.

Immer tiefer sanken sie in den schmatzenden Sumpf. Die dunkelgrüne Brühe stand ihnen schon bis zur Brust.

Das war genau in dem Augenblick, in dem Konstabler Burns im Kofferraum des Wagens endlich ein Seil gefunden hatte.

Der Beamte hetzte auf die Stelle zu, wo die Kämpfenden verschwunden waren.

»Halt aus, Al! Ich komme!«, rief er.

Mit brennenden Augen starrte Burns durch den Nebel.

Da! Jetzt sah er die beiden. Sie steckten schon fast bis zum Hals im Sumpf.

»Al!«, brüllte der Konstabler.

Jordan versuchte in einem letzten Aufbäumen, den Kopf zu drehen, doch der Blutsauger ließ es nicht zu.

Burns warf das Seil.

Es klatschte dicht neben den beiden in die Brühe.

Doch niemand griff danach.

Ein Windstoß fuhr über das Moor, fetzte für einen Moment die Nebelwand auseinander.

Für Sekunden sah Burns die beiden deutlich vor sich.

»Das gibt's doch nicht«, flüsterte er.

Der Konstabler glaubte, sein Verstand würde aussetzen.

Ein letztes Aufbäumen der beiden Körper noch, dann hatte der Sumpf sie verschlungen.

Mechanisch holte Konstabler Burns das Seil ein. Was er eben gesehen hatte, ging über seinen Verstand.

Burns warf das Seil auf den Rücksitz und setzte sich wieder hinter das Steuer. Mit unbewegtem Gesicht fuhr er weiter. Deadwood Corner war nicht mehr weit.

Schon bald tauchte die Fassade des Gasthofs aus dem Nebel auf.

Burns drehte den Wagen. Und zwar so, dass er bei einer Flucht schnell wieder auf den Weg nach Bradbury kommen konnte.

Der Konstabler stieg aus. Totenstille umfing ihn.

Langsam ging Burns auf den Gasthof zu.

Plötzlich stolperte der Konstabler über etwas Hartes.

Eine Maschinenpistole.

Burns bückte sich und nahm die Waffe auf. Das Magazin war leer. Wie kam die Maschinenpistole hierher? Vielleicht hatte sie Al gehört oder dem Inspektor. Erzählt hatten beide nichts davon.

Burns nahm die Waffe mit. Zur Not konnte er sie noch als Schlaginstrument benutzen.

Die Tür des Gasthauses stand offen.

Vorsichtig schlüpfte Burns in das Innere von Deadwood Corner. Er fühlte sich verdammt unwohl in seiner Haut. Wenn nicht der Inspektor gewesen wäre …

Dunkelheit empfing den Konstabler.

Burns tastete die Wände nach einem Lichtschalter ab und fand ihn. Eine trübe Beleuchtung flackerte auf.

Burns befand sich in einer Diele, in der eine Standuhr und eine Harfe standen. Rechts führte eine Treppe nach oben. Geradeaus ging es in die Gaststube.

Burns betrat den Gastraum. Auch hier knipste er das Licht an.

Nichts. Kein Mensch war zu sehen.

Der Konstabler wischte sich über die schweißnasse Stirn. Sollte er nach oben gehen?

Er hatte Angst. Ja, hundsgemeine Angst. Denn die

Bilder, die er vorhin im Moor gesehen hatte, steckten ihm immer noch in den Knochen. Aber schließlich siegte sein Pflichtgefühl. Außerdem hoffte er, den Inspektor zu finden. An die Vampire, die hier sein sollten, wagte Burns gar nicht zu denken. Langsam stieg er die Treppe hoch. Die Stufen knarrten unter seinem Gewicht. Das Geräusch ließ kalte Schauer über Burns' Rücken jagen.

Burns sah sich immer wieder um, ob ihn jemand beobachtete oder ihm folgte.

Nichts.

Endlich hatte er die obere Etage erreicht. Auch hier knipste er das Licht an.

Burns befand sich am Ende eines Flures, von dem einige Zimmertüren abzweigten. Zwei Türen standen offen.

Der Konstabler gab sich einen Ruck und trat in das erste Zimmer.

Das Licht vom Flur reichte gerade aus, um die Umrisse der spärlichen Möbel erkennen zu können.

An der Wand stand ein Bett. Burns konnte sehen, dass das Laken zerwühlt war.

Er knipste sein Feuerzeug an und fuhr mit der Hand über die Decke.

Sie war kalt und klamm. Also musste derjenige, der in dem Bett gelegen hatte, schon vor einer Weile aufgestanden sein. Burns wollte sich schon wieder abwenden, als er etwas Feuchtes zwischen seinen Fingern fühlte.

Er hielt die Flamme des Feuerzeugs näher an seine Hand.

Blut!

Burns ekelte sich. Welches Drama mochte sich hier abgespielt haben?

Der Konstabler nahm die Maschinenpistole, die er vorhin abgestellt hatte, und betrat das andere Zimmer.

Die gleiche Einrichtung wie in dem Raum nebenan.

Burns entdeckte an der Wand einen Schalter und machte Licht.

Misstrauisch sah sich der Konstabler in dem Raum um. Der Schrank fiel ihm auf, dessen Tür nicht ganz geschlossen war.

Burns legte die Maschinenpistole aufs Bett und öffnete die Schranktür.

Die Plastiktüte mit dem Geld fiel ihm förmlich entgegen.

Burns wurde direkt blass vor Schreck. Er hatte noch nie so viele Scheine auf einmal gesehen.

Wem gehörte das Geld?

Der Konstabler begann zu überlegen. Sollte Al Jordan etwa mit seinem Kumpan irgendwas angestellt haben, um sich anschließend in diesem Gasthaus zu verstecken? Die Möglichkeit bestand durchaus.

Burns ahnte nicht, wie nahe er der Lösung des Rätsels war.

Er legte die Plastiktüte neben die Maschinenpistole aufs Bett und wollte das Zimmer gerade weiter untersuchen, als er Schritte hörte.

Sie kamen die Treppe herauf.

Tapp, tapp. Mit monotoner Gleichmäßigkeit.

Burns versteifte sich. Unbewusst packte er die Maschinenpistole, obwohl sie als Schusswaffe nutzlos war.

Jetzt waren die Schritte auf dem Flur.

Eine Gänsehaut jagte über Burns' Rücken.

Die Schritte stoppten vor der Zimmertür.

Burns umklammerte die Maschinenpistole.

Die Zimmertür, nur halb geöffnet, wurde aufgestoßen. Die Angeln knarrten erbärmlich.

»Hallo, Konstabler«, sagte eine weiche Frauenstimme.

Burns stieß pfeifend die Luft aus. »Mein Gott, Mrs. Dexter, haben Sie mich erschreckt.«

Lilian, die immer noch im offenen Türrechteck stand, fragte: »Darf ich hereinkommen, Konstabler?«

»Ich bitte Sie.«

»Sagen Sie mal, Konstabler, wie kommen Sie eigentlich hierher nach Deadwood Corner?«

Burns winkte ab. »Das ist eine lange Geschichte, Mrs. Dexter. Wissen Sie, eigentlich sind Sie und der Inspektor daran schuld.«

»Wieso?«

Burns druckste herum. »Na ja, ist nicht mehr so wichtig. Ich möchte allerdings wissen, wo sich der Inspektor befindet.«

»Genau kann ich Ihnen das nicht sagen, Konstabler. Aber er wollte sich im Haus noch ein bisschen umsehen.«

»Seltsam«, murmelte Burns. »Und er hat sie hier allein zurückgelassen, Mrs. Dexter?«

»Ja. Der Inspektor wollte es so.«

Konstabler Burns war zwar ein einfacher Mensch und kein Superkriminalist à la James Bond, aber was er sich einmal in den Kopf gesetzt hatte, das führte er auch durch. Und er blieb hartnäckig auf jeder Spur kleben.

»Wo ist denn Ihr Mann, Mrs. Dexter? Wegen ihm sind Sie doch hauptsächlich mitgefahren.«

»Er schläft, Konstabler. Unten in einem Raum.«

»Dann kann ich ihn bestimmt gleich sehen.«

»Sicher können Sie das, Konstabler, sicher«, erwiderte Lilian mit bösem, hintergründigem Lächeln.

Sie kam einige Schritte näher.

Wie eine Puppe, dachte Burns.

Puppe? Sollte Lilian Dexter etwa auch ...?

Der Konstabler beschloss, auf der Hut zu sein.

»Was ist denn da in der Tüte?«, fragte Lilian Dexter.

»Geld. Viel Geld. Ich habe es hier im Schrank gefunden.«

Konstabler Burns bückte sich, nahm die Tüte auf und kippte einen Teil des Geldes auf das Bett.

»Sehen Sie, Mrs. Dexter. Hundertpfundnoten. Alle schön gebündelt. Das sind bestimmt fünfzigtausend Pfund.«

»Wenn Sie es behalten, sind Sie ein reicher Mann, Konstabler. Aber leider werden Sie nie mehr ein reicher Mann.«

»Wie meinen Sie das?«

»Sehen Sie zur Tür!«

Burns' Kopf ruckte herum.

Unhörbar war Gil Dexter ins Zimmer getreten. Sein Gesicht hatte sich völlig verändert, war zu einer Fratze geworden, aus der die beiden Vampirzähne wie Dolche hervorstießen.

Burns sah Lilian Dexter an. »Was soll das heißen?«, schrie er.

»Dass Sie verloren sind, Konstabler.«

Lilian Dexter lächelte teuflisch. Und jetzt sah Konstabler Burns ebenfalls die nadelspitzen Zähne, die aus ihrem Oberkiefer ragten.

Der Konstabler war von zwei blutsaugenden Bestien eingekreist!

Grässliche, hervorquellende Froschaugen starrten den Inspektor an.

John Sinclair roch den fauligen Atem, und er sah die abgebrochenen gelbschwarzen Zähne des Dämons. Das Gesicht war nur noch ein Klumpen, in dem die Nasenlöcher wie zwei Höhleneingänge anmuteten. Der Dämon hielt in der linken Hand eine Laterne, die leicht hin und her schwankte.

Der Unheimliche war im ersten Augenblick genauso überrascht wie John. Er stieß ein tierisches Grunzen aus und rollte mit den vorstehenden Augen.

John Sinclair fasste sich als Erster.

Blitzschnell schmetterte er dem Ungeheuer seine geballte Rechte ins Gesicht. John hatte dabei das Gefühl, in einen Teig zu schlagen.

Der Dämon wankte. Mehr aber auch nicht.

John war es unverständlich, wie jemand solch einen Schlag einfach hinnehmen konnte, und stellte schnell fest, dass er es hier mit einem Gegner zu tun hatte, der ihm im Kampf überlegen war.

Der Dämon zögerte auch nicht länger, sondern griff an. Wie Schaufeln packten seine behaarten Pranken zu.

John tauchte im letzten Moment weg und huschte in den Gang.

Das Monster brüllte ärgerlich auf. Doch ehe es sich von seiner Überraschung erholt hatte, war John schon an der Tür dieses unheimlichen Hauses, die halb offen stand.

Der Nebel umfing John Sinclair wie ein riesiger Wattebausch. Der Inspektor lief einige Schritte und spürte plötzlich, wie er bis zu den Knöcheln im Boden versank.

Das Haus war vom Sumpf eingeschlossen.

John blieb stehen. Es war eine verdammte Situation. Vor sich hatte er das Moor und im Nacken den unheimlichen Verfolger.

Schon hörte er das wahnsinnige Brüllen des Monsters.

John Sinclair hatte seine kleine Lampe längst ausgeschaltet und in der Tasche verschwinden lassen. Er hielt nur noch das angespitzte Stuhlbein in der Hand. Er hatte es vorhin nicht fertig gebracht, das Monster damit anzugehen, doch jetzt sah der Inspektor keine andere Möglichkeit mehr. Seine Pistole lag im Koffer.

Der Inspektor verhielt sich still. Ja, er ging sogar in

die Knie, um ein so geringes Ziel wie möglich zu bieten.

Mit aufgerissenen Augen starrte er in die milchige Nebelsuppe. Er konzentrierte sich voll auf die Geräusche, die das Monster von sich gab.

Ein klobiger Schatten tauchte dicht vor John auf.

Der Inspektor packte den Holzpfahl fester.

Der Schatten wurde größer. Jetzt sah John auch das milchige Licht der Laterne.

Noch ein, zwei Schritte, dann musste das Monster über John Sinclair stolpern.

Jetzt hatte der Unheimliche den Inspektor erreicht.

John Sinclair flog hoch, schlug mit dem Stuhlbein gegen die Hand des Monsters, die die Laterne hielt, und riss gleichzeitig ein Knie hoch.

Es geschah zweierlei. Die Laterne wurde dem Unheimlichen aus der Hand geprellt und landete irgendwo im Sumpf. Durch den Tritt kippte der Dämon nach hinten und verlor für einen Moment die Übersicht.

John Sinclair durfte keine Gnade kennen.

Wieder zischte der Knüppel durch die Luft, bohrte sich für kurze Zeit in die teigige Fratze des Dämons.

Der Unheimliche sackte zusammen, mobilisierte nochmals seine ganzen Kräfte und rannte in seiner Panik los.

Genau in den Sumpf.

John hörte es einmal noch klatschen, danach steigerte sich das Gebrüll zu einem Inferno, und dann war Stille.

»Mein Gott«, flüsterte John.

Er sah zurück zu dem Steinhaus, das er im Stillen Friedhof der Vampire taufte. Er hatte sie alle besiegt.

Wirklich alle?

Was war inzwischen auf Deadwood Corner geschehen? Dieser Gedanke ließ John keine Ruhe.

Aber wie sollte er dort hinkommen?

John Sinclair fand einen Ausweg. Stück für Stück suchte er die Umgebung dieses schrecklichen Hauses ab, zog dabei immer größere Kreise und entdeckte schließlich den Beginn eines Pfades, der durch den Sumpf zu führen schien.

Der Inspektor wagte es.

Schrittweise tastete er sich voran. Zu beiden Seiten des Pfades hörte er das widerliche Schmatzen der grünbraunen Brühe, die jeden ins Verderben zog, der ihr einmal ausgeliefert war.

Trotz der herrschenden Feuchtigkeit und Kälte war John Sinclair schweißnass. Fast nur auf Zehenspitzen tastete er sich weiter.

Wie lange er schon unterwegs war, wusste er nicht. John hatte auch gar nicht auf die Uhr gesehen.

Dann wurde der Pfad etwas fester. John konnte ein wenig schneller gehen.

Und schließlich tauchten aus den Nebelschwaden die Umrisse von Deadwood Corner auf.

Der Volkswagen stand immer noch vor der Tür. Doch diesmal in einer anderen Richtung.

Was hatte das zu bedeuten?

John hoffte, im Innern des Gasthauses eine Antwort auf diese Frage zu erhalten.

Der Inspektor dachte an das Ehepaar Dexter. Er beschloss, noch einmal in den Sarg zu sehen und – wahrscheinlich musste es sein – Gil Dexter zu töten.

John umrundete das Gasthaus und fand den Buggy.

Der Einäugige hatte sich unter dem Wagen hervorgerollt und war gerade dabei, seine Fesseln zu lösen. John schickte ihn mit einem gezielten Schlag wieder ins Reich der Träume.

Der Sarg war noch immer offen.

Und leer, wie John schnell feststellte.

Ein unheimliches Gefühl beschlich den Inspektor.

Gil Dexter – selbst ein Vampir – war aus dem Sarg geklettert. Was das bedeutete, konnte sich John an zwei Fingern abzählen. Er war auf die Suche nach Menschenblut gegangen. Und in dem Gasthaus lag Lilian Dexter.

Johns Gesicht wurde hart, als er mit raumgreifenden Schritten auf den Gasthof zuging ...

Burns' Blick irrte hin und her. Der Konstabler fühlte sich wie eine Maus, die von Schlangen eingekreist worden ist. Verzweifelt suchte er nach einem Ausweg.

»Geben Sie sich keine Mühe, Konstabler«, sagte Gil Dexter und schob die Tür des Zimmers zu. »Wir sind wesentlich stärker als Sie.«

»Nein, verdammt noch mal!«, keuchte Burns. »Ihr kriegt mich nicht, ihr dreckigen Blutsauger.«

Panik flatterte in den Augen des Beamten.

Gil Dexter glitt näher. Seine Zähne standen weit aus dem Oberkiefer hervor und schienen Burns hämisch anzugrinsen.

Der Konstabler griff hinter sich und hatte plötzlich die Maschinenpistole in der Hand.

»Jetzt bekommt ihr es, ihr Schweine!«, brüllte er und rannte auf Gil Dexter zu. Die leer geschossene Waffe schwang er dabei wie eine Keule.

Doch Burns rechnete nicht mit Lilian Dexter. Ihr Fuß hakte sich plötzlich zwischen seine Beine.

Mit dem Gesicht zuerst knallte der Konstabler auf den Boden. Die Maschinenpistole wurde ihm aus der Hand geprellt.

Burns spürte, wie ein Stück seines Vorderzahns abbrach und eine siedend heiße Schmerzenswelle in ihm hochschoss.

Gil Dexters Schatten fiel über ihn. Der Vampir kicherte lautlos. Sein Opfer lag wehrlos auf dem Boden.

Klauenhände rissen den Konstabler hoch und schleiften ihn bis zur Wand. Hart warf ihn der Vampir gegen die Mauer.

»Halt ihn fest!«, zischte er seiner Frau zu und riss Burns' Uniformjacke auf. Wie Perlen sprangen die Knöpfe ab.

Ein weiterer Griff zerfetzte ihm das Hemd. Der sehnige Hals lag jetzt dicht vor dem blutsaugenden Ungeheuer.

Und dann riss bei Burns der Faden. Ein gellender, markerschütternder Schrei entrang sich seiner Kehle.

»Ja, schrei nur!«, geiferte Lilian Dexter. »Es nützt dir ...«

In diesem Augenblick flog die Tür auf.

John Sinclair sprang in das Zimmer. In der rechten Hand hielt er den Holzpfahl.

Gil und Lilian Dexter wirbelten herum. Der Vampir ließ den Konstabler los, und dieser rutschte haltlos an der rauen Wand zu Boden. Er war ohnmächtig geworden.

»Sinclair«, ächzte Gil Dexter. Er war nur für einen Augenblick überrascht, dann leuchteten seine Augen jedoch auf. »Noch mehr Blut«, hechelte er. »Noch mehr!«

John Sinclair griff an.

Mit zwei Riesensätzen überwand er die Distanz, die ihn und Gil Dexter trennte, und rammte dem Vampir das angespitzte Stuhlbein mitten durchs Herz.

Der Blutsauger taumelte zurück.

Noch ehe John nachsetzen konnte, hing ihm Lilian Dexter im Nacken. Ihre nadelspitzen Zähne suchten Johns Hals.

Der Inspektor drehte sich auf der Stelle.

Lilian Dexter wurde umhergewirbelt. Kreischend ließ sie los. Sie flog bis in die Nähe des Fensters.

John war sofort bei ihr und rammte seine Faust in die hässliche Fratze.

Der Schlag war mörderisch. Lilian Dexter wurde zurückgefegt und knallte mit dem Oberkörper gegen das Fenster.

Klirrend ging die Scheibe zu Bruch.

Lilian Dexter verlor das Gleichgewicht, ihre Beine

hoben sich vom Boden ab – und blieben plötzlich hängen.

John sprang auf die Untote zu.

Dann sah er, was den Fall gebremst hatte.

Eine spitze Scherbe war Lilian Dexter in den Rücken gedrungen, genau in Höhe des Herzens.

John war klar, dass er hier nichts mehr zu tun brauchte. Zufall oder eine Fügung des Schicksals hatte erreicht, dass der Vampir sich selbst richtete.

John wandte sich schaudernd ab.

Gil Dexter war schon tot. Er zerfiel nicht zu Staub wie die anderen Vampire, denn er gehörte ja erst seit einigen Stunden zu den Untoten. Dexters rechte Hand hatte sich noch im Todeskampf um den Pflock gekrallt. Er hatte wohl noch im letzten Augenblick versucht, die Waffe aus dem Körper zu ziehen, was ihm jedoch nicht gelungen war.

John zog die tote Lilian Dexter vom Fenster weg. Mit einem leisen Knack brach die spitze Scherbe ab. John legte die Tote neben ihren Mann.

Dann kümmerte er sich um Konstabler Burns.

Der Mann kam gerade zu sich. Als er John sah, begann er fürchterlich zu schreien.

»Sie brauchen keine Angst mehr zu haben«, sagte der Inspektor mit ruhiger Stimme. »Es ist alles vorbei.«

Burns wischte sich über die Augen und flüsterte: »Ich habe doch alles geträumt, Inspektor, nicht?«

John lächelte. »Ja, Sie haben alles nur geträumt.«

Burns stützte sich auf und sah die beiden Toten. »Und was ist mit denen? Sie sind doch Vampire, oder?«, fragte er mit zitternder Stimme.

»Sie waren Vampire, Konstabler. Bitte, vergessen Sie alles«

»Ja.«

John wandte sich zur Tür.

»Wo wollen Sie hin, Inspektor?«, fragte Burns mit ängstlicher Stimme.

»Ich muss unten noch jemanden besuchen. Keine Angst, ich bin gleich wieder da.«

Der Inspektor ging langsam die Treppe hinunter und trat nach draußen.

Die Morgendämmerung hatte bereits eingesetzt. Der Nebel hatte sich fast verflüchtigt, und nur noch an vereinzelten Stellen flatterten einige Nebelwolken über dem Sumpf.

Der Einäugige lag noch immer unter dem Wagen.

Als er John erkannte, wurde ihm heiß.

Der Inspektor zog ihm den Knebel aus dem Mund. Keuchend schnappte der Einäugige nach Luft.

John löste ihm auch die Fesseln, zog ihn hoch und lehnte ihn an das Rad des Buggys.

»Nun erzähle mal, mein Freund!«

»Ich weiß nichts«, knurrte der Einäugige.

John grinste. »Möchtest du in eine Zelle?«

Der Mann zuckte zusammen. »Nicht in eine Zelle, bitte.«

»Dann tu was dafür. Kanntest du Charles Mannering?«

Der Einäugige nickte. »Ja, ich habe ihn unterwegs getroffen und ihn mitgenommen. Hier nach Deadwood Corner. Ich habe immer für meine Freunde Menschen besorgt.«

»Mit Charles Mannering waren es sieben, nicht wahr?«

»Ja.«

»Warum haben die Vampire Mannering nicht getötet?«

»Sie wollten es. Doch der Mann wurde wahnsinnig. Und Wahnsinnige haben eine böse Ausstrahlungskraft. Die Vampire bekommen Angst und flüchten.«

So etwas Ähnliches hatte sich John schon gedacht.

»Was haben Sie jetzt mit mir vor?«, fragte der Einäugige.

»Ich muss dich mitnehmen. Deine Aussagen werden protokolliert, und was dann mit dir geschieht, weiß ich nicht.«

In dem einen Auge des Mannes blitzte es auf. »Nein!«, keuchte er. »Nicht mitnehmen. Ich will keine Menschen mehr sehen. Meine Freunde sind nicht mehr da. Ich …«

Ehe John sich versah, stieß ihm der Mann die Faust in den Magen.

Es war ein gemeiner Schlag, und er traf John völlig unvorbereitet.

Der Inspektor taumelte zurück, und diese Gelegenheit nutzte der Einäugige aus.

Er wischte an John vorbei und rannte mit fliegenden Schritten auf das Moor zu.

»Ich will nicht!«, brüllte er. »Ich will nicht!«

Dann klatschte er in die braungrüne Brühe.

John Sinclair, der sich inzwischen wieder gefangen hatte, lief hinterher, wollte den Mann retten.

Doch es war schon zu spät.

Der Einäugige steckte bereits bis zum Hals im Sumpf.

Das Letzte, was John von ihm hörte, war ein Schrei.

John Sinclair, der am Rand des Sumpfes stand, wischte sich über die Stirn.

Damit war auch der letzte Zeuge dieser grausamen Geschehnisse verschwunden.

Im Osten tauchte die Sonne auf und verzauberte mit ihren ersten Strahlen die triste Landschaft.

Mit schleppenden Schritten ging John Sinclair auf den Gasthof zu.

Als er den Flur betrat, fiel sein Blick auf die Harfe. Ihre Saiten waren zersprungen.

Auch ein Rätsel, das nie gelöst werden würde.

»Inspektor?«, rief Konstabler Burns von oben.

»Ja, ich komme«, erwiderte John und war plötzlich heilfroh, dieses grässliche Abenteuer überstanden zu haben.

Konstabler Burns übernahm es, Mrs. Jordan vom Tod ihres Sohnes in Kenntnis zu setzen.

Als er in die kleine Polizeistation zurückkehrte, wartete John Sinclair bereits auf ihn.

Der Konstabler hängte seine Mütze an den Haken. »Manchmal wünscht man sich direkt, einen anderen Beruf zu haben«, sagte er. »Es war schrecklich.«

»Ich kann Sie verstehen«, erwiderte John.

»Haben Sie die Sache mit dem Geld geklärt?«, fragte der Konstabler.

»Ja. Ich hatte gerade ein Gespräch mit meiner

Dienststelle. Recherchen haben ergeben, dass das Geld aus einem Bankraub in Cambridge stammte, der gestern verübt worden ist. Wir konnten es anhand der Nummern, die auf den Scheinen stehen, feststellen.«

»So etwas Ähnliches hatte ich mir gedacht. Wissen Sie was, Inspektor? Ich für meinen Teil nähme lieber zwanzig Jahre Knast in Kauf, als so zu enden.«

»Wem sagen Sie das, Konstabler.« John stand auf. »Ich werde jetzt wieder nach London fahren. Bin gespannt, was dort auf mich wartet. Das geraubte Geld wird übrigens abgeholt.«

»Warten Sie, Inspektor. Ich gehe noch mit nach draußen.«

Als die beiden Männer vor John Sinclairs Bentley standen, drückte der Konstabler dem Inspektor noch einmal die Hand.

»Vielen Dank für die Rettung, Sir«, sagte er mit kratziger Stimme.

John lächelte. »Aber das war doch selbstverständlich. Und sollte ich noch mal hier in der Gegend zu tun haben, genehmigen wir uns einen Whisky. Abgemacht?«

»Das ist ein Wort, Sir«, strahlte der Konstabler.

Zwei Minuten später hatte John Sinclair Bradbury bereits hinter sich gelassen.

Der Konstabler stand auf der Straße und sah dem silbergrauen Bentley noch lange nach.

ENDE

Die Töchter der Hölle

»Hier muss es irgendwo sein«, flüsterte Laura Patton. »Leuchte mal, Jim.«

Jim Cody, der junge Reporter, sah sich unbehaglich um.

»Angst, Jim?«, fragte Laura etwas spöttisch.

»Quatsch!«

Jim knipste die Taschenlampe an, die er in der rechten Hand trug. Der starke Strahl geisterte durch die kahlen Büsche und zuckte über die verfallenen Mauern der alten Abtei.

»Noch ein paar Yards«, sagte Laura.

Die beiden jungen Leute schoben sich durch das Gebüsch. Laub knisterte unter ihren Füßen. Dann erreichten sie einen schmalen, mit Steinplatten ausgelegten Weg.

Laura krallte ihre rechte Hand in Jims Arm. »Jetzt haben wir es bald geschafft, Jim.« Die Stimme des Mädchens klang vor Nervosität ganz heiser.

Auch Jim Cody musste zugeben, dass er nicht der Ruhigste war.

Laura Patton bückte sich plötzlich. Mit beiden Händen begann sie, den Dreck und das Laub, das auf den Steinplatten lag, wegzuschaufeln.

»Ich hab's«, rief sie triumphierend. »Da, sieh doch, Jim!«

Der junge Mann ging auf die Knie. Im scharf gebündelten Strahl der Lampe sah er den Eisenring, der an einem Haken in einer Steinplatte hing. Haken und Ring waren gleichermaßen stark verrostet und schienen schon eine Ewigkeit lang nicht mehr benutzt worden zu sein.

»Hilf mir mal, Jim!«

Gemeinsam packten die jungen Leute den Ring und zogen mit aller Kraft daran.

Langsam, unendlich langsam begann sich die Steinplatte zu bewegen. Der feine Sand in den Ritzen knirschte, als der Stein aus seiner waagerechten Lage nach oben gehievt wurde.

Endlich war es geschafft. Mit einem dumpfen Laut kippte der Stein nach hinten.

Ein gähnendes Loch starrte die beiden jungen Leute an.

Jim leuchtete mit der Taschenlampe in die Tiefe.

»Das ist sie, Jim. Die Steintreppe. Los, die müssen wir runter!«

»Ist das nicht gefährlich?«

Laura lächelte verächtlich. »Wer wollte denn unbedingt das Grab der Hexe sehen?«

»Ich natürlich. Aber ...«

»Kein aber. Komm jetzt! Und du willst Reporter sein? Dass ich nicht lache.«

Während der letzten Worte hatte sich Laura schon an den Abstieg gemacht.

Vorsichtig setzte sie Fuß für Fuß auf die schmalen Steinstufen. Es war nicht leicht, die Balance zu halten. Spinnweben streiften Lauras Gesicht. Eine fette Ratte huschte quiekend davon.

Jim Cody folgte Laura nur zögernd. Der junge Mann hatte tatsächlich Angst. Angst vor der eigenen Courage.

Die Treppe mündete in einen Felsengang. Gemauerte Rundbögen stützten in Abständen die Erdmassen oberhalb des Ganges. Auf dem Boden lag knöcheltiefer Staub. Kriechtiere huschten in die Ritzen und Spalten der Felswände.

Jim Cody ging jetzt vor. Der scharf gebündelte Lampenstrahl zerschnitt die Dunkelheit wie ein Messer.

»Wie weit ist es denn noch?«, fragte Jim.

»Laut Plan müssten wir gleich an eine Tür kommen. Und dahinter liegt das Grab der Hexe.« Laura wies mit der Hand nach vorn. »Da! Sieh doch, Jim. Die Tür.«

Tatsächlich. Aus der Dunkelheit schälten sich die Umrisse einer Holztür, die nach oben hin spitz zulief.

Jim Cody leuchtete die Tür genau ab. Sie hatte eine rostige Eisenklinke und war mit Metallbeschlägen verziert. Natürlich war alles im Laufe der Jahre vom Rost zerfressen worden.

Jim drückte probehalber auf die Klinke. Zu seinem Erstaunen schwang die Tür auf. Sie quietschte in den Angeln.

»Ob schon vor uns einer hier war?«, fragte Laura leise.

Jim schob sich in den dahinter liegenden Raum.

»Gräfin Barthonys Grabkammer«, sagte Laura fast ehrfürchtig.

Die Grabkammer war ein viereckiges Verlies, in deren Mitte ein steinerner Sarkophag stand.

Langsam traten die beiden jungen Leute näher. Sie

gingen auf Zehenspitzen, so als hätten sie Angst, die Ruhe der Gräfin Barthony zu stören.

»Ob wir den Sarg öffnen können?«, wisperte Laura.

»Ich weiß nicht.« Jim zuckte die Achseln. »Das ist doch verboten!«

»Unsinn. Niemand weiß, dass wir hier sind. Komm, fass mal mit an!«

Laura ging an das Fußende des Sarkophags und fasste nach dem Deckel.

Jim klemmte sich die Taschenlampe zwischen die Zähne und tat es dem jungen Mädchen nach.

Gemeinsam begannen sie, den Deckel hochzuheben.

Er war verhältnismäßig leicht.

»Komisch. Mir ist, als wenn man uns erwartet hätte«, sagte Laura.

Vorsichtig legten sie den steinernen Deckel auf den Boden.

Dann erst leuchtete Jim Cody in den Sarkophag.

Ein grässlicher Totenschädel starrte ihn an.

»Jim!«

Laura presste beide Arme um den jungen Mann. Der Anblick war doch nichts für sie.

Jim ließ den Strahl der Lampe weiterwandern.

Von der Gräfin war nur noch ein bleiches Skelett übrig geblieben.

Jim Cody sah Laura an. »Ist das alles, was du sehen wolltest?«

»Ja. Aber die Leute sagen viel. So, und jetzt setzen wir den Deckel wieder auf.«

»Warum? Hier kommt sowieso keiner mehr hin.«

»Meinetwegen. Wäre auch nur unnötige Arbeit.«

Laura hatte jetzt ihren Schreck überwunden. Sie trat nochmals dicht an den Sarkophag heran und beugte sich über das Skelett. Sie wollte sich gerade abwenden, als sie mit ihrem Handballen gegen eine scharfe Kante des Sarkophags stieß.

»Au!«, schrie sie auf.

»Was ist denn?«, fragte Jim, der schon fast an der Tür war.

»Ich habe mich geritzt.«

Laura hielt ihre Hand hoch. Das Blut lief wie ein kleines Rinnsal an ihrer Hand herab, sammelte sich und tropfte nach unten.

Keiner der beiden jungen Leute bemerkte, dass einige Blutstropfen genau in den halb geöffneten Mund des Totenschädels fielen.

Der Mond hing als bleiche Scheibe am Himmel und versuchte vergeblich, die Dunkelheit zu durchdringen.

Es war eine kühle Nacht. Bodennebel kroch schlangengleich zwischen Büschen und Sträuchern umher und legte sich wie Watte auf knorrige Äste und Zweige.

Eine schwarz gekleidete Gestalt schlich durch den verwilderten Park, der die Abtei umgab. Die Gestalt kannte sich aus. Zielstrebig umging sie natürliche Hindernisse und gelangte schließlich auf den Weg, der zum Grab der Gräfin führte.

Die Gestalt blieb stehen, als sie den offenen Einstieg sah. Ein lautloses Lachen schüttelte ihren Körper.

Es war erreicht! Endlich! Bald würde die Gräfin wiederkommen und ihren blutigen Terror fortsetzen, so wie sie es vor über zweihundert Jahren versprochen hatte.

Die Gestalt bückte sich und packte den Stein. Mit übermenschlicher Anstrengung schob sie ihn wieder in die alte Lage.

Den Grabschändern war der Rückweg abgeschnitten.

»Ich bin froh, dass wir hier wegkommen, Jim. Es ist doch unheimlich«, sagte Laura leise.

Jim Cody grinste. »Du hast es nicht anders gewollt.«

Auch seine Forschheit war nur gespielt. Aber was tut man nicht alles, um einem jungen Mädchen zu imponieren?

»Da ist schon die Treppe.«

Jim deutete mit der freien Hand nach vorn. »Gleich haben wir es geschafft.«

Laura ging an dem jungen Reporter vorbei und nahm die ersten Stufen.

Plötzlich schrie sie auf. »Jim! Der Stein! Wir können nicht mehr raus! Die Öffnung ist zu.«

»Red keinen Quatsch!«

Jim Cody leuchtete nach oben.

Tatsächlich! Laura hatte Recht. Der Stein war wieder in seine alte Lage geschoben worden.

Laura wandte Jim Cody ihr bleiches Gesicht zu. »Wer hat das getan?«, flüsterte sie.

»Ich weiß es nicht«, gab Jim mit belegter Stimme zurück.

»Jetzt kommen wir nie mehr hier raus«, rief Laura.

»Nun verlier nicht die Nerven, Mädchen«, beruhigte sie der Reporter. »Lass mich mal vorbei. Vielleicht kann ich den verdammten Stein hochstemmen.«

Jim nahm die Stufen und drückte sich oben mit beiden Schultern gegen den Stein.

Vergebens. Er bewegte sich keinen Millimeter.

»Jetzt müssen wir für immer hier bleiben, Jim, nicht wahr?«, fragte Laura mit flatternder Stimme.

»Unsinn!«, keuchte Jim, der vor Anstrengung schweißnass war. »Es gibt bestimmt noch einen anderen Ausgang.«

»Aber wo?«

»Den müssen wir eben finden.«

»Sollen wir es nicht doch lieber noch mal versuchen? Warte, ich helfe dir.«

Gemeinsam drückten sich Laura und Jim jetzt gegen den Stein.

Sie schafften es nicht.

Laura begann zu weinen. »Hätte ich doch nur nicht mitgemacht«, schluchzte sie.

Jim gab keine Antwort. Er überlegte fieberhaft, wie sie aus diesem Labyrinth entkommen konnten.

Plötzlich hörten sie ein Geräusch. Es klang wie das Knarren einer Tür.

»Jim, was ist das?«

»Weiß ich auch nicht.«

Laura klammerte sich ängstlich an ihren Begleiter.

»Ich geh nach unten«, sagte Jim.

»Nein, Jim. Bitte nicht. Lass mich nicht auf der Treppe allein!«

»Gut, dann komm mit.«

Die beiden jungen Leute schlichen wieder die Stufen hinunter.

Schlurfende Schritte drangen an ihre Ohren. Sie kamen von der Grabkammer der Gräfin her. Jim hielt die Taschenlampe gesenkt. Er wagte nicht, sie zu heben und in den Gang zu leuchten. Die Angst lähmte seine Bewegungen.

Die Schritte wurden lauter. Gleichzeitig klang noch ein grässliches Stöhnen auf.

Lauras Fingernägel bohrten sich in Jims Arm. Er spürte es nicht.

Das unheimliche Stöhnen wurde lauter, drang fast schmerzhaft in die Ohren der beiden jungen Menschen.

Da hielt es Jim Cody nicht mehr länger aus.

Er riss die Lampe hoch.

Der Strahl schnitt durch die Finsternis und traf eine grauenhafte Gestalt.

Es war die Gräfin Barthony!

»Sie sind wirklich ein Glückspilz, Sir«, sagte der pausbäckige Bürgermeister der kleinen Ortschaft Longford.

Lord Cheldham lächelte verbindlich. »Wie meinen Sie das?«

»Sie besitzen ein Schloss, eine schöne Frau und viel Geld«, erwiderte der Bürgermeister.

Lord Cheldham zog die buschigen weißgrauen Augenbrauen zusammen. »Was wollen Sie, Herr Bürgermeister?«

»Sehen Sie, Sir. Longford ist ein kleiner Ort. Die Bürger sind meistens Bauer oder arbeiten im Bergwerk. Es ist klar, dass bei ihrem Einkommen die Gemeindekasse nicht gerade mit Steuern gesegnet wird. Folglich ...«

»Sie wollen also Geld«, schnitt Lord Cheldham dem Bürgermeister das Wort ab.

»Richtig, Sir«, strahlte dieser.

Lord Cheldham zündete sich mit ruhigen Bewegungen ein langes Zigarillo an. Er rauchte ein paar Züge und blickte nachdenklich auf Carter Broomfield, den Bürgermeister, hinab.

Lord Cheldham war ein Typ, wie man sich normalerweise den Erfolgsmenschen vorstellte. Er war groß, schlank und hatte dichtes grauweißes Haar, das er immer sorgfältig zurückgekämmt trug. Unter der geraden Nase wuchs ein schmales Bärtchen, das ihm in etwa das Aussehen von Clark Gable verlieh. Nur etwas störte bei Lord Cheldham. Die wasserhellen, fast durchsichtigen Augen, die seinem Blick immer etwas Unstetes verliehen.

Sorgfältig stäubte Lord Cheldham die Asche in einem goldenen Becher ab. Er ging eine Weile in seinem prunkvoll eingerichteten Arbeitszimmer umher und sagte dann plötzlich: »Sie bekommen das Geld, Bürgermeister. Zwanzigtausend Pfund.«

Broomfield sprang auf. »Sir!«, rief er. »Ich ...«

»Stopp, mein Lieber. Wie Sie wissen, bin ich auch ein wenig Geschäftsmann«, erklärte Lord Cheldham. »Ich verschenke nichts. Ich erwarte dafür eine Gegenleistung.«

»Welche, Sir?« Der Bürgermeister rieb sich vor Aufregung die Hände. »Ich tue, was in meiner Macht steht.«

»Wirklich?«, fragte Lord Cheldham spöttisch.

»Natürlich, Sir.«

Lord Cheldham wiegte den Kopf. Ein feines Lächeln legte sich auf seine strichdünnen Lippen. »Würden Sie mir auch einen Gefallen tun, der, sagen wir, nicht mit den Regeln der Legalität vereinbar ist?«

»Sie meinen, Sir, ich soll ein Verbrechen begehen?«

»Um Himmels willen, Bürgermeister, das kommt selbstverständlich nicht in Frage. Wissen Sie, es gibt doch in Ihrem Dorf einige hübsche Mädchen, ich meine Mädchen, die nicht prüde sind und auch verschwiegen.«

Jetzt strahlte das Gesicht des Bürgermeisters. »Sie meinen, Sir, ich soll Ihnen mal ein paar Puppen hier aufs Schloss schicken?«, kicherte Broomfield.

»Richtig. Und damit Sie es nicht vergessen, gebe ich Ihnen das.«

Lord Cheldham griff in die Tasche seiner dunkelgrünen Hausjacke und zog eine Einhundert-Pfund-Note hervor.

Die Augen des Bürgermeisters begannen zu glänzen.

Lord Cheldham schnippte Broomfield die Banknote zu. Der Bürgermeister grabschte mit seinen dicken Wurstfingern danach und ließ das Geld blitzschnell in seiner Hosentasche verschwinden.

»Danke, Sir, danke! Und was Ihren Wunsch angeht, der geht natürlich in Ordnung. Ich kenne da ein paar Frauen, von denen ich etwas weiß, das nicht für die anderen Dorfbewohner bestimmt ist. Sie werden mir gern einen Gefallen tun.«

»Sie sind ein rechter Kerl, Bürgermeister«, sagte Lord Cheldham und klopfte Broomfield auf die Schulter. »Und das andere Geld für Ihre Gemeindekasse bekommen Sie selbstverständlich auch.«

»Wann soll ich Ihnen die Frauen besorgen, Sir?«

»Ich rufe Sie an, Broomfield.«

Lord Cheldham blickte auf die alte Standuhr in der Ecke. »Mein Gott, schon bald Mitternacht.«

Der Bürgermeister hatte das Zeichen verstanden. Er erhob sich und sagte: »Ich werde dann auch gehen, Sir.«

»Ja, natürlich, Broomfield. Und wie gesagt, kein Wort von unserem Gespräch.«

»Ist doch Ehrensache, Sir.«

»Warten Sie, Broomfield. Ich bringe Sie noch bis zur Tür. Mein Diener wird schon schlafen.«

Als sie an die kühle Nachtluft traten, sagte Broomfield noch: »Empfehlen Sie mich der Lady, Sir.«

Lord Cheldham nickte hoheitsvoll und sah, wie der Bürgermeister zu seinem Wagen lief.

»Schwätzer!«, zischte der Lord nur. »Wenn ich ihn nicht mehr brauche, ist er reif.«

Dann ging er wieder zurück in das Schloss, betrat die Treppe und blieb nachdenklich vor der großen Ahnengalerie stehen. Ein Bild faszinierte ihn besonders. Es zeigte eine Frau mit pechschwarzen Haaren und einem blutroten Kleid.

»Elizabeth Barthony«, stand unter dem Bild. »Geboren 1703, gestorben 1724.«

Je länger der Lord das Bild betrachtete, umso mehr hatte er das Gefühl, dass die Augen der Elizabeth Barthony ihn abschätzend musterten. Aber das war bestimmt nur Einbildung.

»Meine Ahnin muss dich ja sehr interessieren«, erklang hinter dem Lord plötzlich eine spöttische Frauenstimme.

»Das stimmt«, erwiderte Lord Cheldham, ohne sich umzudrehen. Er wusste sowieso, dass seine Frau hinter ihm stand.

Lady Mary Cheldham, geborene Barthony!

»Ja«, hörte Lord Cheldham die Stimme seiner Frau. »Man hat Elizabeth Barthony damals grausam gefoltert und dann umgebracht. Doch kurz bevor sie starb, hat sie noch gesagt, dass sie sich einmal grausam rächen würde. Sie wird wiederkommen aus dem Reich der Schatten und ihre Rache vollenden. Und das wird bald sein. Ich spüre es.«

Jetzt erst wandte sich Lord Cheldham um. Er sah in die Augen seiner Frau, in denen ein unheimliches Feuer zu lodern schien.

Der Lord schauderte und senkte den Blick. »Weißt du, dass du eine frappierende Ähnlichkeit mit deiner Vorfahrin hast?«, sagte er leise.

»Ja«, erwiderte Lady Cheldham. Ihre Stimme wurde zu einem Flüstern. »Ich bin stolz darauf, eine Barthony zu sein. Denn niemand wusste damals, dass Elizabeth Barthony ein Kind hatte, als man sie umbrachte. Ein kleines Mädchen, das von einem Köhlerehepaar aufgenommen wurde. Die Barthonys werden nicht aussterben.«

Lord Cheldham räusperte sich. »Warst du mal wieder in der Abtei?«

»Ja, gestern noch.«

»Und?«

»Nichts und. Warte es ab, Gerald. Hast du wenigstens deine Aufgabe erledigt?«

Lord Cheldham nickte. »Der Bürgermeister ist in meiner Hand. Er glaubt, ich brauche die Mädchen für irgendwelche Sexspiele, dieser Trottel.«

Lady Cheldham lächelte spöttisch. »Soll er nur«, sagte sie leise.

Dann wandte sie sich um und ging die Galerie entlang zu ihrem Zimmer.

Lord Cheldham sah seiner Frau mit gemischten Gefühlen nach.

Laura Patton verlor fast den Verstand.

»Das ist doch nicht wahr«, ächzte sie. »Jim, sag, dass es nicht wahr ist.«

Doch Jim Cody gab keine Antwort.

Er starrte gebannt auf die unheimliche Gestalt, die sich langsam näherte.

Es gab keinen Zweifel. Dieses Ungeheuer war die Gräfin Barthony!

Aber sie hatte sich verändert.

Sie trug jetzt über dem Skelett einen scharlachroten Umhang mit hochgezogener Kapuze, die fast den gesamten kahlen Totenschädel bedeckte.

In der Rechten hielt die unheimliche Gräfin ein schreckliches Folterinstrument.

Es war eine Art Keule, die aber vorn rund zulief. Die Rundung war mit langen Eisennägeln bespickt.

Morgenstern nannte man so etwas!

Jim Cody schob Laura hinter sich. »Geh auf die Treppe!«, zischte er ihr zu.

»Und du, Jim?«

»Ich werde versuchen, dieses Monster aufzuhalten.«

»Jim, ich …«

»Geh schon!«

Laura lief einige Stufen hoch. Auf der drittletzten blieb sie stehen und sah mit aufgerissenen Augen auf das Geschehen, das sich vor ihr abspielte.

Die Gräfin hatte Jim jetzt fast erreicht.

Der junge Mann spürte den üblen Modergeruch, der ihm in die Nase stieg. Der Lampenstrahl klebte geradezu auf dem blanken Totenschädelgesicht.

Unbeirrt ging die Gräfin weiter.

Noch zwei Yards, noch einen …

Da hielt es Jim Cody nicht mehr länger aus.

Mit einem Schrei, der seinen gesamten Schrecken

verriet, warf er sich der grässlichen Gestalt entgegen.

Doch ehe er einen Schlag anbringen konnte, traf ihn ein mörderischer Hieb gegen die Brust.

Wie vom Katapult abgezogen, wurde Jim zurückgeschleudert und prallte mit dem Rücken gegen die Felswand des Ganges.

Die Lampe zerbrach.

Dunkelheit breitete sich aus.

Und in dieser Dunkelheit hörte sich der Schrei des jungen Mädchens doppelt schaurig an.

»Laura!«, brüllte Jim, kam auf die Beine und stolperte los.

Er übersah die erste Treppenstufe und stürzte. Dabei schlug er sich das Gesicht an den harten Kanten der Treppe auf.

Etwas klatschte.

Danach hörte Jim, der immer noch von dem Sturz benommen war, ein schreckliches Wimmern.

Wieder erfolgte dieses Klatschen. Stoff zerriss.

Laura!, dachte Jim. Das Monster hat mit dem Morgenstern zugeschlagen!

Unter unsäglichen Mühen quälte sich Jim auf die Beine.

Plötzlich spürte er eine Bewegung neben sich.

Laura!

Jim packte zu, bekam ein Stück Stoff zu fassen, etwas ratschte, und dann war nichts mehr.

Jim Cody konnte sich schon vorstellen, was geschehen war. Die Gräfin hatte sich Laura geholt. Ein junges Mädchen, wie es in der alten Sage stand.

Schritte! Sie entfernten sich in Richtung Verlies, in dem die Gräfin ihr Grab gefunden hatte.

Jim lief in die Richtung.

Unterwegs fiel er einmal hin, und noch ehe er sich aufgerafft hatte, klappte eine Tür.

Sekunden später taumelte Jim gegen die Tür.

Er rüttelte die Klinke. Vergebens. Es war abgeschlossen. Aber vorhin war die Tür doch offen gewesen. Wieder eines dieser ungelösten Rätsel.

»Laura!«

Wild trommelte Jim Cody mit den Fäusten gegen das Holz. Schließlich sackte er erschöpft zusammen. Aus seiner Kehle drang nur noch ein heiseres Röcheln.

Es dauerte Minuten, bis ihm klar geworden war, dass er Laura nicht mehr helfen konnte.

Er vernahm nur grässliche Geräusche aus dem Verlies. Was sich dort drinnen abspielte, hätte er sich in seinen schlimmsten Träumen nicht auszumalen gewagt.

Irgendwann kam Jim wieder auf die Beine. Mit blutendem Gesicht und schmerzendem Körper.

Fast unbewusst torkelte er in Richtung Treppe. Er musste sich immer an der rauen Gangwand abstützen.

Und dann sah er den Nachthimmel.

Vereinzelt blinkte ein Stern in dieses unheimliche Verlies.

Jemand hatte den Stein oben entfernt.

Es dauerte etwas, bis Jim begriff, dass er in die Freiheit klettern konnte.

Doch dann gab es für ihn kein Halten mehr, auf allen vieren erklomm er die steilen Treppenstufen.

Kühle Nachtluft traf sein verletztes Gesicht.

Jim stemmte sich mit letzter Kraft ins Freie. Für Minuten lag er auf dem schmalen Weg. Physisch und psychisch fertig.

Schließlich kam er wieder auf die Beine. Erst jetzt sah er in seiner rechten Hand den blutdurchtränkten Fetzen. Es war ein Stück Stoff von Lauras Kleid.

Jim starrte auf dieses grässliche Indiz und begann plötzlich haltlos zu schluchzen.

Und dann rannte er einfach weg. Irgendwohin.

Jim Cody hetzte durch die Büsche. Zweige peitschten sein Gesicht. Rissen ihm einen Teil der Kleidung auf, doch Jim achtete nicht darauf.

Unbewusst näherte er sich dem Schloss mit seinem gepflegten Park.

Jim rannte gerade über eine Wiese, als er auf dem breiten Treppenabsatz des Schlosses zwei Männer stehen sah. Einen davon kannte er. Es war Lord Cheldham, der Besitzer von Cheldham Castle.

Jim winkte im Laufen, wollte schreien, sich irgendwie bemerkbar machen, doch nur ein heiseres Krächzen entrang sich seiner Kehle.

Die Männer trennten sich jetzt.

Lord Cheldham kehrte wieder in sein Schloss zurück, ohne Jim gesehen zu haben.

Der andere Mann ging auf einen Wagen zu, der dicht neben dem angeleuchteten Schlossportal parkte.

Jim rannte weiter. Seine Lungen drohten fast zu platzen. Er schnappte nach Luft wie ein Fisch auf dem Trockenen.

Plötzlich versagten seine Beine ihm den Dienst. Bäuchlings knallte Jim auf den Weg, rutschte noch ein Stück und blieb dann wie tot liegen.

Jim wusste nicht, dass es der Hauptweg zum Schloss war, auf dem er zusammengebrochen war.

Im Unterbewusstsein hörte er das Brummen eines Motors. Und dann kreischten Bremsen.

Kies spritzte in Jims Gesicht.

Eine Tür klappte.

»Verdammt«, hörte Jim über sich eine Stimme, »das war aber verflixt knapp. Wenn ich nicht noch soeben gebremst hätte ...«

Ganz langsam wandte Jim den Kopf. Er musste die Augen zukneifen, um nicht in das grelle Scheinwerferlicht zu sehen.

»Aber was ist denn mit Ihnen?«, hörte er. »Sie bluten ja.«

Jim wollte zu einer Erklärung ansetzen, doch er brachte keinen Ton hervor.

Starke Arme packten ihn unter den Achseln und schleiften ihn zum Wagen.

Der Fremde hievte Jim in den Fond und legte ihn dort auf die Sitzbank.

Als Jim Cody wieder klar denken konnte, lag das Schloss schon weit hinten in der Dunkelheit.

Jim zog sich an der freien Rückenlehne hoch. Der Fahrer bemerkte es und wandte sich um.

Er verringerte das Tempo ein wenig und fragte

grinsend: »Haben Sie einen zu viel getrunken, Mister?«

Jim Cody musste dreimal ansetzen, ehe er antworten konnte. »Wir, wir müssen sofort zurück. Laura, sie ist in dem Verlies. Die Gräfin hat sie umgebracht.«

Der Fahrer lachte. »Sie sind wohl verrückt, was? Die Gräfin ist auf dem Schloss.«

»Nicht die. Ich meine die tote Gräfin.«

»Wenn Sie mir noch mal solch eine Antwort geben, schmeiß ich Sie raus, verstanden? Man sollte Typen wie Sie gar nicht mitnehmen. Durch seine Gutmütigkeit hat man immer nur Ärger.«

Jim war zu schwach, um eine Antwort geben zu können.

»Außerdem bezahlen Sie mir die Reinigung des Wagens«, knurrte der Fahrer. »Ich werde Sie in Longford bei der Gendarmerie abliefern. Da haben sie für Trunkenbolde eine sichere Zelle. Der Konstabler wird sich freuen, mal vom Bürgermeister einen Gast zu bekommen.«

Die letzten Worte hörte Jim Cody schon nicht mehr. Er war ohnmächtig geworden.

Der Bürgermeister war gesehen worden, als er Jim Cody in den Wagen lud.

Eine schwarz gekleidete Gestalt stand hinter einem Gebüsch und beobachtete aus wutfunkelnden Augen die Szene.

Als der Wagen abfuhr, stieß die Gestalt einen Fluch durch die Zähne.

Die Gestalt war ein Mann, groß, knochig und mit bleichem Gesicht. Er wirkte in dem dunklen Trikot wie der Tod persönlich. Er war es, der den beiden den Weg versperrt hatte. Und er war es auch, der den Stein wieder hochgezogen hatte. Zu früh. Der Mann war ihm entkommen. Aber vielleicht brauchte die Gräfin gar keinen Mann? Schon früher hatte sie nur junge Mädchen genommen. Trotzdem hätte er den Mann töten sollen. Und jetzt war es zu spät.

Der Schwarzgekleidete wandte sich ab. Wenn jemand von seinem Fehler erfuhr, war er reif. Deshalb musste er diese Nachlässigkeit sofort wieder wettmachen.

Der Zeuge musste von der Bildfläche verschwinden!

Erst dann würde die Gräfin ihr grausames Werk in Ruhe vollenden können.

Der Schwarzgekleidete ging in Richtung Schloss. Er betrat Cheldham Castle durch eine Hintertür.

Der Mann ging sofort auf sein Zimmer und legte sich ins Bett. Einschlafen konnte er nicht. Zu viele Gedanken kreisten in seinem Gehirn.

Und die meisten davon beschäftigten sich mit dem Mord.

»Name?«, knurrte der Konstabler.

»Jim Cody.«

»Geburtsort?«

Jim gab mit monotoner Stimme seine Personalien an, die der Beamte auf einer museumsreifen Schreibmaschine herunterklapperte.

Noch in der Nacht war der Dorfarzt gekommen, hatte Jims Verletzungen untersucht, sie anschließend mit einer übel riechenden Salbe eingepinselt und einige Pflaster darübergeklebt. Nach dieser Behandlung war Jim in einen fast totenähnlichen Schlaf gefallen. Und dies in der Ausnüchterungszelle des Dorfes.

Mittlerweile war es schon neun Uhr am anderen Morgen. Es dauerte noch eine weitere halbe Stunde, bis der Konstabler mit seinem Protokoll fertig war.

Als Jim unterschrieben hatte und der Konstabler den Bogen abheftete, sagte der Beamte: »Wenn Sie uns einen Bären aufgebunden haben, Cody, geht es Ihnen schlecht. Ich persönlich werde mich mit Lord Cheldham in Verbindung setzen und mit ihm über Ihre obskuren Angaben reden.«

»Das bleibt Ihnen überlassen«, erwiderte Jim Cody trocken.

»Werden Sie nur nicht frech, sonst lasse ich Sie hier brummen.«

»Dazu haben Sie gar kein Recht«, begehrte Jim auf, doch als er den wütenden Ausdruck in den Augen des Konstablers sah, winkte er ab und hielt den Mund.

Stattdessen knurrte der Konstabler: »Sie können jetzt gehen, Cody.«

Jim stand ächzend auf und verließ ohne einen Gruß die Gendarmerie.

Aus zusammengekniffenen Augen blickte er in die Spätsommersonne.

Longford war ein kleiner Ort mit ungefähr dreitausend Einwohnern. Das Dorf lag in Mittelengland und war in Touristenkreisen einigermaßen bekannt, da die Wälder in der näheren Umgebung des Ortes sich sehr gut zur Erholung eigneten. Viele Einwohner hatten die Zeichen der Zeit erkannt und sich auf den Fremdenverkehr eingestellt. Die meisten jedoch arbeiteten nach wie vor in einem in der Nähe liegenden Bergwerk oder in der Fabrik. Diese Menschen wohnten in einer typischen englischen Arbeitersiedlung am Rande der Stadt.

Bekannt war Longford aber auch noch durch das Schloss geworden. Zweimal in der Woche waren Besichtigungen vorgesehen, und Lord Cheldham persönlich führte die Besucher durch die mit wertvollen Gegenständen eingerichteten Schlossräume.

Jim Cody hatte seinen Wagen, einen kleinen Fiat, vor dem großen Schlosspark geparkt. Da es in Longford so gut wie unmöglich war, ein Taxi aufzutreiben – die fuhren meistens erst ab mittags –, machte sich Jim zu Fuß auf den Weg.

Auf der mit kleinen Geschäften flankierten Hauptstraße traf er den Bürgermeister.

Broomfield stutzte einen Moment, erkannte Jim Cody dann und vertrat ihm den Weg.

»Ah, mein Lebensretter«, meinte Jim sarkastisch.

Das runde Gesicht des Bürgermeisters verzog sich. »Sie sollten etwas höflicher sein, junger Mann.«

»Was wollen Sie?«, fragte Jim direkt.

Der Bürgermeister lächelte hinterhältig. »Ich möchte, dass Sie von hier verschwinden und sich nicht mehr hier blicken lassen. Leute wie Sie stören unser Image.«

»Soll ich jetzt lachen?«, fragte Jim spöttisch. »Ihren Ratschlag in allen Ehren, Bürgermeister, aber ich bin Reporter. Zwar kein bekannter, doch das kann noch werden. Und was ich erlebt habe, dafür werden sich auch noch andere Leute interessieren, verlassen Sie sich darauf, Broomfield.«

Der Bürgermeister biss sich auf die Lippen. »Das ist doch alles Unsinn, Mr. Cody. Sie spinnen sich da was zurecht.«

»Spinnen, sagen Sie, Broomfield? Ich bin mit einer Bekannten nach Longford gefahren, Herr Bürgermeister.« Jims Stimme klang ätzend wie Säure. »Und diese Bekannte ist jetzt wahrscheinlich tot. Da sagen Sie noch, ich spinne. Ich weiß genau, Broomfield, Schnüffelei ist Ihnen verdammt unangenehm. Okay, kann ich verstehen. Wenn es aber um Mord geht, müssen sämtliche persönlichen Interessen zurückstehen. Schreiben Sie sich das hinter Ihre Ohren, Herr Bürgermeister.«

Nach diesen Worten wandte sich Jim Cody um und ließ Broomfield stehen.

Mit zügigen Schritten strebte der junge Reporter dem Ortsausgang zu.

Bis zum Cheldham Castle musste er etwa eine halbe Stunde laufen. Während des Weges kreisten seine Gedanken fortwährend um die vergangene Nacht. Mit Wehmut dachte er an Laura Patton, seine Bekannte. Sie war ein junges, aufgewecktes Girl gewesen, voller Tatendrang. Manchmal mit zu viel

Elan. Jim glaubte nicht mehr daran, dass Laura noch lebte.

Sein Fiat stand noch so da, wie er und Laura ihn verlassen hatten. Jim ging vorsichtshalber um den Wagen herum und prüfte sorgfältig, ob jemand was verändert hatte. Doch er konnte nichts finden.

Dann erst klemmte sich Jim hinter das Steuer.

Der Motor kam erst nach dem zweiten Anlauf. Bevor Jim losfuhr, warf er einen Blick auf Cheldham Castle, dessen Zinnen im leichten Morgendunst über den Baumwipfeln des Parks zu erkennen waren.

Die kleine Landstraße führte einige Meilen durch ein Waldgebiet und mündete dann in eine Schnellstraße, die nach Süden, in Richtung London, ging.

London war Jims Ziel. Dort wohnte er, und dort kannte er auch einige Leute, die er für diesen rätselhaften Fall interessieren konnte.

Auf der Straße herrschte so gut wie gar kein Verkehr. Deshalb holte Jim aus dem Wagen auch heraus, was die Strecke zuließ.

Der Wald wurde nach einigen Meilen so dicht, dass sich die Baumkronen fast über der Straße berührten.

Jim wollte sich gerade eine Zigarette anzünden, als er den Mann sah.

Er lag mitten auf der Straße, in seltsam verrenkter Haltung.

Jims Fuß nagelte die Bremse fest.

Rutschend kam der Fiat wenige Yards vor dem Mann zum Stehen.

Jim warf die noch nicht angezündete Zigarette in den Ascher und sprang aus dem Wagen.

Neben dem Mann ging er in die Knie und drehte ihn vorsichtig auf den Rücken.

Äußere Verletzungen hatte der Unbekannte nicht. Jim fühlte den Puls und spürte, dass er noch schlug. Sogar ziemlich regelmäßig.

Der junge Reporter dachte daran, dass auch er in der letzten Nacht von einem hilfsbereiten Autofahrer mitgenommen worden war, packte den Mann unter den Achseln und hievte ihn auf den Rücksitz des Fiat.

Jim wusste, dass die nächst größere Stadt Leicester war. Dorthin wollte er fahren und den Unbekannten in einem Krankenhaus abliefern. Das bedeutete zwar einen kleinen Umweg, aber es spielte in diesem Fall keine Rolle.

Jim Cody konzentrierte sich voll auf die Fahrt und achtete deshalb nicht darauf, was hinter ihm geschah.

Der auf dem Rücksitz liegende Unbekannte schob sich Stück für Stück in eine sitzende Stellung. Auf seinem Gesicht lag ein satanisches Grinsen, während er unter seiner Jacke eine Pistole hervorholte.

Als Jim die Bewegung im Innenspiegel sah, war es zu spät. Der kalte Stahl der Waffe bohrte sich in seinen Nacken, und eine kratzige Stimme befahl: »Fahr ruhig weiter, Junge, wenn dir dein Leben lieb ist.«

Jim überwand den ersten Schreck schnell, und während sich weiterhin der Lauf der Pistole in sein Genick presste, fragte er: »Was wollen Sie eigentlich von mir?«

»Das werde ich dir gleich erzählen.«

»Auch gut.«

Jim versuchte, seine Nervosität zu überspielen, was ihm allerdings nicht ganz gelang.

»Rechts kommt gleich ein schmaler Weg. Dort biegst du ein, verstanden?«

Jim nickte.

Wenig später tauchte der Feldweg auf. Es war mehr eine Traktorenspur, die in den Wald führte.

Der Weg machte plötzlich einen scharfen Knick und mündete in eine Lichtung.

»Halt an!«

Jim stoppte.

Als der Motor nicht mehr lief, war es fast totenstill. Nur das gepresste Atmen der beiden Männer war zu hören.

»Also, worum geht's?«, wollte Jim wissen.

Der Fremde hinter ihm kicherte hohl. »Kannst du dir das nicht denken?«

»Nein.«

»Du bist doch Jim Cody, oder?«

»Der bin ich allerdings.«

»Siehst du. Und ein gewisser Jim Cody muss sterben. So viel steht fest.«

Jim, der diese Möglichkeit schon einkalkuliert hatte, presste jetzt doch die Zähne zusammen. Angst breitete sich in ihm aus. Trotzdem fragte er: »Wer hat Ihnen denn den Auftrag gegeben? Der Bürgermeister?«

Der Fremde hinter ihm schwieg.

Jim dachte plötzlich daran, dass er noch nicht einmal richtig das Gesicht des Mannes gesehen hatte, so schnell war alles gegangen.

»War es denn Broomfield?«

»Nein, der nicht. Aber wenn es dich beruhigt, ich selbst habe mir diesen Auftrag gegeben. Ich war es auch, der die Steinplatte zugeklappt hatte. Und der sie hinterher leider zu früh geöffnet hat.«

Mit einem Mal wurde Jim einiges klar. Er war zu einem unbequemen Zeugen geworden. Und so etwas reichte meistens für einen Mord.

Der Unbekannte hinter Jim begann sich zu bewegen. Mit seiner freien Hand klappte er die Lehne des Beifahrersitzes nach vorn und klinkte dann die Tür auf. Dabei klebte nach wie vor die Mündung der Pistole fest in Jims Genick.

Dann kletterte der Unbekannte blitzschnell auf die Lehne des Beifahrersitzes, schob sich rückwärts aus dem Wagen und blieb in geduckter Haltung neben dem Fiat stehen. Bei diesem gesamten Manöver war die Mündung der Waffe unentwegt auf Jim gerichtet gewesen.

»Raus mit dir!«, fauchte der Kerl. »Aber langsam!«

Jim musste ebenfalls über den Beifahrersitz klettern.

Schließlich stand er auf der Lichtung, der Unbekannte, mit angeschlagener Waffe, drei Schritte vor ihm.

Erst jetzt konnte sich Jim den Kerl genauer ansehen.

Ein hageres, mit schwarzen Bartstoppeln übersätes Gesicht starrte ihn an. Der Fremde war einen halben

Kopf kleiner als Jim und wog auch bestimmt dreißig Pfund weniger, und trotzdem war dieser Kerl gefährlicher als eine Giftschlange.

Die beiden Männer standen auf der Lichtung. Gras, Moos und Unkraut wuchsen unter ihren Füßen. Zwischendurch sah man ab und zu das Braun einer knorrigen Wurzel, die zu einem der alten Bäume gehörte, die die Lichtung umsäumten.

»Geh ein Stück zur Seite!«, befahl der Unbekannte. Er winkte mit dem Kopf. »Weg vom Wagen!«

Jim gehorchte. Er trat drei Schritte nach links.

Der Kerl mit der Waffe folgte ihm. Sein Gesicht war jetzt fast maskenhaft starr geworden, als er Jim anblickte.

Der junge Reporter spürte die heiße Angst in sich hochsteigen. Er wollte noch etwas sagen, doch seine Stimme versagte.

»Es ist aus«, sagte der Fremde und ging noch einen Schritt zur Seite.

Und da rutschte er ab.

Er musste wohl mit dem Fuß auf eine der glitschigen Baumwurzeln getreten sein, auf jeden Fall lag der Kerl plötzlich halb in der Luft. Die Pistole zeigte gegen den Himmel.

Jim Cody sah seine Chance. Er hechtete aus dem Stand vor und prallte mit dem Unbekannten zusammen. Glücklicherweise erwischte Jim den Pistolenarm des Kerls. Die Waffe wurde dem Mann aus den Fingern geprellt und segelte davon. Jim schlug ihm ins Gesicht, doch dann traf ihn die Faust des Burschen am Ohr.

Jim verlor ein wenig die Übersicht.

Das nutzte der Unbekannte aus. Er rollte sich unter Jim Cody weg, kam gedankenschnell auf die Füße und zielte mit einem Karatetritt in Richtung Kehlkopf seines Gegners.

Jim wich im letzten Augenblick aus. Der Tritt verfehlte ihn um Haaresbreite.

Doch Jim Cody war auch ein verdammt zäher Bursche. Und er hatte ebenfalls ein paar Karatekniffe auf Lager.

Bevor ihn sein Gegner anspringen konnte, blockte Jim mit der Faust den Körper ab.

Der Kerl wurde zurückgeworfen, verwandelte den Sturz in eine Rolle, war blitzschnell wieder auf den Beinen und gab plötzlich Fersengeld.

Ehe sich Jim auf die neue Situation einstellen konnte, war der Mann schon im Dickicht des Waldes verschwunden.

»Mist!«, knurrte Jim schwer atmend, als er feststellen musste, dass sich eine Verfolgung nicht lohnte, da der Mann die Gegend bestimmt besser kannte.

Aber etwas anderes lohnte sich. Die Suche nach der Pistole.

Mit einem kalten Lächeln steckte Jim die Waffe ein. Dann klemmte er sich in seinen Wagen und wendete auf der Lichtung.

Langsam fuhr er den schmalen Weg wieder zurück, suchte dabei mit den Augen den Waldrand rechts und links ab, um doch vielleicht noch eine Spur von dem Unbekannten zu entdecken.

Ohne Erfolg.

Als Jim wieder auf die Straße bog, sah er, dass seine Hände zitterten. Erst jetzt machte sich die Anspannung des Kampfes bemerkbar. Jim sah seine Zigarette im Ascher liegen und zündete sie sich erst einmal an.

Sie schmeckte ihm wie nie eine Zigarette vorher.

Jim dachte nach. Man war ihm also schon auf den Fersen. Er hatte zu viel gesehen.

Was wurde in dem Schloss gespielt? Jim Cody nahm sich vor, dieses Rätsel zu lösen und den Tod von Laura zu rächen.

Und wenn es sein eigenes Leben kosten sollte …

»Teufel, war das wieder ein Tag«, stöhnte Bill Conolly, als er die Wohnungstür aufschloss.

Sheila, seine junge Frau, sah ihm lächelnd entgegen. Bill war erst seit drei Monaten mit ihr verheiratet. Sie lebten praktisch immer noch in den Flitterwochen. Bill war Reporter. Er arbeitete jedoch nicht für eine bestimmte Zeitung, sondern seine Berichte zierten die großen Illustrierten in aller Welt.

Sheila Conolly war ein außerordentlich hübsches Girl mit langen blonden Haaren, tiefblauen Augen und einer Figur, die jeder Filmschauspielerin zur Ehre gereicht hätte.

Die beiden hatten sich bei einem gespenstischen Fall kennen gelernt. Sheila wäre damals bald in die Gewalt eines finsteren Dämons geraten.

»Komm erst mal rein«, sagte Sheila und hauchte ihrem Mann einen Kuss auf die Wange.

Bill warf seine Garderobe über den Haken, ging in das Wohnzimmer und warf sich in den Sessel.

Sheila brachte ihm seinen Feierabendwhisky. Bill trank die goldbraune Flüssigkeit in genießerischen Schlucken.

Sheila setzte sich auf die Sessellehne und strich ihrem Mann spielerisch über das Haar.

Bill legte den Kopf zurück und sah seine Frau an.

»Du siehst heute wieder hinreißend aus«, sagte er.

»Schmeichler«, lächelte Sheila.

Bill hatte wirklich nicht übertrieben. Sheila trug zu ihrem blonden Haar einen seidenen dunkelgrünen Hausanzug, der wie eine zweite Haut ihre Figur umschloss.

Sheila fuhr Bill mit dem Zeigefinger über den Nasenrücken. »Gehen wir heute Abend essen?«, fragte sie leise. »Gar nicht weit von hier hat ein spanisches Restaurant eröffnet. Man sagt, dort gäbe es die beste Paella von ganz London.«

»Die Leute übertreiben immer«, erwiderte Bill.

Als er dann Sheilas enttäuschtes Gesicht sah, versicherte er schnell: »Natürlich gehen wir dorthin, Schatz. Schließlich muss ich auch noch was in den Magen bekommen.«

»Du bist der ...«

Weiter kam Sheila nicht, denn in diesem Moment klingelte das Telefon. Der Reporter brauchte nur den Arm auszustrecken, um an den Hörer zu kommen.

»Conolly!«

»Mr. Conolly, hier ist Jim Cody. Sie erinnern sich

doch an mich? Ich bin der junge Mann, der damals bei Ihnen volontiert hat«, sprudelte es aus dem Hörer.

»Natürlich erinnere ich mich an Sie«, erwiderte Bill.

»Dann ist es gut.« Die Stimme des Jungen klang erleichtert. »Kann ich zu Ihnen kommen, Mr. Conolly? Sagen Sie nicht nein, bitte. Es ist sehr dringend. Es geht um Leben und Tod.«

»Warten Sie, Jim.«

Bill deckte die Sprechmuschel mit der Hand ab und erklärte seiner Frau in zwei, drei Sätzen die Lage.

Sheila war natürlich nicht gerade begeistert, stimmte dann aber zu.

»Also, gut, Jim, kommen Sie vorbei.«

»Danke, Mr. Conolly. In zehn Minuten.«

Nachdenklich zündete sich Bill eine Zigarette an. Er kannte Jim Cody gut. Jim hatte bei ihm volontiert und war ein aufgeweckter Junge mit einer Nase für die gewissen Dinge. Jim war kein Träumer oder Fantast. Im Gegenteil. Und wenn er jetzt in Druck war, musste schon etwas dahinter stecken.

Sheila legte Bill ihre Hand auf die Schulter. »Irgendetwas stimmt nicht, Bill.«

»Wie kommst du denn darauf?«

»Ich weiß nicht so recht.« Sheila zuckte mit den Schultern. »Es liegt was in der Luft. Ich habe es im Gefühl. Genau wie damals, Bill.«

»Nun mach dich mal nicht gleich verrückt«, erwiderte Bill Conolly.

Wenig später klingelte es. Der Besucher war Jim

Cody. Er entschuldigte sich noch mal wortreich und kam dann zur Sache.

Sheila und Bill hörten schweigend zu.

»Und dies ist der Beweis«, sagte Jim zum Schluss und zog einen Kleiderfetzen aus der Tasche. Er gab ihn Bill Conolly.

Der Reporter besah sich das Stück Stoff und wies auf die dunkelbraunen Flecken.

»Das ist Blut«, erklärte Jim. »Der Fetzen stammt von Lauras Kleid. Sie sehen, ich habe nicht gelogen.«

Bill Conolly nickte gedankenverloren. Zufällig fiel sein Blick auf Sheila, die kreideweiß in ihrem Sessel saß.

»Was haben Sie denn nun vor?«, fragte Bill den jungen Mann.

»Ich werde der Sache auf den Grund gehen«, erwiderte dieser. »Ich will dieses blutige Rätsel lösen. Und außerdem mit dem Kerl abrechnen, der mich ins Jenseits befördern wollte. Da hängt wohl das eine und das andere zusammen.«

»Sollte man nicht besser die Polizei einschalten?«, schlug Bill vor.

Jim Cody lachte. »Die werden mir doch nicht glauben.«

»Das würde ich nicht sagen, Jim. Kennen Sie einen Inspektor Sinclair?«

»Sinclair, Sinclair?« Jim runzelte die Stirn. »Gehört habe ich den Namen schon. Ich glaube sogar von Ihnen.«

»Genau. Inspektor Sinclair und ich haben schon

manches Abenteuer gemeinsam überstanden. Er wird sich bestimmt für Ihre Sache interessieren.«

»Wie erreiche ich denn diesen Inspektor?«, wollte Jim wissen.

»Das lassen Sie nur meine Sorge sein. Ich werde mich schon darum kümmern«, erwiderte Bill.

»Bill!« Sheila hatte gerufen.

»Ja?«

»Du hältst dich doch heraus, nicht wahr? Denke daran, was du mir versprochen hast.«

»Aber sicher doch, Schatz. Ich werde diesmal bestimmt nicht mitmischen.« Bill wandte sich an Jim Cody. »Sehen Sie, so geht es einem Mann, wenn er verheiratet ist.«

»Setz dich, Gilda«, sagte der Bürgermeister.

Aus kleinen, rot geränderten Augen musterte er den üppigen Körper der rothaarigen Gilda Moore.

Gilda Moore arbeitete in Longford als Stubenmädchen in einem der kleinen Hotels. Diese Arbeit verrichtete sie tagsüber. Nachts jedoch ging sie mit zahlungskräftigen Kunden ins Bett, und das war ihr Hauptverdienst.

Von dieser Tätigkeit wusste nur der Bürgermeister. Er hatte es durch einen Zufall erfahren und bisher geschwiegen.

»Du musst mir einen kleinen Gefallen tun«, sagte Broomfield mit süffisantem Lächeln.

Gilda wurde sofort misstrauisch. »Und der wäre?«

Broomfield steckte sich erst eine dicke Zigarre an,

ehe er weitersprach. »Ein Freund von mir braucht deine Dienste. Natürlich nicht als Stubenmädchen. Na, du weißt schon, was ich meine.«

Gilda Moore schüttelte entschieden den Kopf. »Da ist nichts drin, Bürgermeister. Ich lass mich nicht verkuppeln.«

»Schade. Dann sehe ich mich allerdings gezwungen, deinen Lebenswandel bekannt zu machen. Das wäre auch nicht gerade angenehm für dich. Man würde dich hier aus Longford wegekeln, und niemand würde da sein, der deine kranke Mutter pflegt. Es wäre schade um die Frau.«

Gilda Moores Gesicht hatte sich bei den Worten des Bürgermeisters verzerrt. Hektische rote Flecke tanzten auf ihren Wangen. »Sie sind ein Schwein, Broomfield!«, stieß sie wütend hervor. »Ein gemeines, hinterhältiges ...«

»Stopp«, rief Broomfield. »Noch ein Wort, und ich mache dich fertig. Ich gebe dir genau zehn Sekunden Zeit, meinen Vorschlag anzunehmen. Wenn nicht, bist du morgen aus Longford verschwunden. Also?«

Gildas Hände ballten sich zu Fäusten. Sie wusste genau, dieser widerliche Kerl hatte sie in der Hand.

Der Bürgermeister sah das Mädchen durch die Rauchschwaden seiner Zigarre gierig an.

»Ich warte«, sagte er.

Gilda nickte. »Ich mache es«, presste sie hervor.

Broomfield lächelte spöttisch. »Wusste doch, dass du vernünftig bist.«

Gilda kramte die Zigarettenschachtel aus ihrer Handtasche und steckte sich mit zitternden Fingern ein Stäbchen an. »Wer ist es denn?«, wollte sie wissen.

»Lord Cheldham«, antwortete der Bürgermeister. Er sprach so leise, als hätte er Angst, dass jemand mithören könnte.

»Was, der?«, rief Gilda. »Ja, was will denn der von mir?«

»Das wird er dir bestimmt selber sagen«, antwortete Broomfield.

»Ja, kann ich denn einfach so weg? Ich meine, in unserem Hotel werde ich auch gebraucht.«

Der Bürgermeister winkte ab. »Ich habe schon alles erledigt. Du hast eine Woche Urlaub. Dein Gehalt läuft übrigens weiter. Es entsteht dir kein Nachteil. Mehr kannst du nun wirklich nicht verlangen. Bestimmt wird dich Lord Cheldham reichlich entschädigen.«

Gilda zuckte die Achseln. Sie hatte sich bereits mit ihrem neuen Schicksal abgefunden. Und vielleicht bot sich wirklich eine Chance. Außerdem sah der Lord noch nicht einmal schlecht aus. Man musste eben mal abwarten.

Wenn Gilda Moore allerdings geahnt hätte, was wirklich auf sie zukam, hätte sie fluchtartig den kleinen Ort Longford verlassen. So nahm das Schicksal seinen Lauf.

John Sinclair war erst knapp über dreißig, trotzdem besaß er einen fast schon legendären Ruf.

Inspektor Sinclair war der Spezialist für außergewöhnliche Kriminalfälle bei Scotland Yard. Seine Erfolgsquote lag bei einhundert Prozent, und das ist auch in unserer modernen Zeit noch beispiellos.

Der Fall des Reporters Jim Cody hatte John von Anfang an interessiert. Im Gegensatz zu manchen anderen normalen Menschen glaubte er dem jungen Mann fast jedes Wort. Und Bill Conolly, Johns Freund, hatte sein Übriges getan, um den Bericht noch glaubwürdiger erscheinen zu lassen.

So war Inspektor Sinclair also mit dem geheimnisvollen Fall der Gräfin Barthony konfrontiert worden.

John hatte bewusst auf Jim Codys Hilfe verzichtet, worüber der junge Mann natürlich nicht begeistert war. Er wollte dann auf eigene Faust recherchieren und hatte Johns Warnungen kurzerhand in den Wind geschlagen.

Diese Gedanken gingen John durch den Kopf, als er durch Lord Cheldhams großzügigen Park schlich. John achtete immer darauf, in Deckung der Bäume und gepflegten Sträucher zu bleiben, denn für das, was er vorhatte, konnte er keine Zeugen brauchen.

Es war Nachmittag. Am Himmel stand eine fast weiße Sonne und schickte ihre Strahlen durch den spätsommerlichen Wald.

John Sinclair, von Natur aus misstrauisch, wollte sich von Jim Codys Worten erst selbst überzeugen, bevor er etwas unternahm. Das hieß im Klartext: Er wollte sich die Familiengruft der Cheldhams ansehen. Hier sollten, so stand es wenigstens in der Chronik, auch die Barthonys zur letzten Ruhe gebettet worden sein. Und wenn Jim Cody nicht gelogen hatte, musste der Sarkophag der Elizabeth Barthony leer sein, da sie ja als angebliche Hexe in der alten Abtei begraben worden war.

John hatte sich vorsorglich eine Genehmigung vom Innenministerium geben lassen, denn sollte etwas schief gehen – man konnte ihn zum Beispiel erwischen und als Grabschänder anklagen wollen –, so war er wenigstens gedeckt.

John hatte seinen silbergrauen Bentley in einem kleinen Waldstück nahe dem Schloss versteckt. Er hoffte, dass er dort sicher war.

Die Familiengruft der Cheldhams war ein kleines Kunstwerk für sich. Sie lag eingebettet zwischen lichtem Mischwald an der Ostseite des Schlosses. Um die mit kleinen Türmchen und Erkern verzierte Gruft lief ein kunstvoll gearbeiteter schmiedeeiserner Zaun, vor dessen Tor zwei marmorne Engel Wache hielten.

John, der in Deckung einer alten Erle stand und sich die Gruft besah, konnte nur mit dem Kopf schütteln über soviel Spielerei und unnützen Kram, mit dem die Cheldhams ihre Gruft verziert hatten.

Es war totenstill. Nur ein leiser Wind raunte in den Baumkronen. John glitt mit schnellen Schritten auf das Tor der Gruft zu.

Es war nicht abgeschlossen. Man brauchte nur an einem verzierten Knauf zu drehen, und schon schwang das Tor zurück.

John huschte durch den kleinen gepflegten Vorgarten bis zu der Eingangstür der Gruft.

Diese bestand aus dicken Holzbohlen, die mit silbernen Beschlägen verziert worden waren.

Das alte, aber gut geölte Türschloss bereitete John keine Schwierigkeiten.

John Sinclair sah sich noch einmal um, holte seine Stablampe hervor und betrat die Gruft.

Er musste sich bücken, um durch die Tür zu kommen.

Modrige, sauerstoffarme Luft empfing ihn.

John befand sich in einem schmalen Durchlass, der sich nach einigen Schritten zu einem Raum erweiterte.

Fledermäuse flatterten, aufgeschreckt durch den starken Taschenlampenschein, in alle Richtungen davon. Feine Spinnweben strichen über Johns Gesicht. Staub legte sich auf seine Schleimhäute und reizte zum Niesen.

Die schweren marmornen Sarkophage standen übereinander in Nischen an der Wand. Jahrhundertealter Staub hatte sich auf den Särgen festgesetzt und ließ den Marmor stumpf und rau aussehen. Einige Nischen waren noch leer. Hier würden bestimmt die nächsten Cheldhams oder Barthonys begraben werden.

John trat an einen Sarkophag und wischte mit der Handfläche einen Teil des Staubes zur Seite.

Auf dem Marmordeckel war ein Name eingeritzt worden.

John las ihn im Schein der Taschenlampe.

»Horatio Cheldham 1702 – 1768.«

John ging die gesamten unteren Sarkophage durch. Er las nur den Namen Cheldham.

Die Barthonys waren in den oberen Nischen bestattet worden. John musste sich auf die Zehenspitzen stellen, um die Namen lesen zu können.

Der Name Elizabeth Barthony fehlte!

Also hatte Jim Cody nicht gelogen. Sie musste in der alten Abtei begraben worden sein.

Die Familienchronik der Barthonys fiel John wieder ein. Er wusste, dass Elizabeth Barthony damals, bevor sie von einem Hexenjäger umgebracht worden war, einen finsteren Schwur getan hatte. Es hieß, dass sie irgendwann einmal wiederkommen wolle, um ihre Rache zu vollenden.

Denn so viel stand fest: Elizabeth Barthony war eine Hexe. Sie hatte sich mit dem Satan verbündet.

John spürte, wie ihn die Erregung gepackt hatte. Welch grauenvollem Rätsel war er hier auf die Spur gekommen? Sollte die Gräfin Barthony ihren finsteren Schwur wahr gemacht haben und Laura Patton schon ihr erstes Opfer geworden sein?

Das leise Schleifen der Eingangstür riss John aus seinen Gedanken.

Jemand hatte die Grabkammer betreten.

John Sinclair löschte blitzschnell seine Stablampe und ging neben einem Sarkophag in Deckung.

Erregtes Atmen drang an Johns Ohr.

Ein zuckender Lichtschein geisterte plötzlich durch den unheimlichen Raum.

John rührte sich nicht von der Stelle. Er atmete durch den offenen Mund, um sich nicht zu verraten.

Eine Frau hatte die Grabstätte betreten.

Eine wunderschöne Frau mit pechschwarzen Haaren und einem hellen, fast weißen Gesicht. Die Frau trug ein bis zum Boden reichendes Kleid mit tiefem Ausschnitt und eine kurze Bolerojacke.

John Sinclair hatte diese Frau noch nie gesehen. Und doch kam sie ihm sehr bekannt vor. Er hatte nämlich erst gestern das Bild einer gewissen Elizabeth Barthony gesehen.

Und diese Frau glich der Gräfin aufs Haar! John hatte das Gefühl, der Toten selbst gegenüberzustehen...

Noch hatte die Frau John Sinclair nicht entdeckt. Sie ging mit langsamen, fast schwankenden Schritten auf den Sarg der Elizabeth Barthony zu. Das Windlicht in ihrer rechten Hand pendelte dabei hin und her.

Die Frau strich mit der freien Hand über die polierte Marmorfläche des Sarkophagdeckels. Dabei murmelte sie ununterbrochen geheimnisvolle Worte und Formeln.

John Sinclair konnte in all dem Tun keinen Sinn erkennen. Er fragte sich immer wieder, was die Unbekannte an einem leeren Sarkophag zu suchen hatte.

Plötzlich griff die Frau unter ihre Jacke. Sie holte ein kleines Fläschchen hervor, in dem eine dunkle Flüssigkeit schwappte.

Die Frau öffnete das Fläschchen und goss die Flüssigkeit über den Sarkophag.

John vermutete, dass es sich dabei um Blut handelte.

Danach strich die Frau mit den Fingerspitzen über

die Marmorfläche, verteilte das Blut und zeichnete daraus seltsame Figuren, die aber sofort wieder verliefen.

»Mein Blut zu deinem«, flüsterte die Unbekannte. »Dein Fluch ist nicht vergessen. Er wird sich jetzt erfüllen. Hier in dieser Stunde. Komm zurück, Elizabeth Barthony. Komm zurück!«

Bei den letzten Worten war die Frau über dem Sarkophag zusammengesunken. John hörte ihr erregtes Atmen und sah, wie die Schultern unter der dünnen Jacke zuckten.

John Sinclair hatte genug gesehen.

Unendlich vorsichtig verließ er sein Versteck. Auf Zehenspitzen schlich er an der Frau vorbei und gelangte ungesehen nach draußen.

Tief pumpte John die frische Luft in seine Lungen. Er warf einen Blick hinüber zu dem Schloss, dessen Zinnen rötlich schimmerten. Er hatte sich doch ziemlich lange in dieser geheimnisvollen Grabkammer aufgehalten.

John Sinclair hatte vor, noch heute Abend Lord Cheldham einen Besuch abzustatten. Er wollte dem Lord einige Fragen stellen, vor allen Dingen über die alte Abtei. John hatte vor, sich als Geschichtsforscher auszugeben.

Fast unbewusst hatte er seine Schritte in Richtung der alten Abtei gelenkt. John sah die verfallenen Mauern zwischen dem Grün der Bäume.

Er schrak regelrecht zusammen, als er hinter sich eine zischende Stimme vernahm.

»Wohin so eilig, Fremder?«

John Sinclair wandte ganz langsam den Kopf.

Ein ganz in Schwarz gekleideter Mann starrte ihn an. Der Kerl hielt die Hände auf dem Rücken verschränkt und wippte leicht auf den Zehenspitzen. Er hatte ein bleiches Gesicht, volles dunkles Haar und kohlrabenschwarze Augen.

»Ich warte auf eine Antwort, Mister.«

»Ich gehe spazieren«, sagte John mit entwaffnendem Lächeln.

»Ach, einfach so?«

»Ja. Ist das verboten?«

»Und ob!«, zischte der Kerl. »Sie befinden sich auf Lord Cheldhams Grund und Boden. Haben Sie die Erlaubnis Seiner Lordschaft?«

»Die wollte ich mir ja gerade holen«, gab John zurück.

Er fasste das alles noch als Spaß auf.

Anders sein Gegenüber. Dessen Hände schossen plötzlich hinter dem Rücken hervor, und ehe John etwas unternehmen konnte, blickte er in die Mündung einer Pistole.

»Oh, ich wusste gar nicht, dass bei Lord Cheldham sofort scharf geschossen wird.«

Der Pistolenheld ging erst gar nicht auf den Spott ein. »Umdrehen!«, befahl er knapp.

John gehorchte.

Der brutale Schlag traf ihn völlig unvorbereitet.

Mit elementarer Wucht dröhnte der Pistolengriff in Johns Nacken. Mit einem leisen Ächzlaut brach der Inspektor zusammen.

Der Schwarzgekleidete entwickelte eine fieberhafte

Hektik. Er packte John unter den Achselhöhlen und schleifte ihn in ein nahes Gebüsch. Dabei murmelte er seltsame Worte vor sich hin. Dann holte der Mann Laub, Zweige und einige kleine Äste und deckte John Sinclair damit zu. Zufrieden betrachtete er noch einmal sein Werk, bevor er verschwand.

Inspektor Sinclair war ein verdammt zäher Bursche. Er kam schon nach einigen Minuten wieder zu sich.

Fluchend und stöhnend quälte er sich unter dem Laub hervor.

»Verdammt noch mal. Wie ein Anfänger habe ich mich reinlegen lassen.« John setzte sich hin.

Er wollte gerade aufstehen, als er Schritte hörte. Die Schritte kamen genau in seine Richtung. Wenig später hörte er auch eine Männerstimme. Sie gehörte dem Kerl, der John überwältigt hatte.

John stand schnell auf und verbarg sich hinter einem mannshohen Busch. Von hier aus konnte er einigermaßen gut beobachten.

Der Schwarzgekleidete brach durch die Büsche. Erst jetzt fiel John ein, dass Jim Cody von diesem Kerl gesprochen hatte. Er war es gewesen, der den jungen Reporter hatte umbringen wollen.

Der Mann ging dicht an Johns Versteck vorbei. Er schleifte irgendetwas hinter sich her.

John schob den Kopf ein wenig vor und hätte vor Grauen fast aufgeschrien.

Der Schwarzgekleidete schleifte eine nackte Mädchenleiche mit sich!

John Sinclair drehte sich fast der Magen um, als er dieses Bild sah.

Welchem grausamen Verbrechen war er hier auf die Spur gekommen?

Noch hatte der Unbekannte John nicht bemerkt.

Er zog sich mit seiner makabren Last tiefer in die Büsche zurück.

John Sinclair atmete scharf aus. Vorsichtig nahm er die Verfolgung des Mannes auf.

John brauchte nicht weit zu gehen.

Der Unbekannte stoppte auf einer winzigen Lichtung.

John Sinclair duckte sich hinter einem Baumstamm und sah, dass auf der kleinen Lichtung schon eine Grube ausgehoben worden war. Dort hinein warf der Mann die ausgeblutete Mädchenleiche.

Er kicherte, als er sein grausiges Werk vollendet hatte.

Dann wandte er sich um und lief zurück.

Dort, wo er John Sinclair vermutete, blieb er stehen. Fassungslos, wie es John schien.

Mit beiden Händen wühlte der Kerl in dem Laub herum.

»Suchen Sie mich?«, fragte John Sinclair leise.

Der Unbekannte wirbelte herum.

Wie ein Panter hechtete er auf John zu. Genau in einen Aufwärtshaken, der ihn rückwärts in ein Gebüsch katapultierte.

Doch der Kerl war zäh wie eine Katze. Er sprang sofort auf und griff nach seiner Pistole.

Johns Fußspitze traf seinen rechten Ellenbogen.

Die Waffe, schon halb draußen, wurde dem Mann

aus der Hand geprellt. Sie landete irgendwo zwischen dem feuchten Laub.

»Und jetzt geht's zur Sache«, knurrte John.

Eine gestochene Gerade trieb dem Kerl das Wasser in die Augen. Der nachfolgende Uppercut fegte ihn gegen einen Baumstamm, wo der Schwarzgekleidete, ohne einen weiteren Laut von sich zu geben, bewusstlos zusammenbrach.

John untersuchte ihn kurz nach anderen Waffen und fand noch ein Stilett. Dann holte sich John die Pistole und steckte auch sie ein. Es war eine gepflegte Beretta.

Die Wartezeit, bis der Kerl zu sich kam, verkürzte sich John mit einer Zigarette.

Dann, als es so weit war, schnappte sich John den Unbekannten, zog ihn hoch und lehnte ihn gegen einen Baumstamm.

Der Mann sah den Inspektor aus glasigen Augen an.

»Wie heißen Sie?«, fragte John.

»Daniel«, erwiderte der Kerl mit schwacher Stimme.

»Woher haben Sie die Mädchenleiche?«

Daniel schüttelte den Kopf.

John fragte noch mal und erhielt wieder keine Antwort.

»Gut«, sagte er schließlich, »es wird bestimmt Lord Cheldham interessieren, was Sie hier so treiben. Wir werden jetzt gemeinsam zu dem Lord gehen und ihm eine Geschichte erzählen.«

Die Augen des Burschen leuchteten auf, als John den Namen des Lords erwähnte.

Vorsichtig!, warnte Johns innere Stimme.

Der Inspektor gab dem Mann einen Stoß: »Setz dich in Bewegung!«

Auf unsicheren Beinen taumelte Daniel vor John her. Sie gingen in Richtung Schloss.

Der Park wurde gepflegter. Man sah, dass hier ein Gärtner für Ordnung sorgte. Die Büsche waren sorgfältig gestutzt und der Rasen auf Streichholzlänge geschnitten.

Der Kies knirschte unter den Schritten der beiden Männer.

»Was versprechen Sie sich eigentlich davon, dass Sie mich zu Lord Cheldham bringen?«, fragte Daniel plötzlich.

»Das binde ich Ihnen auch gerade auf die Nase«, antwortete John.

»Ich mache Ihnen einen Vorschlag, Mister. Setzen Sie sich in Ihren Wagen und verschwinden Sie von hier. Es ist besser. Vergessen Sie alles. Vergessen Sie, was Sie gesehen und gehört haben. Es ist nur zu Ihrem Vorteil.«

»Auf einmal so menschenfreundlich?«, spottete John. »Glauben Sie denn im Ernst, ich kann den Anblick einer ausgebluteten Mädchenleiche so einfach aus meinem Gedächtnis tilgen?«

Daniel lachte auf. »Was verstehen Sie schon von der Sache? Was geschehen muss, wird geschehen.«

»Wie meinen Sie das?«

Daniel blieb plötzlich stehen und wandte sich um. Als John in seine dunklen Augen sah, fröstelte ihn.

Es waren die Augen eines Dämons!

»Ich habe schon zu viel gesagt«, flüsterte Daniel. »Sie kommen nicht mehr lebend von hier weg. Ein alter Fluch wird sich bewahrheiten und auch vor Ihnen nicht Halt machen. Denken Sie daran.«

Daniels letzte Worte klangen fast wie ein finsterer Schwur.

John spürte, dass ihm eine Gänsehaut den Rücken hinunterlief. Trotzdem erwiderte er ziemlich forsch: »Das wollen wir doch mal sehen, lieber Freund. Und jetzt setzen Sie sich mal wieder in Bewegung.«

Daniel zuckte die Achseln und trottete vor John her. Ein wissendes Lächeln lag um seine Mundwinkel.

Sie bogen auf den breiten Hauptweg ein, der direkt zu der großen Freitreppe des Schlosses führte.

Hintereinander nahmen die Männer die Stufen.

»Die Klingel befindet sich hinter dem bronzenen Löwenkopf«, sagte Daniel.

»Sie wissen aber gut Bescheid«, meinte John.

Daniel wandte sich halb um. »Das muss ich auch. Schließlich bin ich Lord Cheldhams Diener.«

John Sinclair zuckte regelrecht zusammen. Damit hatte er nicht gerechnet. Plötzlich ahnte er, dass die Worte des Mannes vorhin keine leeren Versprechungen gewesen waren.

John befand sich in einer verzwickten Situation.

Daniel lachte leise. »Ich hatte Sie gewarnt.« Dann wandte er sich ab und drückte auf die Klingel.

In dem Schloss erklang ein dezenter Gong.

Es dauerte einige Zeit, ehe die schwere Tür geöffnet wurde. Langsam, fast wie in Zeitlupe, wurde sie nach innen gezogen.

Doch dann stockte John Sinclair fast der Atem.

Die Frau, die den Inspektor ansah, war niemand anderes als die Unbekannte aus der Familiengruft.

Lord Cheldhams Augen glitten prüfend über Gilda Moores provozierende Figur.

Das Mädchen war verlegen. Sie, die schon mit vielen Männern ins Bett gegangen war, senkte unter den forschenden Augen des Lords den Blick. So etwas war bei ihr noch nie vorgekommen.

Unruhig trat Gilda von einem Fuß auf den anderen.

Der Lord stemmte beide Arme in die Hüften und sagte: »Setzen Sie sich doch, mein Kind.«

Gilda lächelte scheu und ließ sich vorsichtig auf dem Rand eines gepolsterten Stuhles nieder. Fast unbewusst versuchte sie, den knappen Minirock über ihre Schenkel zu ziehen, was jedoch ein Ding der Unmöglichkeit war.

Der Lord quittierte dieses Bemühen durch ein leichtes Heben seiner Augenbrauen.

Gilda trug zu dem roten Rock einen knapp sitzenden grünen Pullover, der ihre enorme Oberweite kaum bändigen konnte. Die wohl geformten Beine steckten in dunklen, modischen Nylons. Das lange rote Haar hatte Gilda zu einer Turmfrisur hochgesteckt.

Lord Cheldham nahm Gilda gegenüber Platz. Aus einer silbernen Dose nahm er eine filterlose Zigarette und zündete sie gelassen an.

Eine Weile rauchte der Lord schweigend. Dann wandte er sich an Gilda, die ihre Unruhe kaum noch zügeln konnte und nervös ihre Hände knetete.

»Sie wissen, Gilda, weshalb Sie hier auf meinem Schloss sind?«

Das Mädchen schüttelte den Kopf, und eine nie gekannte Röte schoss in ihr Gesicht.

»Eigentlich ... Also, ich ...«, erwiderte sie stotternd.

Der Lord winkte ab. »Es ist nicht das, was Sie denken, schönes Kind. Nein, ich habe Sie holen lassen, um meiner Frau einen Gefallen zu tun.«

»Ich verstehe nicht, Mylord?«

»Lassen Sie mich ausreden. Meine Frau braucht eine Dienerin, eine Person, die ihr unbedingt treu ist.«

»Ach, so ist das.« Gilda atmete auf. Langsam klang ihre Erregung ab. Sie konnte wieder normal denken. Klar und logisch. Und dabei kam sie zu dem Resultat, dass dieser Job wahrhaftig nichts für sie war. Geld konnte sie durch eine andere Arbeit mehr verdienen.

»Tut mir Leid, Mylord, aber ich glaube, diese Arbeit kann ich beim besten Willen nicht annehmen.«

Lord Cheldham drückte die Zigarette in einem Kristallascher aus. Dann stand er auf und blieb dicht vor Gilda stehen.

»Sie haben gar keine andere Wahl, schönes Kind. Allein durch Ihr Kommen haben Sie diese neue Stelle schon angenommen. Sie können sich nicht weigern. Freiwillig kommen Sie aus dem Schloss nicht mehr raus.«

Der Lord hatte sehr leise gesprochen, und doch traf jedes seiner Worte das Mädchen wie Dolchspitzen.

Gilda wurde unter ihrem Make-up bleich. »Das können Sie nicht, Mylord. Mich einfach festhalten. Unmöglich. Ich werde jetzt aufstehen und gehen.«

»Versuchen Sie es«, erwiderte Lord Cheldham mit hintergründigem Lächeln und trat ein Stück zur Seite.

Gilda stemmte sich aus dem Stuhl hoch. Seitlich schob sie sich an dem Lord vorbei, der die Arme auf der Brust verschränkt hatte und Gilda nur ansah.

Gilda griff nach ihrer Handtasche und sprang zur Tür.

Im selben Moment wurde sie aufgestoßen.

Zwei Männer versperrten dem Mädchen den weiteren Weg.

Gilda schrie erstickt auf, als sie die beiden sah. Es waren Kerle, fast so breit wie Kleiderschränke. Sie steckten in grauen Leinenanzügen, glichen sich wie ein Ei dem anderen und hatten beide die gleichen stumpfsinnigen Augen.

»Die sind ja verrückt«, flüsterte Gilda, während sie langsam zurückwich.

Lord Cheldham lachte. »Ja, Al und Sam sind wahnsinnig. Ich habe sie mal aus einer Anstalt geholt. Sie sind mir dafür ewig dankbar. Los, schnappt sie euch!«, zischte der Lord.

Gilda versuchte, an den beiden vorbeizukommen, doch einer der Männer stellte ihr ein Bein.

Das Mädchen fiel hin.

Als Gilda sich auf den Rücken drehen wollte, drückte ihr jemand seinen Schuh ins Kreuz. Der heiße Schmerz nagelte das Mädchen am Boden fest.

Über sich hörte Gilda Lord Cheldhams höhnisches Lachen. »Nun, willst du die neue Arbeit immer noch nicht annehmen?«

»Ja, ich mache ja alles, was Sie wollen«, presste das Mädchen hervor. »Aber bitte, lassen Sie mich los.«

Der Lord zischte einen Befehl.

Sofort verschwand der Druck aus Gildas Rücken.

»Steh auf!«, befahl Lord Cheldham.

Gilda quälte sich mühsam auf die Beine. Ihre beiden Peiniger hatten sich links und rechts von der Tür aufgestellt und beobachteten die Szene mit ausdruckslosen Blicken.

Gilda taumelte ein Stück zur Seite und hielt sich an einer Stuhllehne fest.

»Du hältst nicht viel aus, Mädchen«, sagte der Lord und schüttelte fast bedauernd den Kopf. »Aber dein neuer Job wird ja nicht lange dauern. Höchstens acht Stunden.«

»Wie soll ich das verstehen?«, fragte Gilda rau.

»Ganz einfach«, erwiderte Cheldham lächelnd. »Nach acht Stunden bist du tot.«

John Sinclair hörte neben sich Daniels spöttisches Lachen. Der Kerl musste wohl die Überraschung in Johns Gesicht gesehen haben.

»Ja, bitte?«, fragte die Frau. Und dann: »Haben Sie diesen Mann gebracht, Daniel?«

Der Inspektor setzte ein verbindliches Lächeln auf und antwortete an Stelle des Dieners.

»Verzeihen Sie bitte, dass ich Sie so einfach überfalle. Es ist etwas vorgefallen, worüber ich mich gern mit Lord Cheldham höchstpersönlich unterhalten möchte. Mein Name ist John Sinclair.«

Die Frau blickte John an. »Mein Mann ist sehr beschäftigt, Mr. Sinclair. Ohne vorherige Anmeldung kann niemand mit ihm sprechen.«

»Aber es ist wirklich wichtig.« John ließ nicht locker.

Die Augen der Lady blitzten. »Daniel, schaffen Sie mir diese Person aus den Augen.«

Nach diesen Worten wollte Lady Cheldham die Tür zudrücken, doch John stellte einen Fuß dazwischen.

»Was erlauben Sie sich?«, schrie Lady Cheldham. »Ich werde Sie von der Polizei festnehmen lassen. Ich ...«

»Die Polizei wird sich wohl mehr für Ihren Diener interessieren«, entgegnete John scharf. »Seinetwegen bin ich hier. Ich glaube, dass ein Mordanschlag auf meine Person wirklich keine Bagatelle ist.«

Lady Cheldham wurde nach Johns Worten ruhig.

»Bitte, treten Sie ein, Mr. Sinclair. Und Sie auch, Daniel, damit wir den Fall klären können.«

Die Frau gab die Tür frei.

Lady Cheldham hatte sich umgezogen. Sie trug jetzt ein dunkelrotes, langes Samtkleid mit tiefem Dekolleté. Das pechschwarze Haar hatte sie zu einem Knoten im Nacken zusammengebunden. An ihren

Ohren blitzten goldene Ringe, und an ihrem rechten Ringfinger funkelte ein kostbarer Rubin.

Daniel betrat als Erster die große Halle. John schloss hinter ihm leise die schwere Tür.

»Also, Mr. Sinclair, was wollen Sie?«, fragte Lady Cheldham.

John ließ sich mit der Antwort Zeit. Seine Augen glitten prüfend durch die kostbar eingerichtete Halle. Auf dem Marmorboden lagen wertvolle Teppiche. An den mit Seidentapeten verkleideten Wänden hingen kostbare Bilder. Schwere, samtene Gobelins hingen vor den hohen Fenstern. Ein kunstvoll angefertigter Kristalllüster spendete warmes Licht.

»Sie haben meine Frage noch nicht beantwortet, Mr. Sinclair«, sagte die Lady mit scharfer Stimme.

»Ich hatte Ihnen doch vorhin schon gesagt, Mylady, ich rede nur mit Lord Cheldham.«

Die Frau presste die Lippen zusammen. Dann sagte sie: »Holen Sie Lord Cheldham, Daniel.«

»Sofort, Mylady.«

Der Diener verschwand über eine Treppe nach oben.

Lady Cheldham wandte John demonstrativ den Rücken zu.

Die Minuten tropften dahin. John hatte genügend Zeit, die kostbaren Möbel zu bewundern, die in der großen Halle standen. Allein hier unten befand sich schon fast ein Millionenvermögen.

Schließlich erschien Daniel wieder auf der Treppe.

»Mylord lassen bitten«, sagte er.

John bedankte sich mit einem Kopfnicken und ging

die breiten, mit Teppichen ausgelegten Stufen hoch. An der Wand hingen die Ahnenbilder der Cheldhams. Und plötzlich blieb John wie angewurzelt stehen.

Er hatte das Bild der Elizabeth Barthony gesehen. Diese Frau glich Lady Cheldham aufs Haar.

John wandte kurz seinen Kopf und fing dann einen Blick der Lady Cheldham auf.

Es war ein hasserfüllter Blick, doch nur für einen winzigen Augenblick, dann drehte sich die Lady abrupt um und verschwand durch eine offen stehende Tür.

John ging weiter.

»Hier entlang, Sir«, sagte Daniel und wies mit dem Arm auf einen langen breiten Flur, von dem eine Anzahl Türen abzweigte.

Daniel führte John gleich in den zweiten Raum auf der rechten Seite.

»Sir! Das ist Mr. Sinclair!«

»Ist schon gut, Daniel. Sie können gehen!«

»Sehr wohl, Mylord.«

Der Diener verschwand lautlos.

Lord Cheldham erhob sich aus einem hochlehnigen Sessel. Der Adelige kam mit gemessenen Schritten auf John Sinclair zu.

Der Inspektor bemerkte sehr wohl das etwas spöttische Lächeln auf den Lippen des Lords und fragte sich, ob dieser Daniel seinen Brötchengeber schon in alles eingeweiht hatte.

»Wollen Sie nicht Platz nehmen, Mr. Sinclair? Möchten Sie etwas trinken? Whisky, Cognac?«

»Danke, nichts dergleichen.«

»Sie erlauben doch, dass ich mir einen Schluck gönne, Mr. Sinclair«, sagte der Lord lächelnd.

»Aber ich bitte Sie.«

Lord Cheldham goss sich aus einer geschliffenen Whiskykaraffe zwei Fingerbreit der goldgelben Flüssigkeit ein.

John ließ den Adeligen dabei nicht aus den Augen. Den Inspektor störte etwas. Es war nicht das Zimmer oder die gesamte Umgebung, sondern in der Luft lag ein seltsamer Geruch. Etwas süßlich, wie Parfüm.

Ja, das war es.

Parfümgeruch. Aber nicht von einem exklusiven Duftwasser, sondern eher wie es die Straßenmädchen benutzen. Mehr auf erotische Wirkung hinzielend.

John Sinclair erwähnte erst mal nichts davon.

Lord Cheldham lächelte verbindlich, während er sagte: »Mein Diener war so frei und hat mich bereits in groben Zügen informiert. Nun, ich kann mir schlecht vorstellen, dass er Ihnen nach dem Leben getrachtet hat. Daniel ist an und für sich ein ganz harmloser Typ.«

John nickte. »Das mag schon sein, Mylord, aber er hat mich niedergeschlagen, und wenn ich nicht rechtzeitig aufgewacht wäre, läge ich bestimmt jetzt neben der Mädchenleiche.«

»Neben welcher Mädchenleiche?«, fragte Lord Cheldham überrascht.

John erklärte die Lage.

Als er geendet hatte, lachte der Adelige laut auf. »Lieber Mr. Sinclair, das sind nun wirklich Ammenmärchen. Sicher, vielleicht hat Daniel Sie niedergeschlagen, aber bedenken Sie eins, Sie haben unbefugt mein Grundstück betreten, und Daniel wird Sie für einen Einbrecher gehalten haben. Es ist schon oft vorgekommen, dass Leute scharf auf meine Schätze und Kunstwerke waren. Deshalb diese übereilte Handlung. Daniel wird sich entschuldigen. Aber das entbindet Sie nicht von einer Erklärung, Mr. Sinclair. Was hatten Sie wirklich auf meinem Grund und Boden zu suchen?«

John hätte natürlich jetzt die Karten auf den Tisch legen können, doch davon wollte er erst noch Abstand nehmen. Deshalb ließ er sich blitzschnell eine Ausrede einfallen.

»Ich interessiere mich für alte Burgen, Schlösser und Klöster, Mylord. Deshalb hatte ich daran gedacht, auch Cheldham Castle einen Besuch abzustatten.«

»Ich führe regelmäßig Besichtigungen durch, Mr. Sinclair. Wussten Sie das nicht?«

»Schon. Aber die sind mir zu allgemein. Denken Sie nur an die alte Abtei. Dort kommt normalerweise kein Besucher hin.«

Das Gesicht des Lords hatte sich bei Johns letzten Worten gespannt. »Waren Sie in der Abtei, Mr. Sinclair?«, fragte er lauernd.

»Nein, dazu ist es nicht gekommen. Ich war eigentlich nur in Ihrem herrlichen Park.«

Den Besuch in der Grabkammer verschwieg John wohlweislich.

Lord Cheldham lehnte sich zurück. »Dann ist es gut«, sagte er.

»Wieso?«, fragte John bewusst naiv. »Stimmt etwas mit dieser Abtei nicht?«

Lord Cheldhams Kopf ruckte herum. »Nein, nein, es ist alles in Ordnung. Leider ist dieses alte Gemäuer baufällig. Ich werde erst im nächsten Jahr mit der Renovierung anfangen können. Sie wissen bestimmt selbst, Firmen, die solche Arbeiten durchführen, sind dünn gesät. Aber dann, Mr. Sinclair, können Sie die Abtei unbehelligt besichtigen.«

Lord Cheldham erhob sich. »Es hat mich gefreut, Ihre Bekanntschaft zu machen, Mr. Sinclair. Und diese dumme Sache vergessen wir beide, einverstanden?«

John, der ebenfalls aufgestanden war, nickte schnell. »Selbstverständlich, Mylord.«

»Ich werde Daniel rufen, damit er sich noch einmal entschuldigt und Sie hinausbringt.«

Lord Cheldham ging in Richtung Tür. John, der ihm folgte, stutzte plötzlich. Er hatte in der Zimmerecke eine schwarze Handtasche entdeckt. Schon aus dieser Entfernung war zu erkennen, dass es sich hierbei um ein billiges Kaufhausmodell handelte.

»Gehört die Tasche Ihrer Frau, Mylord?«, fragte John.

Lord Cheldham zuckte zusammen, hatte sich aber sofort wieder in der Gewalt. »Welche Tasche?«, erkundigte er sich betont beiläufig.

John wies auf die Zimmerecke.

»Ach die.« Der Lord zuckte die Achseln. »Hat eines unserer Zimmermädchen vergessen. Das Personal heute ist schrecklich. Aber kommen Sie jetzt, Mr. Sinclair. Ich habe noch zu arbeiten.«

Ich auch, dachte John. Und dabei meinte er besonders die folgende Nacht. In einem Hotelzimmer würde er sie bestimmt nicht verbringen. Da gab es schon ein lohnenderes Ziel.

Die alte Abtei.

Gilda Moore war am Ende ihrer Kraft. Sowohl physisch als auch psychisch.

Ihre beiden Bewacher hatten das Mädchen regelrecht fertig gemacht und anschließend in ein völlig finsteres Verlies gesperrt.

Schluchzend lag Gilda Moore auf dem rauen, kalten Steinboden. Sie wusste überhaupt nicht, in welchem Teil des Schlosses sie sich befand und weshalb man sie hier gefangen hielt.

Am schlimmsten war die Dunkelheit. Fast noch grauenvoller als die vorhergegangenen körperlichen Schmerzen. Gilda hatte das Gefühl, die rabenschwarze Finsternis würde sie erdrücken. Das Atmen wurde zu einer Qual. Gilda konnte förmlich spüren, wie der Sauerstoffgehalt in ihrem Gefängnis abnahm.

Auf Händen und Füßen robbte Gilda durch das Verlies. Sie wollte die ungefähre Größe dieses grässlichen Raumes feststellen. Das Mädchen fand kaum die Kraft aufzustehen, und nach ein paar Schritten brach Gilda wieder zusammen. Sie hatte das Gefühl, schon einige Meilen zurückgelegt zu haben.

Unter unsäglichen Mühen streckte Gilda ihren rechten Arm aus. Ihre Hand stieß gegen eine raue Steinwand. Gilda schob sich ein Stück vor, bis sie die Wand erreicht hatte.

Dann zog sie sich langsam daran hoch.

Gilda fiel noch zweimal zurück, ehe sie es schaffte, auf ihren Füßen zu stehen.

Und dann kam die Kälte. Sie kroch von unten her durch Gildas Körper und brachte einen Schüttelfrost nach dem anderen mit sich.

Schon bald kam die Panik. Sie war schlimmer als das bisher Erlebte. Fast von einer Sekunde zur anderen begann Gilda zu toben, trommelte mit ihren Fäusten gegen die rauen Steinwände, riss sich dabei die Handflächen auf und schrie immer wieder: »Ich will hier raus! Ich will hier raus!«

Niemand hörte ihr Schreien.

Schließlich brach Gilda Moore zusammen. Nur noch ein klägliches Wimmern entrang sich ihrer Kehle.

Wie lange sie so auf dem kalten Boden gelegen hatte, wusste sie nicht, sie schreckte nur zusammen, als sie ein Geräusch hörte.

Es war von vorn gekommen, das konnte Gilda in der Dunkelheit feststellen.

Wollte man sie hier rausholen?

Gilda schöpfte neue Hoffnung.

»Hilfe!«, rief sie, so laut sie konnte, aber es wurde nur ein heiseres Krächzen.

Das Geräusch wiederholte sich. Etwas knirschte, so als würde Stein auf Stein reiben.

Und dann sah Gilda den Lichtschein. Er fiel wie eine Lanze in das Verlies, wurde von Sekunde zu

Sekunde größer, und Gilda sah, wie sich vor ihr ein Stein in dem kompakten Mauerwerk drehte.

Da kommt Rettung!, schoss es ihr durch den Kopf.

Gilda Moore dachte in ihrer aussichtslosen Lage gar nicht mehr daran, dass es für sie noch schlimmer werden sollte.

Auf allen vieren kroch Gilda auf den Lichtschein zu, der sich auf einmal verdunkelte.

Eine Gestalt war in das Verlies getreten. Die Gestalt trug eine alte Sturmlaterne in der Hand. Das dunkelrote Licht geisterte über die dicken Mauerwände, traf die auf dem Boden hockende Gilda und schließlich die Gestalt selbst.

Gilda Moore dachte, sie würde den Verstand verlieren.

Ein grässliches Monster starrte sie an.

Der Schädel gehörte zur Hälfte einer Toten, zur anderen Hälfte einer Frau. Das Gleiche war mit dem Körper geschehen. Halb Skelett, halb Frauenkörper.

In der linken Knochenhand hielt das Monster ein zweischneidiges Schwert.

Gildas Lippen bebten in stummer Erregung. Sie konnte ihren Blick nicht von diesem grauenhaften Wesen abwenden, das jetzt langsam auf sie zukam.

In einem letzten verzweifelten Anfall riss Gilda die Hände vor ihre Augen, in der Hoffnung, dass alles nur ein Traum sein würde.

Es war kein Traum.

Als Gilda die Augen öffnete, stand die Gestalt direkt neben ihr. Die Schneide des Schwertes blitzte in dem flackernden Lampenschein.

Gilda hob den Kopf.

Ihre Augen weiteten sich entsetzt, als sie sah, wie die grässliche Gestalt das Schwert hob und die Spitze genau auf ihren Hals zielte.

»Bitte, ich ... Ahhh!«

Gildas Schrei erstickte in einem Blutstrom, als das Schwert ihre Kehle durchbohrte.

Die unheimliche Gestalt ließ das Mordinstrument sofort los, packte Gilda Moore an den Haaren und trank das aus der Wunde strömende Blut.

Gilda Moore wurde förmlich ausgesaugt.

Es dauerte eine Zeit, bis das Monster fertig war. Doch dann war es wie verwandelt. Eine ganz neue Person war entstanden.

Elizabeth Gräfin Barthony!

Lord Cheldham blickte auf seine Uhr und sah anschließend seine Frau an.

»Es müsste eigentlich bald so weit sein, Mary.«

»Gedulde dich noch ein paar Minuten, Gerald.«

Lady Cheldham starrte an ihrem Mann vorbei in imaginäre Fernen. »Der Fluch hat sich erfüllt«, flüsterte sie, »so wie es geschrieben stand. Hier«, sie griff nach einem kleinen, schwarz eingebundenen Buch, das in ihrem Schoß lag, »mit Blut hat Elizabeth Barthony selbst die Zukunft vorausbeschrieben, und heute ist die Nacht, in der dies alles eintreffen wird. Sie wird die Herrschaft über Cheldham Castle übernehmen.«

Lord Cheldham war während ihrer Worte unruhig

im Zimmer auf und ab gewandert. Jetzt drehte er sich abrupt um.

»Die Herrschaft über Cheldham Castle? Du vergisst, dass ich hier zu bestimmen habe.«

Lady Cheldham lächelte wissend. »Aber nicht mehr lange. Es werden Dinge eintreten, denen du nicht gewachsen bist. Du ...«

Leise, tappende Schritte unterbrachen die Ausführungen der Lady.

»Das ist sie«, flüsterte die Frau und stand langsam auf.

Die Schritte stoppten vor der Tür.

Gebannt starrten Lord und Lady Cheldham auf die verzierte Klinke, die sich unendlich langsam nach unten bewegte.

Leise knarrend öffnete sich die Tür.

Die beiden Menschen hielten den Atem an.

Ein nackter Arm wurde sichtbar.

Dann schwang die Tür ganz auf.

Über die Schwelle trat Elizabeth Barthony.

Sie war völlig nackt und hielt in ihrer rechten Hand ein blutbesudeltes Schwert.

»Die Hexe!«, hauchte der Lord.

Um Lady Cheldhams Mundwinkel lag ein Lächeln. »Komm«, sagte sie leise. »Komm her, Elizabeth Barthony. Viele Jahre habe ich auf diesen Augenblick gewartet. Du sollst hier die Herrin werden.«

Die Untote gehorchte. Schritt für Schritt drang sie in das Zimmer. Sie schien Lady Cheldham gar nicht zu sehen, sondern hatte nur Augen für Lord Cheldham.

Der Adelige wich zurück.

Mit brutaler Deutlichkeit wurde ihm plötzlich klar, was das Kommen der Hexe zu bedeuten hatte.

»Mary«, sagte er. »Sie soll verschwinden. Los, sag ihr das. Sie will mich ...«

»Ja«, unterbrach Mary Cheldham ihren Mann. »Sie wird dich umbringen, und sie soll dich umbringen! Das alles gehört zu meinem Plan!«

Der Lord stieß gegen einen Stuhl. Dumpf fiel das Möbelstück auf den Teppich.

Lord Cheldham bückte sich blitzschnell, packte den Stuhl an der Lehne und schwang ihn über seinen Kopf.

»Du wirst ihr nichts anhaben können«, kreischte Lady Cheldham.

Der Lord schlug zu.

Mit ungeheurer Wucht krachte der Stuhl auf den Kopf der Elizabeth Barthony.

Doch er richtete keinen Schaden an. Nur der Stuhl selbst zerbrach.

Unbeirrt ging die Untote weiter.

Und plötzlich stieß sie zu.

Ehe Lord Cheldham eine Abwehrbewegung machen konnte, drang ihm die scharfe Schneide des Schwertes in den Leib.

Ein grässlicher Schrei drang aus der Kehle des Mannes, als er blutüberströmt zusammenbrach.

Seine Frau stand daneben und lächelte.

John Sinclair hatte seinen Wagen vor dem Schlossgrundstück auf einem kleinen Waldweg geparkt.

Er wollte gerade die Tür des Bentley aufschließen, da wurde sein Name gerufen.

John wandte sich um.

Eine Gestalt sprang hinter einem Baum hervor. Es war Jim Cody, der Nachwuchsreporter.

»Haben Sie was erreicht, Mr. Sinclair?«, flüsterte er.

»Ich habe Ihnen doch gesagt, Sie sollen zu Hause bleiben, Jim«, erwiderte John.

Cody lachte hart. »Man bringt eine Bekannte von mir um, und ich soll die Hände in den Schoß legen? Nein, Inspektor, so haben wir nicht gewettet. Haben Sie Laura gefunden?«

John zögerte mit der Antwort.

Für Jim Cody reichte es. »Sie haben sie also gefunden?«, flüsterte er. »War es sehr schlimm? Was hat man mit ihr angestellt, Mr. Sinclair? Was, zum Teufel?«

Codys Stimme hatte sich bei seinen letzten Worten fast überschlagen.

»Sie ist tot, Jim«, sagte John rau.

»Ja«, stöhnte Jim. »Ich hatte damit gerechnet. Trotzdem, wissen Sie, Inspektor, ich hatte Laura sehr gern und ...«

Jim schlug die Hände vor die Augen und schluchzte.

John ließ den jungen Mann gewähren. Man sollte manchmal ruhig auch weinen. Es macht vieles leichter.

Plötzlich hob Jim Cody den Kopf. »Ich will sie sehen, Inspektor«, sagte er. »Heute Nacht noch. Kommen Sie!«

»Jim, es hat doch keinen Zweck. Ich habe Ihnen gesagt, ich ...«

»Nein, Inspektor. Ich will sie mit eigenen Augen sehen und die Schweine, die sie umgebracht haben, zur Rechenschaft ziehen. Auge um Auge, Zahn um Zahn. So steht es schon in der Bibel.«

Jim Cody machte Anstalten, über das Tor zu klettern.

Da gab John Sinclair nach. Mit seinem Spezialbesteck öffnete er das Tor und betrat mit Jim Lord Cheldhams Grundstück.

Es war eine klare, mondhelle Nacht. Die Sterne glitzerten wie Diamanten am dunklen Himmel. Ein leichter Wind raunte in den Baumkronen und Büschen des Parks.

John führte den jungen Reporter zu der Stelle, wo Daniel die Leiche verscharrt hatte.

Mit bloßen Händen schaufelte Jim die Erde weg.

Im Schein seiner Taschenlampe starrte er minutenlang in Lauras blasses Gesicht.

»Ich werde dich rächen, Laura«, flüsterte Jim heiser. Fast abrupt wechselte er das Thema.

»Waren Sie schon in der Abtei, Inspektor?«

»Nein. Ich wollte nach Mitternacht hin.«

»Dann kommen Sie mit. Vielleicht können wir dem Spuk noch in dieser Nacht ein Ende bereiten.«

Jim Cody fand den Weg, den er schon einmal mit Laura gegangen war, sofort wieder.

»Da ist der Einstieg, Inspektor«, sagte er und leuchtete mit der Lampe den eisernen Ring an.

John Sinclair und Jim Cody bückten sich. Mit

vereinten Kräften zogen sie die schwere Platte hoch.

Jim leuchtete in die gähnende Tiefe. Steinstufen wurden sichtbar.

»Hier bin ich schon mit Laura runtergeklettert«, sagte der junge Reporter. »Ich gehe deshalb am besten vor.«

Die beiden Männer machten sich an den Abstieg. Muffige, nach Verwesung riechende Luft schlug ihnen entgegen.

Auch John hatte jetzt seine Taschenlampe gezückt und eingeschaltet, während sie den Gang entlangschlichen.

»Dort ist die Tür!«, rief Jim Cody plötzlich. »Dahinter liegt das Verlies der Hexe.«

Die Männer beschleunigten ihre Schritte.

Die alte Holztür stand offen.

John schlüpfte als Erster in den dahinter liegenden Raum. Der Lampenstrahl geisterte durch das alte Gemäuer, traf Spinnweben und dicke, hässliche Käfer. Auf dem Sarkophag blieb er hängen.

»Aber das ist doch ... Das gibt es doch nicht«, sagte Jim mit zitternder Stimme. »Der Sarg ist leer.«

Der junge Reporter hatte Recht.

John Sinclair und Jim Cody standen vor einem leeren Sarkophag. Von Elizabeth Barthony, der Hexe, fehlte jede Spur.

»Das verstehe ich nicht«, flüsterte Jim. »Sie, Inspektor?«

John zuckte die Achseln.

»Ja, die Hexe muss geflohen sein«, sagte Jim Cody

leise. »Etwas anderes kann ich mir nicht vorstellen. Mein Gott, wie ist das möglich?«

John hatte schon die gleichen Gedanken gehabt. Er beschäftigte sich bereits mit den Folgen. Sollte das alles wirklich stimmen, würden die Menschen, die hier in der Nähe wohnten, kaum eine ruhige Minute mehr haben.

»Kommen Sie, Jim. Wir gehen zurück.«

Der junge Reporter nickte. Auf dem Weg zu der Steintreppe sah er sich immer ängstlich um.

Aber niemand verfolgte sie. Weder ein Mensch noch ein Geist.

Jim atmete erst auf, als sie wieder draußen standen. Gemeinsam wuchteten sie den Einstieg zu.

»Was haben Sie jetzt vor, Inspektor?«

John lächelte. »Das sage ich Ihnen nicht, junger Mann. Für Sie wird es nämlich langsam Zeit, sich zurückzuziehen. Fahren Sie nach Longford und warten Sie, bis alles vorbei ist.«

Jim schüttelte den Kopf. »Ich weiß nicht so recht. Ich komme mir dabei vor wie ein Feigling.«

»Besser feige als tot, Jim.«

Die beiden hatten sich inzwischen wieder dem Park der Cheldhams genähert. John warf einen Blick auf das Schloss. Hinter einigen Fenstern brannte noch Licht. Was mochte sich in den Zimmern jetzt abspielen?

John Sinclairs Gedankengänge wurden jäh unterbrochen, denn in diesem Moment hörte er den verzweifelten Schrei ...

»Das war im Schloss«, rief Jim Cody und blieb wie angewurzelt stehen. »Mein Gott, die wird doch nicht...?«

Seine Worte erreichten John nicht mehr. Er war bereits losgerannt, hetzte mit Riesensätzen über ein gepflegtes Rasenstück auf die große Freitreppe zu.

Mit drei Sätzen nahm John die Stufen und hämmerte mit beiden Fäusten gegen das Portal.

Jim Cody hatte den Inspektor inzwischen erreicht. »Mann«, sagte er schwer atmend, »wenn da mal kein Unglück passiert ist.«

In diesem Augenblick wurde die Tür geöffnet. Der Diener Daniel sah die beiden Männer an.

»Sie sind ja immer noch hier!«, zischte er. »Die Lady hat Ihnen doch gesagt...«

John ließ den Kerl gar nicht ausreden. Er schob ihn kurzerhand zur Seite und betrat das Schloss.

Lady Cheldham kam ihm schon auf der Treppe entgegen. Sie hatte die Augen weit aufgerissen, die Hände zu Fäusten geballt und sie gegen das Gesicht gepresst.

John fasste sie hart an der Schulter.

»Was ist geschehen?«, schrie er die Lady an.

»Mein Mann... Er... ist... tot«, schluchzte die Gräfin und fiel weinend gegen John Sinclair.

Der Inspektor presste die Lippen zusammen. Mit allem hatte er gerechnet, nur damit nicht.

»Wir müssen die Polizei benachrichtigen«, sagte Lady Cheldham weinend.

»Nicht nötig«, erwiderte John. »Ich bin von Scotland Yard.«

»Was?«

Fast ruckartig stieß Lady Cheldham John von sich. »Sie sind von Scotland Yard? Und ich dachte ...«

»Es war eine berechtigte Notlüge, Mylady.«

»Lassen Sie sich auf nichts ein, Inspektor«, sagte in diesem Moment Jim Cody, der hinter John die Treppe hochkam. »In dem verdammten Schloss stimmt vieles nicht. Da unten, zum Beispiel, steht der Mann, der mich umbringen wollte.«

Jim wandte sich halb um und zeigte mit dem Finger auf Daniel, der die drei aus schmalen Augenschlitzen beobachtete.

»Lassen Sie sich nichts erzählen, Inspektor. Sie wissen selbst, dass dieser Kerl nur Unsinn schwatzt. Ich war es schließlich, der die Lady gerettet hat.«

»Stimmt das, Mylady?«, wandte sich John an die Frau.

Die Adelige nickte. »Es ist wahr. Und was dieser junge Mann von Daniel behauptet, glaube ich nicht.«

»Gut. Lassen wir das vorerst. Ich möchte allerdings jetzt gern Ihren toten Gatten sehen.«

»Bitte, Inspektor. Kommen Sie mit.«

Die Lady führte John in das zweitletzte Zimmer auf dem langen Flur. Jim Cody schloss sich ihnen an. Nur Daniel blieb zurück.

Lord Cheldham lag auf dem Boden. In seiner Brust steckte ein Schwert. Der Lord lag halb auf der Seite, so dass John erkennen konnte, dass die Schwertspitze aus dem Rücken wieder ausgetreten war.

Und noch jemand lag auf dem Teppich. Ein schwerer Kerl in einem grauen Leinenanzug mit einer Beule am Hinterkopf, die immer noch anschwoll.

»Dürfte ich eine Erklärung bekommen?«, fragte John.

»Sicher, Inspektor«, erwiderte die Lady mit leiser Stimme. »Es ist folgendermaßen geschehen: Mein Mann und ich saßen nichts ahnend hier im Zimmer und unterhielten uns. Plötzlich stürmte dieser Kerl herein, lief auf meinen Mann zu und stieß mit dem Schwert zu.«

»Haben Sie geschrien, Mylady?«

»Nein, das war mein Mann. Ich war vor Entsetzen wie gelähmt. Zum Glück kam Daniel. Er hat den Mörder dann bewusstlos geschlagen.«

John deutete auf den Ohnmächtigen. »Kennen Sie ihn, Mylady?«

»Und ob, Inspektor. Er gehört zu unserem Personal. Das ist ja das Schlimme. Wissen Sie, es ist so: Mein Mann wollte ihm und seinem Bruder eine Chance geben. Die beiden sind nicht richtig im Kopf. Sie haben schon Jahre in einer Irrenanstalt gesessen. Allerdings gemeingefährlich waren sie nie. Und jetzt das. Schrecklich.« Die Lady brach wieder in Schluchzen aus.

Jim Cody sprach das aus, was John dachte.

»Das sind doch Krokodilstränen«, knurrte der Reporter. »Inspektor, man will uns hier einen unter die Weste jubeln. Sehen Sie das denn nicht? Diese Gräfin ist doch ein durchtriebenes Biest.«

»Was erlauben Sie sich?«, schrie Lady Cheldham. »Sofort verlassen Sie mein Haus.«

»Ich gehe, wann ich will«, gab Jim patzig zurück.

»Hört auf«, mischte sich John ein. Er wandte sich an Lady Cheldham. »Wir müssen die Mordkommission verständigen. Es wird einigen Wirbel geben, aber den kann ich Ihnen nicht ersparen, Mylady.«

Die Gräfin hob die Schultern. »Bitte, Sie tun nur Ihre Pflicht. Das Telefon steht dort am Fenster, in der kleinen Kommode.«

John hob den Deckel der Kommode ab und wählte die Nummer der zuständigen Mordkommission in der nächsten Kreisstadt. Die Beamten versprachen, schnell zu kommen.

John Sinclair hatte noch einige Fragen an die Gräfin.

»Wie war das mit Ihrem Mann, Mylady? Hat er Sie sehr geliebt?«

Lady Cheldhams Augen versprühten Blitze. »Ich weiß nicht, was Sie mit dieser indiskreten Fragerei bezwecken, Inspektor. Ich sage Ihnen allerdings schon vorher, Sie werden von mir keine diesbezüglichen Antworten bekommen.«

»Schade«, erwiderte John. »Dann werde ich mir woanders die Antworten holen müssen.«

»Wie meinen Sie das?«

»Einen Augenblick, Mylady. Ich bin gleich wieder da.«

John ging über den Flur in das Zimmer, in dem er schon mit Lord Cheldham gesessen hatte.

Die Handtasche befand sich noch immer dort.

Als John wieder zurück war, hielt er die Tasche hoch. »Gehört sie Ihnen, Mylady?«

»Nei ... Ja«, verbesserte sie sich rasch.

John lächelte wissend. »Dann frage ich mich allerdings nur, wie der Ausweis einer gewissen Gilda Moore in die Tasche kommt!«

»Ich, ich muss mich wohl vertan haben«, stotterte sie. »So genau habe ich mir die Handtasche jetzt auch nicht angesehen. Ich habe mich eben geirrt. Entschuldigen Sie.«

»Kennen Sie denn eine Gilda Moore, Mylady?«

»Ja. So heißt eines unserer Dienstmädchen.«

»Kann ich sie sprechen?«

»Tut mir Leid, Inspektor. Aber die beiden Mädchen sind in Urlaub.«

»Das glauben Sie doch selbst nicht, Inspektor«, rief Jim Cody dazwischen. »So eine verwöhnte Nudel schickt doch nicht ihre beiden Hausmädchen auf einmal weg. Die will doch nur ...«

»Halten Sie den Mund, Jim«, sagte John scharf. »Entschuldigen Sie, Mylady, der junge Mann ist oft ein wenig hitzig.«

»Muss ich noch weitere Fragen beantworten, Inspektor?«

John hätte sie wirklich noch gern etwas gefragt, aber in diesem Augenblick begann sich der Bewusstlose zu regen.

Der Kerl setzte sich hin, schüttelte seinen mächtigen Schädel und stierte dumpf in die Gegend.

Als er den Toten sah, brüllte er auf und stemmte sich hoch. Mit zwei Sätzen hatte er die Leiche erreicht und fiel weinend vor ihr auf die Knie.

»Und dieser Mann soll Lord Cheldham umgebracht haben?«, flüsterte Jim Cody.

John blickte Lady Cheldham an. »Haben Sie für sein Benehmen eine Erklärung?«

Die Lady, die einen etwas verstörten Ausdruck im Gesicht hatte, sagte: »Das verstehe ich auch nicht. Aber wissen Sie, was im Hirn eines Geisteskranken vor sich geht?«

Der Irre hatte sich wieder beruhigt. Langsam wandte er den Kopf und sah die Menschen aus verquollenen Augen an.

»Er ist tot«, flüsterte er. »Er ist tot.«

Mit beiden Händen strich er über den blutbesudelten Körper des Lords.

»Was hatten er und sein Bruder für eine Aufgabe hier im Haus?«, fragte John die Gräfin.

»Sie waren Mädchen für alles«, antwortete die Lady. »Sie haben im Garten und im Keller gearbeitet. Es sind treue und zuverlässige Burschen.«

»Kann ich seinen Bruder sprechen?«

»Selbstverständlich, Inspektor. Ich werde Daniel Bescheid sagen, dass er ihn herholt.«

»Ja, tun Sie das.«

Mit steifen Schritten verließ Lady Cheldham das Zimmer.

»Wenn ich nur wüsste, was hier gespielt wird«, murmelte John Sinclair.

Sie saßen sich in der Küche des Schlosses gegenüber.

Daniel und Sam, der Bruder des angeblichen Mörders.

»Die beiden Fremden haben deinen Herrn umgebracht«, flüsterte Daniel rau. »Verstehst du, Sam? Sie haben ihn getötet. Einfach so. Ihn, der immer gut zu euch war.«

Sam nickte. In seinen sonst leeren Augenhöhlen brannte ein loderndes Feuer.

»Und deshalb musst du deinen Herrn rächen, Sam. Töte die beiden Fremden!«, schrie Daniel plötzlich. »Töte sie!«

Sam nickte. Seine riesigen Fäuste öffneten und schlossen sich krampfhaft.

Ein böses Lächeln umspielte die Lippen des Dieners. Er wusste genau, Sam war jetzt so weit. Er würde jeden umbringen, wenn Daniel es nur wollte.

Vorsichtig griff Daniel unter sein Jackett. Als seine Hand wieder zum Vorschein kam, hielt sie eine Pistole.

»Du weißt, wie man damit umgeht, Sam?«

Der Irre nickte.

»Gut, dann nimm sie.«

Der Diener schob Sam die Pistole über den Tisch zu.

Sam nahm sie mit zitternden Fingern. Die Waffe verschwand fast in seiner riesigen Pranke.

»Geh jetzt und bring die beiden Fremden um!«, befahl Daniel. »Sie sind oben im zweitletzten Zimmer.«

Sam stand auf und machte sich auf den Weg. Als er in die große Schlosshalle kam, sah ihn Lady Cheldham.

Die Gräfin verschwand blitzschnell hinter einem

langen Vorhang. Sie lächelte grausam, als sie die Waffe in Sams Hand sah.

Für die Taten eines Irren konnte man sie schließlich nicht verantwortlich machen.

Es lief alles nach Plan.

»Diese komische Adelige lässt aber verdammt lange auf sich warten«, knurrte Jim Cody. »Die ist doch wohl nicht abgehauen?«

»Unsinn, Jim. Wir würden sie ja doch sofort finden.«

John Sinclair, der am Fenster gestanden hatte, wandte sich um. Er sah, wie die Tür aufgestoßen wurde.

Das wird die Gräfin sein, dachte er, doch im nächsten Moment brüllte der Inspektor: »Vorsicht, Jim!«

Es war zu spät.

Sam stand urplötzlich im Zimmer. Und er reagierte blitzschnell. Die Waffe in seiner Hand spuckte Feuer.

Kurz hintereinander peitschten drei Schüsse auf.

Die Kugeln trafen Jim Cody voll. Er kam nicht einmal mehr dazu, einen Schrei auszustoßen.

Ehe der Irre zum vierten Mal schießen konnte, hatte John seine Beutewaffe hervorgerissen und drückte ab.

Das Geschoss drang Sam in die Brust.

Gurgelnd kippte er nach hinten, prallte mit dem Rücken gegen die offen stehende Tür und schlug sie zu. Dann brach er zusammen.

Die Echos der Schüsse hingen noch im Raum, als John schon neben dem jungen Reporter kniete.

Jim Cody war nicht mehr zu helfen. Die drei Kugeln hatten sein Leben ausgelöscht. John hatte nur noch die traurige Aufgabe, dem jungen Mann die Augen zuzudrücken.

Al, der Bruder des Mordschützen, saß wie versteinert auf der Erde.

Doch als er sah, wie Sam blutend am Boden lag, hetzte er hoch und stürmte brüllend auf John Sinclair los.

Natürlich hätte der Inspektor von seiner Waffe Gebrauch machen können, aber er hatte noch nie auf einen Wehrlosen geschossen.

John ließ Al kommen wie im Training.

Als er genau noch einen Yard von ihm weg war, schlug John mit dem Pistolenlauf zu.

Sein Amoklauf wurde abrupt gestoppt. Der Koloss stand auf der Stelle und schüttelte verwundert den Kopf.

Johns Rechte explodierte an seinem Kinn.

Ohne ein Wort zu sagen, sackte Al zu Boden.

John Sinclair steckte seine Waffe weg und nahm auch Sams Pistole an sich. Dann zog er den schweren Mann von der Tür weg.

John Sinclair war klar, dass dies alles geschickt eingefädelt worden war. Er wusste nur noch nicht genau, wer dahinter steckte. Und er hatte Glück gehabt. Hätte er in der Schussrichtung gestanden ...

John wagte gar nicht daran zu denken. Der Schmerz über den Tod des jungen Reporters schnürte ihm die Kehle zu.

Sam, der Mörder Jim Codys, war schwer verletzt.

John ging nochmals zum Telefon und informierte die Ambulanz in Longford.

Als er gerade den Hörer auflegte, öffnete sich die Tür, und Lady Cheldham betrat das Zimmer.

»Um Himmels willen«, flüsterte sie. »Aber die sind ja …«

»Ja«, erwiderte John hart. »Der junge Reporter ist tot. Wahrscheinlich hätte ich an seiner Stelle dort liegen sollen. Ich werde herausbekommen, Lady Cheldham, wer Sam auf uns gehetzt hat. Und für diese Person wird es keinen Pardon geben, das schwöre ich Ihnen.«

John Sinclair hatte die Adelige bei seinen Worten fest angesehen. Ihm war nicht entgangen, dass Lady Cheldham trotz ihres angeblichen Schreckens gelächelt hatte.

John ließ sich von seinen Gedanken nichts anmerken. Auch als die Mordkommission eintraf, sagte er nicht mehr, als nötig war. Er erwähnte zum Beispiel nicht die Mädchenleiche im Park, und auch von der Handtasche erzählte er nichts. Lady Cheldham sollte sich ruhig in Sicherheit wiegen.

Während die Mordkommission bei der Arbeit war, machte die Frau einen übernervösen Eindruck.

John konnte sich denken, weshalb.

Sie suchte bestimmt nach einem kleinen schwarzen Buch. Doch das steckte bereits bei John Sinclair in der Innentasche.

Der Morgen graute bereits, als die Mordkommission endlich abzog.

Lady Cheldham sah den davonfahrenden Fahrzeugen vom Fenster aus nach. Dann zündete sie sich eine Zigarette an. Die Gräfin rauchte genüsslich.

Geschafft!, triumphierte sie innerlich. Diese Idioten von Polizisten hatten ihr die konstruierte Geschichte ohne mit der Wimper zu zucken abgenommen. Nur vor diesem verdammten Sinclair musste sie sich hüten. Er schien mehr zu wissen oder zumindest mehr zu ahnen, als er zugeben wollte. Aber auch er war nur ein Mensch. Und sterblich.

Die Tür in Lady Cheldhams Rücken wurde leise geöffnet. Daniel betrat das Zimmer.

»Sie sind weg, Mylady«, sagte er mit flüsternder Stimme.

Die Gräfin drehte sich um. »Ich habe es gesehen.« Ihre Antwort klang spöttisch. Dann fragte sie: »Was ist mit diesem Inspektor Sinclair? Ist er auch mitgefahren?«

»Ja, Mylady. Sein Wagen steht nicht mehr vor dem Grundstück. Sie trauen ihm nicht, Mylady, oder?«

»Stimmt, Daniel. Dieser Mann ist höllisch gefährlich. Du hast doch einige Erfahrung mit Scotland Yard. Was hat der Inspektor dort für einen Namen?«

Daniel verzog das Gesicht. »Einen recht guten, wenn man es von der Polizistenseite aus betrachtet. Ich habe vorhin einen Bekannten angerufen. Er hat mir gesagt, dass John Sinclair der gefährlichste Bursche ist, den Scotland Yard zur Zeit hat. Man nennt ihn den Geisterjäger.«

»Was sind schon Namen?«, warf die Gräfin ein.

»Das würde ich nicht sagen, Mylady. Dieser Geisterjäger wird wiederkommen. Er hat schon zu viel gesehen.«

Die Gräfin lachte hässlich. »Und wenn man diesen Sinclair hundertmal den Geisterjäger nennt, gegen Bleikugeln ist er nicht immun.«

Daniel grinste. »Ich würde gern die Arbeit übernehmen.«

»Dem steht nichts im Wege. Doch nun komm! Wir müssen Elizabeth Barthony holen und sie zu ihrer Schlafstätte bringen.«

Daniel nickte gehorsam. Er war der Gräfin treu ergeben. Sie hatte ihm einmal erlaubt, mit ihr zu schlafen, und seitdem tat Daniel alles für sie.

Die Gräfin ging in ein Nebenzimmer und öffnete die Tür eines großen Kleiderschranks. Mit ein paar Bewegungen räumte sie die Kleider zur Seite.

An der Rückwand des Schrankes stand sie.

Elizabeth Barthony. Die Untote!

»Komm«, sagte Lady Cheldham. »Komm heraus!«

Langsam setzte die Untote ein Bein vor das andere. Wie eine Marionette verließ sie den Kleiderschrank. Sie war noch immer vollkommen nackt.

Als Daniel Elizabeth Barthony sah, hätte er vor Überraschung fast laut aufgeschrien.

Die Ähnlichkeit mit Lady Cheldham war verblüffend.

Die Gräfin lächelte. »Kannst du noch unterscheiden, wer die echte Gräfin ist?«

Der Diener schüttelte stumm den Kopf.

»Siehst du. Wenn du es nicht einmal kannst, wie sollen dann die Leute in Longford uns auseinander halten? Es wird eine Panik ausbrechen, wenn Elizabeth Barthony sich im Dorf ihre Opfer holt. Vielleicht wird man mich im Verdacht haben. Aber ich bin immer hier auf dem Schloss, werde rauschende Feste geben, während in der Umgebung mein Ebenbild umgeht.«

Daniel, der wirklich abgebrüht war, musste dreimal schlucken, ehe er fragte: »Muss diese Person denn morden?«

»Ja. Sie braucht Blut. Blut, um zu überleben.«

Dann wandte sich die Gräfin um und griff in den großen Schrank. Sie packte Unterwäsche, Kleider, Strümpfe und Schuhe heraus.

»Zieh dich an, Elizabeth!«, befahl sie.

Die Untote gehorchte. Wie selbstverständlich schlüpfte sie in die Kleidungsstücke. Es sah aus, als hätte sie das schon immer so getan.

Daniel konnte nur vor lauter Staunen den Kopf schütteln.

»Warum musste eigentlich der Lord sterben?«, wollte er wissen.

»Er hätte das Spiel nicht mitgemacht, Daniel. Er hatte schwache Nerven, und irgendwann, das weiß ich genau, wäre er zu einer Gefahr für uns geworden.« Lady Cheldham lachte auf. Fast ohne Übergang wurde sie ernst. »Eins merke dir für die Zukunft, Daniel: Stell dich nie gegen mich, Elizabeth Barthony würde auch dein Blut trinken.«

Der Diener nickte verkrampft.

Die Untote hatte sich inzwischen vollständig angezogen. Sie trug jetzt das gleiche Kleid wie Lady Cheldham. Nun waren die Frauen überhaupt nicht mehr voneinander zu unterscheiden.

»Geh schon vor und sieh nach, ob die Luft rein ist!«, herrschte Lady Cheldham ihren Diener an.

Gehorsam setzte sich Daniel in Bewegung.

Lady Cheldham wandte sich an Elizabeth Barthony. »Bald ist es so weit«, flüsterte sie, »dann wirst du endlich deine langersehnte Rache nehmen können. Die Nachkommen der Menschen, die dich damals umgebracht haben, werden deine Rache zu spüren bekommen. Und ich werde diesen Triumph miterleben.«

Lady Cheldham fasste die Untote an der Hand.

Die Haut fühlte sich eiskalt an. Auch war sie nicht ganz so glatt wie die der Gräfin. Aber das würde sich geben. Elizabeth Barthony brauchte jede Menge Blut, um sich immer wieder zu regenerieren. Und an Blut sollte es ihr nicht fehlen.

Daniel kam zurück.

»Wir können gehen. Die Luft ist rein«, meldete er.

»Gut«, erwiderte die Gräfin. Dann sagte sie: »Komm, Elizabeth. Dein Platz wartet auf dich.«

Gehorsam setzte sich die Untote in Bewegung. Ging wie ein Roboter neben Lady Cheldham her. Durch den Flur, vorbei an der Ahnengalerie, über die breite Treppe und trat dann durch einen Seitenausgang in den Schlosspark.

Über verschlungene Pfade näherten sich die drei Personen der alten Gruft.

Daniel schloss die schwere Tür der Gruft auf.

»Das ist dein Reich«, flüsterte Lady Cheldham.

Daniel zündete die mitgenommene Sturmlaterne an und leuchtete. Im unruhigen Schein der Flamme sahen die Särge in der Gruft noch gespenstischer aus.

Nach Verwesung riechende Luft wehte ihnen entgegen.

Der Sarg der Elizabeth Barthony stand etwa in Gürtelhöhe. Die Nische war breit genug, damit jemand hineinklettern konnte, um dann in den Sarg zu steigen.

»Nimm den Deckel ab!«, befahl Lady Cheldham ihrem Diener.

Daniel wuchtete den schweren und mit Blut besudelten Sargdeckel hoch.

»Dort ist dein Platz«, flüsterte Lady Cheldham. »Nimm ihn ein, Elizabeth Barthony.«

Ohne zu zögern, stieg die Untote in den Sarg, legte sich auf den Rücken und faltete die Hände über der Brust.

Lange starrte Lady Cheldham auf das zum Leben erwachte Monster. Dann wandte sie sich fast abrupt um.

»Komm, Daniel. Unsere Aufgabe ist erledigt. Sie wird diesen Tag über schlafen. Ihre Stunde wird erst in der nächsten Nacht kommen.«

Daniel war froh, die unheimliche Stätte verlassen zu können.

»Was geschieht nun?«, fragte er, als sie wieder draußen waren.

Lady Cheldham strich sich eine Haarsträhne aus

der Stirn. »Ich muss mich um die Beerdigung meines lieben Gatten kümmern. Aber du, Daniel, wirst dich einem gewissen Inspektor Sinclair an die Fersen heften und dafür sorgen, dass dieser Kerl uns keinen Ärger mehr bereitet.«

Daniel nickte. »Aber der Mann ist sehr gefährlich«, warf er ein.

»Na und? Was verlangst du? Geld?«

»Nein, Mylady. Sie wissen schon.«

Die Gräfin lachte hämisch auf. »Ach, du willst wieder mit mir schlafen?«

»Ja, Mylady.«

»Gut. Das soll deine Belohnung sein, wenn du John Sinclair erschossen hast.«

Daniel verbeugte sich. »Es wird alles zu Ihrer Zufriedenheit geschehen, Mylady.«

Was bist du nur für ein Idiot, dachte die Gräfin. Für sie war Daniel ebenfalls schon so gut wie tot.

Lady Cheldham ging allein in das große Schloss zurück. Sie hatte gerade ihr Zimmer betreten, da klingelte das Telefon.

Broomfield, der Bürgermeister von Longford, war am Apparat.

»Gestatten Sie, Mylady, dass ich Ihnen mein größtes Bedauern über den Tod Ihres Gatten ausspreche. Sie können mir glauben, sein Tod hat uns alle hier in Longford tief getroffen.«

Schwätzer, dachte die Gräfin nur.

Der Bürgermeister plapperte noch allerlei dummes Zeug, bevor er endlich auf den Grund seines Anrufs zu sprechen kam.

»Es geht um diese gewisse Gilda Moore«, sagte er.

»Gilda Moore?«, wiederholte die Gräfin.

»Ja, Mylady, das Mädchen, das ich Ihrem – äh, das zu Ihnen aufs Schloss gekommen ist.«

»Ich kenne keine Gilda Moore. Und hier ist auch keine Person dieses Namens gewesen.«

»Aber Mylady«, stotterte der Bürgermeister. »Ich selbst habe Miss Moore doch zu Ihnen geschickt.«

»Das mag schon sein, Bürgermeister. Aber eingetroffen ist sie bei uns nicht.«

»Das verstehe ich nicht, Mylady. Dabei hat der Lord doch persönlich ...«

»Lord Cheldham ist tot, Bürgermeister«, entgegnete die Gräfin scharf. »Was er vor seinem Tod gemacht und getan hat, davon weiß ich nichts. Und nun entschuldigen Sie mich. Ich habe noch einige andere Sachen zu tun, als mir Ihr Gerede anzuhören.«

Mit diesen Worten unterbrach Lady Cheldham die Verbindung.

Die Gräfin war verärgert. Diese verdammte Gilda Moore würde sie noch in Schwierigkeiten bringen. Zu dumm! Sie hätten sich doch ein Mädchen aus der weiteren Umgebung besorgen sollen. Natürlich würde irgendwann eine Suchaktion gestartet werden, aber das sollte sie nicht berühren. Bis dahin war schon eine gewisse Elizabeth Barthony in Aktion getreten, und darüber würde Gilda Moore vergessen werden.

Lady Cheldham lächelte grausam, als sie an die folgende Nacht dachte.

Der Polizeigewaltige von Longford hieß Percy Probster und stand im Range eines Sergeants. Zur Seite standen ihm noch zwei Konstabler, von denen einer die Pensionsgrenze schon überschritten hatte.

Sergeant Probster brachte allein fast so viel auf die Waage wie zwei normalgewichtige Menschen. Brauchte er eine Uniform, musste sie jedes Mal bei einem Schneider in Auftrag gegeben werden.

Als John Sinclair an diesem Morgen die Polizeistation betrat, kaute Probster gerade an einem Sandwich herum.

»Ah, Inspektor«, mampfte er. »Nehmen Sie Platz, ich bin gleich so weit.«

John setzte sich amüsiert auf einen wackligen Holzstuhl.

Leute wie dieser Probster waren selten geworden. Er war eben ein Original und aus Longford nicht wegzudenken.

Probster wischte sich mit einem riesigen Taschentuch über den Mund und lehnte sich behaglich in seinem Stuhl zurück. Der Bauch lag dabei fast noch auf der Schreibtischplatte.

Dann grinste er John entwaffnend an. »Na, Inspektor, sind Sie jetzt auch endlich davon überzeugt, dass dieser Irre Lord Cheldhams Mörder ist?«

John schüttelte den Kopf. »Im Gegenteil, Sergeant! Ich werde immer weiter in dem Glauben bestärkt, dass es anders gewesen sein muss.«

»Sie haben die Lady im Verdacht, nicht, Inspektor?«, fragte der Sergeant im Verschwörerton.

»Vielleicht auch nicht. Aber deswegen bin ich nicht

zu Ihnen gekommen, Sergeant. Ich möchte Sie etwas anderes fragen. Kennen Sie eine gewisse Gilda Moore?«

Der dicke Sergeant schnaufte hörbar auf. »Und ob ich die kenne. Hat uns schon manchen Ärger gemacht, das Luder. Sie ist Zimmermädchen im Hotel King. Aber das nur tagsüber. Nachts geht sie mit zahlungskräftigen Männern ins Bett. Und das in einer Stadt wie Longford.«

John stand auf. »Danke, das wollte ich nur wissen. Wir sehen uns dann später, Sergeant.«

Der dicke Sergeant winkte John zu, als er hinausging.

Das King Hotel lag etwas außerhalb von Longford. Deshalb benutzte John auch seinen Wagen.

Es war mit das beste Hotel in dem kleinen Ort und, wie man John am Empfang versicherte, fast ausgebucht. Er hätte nur noch ein Zimmer der oberen Preisklasse haben können.

»Moment«, winkte John ab, »ich brauche kein Zimmer, sondern den Geschäftsführer oder Besitzer des Hotels.«

Der Portier bekam runde Augen. »Polizei?«

»Ja.«

»Um Himmels willen, Sir. Bitte ganz diskret. Unser guter Ruf, wissen Sie.«

»Schon gut«, winkte John ab. »Wo ist der Geschäftsführer?«

»Bitte, nehmen Sie doch dort in der Ecke Platz«, dienerte der Empfangsknabe. »Ich werde Mr. Hathaway sofort holen.«

John Sinclair pflanzte sich in einen weinroten Sessel.

Eine Minute später kam Mr. Hathaway angewieselt. Hathaway war ein stocktrockener Kerl mit nach unten gezogenen Eulenaugen, die seinem Gesicht einen wehleidigen Ausdruck verliehen.

»Sie sind von der Polizei?«, flüsterte Hathaway und knetete nervös seine Hände.

»Haben Sie was zu verbergen?«, fragte John zurück.

»Nein, das nicht«, erwiderte Hathaway und nahm endlich Platz.

»Ich bin Inspektor Sinclair von Scotland Yard«, stellte sich John vor.

Der Geschäftsführer nannte ebenfalls seinen Namen.

»Es geht um eine gewisse Gilda Moore, die bei Ihnen arbeiten soll«, fuhr John fort. »Sie kennen dieses Mädchen?«

John entging nicht das leichte Erschrecken, das sich auf dem Gesicht des Geschäftsführers spiegelte.

»Inspektor, ich, äh, kann mir denken...«, stotterte Hathaway.

John unterbrach ihn mit einer knappen Handbewegung. »Es geht mir nicht darum, was Ihre Angestellte nach Feierabend treibt, sondern ich möchte sie gern einmal sprechen.«

»Das geht nicht«, erwiderte Hathaway. »Miss Moore ist gar nicht da.«

»Ach? Wo ist sie denn?«

»Ich weiß es nicht. Im Urlaub, glaube ich.«

John blickte den Geschäftsführer spöttisch an. »Sie lügen schlecht, Mr. Hathaway. Ich könnte mir zum Beispiel denken, dass Miss Moore auf Cheldham Castle ist.«

Der Geschäftsführer streckte beide Hände abwehrend von sich. »Damit habe ich nichts zu tun. Das hat alles der Bürgermeister gemacht. Ich habe ihm nur einen kleinen Gefallen getan, indem ich Gilda freigab. Mehr nicht.«

»Wo finde ich den Bürgermeister?«, wollte John wissen.

Hathaway beschrieb dem Inspektor den Weg.

John stand auf. »Dann werde ich mich mal dorthin begeben.« Er war schon fast an der Tür, als er sich noch einmal umwandte. »Und sollte ich erfahren, Mr. Hathaway, dass Sie den Bürgermeister schon telefonisch von meinem Kommen unterrichtet haben, werde ich mich mal intensiver mit Ihnen und Ihrem Hotel beschäftigen. Ist das klar?«

Der Geschäftsführer nickte.

John verließ das Hotel und machte sich auf den Weg zum Rathaus.

Das Rathaus war schon einige hundert Jahre alt. Hohe Gänge, kahle Flure und ein muffiger Bohnerwachsgeruch nahmen John auf.

Der Bürgermeister residierte in der ersten Etage. Er hieß Broomfield, und anmelden musste man sich bei einer Mrs. Appleton.

Mrs. Appleton, eine dürre Person, die ihre besten Jahre wohl noch nie gehabt hatte, sah John böse an, als er in ihr Allerheiligstes eindrang.

»Mein Name ist John Sinclair, ich möchte den Bürgermeister sprechen«, sagte der Inspektor, der seinen Beruf wohlweislich verschwieg.

»Sind Sie angemeldet?«

»Nein.«

»Dann können Sie Mr. Broomfield auch nicht sprechen.«

»Ist dort sein Zimmer?« John deutete auf eine dunkel gebeizte Tür.

»Ja.«

»Danke, das genügt mir«, erwiderte der Inspektor und ging auf die Tür zu.

»Aber Mister. Sie können doch nicht so einfach…« Mrs. Appleton flitzte behende hinter ihrem Schreibtisch hervor, doch John Sinclair stand bereits im Büro des Bürgermeisters.

Broomfield sah gerade aus dem Fenster.

Er drehte sich ärgerlich um, als John das Zimmer betrat.

»Was erlauben Sie sich?«

»Scotland Yard«, sagte John knapp. »Inspektor Sinclair.«

Der Bürgermeister schluckte. »Lassen Sie uns allein, Mrs. Appleton«, schnarrte er, als die Sekretärin gerade zu einer Entschuldigung ansetzen wollte.

Beleidigt zog sie sich zurück.

John kam augenblicklich zur Sache.

»Haben Sie Gilda Moore auf das Schloss geschickt?«

Der rot gesichtige Bürgermeister wurde blass. Es dauerte etwas, ehe er antworten konnte.

»Äh, die Sache war so, Inspektor. Lord Cheldham bat mich, ihm ein Mädchen zu schicken. Ich meine, was ich Ihnen jetzt sage, bleibt unter uns. Der Lord hatte nun mal ein Faible für schöne Frauen, und schließlich ist er ein geachteter Mann, der viel für Longford tut, deshalb darf man ihm einen kleinen Gefallen nicht abschlagen.«

»Dieser kleine Gefallen hat wahrscheinlich einem jungen Mädchen das Leben gekostet«, erwiderte John hart. »Lord Cheldham lebt nicht mehr, das wissen Sie genauso wie ich. Und ich habe auch Grund zu der Annahme, dass Gilda Moore tot ist.«

»Sie meinen, Lord Cheldham hat das Mädchen umgebracht?«

»Das ist nicht erwiesen. Von Ihnen, Mr. Broomfield, möchte ich nur wissen, ob Gilda Moore die Erste war, die Sie auf das Schloss geschickt haben.«

Der Bürgermeister wischte sich den Schweiß von der Stirn. »Ja«, ächzte er. »Sie war die Erste. O Gott, hätte ich das geahnt.«

»Für Vorwürfe ist es zu spät, Mr. Broomfield. Wir müssen jetzt weiteres Unheil verhindern, und dabei können Sie mir helfen.« John griff in die Tasche und holte das kleine schwarze Buch hervor, das er von Cheldham Castle mitgebracht hatte.

»Lesen Sie dieses Buch, Herr Bürgermeister. Und dann möchte ich Ihnen einige Fragen dazu stellen.«

Broomfield begann zu blättern. Es dauerte fast eine halbe Stunde, ehe er das Buch durchhatte. Doch dann blickte er John aus schreckgeweiteten Augen an.

»Mein Gott«, flüsterte er, »das ist ja grauenhaft.«

»Genau das habe ich auch gedacht, Mr. Broomfield«, sagte John. »Ich darf noch einmal kurz zusammenfassen: In diesem Buch wird von einer gewissen Elizabeth Barthony berichtet, die vor einigen hundert Jahren als Hexe ermordet worden ist. Elizabeth Barthony war selbst eine Adelige, aber sie hatte ein Kind, von dem niemand etwas wusste. Dieses Kind, ein Mädchen, ist von Pflegeeltern großgezogen worden und hat hinterher einen Cheldham geheiratet. Elizabeth Barthony geriet in Vergessenheit, jedoch nicht der Fluch, den sie noch ausgesprochen hatte. Heute ist die Zeit gekommen, in der er sich bewahrheiten wird. Ich war in der Gruft des Schlosses. Es gibt dort die Särge der Barthonys und der Cheldhams. Jedoch der Sarg der Elizabeth Barthony ist leer. Noch leer. Diese Frau ist in der alten Abtei beerdigt worden. Ein Reporter und seine Freundin haben das Grab aufgesucht und durch einen unglücklichen Zufall den Fluch wieder ins Leben gerufen. Mr. Broomfield, was ich Ihnen jetzt sage, ist schwerwiegend und bleibt unter uns. Elizabeth Barthony ist zurückgekehrt. Sie hat ihr Schattenreich verlassen und wird sich ihre Opfer holen. Jetzt meine Frage: Gibt es hier in Longford noch Nachkommen derer, die damals an der Ermordung der Hexe beteiligt gewesen waren?«

Der Bürgermeister nickte sehr verkrampft. »Ja«, hauchte er. »Ich gehöre zum Beispiel dazu. Meine Familie hat schon ewig hier gewohnt. Ich weiß aus Erzählungen, dass mein Urahn an der Ermordung beteiligt gewesen war. Sagen Sie ehrlich, Inspektor, bin ich in Gefahr?«

»Ja«, antwortete John. »Ich habe schon von ähnlichen Fällen in Rumänien gehört.«

»Aber ... was kann man denn dagegen tun?«, rief der Bürgermeister und breitete in einer hilflosen Gebärde beide Arme aus.

»Sie könnten zum Beispiel in eine andere Stadt ziehen. So lange, bis alles vorbei ist.«

»Das geht nicht. Dann würde bald halb Longford leer sein. Wissen Sie, Inspektor, die Menschen, die hier wohnen, sind mit diesem Ort verwachsen. Ihre Ahnen haben hier schon gelebt. Wenn der Fluch der Elizabeth Barthony bekannt wird, gibt es in Longford eine Panik.« Der Bürgermeister ließ sich erschöpft zurückfallen und griff nach seinen Zigarren.

Auch John zündete sich eine Zigarette an.

»Was machen wir denn jetzt?«, fragte der Bürgermeister ängstlich.

John stäubte die Asche ab. »Zuerst will ich mal mit diesem Al sprechen. Er soll ja Lord Cheldham umgebracht haben. Wo finde ich ihn?«

»Wir haben die Brüder in unser Krankenhaus gebracht. Sam kämpft noch mit dem Tod. Die Ärzte haben die Kugel bereits herausoperiert. Und Al ist in einer ausbruchsicheren Einzelzelle des Krankenhauses untergebracht worden.«

John drückte die Zigarette aus und stand auf. »Gut, ich bin in spätestens zwei Stunden wieder zurück, Mr. Broomfield. Dann überlegen wir die weiteren Schritte.«

Als John Sinclair verschwunden war, genehmigte sich der Bürgermeister erst einmal einen dreifachen

Whisky. Aber auch der Alkohol konnte seine Angstgefühle nicht hinwegschwemmen.

Das Krankenhaus in Longford war zwar klein, aber dafür modern eingerichtet.

John Sinclair erfuhr von einer Schwester, dass Lord Cheldham der große Geldgeber gewesen war.

Al's Zimmer war klein. Es gab dort ein Bett, einen schmalen Schrank, einen Tisch und einen Stuhl. Das Fenster war vergittert.

Al lag angezogen auf dem Bett, als John eintrat.

»Lassen Sie uns allein«, sagte der Inspektor zu der Schwester, die ihn begleitet hatte.

Die Frau zog sich leise zurück.

John pflanzte sich auf den Stuhl und blickte Al minutenlang an. Der schwere Mann zeigte keine Reaktion. John hielt ihm die Zigarettenschachtel hin.

Al schüttelte den Kopf.

»Ich habe ihn nicht umgebracht«, sagte der Irre plötzlich. »Ich habe immer alles getan, was der Lord befohlen hat. Mir ist es gut gegangen.«

»Ich glaube dir, Al«, erwiderte John.

Der Irre richtete sich auf und sah John aus glänzenden Augen an. »Wirklich, Mister?«

»Ja.«

»Dann ist es gut. Werden Sie mich hier rausholen? Ich will wieder aufs Schloss. Ich habe noch viel zu tun. Die Gräfin darf nicht allein bleiben.«

»Du kannst auch wieder aufs Schloss«, sagte John.

»Nur musst du mir vorher ein paar Fragen beantworten, ja?«

Al nickte schnell.

»Also, wie war das mit dem Mädchen. Mit Gilda Moore?«

Al begann zu lächeln. »Sie war schön«, flüsterte er. »Sehr schön. Aber sie musste sterben. Der Lord wollte es. Und was der Lord will, habe ich getan.«

John atmete tief ein. Er hoffte, dem geheimnisvollen Fall ein Stück näher zu kommen.

»Hast du sie umgebracht, Al?«

»Nein. Wir durften sie besitzen.« Al kicherte plötzlich. »Wir haben sie uns geteilt. Sam und ich. Es war schön.«

Die Hände des Irren fuhren auf dem Bettlaken hin und her.

»Was geschah dann, Al?«, drängte John. »Los, erzähl!«

»Ich weiß es nicht. Wir haben sie eingesperrt. Die Lady sagte, sie würde von einem Geist geholt. Ich habe der Lady geglaubt.«

Plötzlich setzte sich Al auf. Seine Hand zeigte auf John. »Du hast ihn umgebracht. Ja, ich erkenne dich wieder. Du hast den Lord umgebracht.«

Behende schwang Al seine Beine aus dem Bett, stützte sich ab und sprang auf John zu.

Der Inspektor machte kurzen Prozess. Ein wohl dosierter Handkantenschlag schickte Al ins Reich der Träume.

Als die Schwester wieder in das Zimmer trat, war John gerade dabei, den Bewusstlosen wieder in sein Bett zu verfrachten.

»Keine Aufregung«, beruhigte der Inspektor die verängstigte Frau. »Der Kamerad schläft erst mal.«

»Ist er wirklich so gefährlich?«, fragte die Schwester den Inspektor, als sie durch die langen Gänge dem Ausgang zustrebten.

»Nein«, beruhigte John sie. »Der Mann tut augenblicklich keiner Fliege etwas zuleide. Am besten ist, Sie lassen ihn in Ruhe, bis alles vorbei ist.«

»Bis was vorbei ist, Inspektor?«

»Das werden Sie noch früh genug erfahren.«

John Sinclair verließ das Krankenhaus, stieg in seinen metallicfarbenen Bentley und fuhr zum Rathaus.

Mittlerweile war es schon Nachmittag geworden. In einem kleinen Gasthaus nahm John noch ein verspätetes Mittagessen ein, bevor er wieder zum Bürgermeister ging.

Mrs. Appleton blickte John aus großen Augen an. »Aber Inspektor. Sie sind noch hier?«

»Ja, natürlich. Wo sollte ich sonst sein?«

»Das verstehe ich nicht. Sie haben vor einer halben Stunde angerufen.«

John schwante Böses. »Ich? Wen denn?«

»Den Bürgermeister. Sie wollten sich doch mit ihm treffen. In der Nähe des Schlosses. An der letzten Wegkreuzung. Der Bürgermeister ist sofort losgefahren.«

John hatte das Gefühl, als müsste er sich übergeben.

»Stimmt etwas nicht, Inspektor?«

»Doch, doch«, beruhigte John die Vorzimmerdame. »Es ist alles in Ordnung.«

Nach diesen Worten rannte er hinaus und schlug wuchtig die Tür hinter sich zu.

Ihm war klar, dass es jetzt um das Leben des Bürgermeisters ging. Hoffentlich war es noch nicht zu spät.

Der Bürgermeister war ärgerlich, als er seinen Morris in Richtung Schloss lenkte. Was der Inspektor jetzt wieder vorhatte, passte ihm überhaupt nicht in den Kram. Dieser Sinclair hätte auch genauso gut in sein Büro kommen können.

Auf der Straße herrschte kaum Verkehr. Die Menschen, die unterwegs waren, gingen meistens zu Fuß. Es waren Touristen, die einmal richtig ausspannen wollten.

Broomfield hatte ein sehr hohes Tempo drauf. Er wollte, wenn es eben ging, pünktlich sein.

Als er den Treffpunkt erreichte, war von John Sinclair noch nichts zu sehen.

Wütend verließ Broomfield seinen Wagen. »Da hetzt man sich nun ab, und der Kerl kommt nicht«, knurrte er.

Der Bürgermeister vergrub die Hände in seinen Hosentaschen und ging nervös auf und ab.

Er hatte etwa fünf Minuten gewartet, da hörte er hinter sich ein Geräusch.

Erschreckt wandte Broomfield sich um.

Ein leises Lachen klang auf. »Warum so ängstlich, Bürgermeister?«, fragte Lady Cheldham.

Sie war fast unhörbar aus dem Wald getreten und musterte Broomfield mit spöttischen Blicken.

»Verzeihung, Mylady, aber Sie haben mich doch ein wenig erschreckt. Ich warte hier auf jemanden.«

»Auf Inspektor Sinclair vielleicht?«

»Ja«, erwiderte der Bürgermeister ziemlich konsterniert. »Woher wissen Sie das?«

Lady Cheldham lächelte geheimnisvoll. »Der Inspektor hat es mir selbst gesagt. Er befindet sich auf unserem Schloss. Ich habe es übernommen, Sie abzuholen.«

Der Bürgermeister wurde misstrauisch. »Stimmt das auch?«

»Aber ich bitte Sie.«

Doch damit war Broomfields Misstrauen längst nicht zerstreut. »Sie werden entschuldigen, Mylady, aber ich möchte mich gern selbst davon überzeugen. Ich werde zurückfahren und Inspektor Sinclair auf dem Schloss anrufen. Es sind viele schreckliche Dinge in der letzten Zeit passiert.«

»Das werden Sie nicht machen, Bürgermeister«, erwiderte die Gräfin scharf. »Sehen Sie her.«

Lady Cheldham hielt plötzlich eine Pistole in der Hand. Die Mündung zeigte genau auf den dicken Bürgermeister, der sofort die Hände hob.

»Sie sind ein Idiot, Broomfield!«, zischte die Gräfin. »Los, steigen Sie wieder ein. Aber keine Tricks, wenn ich bitten darf.«

Der Bürgermeister setzte sich mit zitternden Knien hinter das Lenkrad.

Lady Cheldham nahm auf dem Beifahrersitz Platz.

»Fahren Sie zum Schloss. Den Weg kennen Sie ja!«

Während die Lady sprach, hatte sie die Waffe nicht

um einen Zoll bewegt. Sie war weiterhin auf den verkrampft dasitzenden Bürgermeister gerichtet.

Broomfield würgte den Motor zweimal ab, ehe er anfahren konnte.

»Was haben Sie mit mir vor?«, fragte der fette Bürgermeister mit flatternder Stimme.

»Werden Sie noch früh genug merken«, gab die Gräfin kalt zurück.

Broomfield schwieg. Es kam ihm gar nicht in den Sinn, sich zu wehren. Er war noch nie ein mutiger Mann gewesen, hatte, wenn es unangenehme Aufgaben zu erledigen gab, immer andere Leute für sich arbeiten lassen. Bürgermeister war er auch nur geworden, weil er zu den ältesten Familien in Longford gehörte und weil die Reihe mal wieder an den Broomfields war.

»Passen Sie auf. Wir müssen gleich abbiegen«, sagte Lady Cheldham.

Der Bürgermeister schaltete zurück. Er verwechselte dabei die Gänge, und das Getriebe des Wagens nahm ihm dies übel.

Schon bald tauchte das große Tor des Schlossparks vor ihnen auf. Es stand offen.

»Fahren Sie bis vor die Treppe!«, befahl die Gräfin.

Broomfield gehorchte.

»Aussteigen!«, kommandierte sofort die Gräfin, während sie die Tür aufklinkte, sich aus dem Wagen schwang und auf der Fahrerseite aufstellte.

Ächzend kletterte der Bürgermeister aus dem Morris. Sein Herz schlug plötzlich bis zum Hals.

Auf einmal kam ihm das große Schloss unheimlich vor.

Die Gräfin lachte leise. »Angst?«, höhnte sie.

Broomfield nickte.

»Meine Ahnin hatte auch Angst, als man sie umbrachte. Doch niemand hat sich ihrer erbarmt. Los, gehen Sie vor.«

»Wohin?«

»Nicht in das Schloss. Ich habe eine bessere Unterkunft für Sie, Herr Bürgermeister.«

Die Gräfin deutete mit der Hand in Richtung Westen, dort, wo die alte Abtei lag.

»Kennen Sie eigentlich unsere Familiengruft, Bürgermeister?«

»Nein«, hauchte Broomfield.

»Dann wird es Zeit, dass Sie sie kennen lernen. Sie sollen schließlich Ihren Platz sehen, wo Sie sterben werden...«

Der Mann, der um die Mittagszeit das kleine Hotel betrat, in dem John Sinclair abgestiegen war, machte einen ruhigen Eindruck.

Eine etwas ältere Frau, die hier das Mädchen für alles spielte, fragte er nach der Zimmernummer des Inspektors.

»Mr. Sinclair wohnt im Zimmer 4, Sir«, erwiderte die Frau. »In der ersten Etage.«

Der Mann, niemand anderes als Daniel, bedankte sich mit einem Trinkgeld. Dann tat er so, als würde er das Hotel verlassen.

Doch kaum war das Dienstmädchen verschwunden, huschte Daniel die Treppe hoch, ging auf Zehenspitzen über den mit einem roten Läufer bespannten Flur und blieb vor John Sinclairs Zimmer stehen.

Das einfache Schloss bereitete ihm keine großen Schwierigkeiten. Innerhalb von zwei Minuten hatte er es geknackt.

Daniel huschte in das gemütlich eingerichtete Zimmer.

John Sinclairs Koffer stand noch auf dem Boden. Schnell und gründlich inspizierte Daniel den Raum. Er sah auch die schmale Tür, die zur Dusche führte.

Daniel pfiff durch die Zähne. Die Dusche war ein ideales Versteck.

Daniel griff in die Lederschlaufe an seinem Gürtel und holte ein langes zweischneidiges Messer hervor. Prüfend betrachtete er die Klinge und strich vorsichtig mit dem Daumen darüber.

Dann nickte er zufrieden.

Daniel hatte sich bewusst für das Messer entschieden. Ein Schuss würde zu viel Aufsehen erregen.

Daniel hatte Geduld. Er stellte sich in die kleine Duschkabine und wartete ab. Irgendwann musste dieser Inspektor ja mal kommen. Und für Daniel war John Sinclair schon so gut wie tot.

John Sinclair wollte nicht unbewaffnet nach Cheldham Castle fahren. Er dachte dabei an eine bestimmte Waffe. Das war eine Pistole, eine Beretta, die silberne

Kugeln verschoss. Silberne Kugeln und Holzpflöcke hatten sich im Kampf gegen Vampire und Untote bewährt.

Die Beretta steckte in einem Geheimfach von Johns Koffer.

Als John das Hotel betrat, wurde er von Helena, dem schon älteren Hausmädchen, aufgehalten.

»Mr. Sinclair. Ein Herr hat sich nach Ihnen erkundigt.«

»So? Wann denn?«

Das Hausmädchen zuckte mit den Schultern. »Ich habe nicht auf die Uhr gesehen. Aber meiner Schätzung nach ist noch nicht mal eine halbe Stunde vergangen.«

»Hat der Mann was gesagt? Will er wiederkommen?«, fragte John.

»Nein, davon hat er nicht gesprochen. Aber ich habe ihn auch nicht aus dem Hotel gehen sehen. Ich hatte nämlich die ganze Zeit hier unten zu tun.«

Jetzt wurde John hellhörig.

»Beschreiben Sie mir den Mann doch mal.«

Das Hausmädchen tat es, so gut es ging.

Trotz der unvollständigen Beschreibung wusste John, wen er vor sich hatte. Es war niemand anders als Daniel, Lady Cheldhams sauberer Diener.

John griff in die Tasche und drückte dem Hausmädchen ein Geldstück in die Hand. Die Frau errötete und bedankte sich überschwänglich.

»Sind oben noch andere Gäste auf ihren Zimmern?«, erkundigte sich John vorsichtshalber.

»Soviel ich weiß, nicht.«

»Das ist gut. Und bleiben Sie auch erst mal hier unten, Helena.«

»Ist schon gut, Mr. Sinclair.«

John ging langsam nach oben. Er benutzte den äußeren Rand der Treppe. Damit die Stufen nicht knarrten.

Auf Zehenspitzen schlich der Inspektor über den Läufer und blieb vor seiner Zimmertür stehen.

Er legte sein Ohr an das Holz und lauschte.

Nichts. Kein Geräusch drang aus seinem Zimmer.

John steckte die Beutepistole griffbereit in seinen Hosenbund und holte den Zimmerschlüssel aus der Jackentasche. Vorsichtig schob er ihn ins Schloss, drehte ihn langsam herum.

John drückte auf die Klinke.

Die gut geölte Tür schwang auf.

Der Inspektor hatte blitzschnell die Waffe in der Hand, tat einen Schritte ins Zimmer.

Nichts zu sehen.

Mit dem Absatz kickte John die Tür zu.

Im selben Augenblick geschah es.

Mit unheimlicher Wucht krachte die Tür zur Duschkabine auf. Ein länglicher Schatten flog auf John zu. Etwas blitzte auf.

Der Inspektor hechtete instinktiv zur Seite. So entging er dem tödlichen Messerstich um Haaresbreite.

Johns Gegner presste einen Fluch zwischen den Zähnen hervor. Er war durch diesen Fehlstoß hart auf dem Boden gelandet und wollte sich gerade wieder aufrichten, als er Johns Stimme hörte.

»Am besten, Sie werfen Ihren Dolch weg, Daniel. Es hat doch keinen Zweck. Eine Kugel ist immer schneller!«

Daniel peilte aus seiner knienden Stellung hoch und sah genau in das kreisrunde Loch der Pistolenmündung.

Wutentbrannt schleuderte er das Messer in das Holz der Duschtür.

»Aufstehen!«, kommandierte John.

Ächzend kam Daniel auf die Beine. Er beobachtete John aus zusammengekniffenen Augen.

»In den Sessel!«

Geschmeidig glitt Daniel in den kleinen Cocktailsessel.

John spürte, dieser Mann hatte noch längst nicht aufgegeben.

Der Inspektor baute sich Daniel gegenüber auf. Nach wie vor hielt er die Pistole in der Hand.

»Schätze, du hast mir einiges zu erzählen, Daniel.«

Statt einer Antwort spuckte Daniel dem Inspektor vor die Füße.

John ließ sich nicht aus der Ruhe bringen. Eiskalt zählte er Daniels Verbrechen auf und machte ihm auch klar, was er dafür zu erwarten hatte.

»Du kannst dein Los natürlich dadurch verbessern, dass du aus der Schule plauderst. Ich würde das bei Gericht erwähnen.«

Daniel kämpfte einige Minuten mit sich.

Dann sagte er plötzlich: »Fragen Sie, Inspektor.«

»Wer hat den Bürgermeister in die Falle gelockt?«

»Das war ich. Die Gräfin hat es mir befohlen.«

»Was soll mit Broomfield geschehen?«

»Er wird umgebracht. Elizabeth Barthony braucht Blut. Der Bürgermeister wird das erste Opfer sein.«

John presste hart die Zähne aufeinander. Normalerweise musste er sofort losfahren. Aber er wollte vorher noch etwas wissen.

»Wer hat Lord Cheldham ermordet?«

»Es war Elizabeth Barthony. Sie hatte vorher Gilda Moore umgebracht, ihr Blut getrunken und besaß dann genug Kraft, um den Lord umzubringen.«

»Das hatte ich mir gedacht«, flüsterte John. »Welche Rolle spielen Sam und Al?«

»Gar keine. Sie hatten von alledem keine Ahnung. Die beiden haben normalerweise keiner Fliege was zuleide getan.«

»Und Sie haben Sam aufgehetzt, nicht wahr?«

In Daniels Augen glitzerte es tückisch. »Ja. Das habe ich. Sam sollte Sie töten, Inspektor. Leider hat er den Falschen erwischt. Aber der junge Schnüffler hat auch schon genug Ärger bereitet.«

»Und was hat Ihnen Laura Patton getan?«, fragte John scharf.

»Mir nichts, Inspektor. Aber der Barthony. Sie hat ihr Grabmal entehrt und musste deshalb sterben. Elizabeth Barthony selbst hat sie sich geholt.« Daniel lachte leise.

»Und was hatte Ihnen Jim Cody getan?«

»Auch nichts. Er hat nur zu viel gesehen. Leider ist er mir entwischt und hat Sie alarmieren können,

Inspektor. Aber Sie werden es auch nicht schaffen. Elizabeth Barthony ist stärker, viel stärker als Sie. Sie können mich auch ruhig einsperren, aber ich bin sicher, dass die Untote mich aus meinem Gefängnis rausholt. Sie lässt ihre Diener nicht im Stich.«

»Wirklich?«, fragte John spöttisch.

»Ja.«

»Dann werden wir beide mal zur Polizeistation marschieren. Ich sage Ihnen schon jetzt, Daniel, ein Fluchtversuch ist sinnlos. Ich schieße schneller, als Sie laufen können.«

Daniel erhob sich aus dem Sessel. John trat einen Schritt nach hinten, um Daniel vorbeizulassen.

Der Diener hatte die Arme halb erhoben. Auf seinem Gesicht lag ein gefährliches Lächeln.

»Geh in Richtung Tür!«, befahl John. »Aber vorsichtig.«

Daniel machte zwei Schritte und hechtete plötzlich zur Seite. Mit einem Griff hatte er das Messer gepackt, das in der Duschkabinentür steckte, riss den Arm hoch...

John Sinclair schoss.

Die Kugel klatschte dicht neben Daniels Kopf in das Holz der Tür. Splitter rissen dem Diener die Wange auf.

Daniels Messerarm blieb wie an einer Schnur gezogen mitten in der Luft hängen.

»Ich hatte es Ihnen doch gesagt, es hat keinen Zweck«, grinste John. »Los, lassen Sie das Messer fallen!«

Zwei, drei Sekunden überlegte der Mörder.

Und dann drehte er durch.

Aufschreiend stützte er sich vom Boden ab, warf seinen Körper in John Sinclairs Richtung.

Der Inspektor schoss nicht. Er wollte den Kerl lebend.

Mit einer gedankenschnellen Drehung wich er dem gefährlichen Messerstoß aus und schlug zu.

Der Pistolenlauf traf Daniel mitten im Sprung. Er riss eine blutige Schramme über das Gesicht des Mannes.

Daniel fiel hin.

Ehe er wieder reagieren konnte, setzte ihm John den Fuß auf die Messerhand.

»Lass los!«

Langsam öffneten sich Daniels Finger.

John kickte das Messer weg. Dann schlug er den Mörder k.o.

John zog ihn wieder hoch und warf ihn anschließend auf das Bett.

Erst jetzt hörte er die aufgeregten Stimmen vor seiner Zimmertür. John öffnete und sah in die entsetzten Gesichter des Hotelpersonals.

Mr. Davenport, der Besitzer, betrat zitternd das Zimmer. Schreckensbleich starrte er auf den bewusstlosen Daniel.

»Was ist passiert, Mr. Sinclair? Wir hörten einen Schuss. Mein Gott, ist er …?«

»Er ist nicht tot«, sagte John.

Der Hotelbesitzer nickte geistesabwesend. »Wir müssen die Polizei benachrichtigen.«

»Nicht nötig.«

John zog seinen Ausweis aus der Tasche und hielt ihm den Mann hin.

»Scotland Yard?«

»Ja.«

»Aber was suchen Sie hier in Longford? Was geht hier vor?«, fragte der Hotelier.

»Das werden Sie vielleicht einmal später erfahren«, antwortete John. »Schicken Sie jetzt jemanden zu Sergeant Probster. Er soll den Mann abholen lassen.«

»Selbstverständlich, Sir.«

Der Hotelbesitzer wandte sich ab und drängte das Personal zurück.

John schloss die Zimmertür. Er trat an seinen Koffer und holte außer der bewussten Pistole noch ein Paar Handschellen hervor. Er klickte sie um Daniels Gelenke.

Dann untersuchte er seine Waffen. Er hatte insgesamt drei. Eine hatte er Daniel abgenommen, als dieser gerade die Mädchenleiche verscharrt hatte. Die zweite gehörte Sam. Und dann hatte John noch die Beretta mit den silbernen Kugeln. Er steckte sich Sams Pistole in den Hosenbund, und die Spezialwaffe klebte er sich mit Heftpflaster an der Wade fest.

Wenig später kam Daniel zu sich. Seine Augen versprühten tödlichen Hass, als er sich über seine Lage klar wurde.

»Glauben Sie nur nicht, dass Sie gewonnen haben, Inspektor!«, giftete er. »Elizabeth Barthony wird auch Sie umbringen.«

»Das bleibt abzuwarten«, erwiderte John knapp. »Für Sie, Daniel, ist allerdings der Kuchen gegessen, wie man so schön sagt. Sie werden sich die Welt lebenslänglich durch ein Streifenmuster besehen können.«

»Verdammtes Bullenschwein!«, zischte Daniel und warf sich auf dem Bett hin und her.

John gönnte ihm nicht mal einen Blick.

In diesem Augenblick klopfte es. Sergeant Probster betrat mit einem Gehilfen das Zimmer.

»Wo ist denn dieser Dreckskerl?«, röhrte er.

John zeigte auf das Bett.

Der Sergeant riss seine Augen auf. »Wissen Sie, wer das ist, Inspektor?«

»Natürlich. Lord Cheldhams sauberer Diener. Oder vielmehr Lady Cheldhams.«

»Ja, eben«, gab der Sergeant zurück. »Ich werde Ärger mit der Lady bekommen. Ich kann Daniel nicht so einfach verhaften.«

»Genau!«, kreischte der Diener. »Die Lady wird Sie Ihres Amtes entheben, wenn Sie mich nicht freilassen. Sie werden ...«

John schnitt dem Kerl mit einer Handbewegung das Wort ab. Dann wandte er sich an den Sergeant.

»Jetzt will ich Ihnen mal was sagen.«

John sprach leise, doch seine Stimme hatte den gewissen Klang, der den Sergeant vorsichtig werden ließ. »Dieser Daniel ist ein gemeiner Mörder. Und wenn er hundertmal der Lord selbst wäre, so ist das für mich kein Grund, ihn nicht festzunehmen. Haben Sie verstanden, Sergeant?«

»Jawohl, Sir!«, schnaufte der Dicke.

»Dann sorgen Sie dafür, dass der Mann eine

sichere Zelle bekommt. Sie persönlich haften mir für ihn.«

»Ja, Sir«, erwiderte der dicke Sergeant eingeschüchtert. Er gab seinem Gehilfen einen Wink, der packte Daniel unter den Achseln und schleifte den laut schreienden Diener aus dem Zimmer.

Sergeant Probster wollte ihm schon folgen, doch John hielt ihn noch zurück.

»Ich fahre jetzt aufs Schloss, Sergeant. Sollte ich bis morgen früh nicht zurück sein, benachrichtigen Sie meine Dienststelle. Hier...« John griff in die Tasche und holte eine Karte hervor. »Das ist die Nummer meines Chefs. Ihn rufen Sie an.«

Der Sergeant steckte die Karte weg. Er trat verlegen von einem Bein aufs andere.

»Ist noch was, Sergeant?«

»Ich will ja nicht neugierig sein, Sir. Aber was wollen Sie auf dem Schloss finden?«

John Sinclair blickte dem Sergeant direkt ins Gesicht. »Ein Gespenst suche ich«, erwiderte er flüsternd.

»Ein Ge...? Oh...« Der dicke Sergeant riss die Augen auf, machte auf dem Absatz kehrt und rannte hinaus.

Mit allem durfte man ihm kommen, nur nicht mit Gespenstern. Da war er empfindlich.

Die Worte der Gräfin brannten sich förmlich im Gehirn des Bürgermeisters fest.

Sie wollte ihn in die alte Abtei bringen. Was das bedeutete, war klar.

Er, Carter Broomfield, würde dort sterben!

Sterben, sterben, sterben ...!

»Nein!«, brüllte Broomfield, wirbelte auf dem Absatz herum und schlug urplötzlich seine Rechte auf den Pistolenarm der Frau.

Lady Cheldham wurde von dieser Aktion überrascht. Die Pistole fiel ihr aus der Hand.

Der Bürgermeister nutzte diese Chance. So schnell er konnte, rannte er weg.

Warf sich förmlich in die Büsche, achtete nicht auf Zweige und Äste, die ihm die Haut aufschrammten, sondern rannte um sein Leben.

Schon nach wenigen Metern arbeiteten seine Lungen wie Blasebälge. Der Bürgermeister, der zeit seines Lebens am Schreibtisch gesessen hatte, besaß überhaupt keine Kondition.

»Stehen bleiben!«, gellte die sich überschlagende Stimme der Lady Cheldham. »Bleiben Sie stehen!«

Ein Schuss peitschte auf.

Die Kugel sirrte weit an Broomfield vorbei.

Der Bürgermeister strauchelte, fiel hin. Mühsam raffte er sich auf.

Nur weiter, hämmerte es in ihm. Nur weiter.

In seiner Panik merkte Broomfield nicht, dass er sich dem großen Schlossportal näherte. Er sah es erst, als es zu spät war. Da war er schon aus dem Schutz der Büsche heraus.

Sein Wagen!

Er stand vor dem Schloss.

Der Bürgermeister sah ihn nur verschwommen. So sehr hatte die Anstrengung ihm zugesetzt.

Noch zwanzig Yards, dann hatte er ihn erreicht.

Broomfield stolperte auf den Morris zu. Dabei achtete er nicht auf seine Umgebung.

Die Gräfin hatte sich längst wieder von der Überraschung erholt. Sie hatte die Pistole aufgehoben und rannte schräg von der linken Seite auf den Bürgermeister zu.

»Sie haben keine Chance!«, gellte ihre Stimme.

Broomfield hörte nicht. Er sah nur den Wagen und damit die für ihn einzige Fluchtmöglichkeit.

Lady Cheldham blieb stehen. Wie auf dem Schießstand hob sie die Hand mit der Pistole.

Der Schuss peitschte auf. Die Kugel traf Broomfield mitten im Lauf.

Der Bürgermeister schrie, torkelte noch einige Schritte und brach dann zusammen. Seine Fingerspitzen berührten bereits die Reifen des Morris.

Ein glühendheißer Schmerz zuckte von dem linken Bein des Bürgermeisters hoch. Der Schmerz lähmte all seine Bewegungen, machte ihn zu einem hilflosen Bündel Mensch.

Langsam ging Lady Cheldham auf den Verletzten zu. Sie lachte leise, als sie vor dem Bürgermeister stand.

Broomfield wandte den Kopf. Tränen der Wut, der Enttäuschung, der Hilflosigkeit liefen über sein Gesicht.

Und die Lady lächelte teuflisch.

»Stehen Sie auf, Broomfield!«

»Ich – ich kann nicht.«

»Los, sonst jage ich Ihnen eine Kugel durch den Kopf. Mit Elizabeth Barthony hatte damals auch niemand Mitleid. Sie sind der Erste, den sie sich holen wird.«

Unter unsäglichen Mühen schob sich Broomfield vor. Er hob seine rechte Hand, und die Finger berührten die Kühlerhaube des Wagens.

»Weiter!«, zischte Lady Cheldham.

Es dauerte Minuten, ehe sich der Bürgermeister aufgerafft hatte. Sein linkes Hosenbein war feucht von Blut. Die Kugel saß hoch im Schenkel.

Die Gräfin winkte mit dem Kopf in Richtung Treppe. »Dort hinauf!«

Broomfield sah die Gräfin flehend an. »Das schaffe ich nicht«, keuchte er. »Mein Bein. Ich bin verletzt.«

»Und ob Sie das schaffen. So schnell stirbt man nicht!«

Lady Cheldham gab dem Bürgermeister einen Stoß, so dass er über die Kühlerhaube fiel.

Mit fast unmenschlicher Anstrengung gelang es Broomfield, sich in Bewegung zu setzen. Er ging wie ein Säugling, tapsig, als würde er jeden Moment umfallen.

Die große Treppe kam Broomfield unendlich lang vor. Er blieb an der ersten Stufe stehen.

»Geh weiter!«, blaffte die Gräfin. »Sei froh, dass ich dich nicht zu der alten Abtei laufen lasse.«

»Aber was habe ich Ihnen denn getan?«, heulte der Bürgermeister.

»Mir nichts. Aber du wirst für die Sünden deiner Väter büßen. Und jetzt geh!«

Broomfield ließ sich fallen. Auf Händen und Füßen nahm er die Treppe.

Lady Cheldham ging immer zwei Stufen hinter ihm.

Auf der Hälfte brach Broomfield zusammen.

Die Gräfin trieb ihn mit einem Tritt in den Rücken wieder hoch.

Und Broomfield kroch weiter. Stufe für Stufe.

Vor dem großen Portal blieb er liegen. Völlig am Ende seiner Kräfte.

Die Gräfin öffnete die schwere Tür.

»Kriech hinein!«, befahl sie.

Der Bürgermeister gehorchte. Er musste sich quer durch die große Halle schleppen, bis die Gräfin eine Tür öffnete.

In dem Raum dahinter lag ein sehr elegant eingerichtetes Badezimmer. Schwarze Kacheln, goldene Kräne und eine marmorne Badewanne dokumentierten den Reichtum der Cheldhams.

»Na, wie gefällt dir dein neues Reich?«, höhnte die Gräfin.

Der Bürgermeister gab keine Antwort. Er war überhaupt nicht mehr in der Verfassung, zu sprechen.

Lady Cheldham schob ihm einen Hocker hin. »Darauf kannst du dich ausruhen. Ich bin ja gar nicht so!«

Lady Cheldham ging rückwärts zur Tür, während sie nach wie vor die Pistole auf den Bürgermeister gerichtet hielt.

»Was – was geschieht jetzt mit mir?«, krächzte Broomfield.

»Warte ab«, lächelte die Gräfin. »Noch hast du Zeit,

über die Verfehlungen deiner Vorfahren nachzudenken.«

Nach diesen Worten knallte sie die Tür zu und schloss von außen ab. Broomfield überließ sie seinem Schicksal.

Irgendwann schlief der Bürgermeister vor Erschöpfung ein. Er merkte noch nicht einmal, dass er vom Hocker fiel und hart auf den Boden prallte.

Ein Geräusch weckte Broomfield auf.

Schritte, die sich der Badezimmertür näherten.

Im ersten Moment wusste Broomfield nicht, wo er sich befand, doch dann kam die Erinnerung mit erschreckender Deutlichkeit zurück.

Der Schlüssel ratschte im Schloss.

»Nein«, flüsterte Broomfield, der instinktiv ahnte, dass sein Ende nahe war. »Ich will nicht sterben!«

Unter unsäglichen Qualen zog sich Broomfield am Wannenrand hoch. Dadurch brach die Wunde wieder auf. Warm strömte das Blut an seinem linken Bein herab.

Panik flatterte in Broomfields Augen, die sich starr auf die Tür geheftet hatten.

Langsam bewegte sich die Klinke nach unten.

Der Bürgermeister wich zurück. Mit der linken Hand stützte er sich am Wannenrand ab.

Stück für Stück wurde die Tür aufgezogen. Eine weiße Hand erschien, tastete sich an der Badezimmerwand entlang und löschte das Licht.

Es ist aus!, schrie es in Broomfield.

Sein Blick irrte durch das dämmrige Badezimmer.

Das Fenster!

Mein Gott, warum hatte er nicht früher daran gedacht?

Der Bürgermeister humpelte darauf zu. Sah durch die verzierten Scheiben das letzte Tageslicht entschwinden.

Broomfield packte den Griff. Und während er das Fenster aufzog, wandte er den Kopf.

Im Bad stand eine Frau.

In ihrer rechten Hand hielt sie ein Schwert. Broomfield bemerkte in dem Dämmerlicht, dass diese Frau genauso aussah wie die Gräfin Cheldham.

War sie es? Oder war sie es nicht?

Die Frau hob das Schwert. Ihr Gesicht hatte sich verzerrt, war zu einer mörderischen Fratze geworden.

Im selben Augenblick riss Broomfield das Fenster auf.

Sein schauriger Hilfeschrei gellte Sekunden später durch den nachtdunklen Schlosspark.

Fast schlagartig brach die Dämmerung herein.

Im Westen ballten sich dicke dunkle Wolkenberge zusammen und verdeckten die untergehende Sonne. An einigen Stellen leuchtete der Himmel schwefelgelb. Ein Gewitter war im Anzug.

John Sinclair scheuchte seinen Bentley über die Landstraße. Die Scheinwerfer des Wagens stachen wie Lanzen in die graue Dämmerung. Blätter wurden durch den Fahrtwind von der Straße hochgewirbelt und tanzten für kurze Zeit über die Fahrbahn.

Johns Gesicht wirkte wie aus Stein gemeißelt, während er sich voll auf die Fahrt konzentrierte.

In der Ferne spaltete ein Blitz den Himmel. Der darauf folgende Donner war kaum zu hören. Das Gewitter war noch zu weit weg.

In Rekordzeit hatte John sein Ziel erreicht.

Das Tor zu dem großen Schlosspark stand offen.

John riss den Bentley in eine gewagte Kurve und preschte über den Kiesweg in Richtung Schloss.

Kurz vor dem großen Hauptweg, der direkt zu der Freitreppe führte, trat John auf die Bremse.

Er schwang sich aus dem Wagen und schob leise die Tür ins Schloss. Ebenso lautlos huschte der Inspektor in Richtung Schloss.

Die Dunkelheit nahm immer mehr zu. Schon verwischten die Konturen der Bäume, wurden zu einem zerfließenden Grau.

John orientierte sich kurz. Er überlegte gerade, ob er sich nicht von der Rückseite her dem Schloss nähern sollte, da sah er das Licht durch die Bäume schimmern.

Es kam von dem breiten Eingangsportal des Schlosses.

John lief noch ein paar Schritte, versteckte sich anschließend hinter einem Baumstamm und peilte von hier aus über die freie Rasenfläche zu dem Schloss hin.

Die große Tür stand offen. In der Halle brannte

Licht. Menschen waren keine zu sehen. Aber etwas anderes sah John. Einen dunklen Morris. Der Bürgermeister fuhr diesen Wagen, wie man ihm unten im Dorf versichert hatte.

Broomfield war also hier.

Aber lebte er noch?

John zog seine Waffe.

Ein komisches Gefühl beschlich ihn, als er sich geduckt über den Rasen bewegte.

Niemand ließ sich blicken. Die Stille war nahezu unheimlich.

Doch Sekunden später wurde diese Stille durch ein grässliches Ereignis unterbrochen.

John sah, wie ein Fenster aufsprang, erkannte den Schatten eines Mannes und hörte den gellenden Hilfeschrei.

Broomfield! Er war in höchster Gefahr.

John Sinclair flog fast auf den Eingang des Schlosses zu. »Halten Sie aus, Broomfield, ich komme!«

Mit Riesensätzen hetzte John die Treppe hoch, jagte in die Halle, orientierte sich kurz, entdeckte die Tür, die in das Zimmer führte, in dem Broomfield gefangen gehalten wurde, und …

»Bleiben Sie stehen, Mr. Sinclair. Eine Bewegung nur, und ich jage Ihnen eine Kugel durch den Schädel!«

Die Stimme traf John wie ein Peitschenhieb. Sicher, er hätte es sich denken können, dass die Gräfin irgendwo lauerte. Sie hatte sich hinter einem der langen Vorhänge versteckt und kam nun mit schussbereiter Waffe auf den Inspektor zu.

»Lassen Sie die Pistole fallen, Sinclair!«

John gehorchte. Lady Cheldham hatte im Augenblick die besseren Trümpfe.

Ihre Lippen verzogen sich zu einem diabolischen Lächeln. »Sie haben zu hoch gereizt, Inspektor. Wollten alles im Alleingang erledigen. Doch nun sind Sie mir ausgeliefert. Mir und meiner Ahnin Elizabeth Barthony. Drehen Sie sich ruhig um, Inspektor. Sie werden das Schauspiel, das ich Ihnen biete, nie vergessen.«

Langsam wandte John den Kopf.

Er konnte jetzt in ein Badezimmer blicken. Und was er dort sah, ließ ihn an seinem eigenen Verstand zweifeln ...

Die flache Seite des Schwertes klatschte in den Nacken des Bürgermeisters. Aufstöhnend sackte Broomfield zusammen. Im letzten Augenblick erkannte er noch den Mann, der mit Riesenschritten über den Rasen in Richtung Eingangsportal hetzte.

Mit dem Gesicht zuerst rutschte Broomfield an der Kachelwand entlang.

Von einer unwiderstehlichen Gewalt wurde der Bürgermeister hochgerissen.

Mit einem Ruck wurden seine Haare nach hinten gezogen. Ein beißender Schmerz zog sich durch die Halswirbel des Bürgermeisters.

Fast zwangsläufig öffnete Broomfield die Augen.

Sein Blick traf das ausdruckslose Gesicht der Elizabeth Barthony. Es war ein Antlitz, das dem der Lady

Cheldham aufs Haar glich, nur die Augen waren anders. Sie blickten stumpf, glanzlos.

Der Bürgermeister bewegte die Lippen, er wollte irgendetwas sagen, doch seine Stimme schien am Gaumen festgeklebt zu sein.

Von irgendwoher hörte er eine Frauenstimme. Höhnisch, triumphierend.

Die Lippen der Elizabeth Barthony zuckten. Dann hob sie den Arm, der das Schwert hielt.

Broomfield sah die Klinge über seinem Kopf blitzen.

Auf einmal wusste er, was mit ihm geschehen sollte.

Die Erkenntnis setzte ungeahnte Kräfte frei.

Ein mörderischer Tritt traf Elizabeth Barthonys Schienbein. Doch die Untote verspürte keinen Schmerz. Sie kippte nicht einmal nach hinten.

Es war, als hätte der Bürgermeister gegen ein Standbild getreten.

Immer weiter wurde sein Kopf nach hinten gerissen. Scharf spannte sich die Haut an seinem Hals.

Und dann sah Broomfield die tödliche Klinge dicht über seinem Kopf schweben.

»Neiiinnn!«, schrie er. »Ich will nicht ster ...«

Der letzte, verzweifelte Aufschrei erstickte in einem dumpfen Gurgeln.

Elizabeth Barthony hatte dem Bürgermeister das Schwert durch den Hals gestoßen!

Gierig trank die Untote das warme Menschenblut.

Der grässliche Todesschrei dröhnte gellend in John Sinclairs Ohren.

Er wollte aufspringen, dem Bürgermeister zu Hilfe eilen, doch die Worte der Lady Cheldham nagelten ihn an seinem Fleck fest.

»Eine Bewegung, und Sie sind tot!«

Vielleicht hätte es John dennoch versucht. Aber wenn ihn jetzt die Kugel traf, konnte er nichts mehr tun, so aber bestand eventuell noch eine kleine Chance.

John Sinclair wandte den Blick von dem grässlichen Geschehen ab.

Hinter ihm lachte Lady Cheldham leise. »Ja, sie braucht Blut. Blut, um weiterleben zu können. Broomfield war erst der Anfang. Die anderen folgen. Ohne Gnade. Für Elizabeth Barthony hat es damals auch keine Gnade gegeben.«

»Aber wir leben heute in anderen Zeiten«, presste John hervor. Er wusste eigentlich selbst nicht, warum er sich mit der Gräfin auf eine Diskussion einließ.

»Unrecht verjährt nicht«, zitierte Lady Cheldham und wechselte blitzschnell das Thema. »Da sehen Sie, Inspektor, jetzt hat Elizabeth Barthony genug. Sie blüht förmlich auf. Sie lebt. Ja, sie lebt!«

John blieb eiskalt. Er wartete auf seine Chance. Hoffte, dass Elizabeth Barthony Lady Cheldham ablenkte.

Doch die Gräfin benahm sich wie ein Profi, ließ den Inspektor nicht einen Sekundenbruchteil aus den Augen.

Langsam kam die Untote aus dem Badezimmer. In der Hand hielt sie das Schwert.

Sonst glich sie der Lady Cheldham aufs Haar. Sie trug sogar die gleiche Kleidung.

»Jetzt sind Sie an der Reihe, Inspektor!« Die Worte der Gräfin tropften in die Stille.

Johns Magenmuskeln zogen sich zusammen. Er dachte an die Pistole mit den Silberkugeln, die unerreichbar für ihn mit Heftpflaster an seiner Wade klebte. Auch an die andere Waffe konnte er so schnell nicht heran. Die Kugel der Gräfin würde zehnmal schneller sein.

»Töte ihn«, kreischte Lady Cheldham. »Töte diesen Mann!«

Noch vier, fünf Yards, dann hatte die Untote John erreicht.

John spannte die Muskeln.

Noch drei Yards.

Hinter sich vernahm er das wahnsinnige Kichern der Gräfin.

Elizabeth Barthony hob das blutige Schwert.

Der Tod griff nach John Sinclair.

Und dann setzte John alles auf eine Karte. Nutzte die hauchdünne Chance, die sich ihm bot.

Zwei blitzschnelle Schritte brachten ihn direkt neben Elizabeth Barthony, so dass die Untote zwischen ihm und Lady Cheldham stand.

Genau in der Schussrichtung!

Die Gräfin feuerte.

Elizabeth Barthony bekam die Kugel mitten in die Brust. Das Fleisch wurde aufgerissen, und eine schwarze Flüssigkeit quoll aus dem Körper.

Doch das sah John Sinclair schon nicht mehr. Er lag

bereits auf dem Boden, riss seine zweite Pistole aus dem Hosenbund, rollte sich ein paarmal um die eigene Achse und jagte in wahnsinnig schneller Reihenfolge das Blei aus dem Lauf.

Lady Cheldham nahm die Kugeln voll. Die Geschosse stanzten eine Reihe roter Flecken quer über ihre Brust.

Noch einmal riss die Gräfin den Abzug ihrer Waffe durch. Doch da kippte die Frau bereits nach hinten, und das Blei fuhr in die holzgetäfelte Decke.

John Sinclair kam gedankenschnell auf die Füße. Langsam verebbte das Echo der Schüsse.

Mit dem Jackenärmel wischte sich der Inspektor den Schweiß von der Stirn.

Elizabeth Barthony war verschwunden!

Sie musste die Zeit genutzt haben, um sich irgendwo zu verstecken oder aber nach draußen zu gehen.

Ein Stöhnen ließ John herumfahren.

Lady Cheldham. Sie lebte noch. Trotz der vier Kugeln, die sie getroffen hatten.

John kniete neben der Frau nieder.

Lady Cheldham sah ihn an. Ihr Blick war schon verschleiert. Der Gräfin konnte kein Arzt der Welt mehr helfen.

Ihre Stimme klang überraschend klar, als sie anfing zu sprechen: »Noch haben Sie nicht gewonnen, Inspektor. Elizabeth lebt. Sie wird ihre Rache vollenden. Eine Rache, für die ich nur gelebt habe. Ich weiß, dass es aus ist, Inspektor. Ich ...« Ein Hustenanfall unterbrach die Worte der Gräfin. Blutiger Schaum stand bereits vor ihren Lippen. Eine Kugel musste die Lunge verletzt haben.

John hob den Kopf der Frau ein wenig an. Obwohl ihm die Zeit auf den Nägeln brannte, wollte er Lady Cheldham in ihrer Sterbestunde nicht allein lassen. Auch wenn sie eine Mörderin war.

Lady Cheldham hob die Hand. »Sie werden Elizabeth nicht fangen können, Inspektor. Sie ist eine Untote.«

»Doch, ich werde sie fangen.« John krempelte sein rechtes Hosenbein hoch und riss das Pflaster von der Wade.

Er hielt die Pistole direkt vor Lady Cheldhams Augen. »Sie ist mit Silberkugeln geladen«, sagte John. »Sie wissen, was das heißt.«

Lady Cheldhams Gesicht verzerrte sich vor Wut.

»Man nennt Sie den Geisterjäger«, flüsterte sie erstickt. »Ich verfluche Sie, Inspektor. Sie sollen … Aaah …«

Noch einmal bäumte die Gräfin sich auf. Versuchte verzweifelt, gegen den Tod anzukämpfen.

Dann wurde Lady Cheldham schlaff. Sie war tot.

John Sinclair drückte ihr die Augen zu und stand auf. Sein Blick glitt prüfend durch die Halle.

Wo hatte sich Elizabeth Barthony versteckt?

John durchsuchte in Windeseile die unteren und oberen Räume. Nirgendwo fand er eine Spur von der Untoten.

Elizabeth Barthony musste nach draußen gelaufen sein.

Und draußen waren Menschen.

Menschen, deren Blut sie brauchte!

Urplötzlich öffnete der Himmel seine Schleusen. Sturzbächen gleich klatschte das Wasser auf die Erde.

»Verdammter Mist«, schimpfte Hugh O'Hara, schaltete einen Gang zurück und verlangsamte damit die Fahrt seines Wagens. »Muss dieser dämliche Sturzregen jetzt noch einsetzen.«

»Fluchen hilft auch nicht«, gab Evelyn, Hughs junge Frau, zurück. Gelassen zündete sie sich eine Zigarette an.

Hugh O'Hara warf seiner Frau einen schiefen Blick zu. »Du hast gut reden«, knurrte er, »schließlich wollen wir noch vor Mitternacht in Longford sein.«

Evelyn zuckte mit den Schultern. Sie war eine blonde Frau mit kurzem Pagenschnitt und einer knabenhaften Figur.

Ihr Mann war rothaarig und konnte vor Kraft kaum gehen. Ein rechter Ire.

»Zehn Meilen noch bis Longford«, sagte Hugh O'Hara. »Deine Eltern hätten sich auch ein besseres Nest aussuchen können, in dem sie ihren Urlaub verbringen.«

Evelyn lachte leise.

Verbissen umklammerte Hugh das Lenkrad. Seine Augen starrten in den Regenvorhang.

»Sollten wir nicht lieber anhalten, Hugh?«

»Quatsch. Hier kommt uns bestimmt keiner entgegen.«

Im Zehn-Meilen-Tempo schlich der Simca dahin.

Und plötzlich stotterte der Motor.

»Die Kiste wird doch nicht stehen bleiben?«, hauchte Evelyn.

Ihr Mann gab keine Antwort. Er fluchte verbissen, versuchte mit allen Mitteln, den Motor wieder hochzuorgeln. Ohne Erfolg.

Der Wagen rollte noch ein paar Yards und blieb dann ganz stehen.

»Jetzt haben wir den Salat«, sagte Evelyn.

»Weiß ich selbst, verdammt. Aber wer wollte denn unbedingt in dieses Kaff? Du oder ich?«

»Ha, ha«, lachte Evelyn, »jetzt soll ich noch schuld sein, dass der Wagen stehen geblieben ist, was?«

»Bist du auch.«

»So was habe ich noch nie erlebt.« Ehe der Streit jedoch zu einem zünftigen Ehekrach ausarten konnte, klinkte Hugh O'Hara die Tür auf und schwang sich halb aus dem Wagen. Sofort waren seine Hosenbeine klatschnass.

»Wo willst du denn hin?«, rief Evelyn.

»Anschieben!«, knurrte Hugh. »Los, setz dich hinter das Steuer.«

»Das nützt auch nichts«, murrte Evelyn, bequemte sich aber dann doch, ihren Platz zu wechseln.

Hugh O'Hara stellte den Kragen seines Trenchcoats hoch und lief an die Hinterseite des Wagens. Das auf der Straße stehende Wasser umspielte dabei seine Fußknöchel.

»Solch eine verdammte Schei...«, fluchte Hugh O'Hara und stemmte sich gegen die Karosserie des Simca.

Unendlich langsam setzte sich der Wagen in Bewegung.

»Leg mal den zweiten Gang ein!«, schrie Hugh gegen das Geräusch des Regens an.

Er wusste nicht, ob ihn seine Frau gehört hatte. Auf jeden Fall rollte der Wagen ein paar Yards und blieb dann wieder stehen.

Hugh O'Hara wollte gerade wieder anschieben, da sah er die Frau.

Sie stand direkt am Straßenrand.

O'Hara blieb stehen.

Er merkte nicht, dass ihm der Regen weiterhin auf den Körper klatschte, ihm ins Gesicht schlug und in die Schuhe drang. Hugh hatte nur Augen für die Frau.

Sie trug ein einfaches Kleid, das durch die Nässe wie eine zweite Haut an ihrem Körper klebte. Von den pechschwarzen Haaren lief das Wasser in Strömen über das Gesicht, die Schultern.

»Was machen Sie denn hier?«, fragte Hugh, und ihm fiel sofort auf, dass er viel zu leise gesprochen hatte, so dass ihn die Frau gar nicht hören konnte.

Trotzdem kam sie näher. Sie trug irgendetwas in der Hand.

Hugh sah genauer hin und erkannte ein Schwert.

Was will diese Person mit einem Schwert?, fragte er sich.

»Hugh, komm endlich!«, drang Evelyns Stimme zu ihm herüber.

Hugh O'Hara gab keine Antwort. Die Frau hatte ihn vollständig in ihren Bann gezogen.

Die Unbekannte lächelte. Es war ein falsches, freudloses Lächeln, doch Hugh O'Hara schien es nicht zu bemerken.

»Wollen Sie mitkommen?«, fragte er.

Die Frau nickte.

»Da vorn steht mein Wagen. Er fährt zwar im Moment nicht, aber drinnen ist es bestimmt trockener als hier draußen.«

Hugh setzte sich in Bewegung.

Die Unbekannte folgte ihm langsam.

Evelyn hatte bereits eine Scheibe heruntergekurbelt. Sie verzog ihr Gesicht, weil sie einige Regentropfen abbekam.

»Was hast du denn da so lange rumgestanden?«, fragte sie unwillig.

»Ich habe eine Frau getroffen.«

»Eine Frau?«, echote Evelyn misstrauisch.

»Ja, sie stand am Straßenrand. Ich habe ihr gesagt, sie kann sich in unseren Wagen setzen, bis der Regen aufgehört hat.«

»Ich weiß nicht so recht ...«

»Unsinn, mach schon die Tür auf. Denkst du, ich will hier draußen ertrinken?«

Evelyn beugte sich nach hinten, um den Hebel der Fondtür hochzudrücken. Dabei warf sie zufällig einen Blick in den Innenspiegel.

»Hugh!« Ihr gellender Schrei ließ den Mann herumfahren.

Seinen Augen bot sich ein schreckliches Bild.

Die Unbekannte war bis auf einen Yard an ihn herangetreten. Sie hatte den Arm mit dem Schwert erhoben, bereit, Hugh O'Hara die Klinge in die Brust zu rammen.

Hugh drehte sich instinktiv zur Seite.

Trotzdem konnte er dem mörderischen Stoß nicht ganz ausweichen. Das Schwert bohrte sich in Hugh O'Haras Hüfte.

Der Mann röchelte. Aufstöhnend drehte er sich um die eigene Achse, seine rechte Hand griff instinktiv zu und bekam den Außenspiegel zu fassen.

Mit seinem gesamten Gewicht hing der Mann an dem Spiegel. Ratschend brach die Halterung.

Hugh O'Hara stürzte zu Boden.

Elizabeth Barthony beugte sich über ihn und schlürfte gierig das aus der Wunde quellende Blut.

Das war genau der Moment, in dem Evelyn O'Hara ihren ersten Schrecken überwunden hatte.

Sie musste ihrem Mann jetzt helfen! Und unter dem Beifahrersitz lag ein schwerer Schraubenschlüssel.

Die Finger der Frau tasteten unter den Sitz, bekamen den Schlüssel zu fassen.

Hastig und mit fliegendem Atem öffnete Evelyn die Beifahrertür. So schnell es ging, warf sie sich aus dem Wagen, rutschte auf der regennassen Straße aus, zerschrammte sich das Knie, verbiss sich jedoch den Schmerz und hetzte um die Kühlerhaube herum.

Ihr Mann lag neben dem Wagen. Die unbekannte Frau hatte sich über ihn gebeugt und den Mund auf seine blutende Wunde gepresst. Das Schwert lehnte an dem Wagen.

Evelyn O'Hara drehte durch!

Mit einem fast tierischen Schrei hob sie den schweren Schraubenschlüssel und drosch ihn mit aller Kraft auf den Schädel der Unheimlichen.

Tief bohrte sich der eiserne Gegenstand in den Kopf der Untoten.

Eine dicke schwarze Flüssigkeit quoll hervor, die vom Regen jedoch abgespült wurde.

Elizabeth Barthony wurde von der Wucht zur Seite geschleudert.

Zu einem zweiten Schlag fehlte Evelyn O'Hara einfach die Kraft. Entsetzt starrte sie auf die Untote, die sich trotz ihres fast gespaltenen Schädels erhob, das Schwert packte und mit grausam verzerrtem Gesicht auf Evelyn zukam.

Evelyns Nerven spielten nicht mehr mit. Die Frau ließ den Schraubenschlüssel fallen, riss die Hände vors Gesicht und schrie, schrie, schrie …

Der plötzliche Regen überraschte auch John Sinclair. Die hellen Scheinwerfer des Bentley, deren Lichtfinger wie zwei Lanzen durch den nachtdunklen Park stachen, waren plötzlich zur Wirkungslosigkeit verurteilt.

John fluchte.

Auf sich und auf das verdammte Wetter.

Bestimmt hatte Elizabeth Barthony den großen Park bereits verlassen und die Straße erreicht, die in Richtung Longford führte.

John fuhr, so schnell es ging, durch den Park. Er jagte den Wagen durch Regenpfützen, deren Wasser hoch aufspritzte, als die Räder hindurchpreschten.

Endlich sah John das Tor.

Der Inspektor bremste ab, gab dann wieder Gas

und schlitterte auf die Straße, die nach Longford führte.

John fuhr jetzt langsamer. Hielt sich mitten auf der Fahrbahn.

Die zusätzlich eingeschalteten Halogenscheinwerfer verschafften John eine etwas bessere Sicht.

Die Scheibenwischer des Bentley arbeiteten auf Hochtouren. Trotzdem konnten sie die Wassermassen nicht schaffen. Zu dicht war der Regen.

John schwitzte am gesamten Körper. Er hatte Mühe, seine aufgepeitschten Nerven unter Kontrolle zu halten.

Kurz vor der Kurve sah er den anderen Wagen.

Es war ein orangefarbenes Auto, das am Straßenrand stand.

Schemenhaft sah John Sinclair auch zwei Menschen.

Zwei Frauen!

Eine kannte er.

Elizabeth Barthony.

Johns Fuß nagelte die Bremse fest. Der Wagen stand noch nicht ganz, da hechtete John schon hinaus.

Er sah, wie die Untote ihr Schwert hob, um es der anderen Frau in die Brust zu stoßen.

John flog förmlich auf Elizabeth Barthony zu. Der Schrei des wehrlosen Opfers gellte ihm noch in den Ohren, als er Elizabeth Barthony herumriss.

Die Untote bot einen grauenvollen Anblick. Ihr halber Kopf war eingedrückt und hatte das Gesicht zu einer grässlichen Fratze verschoben.

Die Untote wandte sich ihrem neuen Gegner zu.

John wich zurück. Er musste Elizabeth Barthony von der jungen Frau weglocken.

Die Untote folgte ihm.

Mit einer fließenden Bewegung zog John die Pistole, in der die silbernen Kugeln steckten.

Drei Kugeln musste er verschießen. Und diese Kugeln mussten genau das Herz der Untoten treffen, sonst waren sie wirkungslos.

John hob die Pistole.

Seine Linke umspannte das rechte Handgelenk. Der Zeigefinger legte sich um den Abzug.

John kniff die Augen zusammen. Regenwasser rann ihm über das Gesicht.

Immer noch kam die Untote auf John zu.

John Sinclair feuerte.

Die Kugel bohrte sich genau in das Herz der Untoten.

Wie durch eine Mauer wurde Elizabeth Barthony gestoppt.

Der zweite Schuss.

Um Millimeter neben der ersten Kugel drang das zweite Geschoss in das Herz der Untoten.

Elizabeth Barthony brach in die Knie.

John Sinclair trat einen Schritt vor, senkte die Waffe und schoss zum dritten Mal.

Er traf genau.

Die silberne Kugel traf die Brust der Untoten ebenfalls und löschte damit die Macht dieses Ungeheuers aus. Für immer.

John Sinclair steckte die Pistole weg. Noch immer

starrte er auf die Untote, die mit dem Rücken auf der Straße lag, beide Arme von sich gestreckt.

Und dann geschah das Unheimliche.

Elizabeth Barthony begann sich vor John Sinclairs Augen aufzulösen.

Ihr sonst normal aussehender Körper zerfiel, nahm eine graue Färbung an, bröckelte förmlich auseinander, bis nur noch Staub da war, der von dem strömenden Regen im Nu weggeschwemmt wurde.

Ein nasses Kleid war das Einzige, was von Elizabeth Barthony übrig blieb.

Mit dem Fuß stieß John den Stoff in den Straßengraben.

Erst jetzt spürte der Inspektor die Nässe. Merkte, dass er am gesamten Körper fror.

Dann sah John Sinclair den Mann. Er lag direkt neben dem Simca und blutete aus einer grässlichen Wunde an der Hüfte.

John kniete nieder und fühlte nach dem Puls.

Gott sei Dank, der Mann lebte. Doch wenn er nicht sofort in ärztliche Behandlung kam, war er verloren.

John legte den Verletzten vorsichtig auf den Rücksitz des Bentley.

Die Frau war durch den Schock ohnmächtig geworden. John verfrachtete sie auf den Beifahrersitz.

Dann fuhr er in Richtung Longford.

Das Ehepaar O'Hara wurde gerettet. John besuchte Evelyn O'Hara am anderen Tag im Krankenhaus.

Die Frau sah zwar noch ein wenig blass aus, aber sonst hatte sie das Abenteuer gut überstanden.

Sie bedankte sich noch einmal überschwänglich bei John Sinclair und wollte wissen, was genau passiert war.

»Eine Frau ist aus der Irrenanstalt ausgebrochen«, log John.

»Hat man sie denn wieder eingefangen?«, fragte Evelyn.

»Ja«, erwiderte John. »Diese Frau wird nie mehr Unheil anrichten.«

Evelyn O'Hara lehnte sich in ihr Kissen zurück. »Da bin ich beruhigt«, sagte sie lächelnd und schloss die Augen.

ENDE

Das Rätsel der gläsernen Särge

Da waren sie wieder!

Die grässlichen, alles verzehrenden Schmerzen. Sie zogen sich durch den gesamten Körper, fuhren wie glühende Lava in jeden Nerv, jede Pore.

Cordelia Cannon stöhnte auf. Unendlich langsam öffnete sie die Augen.

Gelbes, verschwommenes Licht stach schmerzhaft in ihre Pupillen.

Dazwischen sah Cordelia helle Flecken.

Gesichter!

Starr, ausdruckslos.

Jemand beugte sich über sie. Sprach mit leiser, beruhigender Stimme auf sie ein. Cordelia verspürte einen Einstich in ihrem Oberarm. Sie merkte, wie eine nie gekannte Ruhe von ihr Besitz ergriff. Sie wollte nur noch schlafen, schlafen, schlafen ...

Auf einmal konnte Cordelia alles klar erkennen. Die dunkle, holzgetäfelte Decke über ihr, die mit blauen Seidentapeten bespannten Wände und die Männer, die Cordelia umstanden und zynisch grinsend auf sie hinabsahen.

Cordelia wollte etwas sagen, doch ihre Stimme versagte. Panik schoss in dem Mädchen hoch. Cordelia wollte den Kopf drehen, ihren Arm heben – nichts.

Die Gesichter über ihr wichen zurück, machten zwei anderen Platz. Männer hoben Cordelia hoch, trugen sie ein paar Schritte weiter und legten sie in eine durchsichtige Kiste.

Die Männer brachten den Deckel der Kiste, setzten

ihn mit unbewegten Gesichtern auf das Unterteil. Schmatzend saugten sich die Gumminäpfe zwischen den beiden Hälften fest.

Cordelia Cannon lag in einem gläsernen Sarg!

Das Telefon klingelte schrill.

Mit einem Fluch griff der Reporter Bill Conolly nach dem Hörer und knurrte ärgerlich seinen Namen in die Muschel.

»Wenn du schlechte Laune hast, will ich erst gar nicht länger stören«, tönte eine weibliche Stimme am anderen Ende der Leitung.

»Ach, du bist es Sheila«, sagte Bill schon wesentlich freundlicher. »Bitte, sei mir nicht böse, aber ich sitze gerade an einem Bericht, der doch nicht so glatt läuft, wie ich es mir vorgestellt habe. Gibt's denn was Wichtiges?«

Der erfolgreiche Reporter Bill Conolly hatte seine Frau erst vor einem halben Jahr kennen gelernt. Und das unter ziemlich makabren Umständen. Jetzt waren sie allerdings schon seit vier Monaten verheiratet, und Bill hatte versprechen müssen, nicht mehr bei gefährlichen Abenteuern mitzumischen.

Sheila Hopkins hatte ein nicht unbeträchtliches Vermögen mit in die Ehe gebracht, und die beiden konnten eigentlich von den Zinsen leben, wenn eben nicht Bills Drang zur Selbstständigkeit gewesen wäre. Sheila hatte das akzeptiert, und so kamen die beiden prächtig miteinander aus.

»Ja, was ich dir sagen wollte, Bill.« Sheilas Stimme

klang auf einmal verändert. »Ich habe soeben von dem Tod einer Schulfreundin erfahren.«

»Oh, das tut mir Leid.«

Sheila schluckte ein paarmal, ehe sie weitersprach. »Wir wollten uns doch eigentlich heute Abend treffen und gemeinsam essen gehen. Du verstehst, dass ich keinen Appetit habe. Ich werde gleich zu dem Beerdigungsinstitut fahren, wo Cordelia aufgebahrt worden ist. Ich möchte sie noch einmal sehen.«

»Natürlich, Darling«, sagte Bill. »Das Essen ist schließlich nicht so wichtig. Wann bist du ungefähr zu Hause?«

»Na, in zwei bis drei Stunden.«

»Gut, ich erwarte dich dann.«

Bill sagte noch ein paar nette, tröstende Worte und hängte dann ein.

Nie im Leben hätte er damit gerechnet, dass dieser Anruf der Beginn eines Falles war, wie Bill Conolly ihn schrecklicher und grausamer noch nie erlebt hatte...

Bis zur Fertigstellung ihres Hauses bewohnten die Conollys ein Vier-Zimmer-Appartement in einem modernen Hochhaus nahe der Londoner City.

Sheila Conolly rief ein Taxi an und ließ sich zu dem Beerdigungsinstitut Seelenfrieden in die Latimer Road bringen.

Das Beerdigungsinstitut lag in einem alten zweigeschossigen Haus, dessen graue Fassade schon fast zur Hälfte abgeblättert war. Schwarz getünchte Fensterscheiben, auf denen der Name »Seelenfrieden« stand, glotzten Sheila an.

Sheila Conolly fröstelte unwillkürlich, als sie an dem Haus hochsah. Es kostete sie sichtlich Überwindung, auf den in einer bronzenen Zisilierung steckenden Klingelknopf zu drücken.

Zuerst geschah gar nichts.

Sheila wollte schon zum zweiten Mal klingeln, da ertönte der Türsummer.

Mit der linken Hand drückte Sheila die Tür auf.

Sie machte drei Schritte und befand sich in einer Art Laden, in dem es nach Buchsbaum und Weihrauch roch. Gedämpftes Licht erhellte den Raum, an dessen Wänden Särge der verschiedensten Größen und Preisklassen standen. Ein Glasschrank fesselte Sheilas Aufmerksamkeit. In ihm standen kostbare Urnen der gesamten geschichtlichen Zeitepochen. Vom Mittelalter bis in die Gegenwart.

»Was kann ich für Sie tun, Madam?«

Die weiche, flüsternde Stimme ließ Sheila zusammenschrecken. Fast abrupt wandte sie sich um.

Vor ihr stand in einer devoten Haltung ein Mann. Er trug einen schwarzen Anzug und hatte die Hände in Höhe der Gürtelschnalle übereinander gelegt. Sein dunkles Haar war zurückgekämmt. Zwei kohlrabenschwarze Augen stachen aus dem Gesicht mit der bleichen, ungesunden Farbe hervor. Die Nase war ein wenig breit und das Kinn eine Idee zu fleischig.

Sheila räusperte sich, ehe sie antwortete. »Ich – ich ...«

Der Mann winkte ab. »Darf ich Ihnen zuvor mein

herzlichstes Beileid aussprechen, Madam? Ich weiß, wie schwer es ist, wenn einer unserer Lieben plötzlich aus dem Leben gerissen wird, aber seien Sie versichert, Madam, wir werden alles in unserer Macht Stehende tun, um dem Verstorbenen eine würdige Beerdigung auszurichten. Sie gestatten, dass ich mich vorstelle. Mein Name ist William Abbot. Ich bin der Besitzer des Instituts. Aber wollen wir uns nicht setzen, Miss …?«

»Mrs. Sheila Conolly«, verbesserte Sheila.

»Pardon, Madam, ich wusste nicht, dass Sie … Oder ist Ihr Gatte etwa …?«

»Nein, Mr. Abbot. Es ist niemand aus meiner Familie gestorben. Ich bin aus einem anderen Grund hier.«

»So?« Abbots Stimme klang auf einmal anders. Schärfer, lauernder.

»Es geht um eine Freundin. Eine gewisse Cordelia Cannon. Ich habe gehört, dass sie hier bei Ihnen aufgebahrt sein soll.«

»Das ist richtig«, erwiderte Abbot.

»Darf ich sie sehen?«

William Abbot räusperte sich. »Es gehört an und für sich nicht zu den Gepflogenheiten unseres Hauses, einer Bitte, wie Sie sie jetzt vortrugen …«

»Bitte, Mr. Abbot. Nur diese eine Ausnahme. Was ist schon dabei, wenn ich meine Freundin noch ein letztes Mal sehe.«

Abbot wand sich wie ein Aal auf dem Trockenen.

Sheila griff in ihre Handtasche und holte eine Einhundert-Pfund-Note hervor.

»Wenn es daran liegen sollte, Mr. Abbot...«

»Um Himmels willen, Madam. Nein, durch Geld überreden Sie mich nicht. Aber Sie können beruhigt sein. Ich werde Ihnen Cordelia Cannon zeigen. Folgen Sie mir.«

William Abbot verschwand hinter einem schwarzen Samtvorhang, den Sheila bisher übersehen hatte.

Ein ebenso großer Raum nahm sie auf. Hier war die Decke holzgetäfelt und die Wände mit blauen Seidentapeten bespannt.

In der Mitte des Raumes stand eine Art Podest.

Und darauf ein gläserner Sarg.

William Abbot stellte sich neben den Sarg und machte eine einladende Bewegung. »Bitte, Mrs. Conolly.«

Zögernd trat Sheila näher. Mit allem hatte sie gerechnet, nur nicht mit einem Sarg aus Glas.

»Es ist unsere Eigenart, die Toten in gläsernen Särgen beizusetzen«, hörte sie Abbots Stimme. »Wir haben uns durch diese neue Art der Beerdigung in London und Umgebung einen sehr guten Ruf erworben.«

Sheila trat an das Fußende des Sarges. Vorsichtig, als hätte sie Angst, etwas zu zerbrechen, strich sie über das Glas. Doch es war dick und fest. Sheila sah die Gummistreifen zwischen den Sarghälften.

Sheilas Blick wanderte wieder und blieb auf dem Gesicht ihrer Freundin haften.

Fast überdeutlich konnte sie die ebenmäßigen Gesichtszüge erkennen. Sheila hatte das Gefühl, als würde der Sargdeckel wie ein riesiges Vergrößerungsglas wirken. Sheila sah fast jede Einzelheit in dem Gesicht ihrer ehemaligen Freundin. Mit Gewalt musste sie die Tränen unterdrücken. Bilder aus den Schultagen stiegen vor ihren Augen auf, verschwammen wieder, und schließlich sah Sheila Conolly wieder Cordelias Totengesicht.

Zwei, drei Minuten blieb Sheila unbeweglich stehen. Sie spürte nicht, wie sie sich die Unterlippe blutig biss, so sehr hielt sie dieser Anblick gefangen.

»Sie müssen jetzt gehen, Mrs. Conolly«, sagte William Abbot leise.

Sie wollte sich gerade abwenden, da sah sie, wie das linke Augenlid der Toten zuckte.

Für einen Sekundenbruchteil stand Sheila wie festgenagelt. Dann schrie sie plötzlich leise auf.

Mit zwei Schritten stand William Abbot neben ihr. »Was haben Sie denn, Mrs. Conolly?«, fragte er. »Ist Ihnen nicht gut?«

Sheila wankte ein wenig zurück. »Doch, doch«, flüsterte sie, »nur ... die Tote, sie ...«

»Was hat sie?«, erkundigte sich Abbot lauernd.

»Sie hat sich bewegt!«

William Abbot lachte auf. »Sie entschuldigen meine Heiterkeit, Mrs. Conolly. Aber die Dame in dem Sarg ist tot. Sie kann sich nicht mehr bewegt haben.«

»Aber vielleicht ist sie nur scheintot?«, rief Sheila mit bebender Stimme.

»Ich bitte Sie, Madam. Ich selbst habe den Totenschein gesehen, den Doc Meredith ausgestellt hat. Und anschließend habe ich die Tote auch noch untersucht. Nein, Madam, was Sie sagen, ist ausgeschlossen. Ich nehme an, Ihre Nerven haben Ihnen einen Streich gespielt. Sehen Sie, das ist unter anderem ein Grund, weshalb ich niemanden in diesen Raum lasse. Bei Ihnen habe ich leider eine Ausnahme gemacht. Es wird mir jedoch für die Zukunft eine Lehre sein. Wenn ich jetzt bitten darf, Madam!«

William Abbot ging die paar Schritte zu dem Vorhang und hielt ihn einladend auf.

Sheila warf noch einen letzten Blick auf den gläsernen Sarg, dann drehte sie sich entschlossen um und betrat schnell den Verkaufsraum.

William Abbot lächelte wieder gewinnend. Er knetete seine langen Finger, so dass die Gelenke knackten. Das Geräusch drang Sheila durch Mark und Bein. Sie sah, dass bei dem Bestattungsunternehmer rötliche Haare auf den Handflächen wuchsen. Sie sah aber auch den großflächigen Ring an Abbots Mittelfinger. Der Ring sah sehr wertvoll aus und hatte auf der Oberfläche eingravierte seltsame Zeichen.

»Ein altes Erbstück«, sagte William Abbot, der Sheilas Blick bemerkt hatte.

Es entstand eine kleine Pause. Erst jetzt kam Sheila Conolly die Stille zum Bewusstsein, die in dem Haus herrschte.

Wie in einem Grab, dachte die junge Frau mit Schaudern.

»Ist noch etwas, Mrs. Conolly?«, fragte der Bestattungsunternehmer leise.

Sheila, die sich schon zum Gehen gewandt hatte, blieb noch einmal stehen.

»Ich hätte eine Frage, Mr. Abbot. Wo wohnt Doc Meredith, der den Totenschein für Cordelia Cannon ausgestellt hat?«

Abbots Augen zogen sich zusammen. »Weshalb interessiert Sie das, Mrs. Conolly?«

Sheilas Gesicht wurde ernst. »Ich will Ihnen mal etwas sagen, Mr. Abbot. Ich habe Cordelia Cannon gesehen. Und ich habe weiter gesehen, dass sich die angebliche Tote bewegt hat. Ich habe sehr gute Augen. Also, was ist mit der Adresse?«

»Latimer Road 65, am Ende der Straße«, stieß William Abbot gepresst hervor.

»Danke, Mr. Abbot. Sie haben mir sehr geholfen«, erwiderte Sheila.

Dann zog sie die Tür auf und verschwand nach draußen. Abbots hasserfüllten Blick sah sie nicht mehr.

Sheila war froh, dass sie wieder frische Luft atmen konnte. Die bedrückende Atmosphäre in dem Bestattungshaus war ihr doch auf die Nerven gegangen.

Die Nummer 65 war das letzte Haus in der Latimer Road. Es hatte zwar einen kleinen Vorgarten, sah jedoch genauso alt und ungepflegt aus wie die anderen Häuser in dieser Straße.

Sheila öffnete ein kleines verrostetes Gartentor und schellte.

Niemand öffnete.

Sheila ging vorsichtshalber um das Haus herum. Sie entdeckte zwar einen alten, zerfallenen Stall, aber von Doc Meredith keine Spur. Sheila wunderte sich auch, dass der Arzt kein Schild an seiner Haustür hatte. Hier schien manches nicht zu stimmen.

Sheila schaute sich noch einmal um und sah etwa zwanzig Yards weiter die hohe Mauer des Welford Cemetery. Dieser Friedhof gehörte zu den ältesten in London. Trotzdem wurden dort immer noch Menschen beigesetzt.

Sheila verließ das kleine Grundstück und ging die Straße hoch, um nach einem Taxi Ausschau zu halten. Jetzt ärgerte sie sich, dass sie keinen Wagen mitgenommen hatte.

Ihre Schritte hallten laut über das Kopfsteinpflaster. Sie war fast die einzige Person auf der Straße. Nur etwa fünfzig Yards vor ihr schlich eine alte Frau gebückt an den rissigen Hauswänden entlang.

Als sie an dem Bestattungsinstitut vorbeikam, hatte sie das Gefühl, von tausend Augen beobachtet zu werden.

Unwillkürlich beschleunigte Sheila ihre Schritte.

Sie befand sich hier in einem der ältesten Viertel von London. Vor Jahrzehnten hatte sich hier Jack the Ripper herumgetrieben.

Aber nichts geschah.

Unbehelligt erreichte Sheila verkehrsreicheres Gebiet und fand auch schnell ein Taxi.

Aufatmend ließ sie sich in die Polster fallen und nannte ihre Adresse.

Ihr Mann wartete schon.

Bill hatte es sich in einem Sessel bequem gemacht, die Füße dabei auf den Tisch gelegt und verfolgte mehr oder weniger interessiert das Fernsehprogramm.

Als Sheila eintraf, stand er auf, stellte den Fernsehapparat ab und nahm seine Frau in die Arme.

»Ich hatte mir schon Sorgen gemacht, Darling.«

»Oh, Bill, es war schrecklich«, schluchzte Sheila.

»Komm, setz dich erst mal. Ich hole dir was zu trinken.«

Bill mixte einen Manhatten. Sheila trank ihn dankbar. Dann begann sie zu erzählen. Bill hörte aufmerksam zu.

Erst als Sheila geendet hatte, fragte er: »Und du hast dich wirklich nicht getäuscht? Deine Freundin Cordelia hat ein Augenlid bewegt?«

»Wenn ich es dir doch sage, Bill.«

»Aber können dir deine überreizten Nerven keinen Streich gespielt haben?«

Sheila schüttelte entschieden den Kopf. »Auf keinen Fall, Bill. Ich weiß, was ich gesehen habe. Und dann musst du dir Abbot mal ansehen. Schrecklich, dieser Kerl, sage ich dir. Außerdem scheint mit Doc Meredith auch nicht alles zu stimmen. Ein komischer Arzt, der noch nicht einmal ein Schild an seinem Haus hängen hat.«

Nachdenklich geworden, zündete sich Bill eine Zigarette an. »Und welcher Plan hat sich in deinem hübschen Kopf nun festgesetzt?«

Sheila lächelte wissend. »Wir sind zwar erst einige Monate verheiratet, aber dafür kennst du mich schon sehr gut. Ich habe mir gedacht, wir statten diesem obskuren Doc Meredith heute Abend einen Besuch ab.«

»Und welchen Grund willst du angeben?«

»Wird mir schon irgendetwas einfallen.«

»Gut.« Bill nickte zustimmend. »Nur darf ich dich an eines erinnern.«

»Und das wäre?«

»Was musste ich dir bei unserer Hochzeit versprechen?«

»Dass du dich nicht mehr in Kriminalfälle einmischst. Aber in diesem Fall ist es etwas anderes. Es geht um meine Freundin. Außerdem ist nicht bewiesen, dass es ein Fall ist.«

»Trotzdem warst du es, die das Versprechen gebrochen hat«, erwiderte Bill grinsend. »Denke immer daran, mein Schatz.«

»Da, das Eckhaus ist es«, sagte Sheila Conolly leise und legte ihre Hand auf Bills Knie.

Der Porsche rollte mit abgeblendeten Scheinwerfern durch die Latimer Road. Die fast stockfinstere Straße wurde nur durch vereinzelt stehende Gaslaternen erhellt, deren milchiger Schein kaum den Boden berührte.

»Du hast wirklich Recht, Sheila«, sagte Bill, »hier scheint die Zeit stehen geblieben zu sein. Fehlt nur noch, dass Jack the Ripper auftaucht.«

»Bill, damit treibt man keine Scherze«, erwiderte Sheila fast vorwurfsvoll.

»War ja auch nicht so gemeint«, schwächte der Reporter ab und trat auf die Bremse.

Sanft kam der Porsche zum Stehen.

Sheila blickte aus dem Seitenfenster. »Bei dem Doc brennt kein Licht.«

»Der wird wohl schon im Bett liegen. Ist schließlich ein alter Mann.«

»Woher weißt du das?«

»Ich habe mich bei der Ärztekammer erkundigt. Man hat ja so seine Beziehungen. Doc Meredith führt schon längst keine eigene Praxis mehr. Er hat nur noch Privatpatienten. Und die gehören eher zu den unteren als zu den oberen Zehntausend.«

»Und er darf noch praktizieren?«

»Bis jetzt jedenfalls. Na, ich werde mir das Häuschen mal ansehen.«

Bill machte Anstalten, aus dem Wagen zu steigen. »Sei aber vorsichtig«, rief sie ihm nach. »Ich hab mal wieder solch ein komisches Gefühl.«

Bill winkte seiner Frau beruhigend zu, schob das verrostete Gartentor auf und ging durch den kleinen Vorgarten auf das Haus zu.

Bill Conolly schellte.

Niemand öffnete.

Probeweise drückte Bill gegen die Tür.

Knarrend schwang sie zurück.

Ehe Bill Conolly das Haus betrat, holte er noch eine Taschenlampe aus der Jacke.

Im Schein der Lampe erkannte er, dass das Schloss der Tür aus der Fassung gebrochen war.

Eine dumpfe Ahnung überfiel den Reporter. Vorsichtig betrat er das Innere das Hauses, an dessen Wänden die Farbe reihenweise abgeblättert war.

Ein schmaler Flur nahm Bill auf. Links und rechts zweigten einige Holztüren ab.

Sie waren nicht verschlossen.

Bill trat jede der Türen mit einem Fußtritt auf, ehe er in das dahinter liegende Zimmer leuchtete.

Er entdeckte ein Wohnzimmer, eine Küche, in der der Dreck stand, ein Schlafzimmer – und ein Arbeitszimmer.

Dazu gehörte die letzte Tür auf der linken Seite.

Bill wunderte sich noch, dass er keine Arztpraxis vorfand, als der Lampenschein eine Gestalt traf, die in einem hochlehnigen Sessel saß und von der Bill nur den Hinterkopf erkennen konnte.

»Doc Meredith?«, rief Bill leise, in der Hoffnung, dass der Mann nur schlafen würde.

Er erhielt keine Antwort.

Auf Zehenspitzen betrat Bill das Zimmer. Die Lampe in seiner Hand zitterte leicht, als er sich dem bewussten Stuhl näherte.

Bill Conolly war wirklich auf alles gefasst, doch was er plötzlich in dem hellen Lichtstrahl zu sehen bekam, schockte ihn doch sehr.

Der Mann auf dem Stuhl hatte kein Gesicht mehr.

Es war regelrecht zerfressen worden.

Gewaltsam unterdrückte Bill Conolly ein Würgen.

Der Mann, wahrscheinlich Doc Meredith, war grausam verstümmelt worden. Denn als Bill den Lampenstrahl weiter über die Gestalt wandern ließ, sah er noch einige andere Körperstellen, die zerfleischt worden waren.

Welch eine Bestie hatte hier gewütet?

Der Mann in dem Sessel war nackt. Nach der

Beschaffenheit seiner Haut zu schließen, musste er doch schon älter sein. Nun war Bill ganz sicher, dass er Doc Meredith vor sich hatte.

Bill, der die Tür zu dem Zimmer offen gelassen hatte, hörte plötzlich, wie diese mit einem leisen Laut zuschlug.

Der Reporter trat blitzschnell einen Schritt zur Seite und richtete den Lampenstrahl in Richtung Tür. Er meinte, gerade noch eine Gestalt aus dem Lichtkegel huschen zu sehen.

Bill Conolly ging in die Ecke, während er gleichzeitig die Lampe ausknipste.

Jetzt drang überhaupt kein Licht mehr in das Zimmer, denn die Fenster waren durch Blendladen abgesichert.

Bill verhielt sich ganz ruhig.

Er wusste nicht, wer seine Gegner waren. Es gab für ihn zwei Möglichkeiten. Entweder waren es die Bestien, die Doc Meredith so schrecklich zugerichtet hatten, oder nur normale Einbrecher, mit denen man sich bestimmt ohne Blutvergießen arrangieren konnte.

Bill ärgerte sich, dass er seine Pistole nicht mitgenommen hatte. Die lag zu Hause in seinem Nachttisch.

Ein leises Lachen schreckte Bill auf. Er konnte leider nicht bestimmen, aus welcher Richtung das Geräusch gekommen war, dafür war es zu schnell wieder verstummt.

Bill merkte, wie ihm der Schweiß in dicken Tropfen auf der Stirn perlte.

Verdammt, das war ein Nervenspiel.

Bill orientierte sich nach rückwärts, ging in die Hocke und erhielt im selben Moment einen mörderischen Schlag in den Nacken.

Aufgurgelnd fiel Bill auf den Bauch, hatte jedoch noch die Geistesgegenwart, sich gedankenschnell zur Seite zu rollen.

Dadurch ging ein gemeiner Tritt seines Gegners ins Leere.

Bills Hände fühlten die Rückseite eines Sessels. Er tastete sich weiter und zog seinen Körper aufstöhnend an der Lehne hoch.

»Darf ich helfen, mein Freund?«, klang eine sanfte Stimme auf, und im selben Augenblick ging das Licht an.

Es war ein trübes, milchiges Licht, das von einer altmodischen Schalenlampe an der Decke verbreitet wurde.

Bill fühlte sich unter den Achseln gepackt und hochgezogen. Und er sah, dass Widerstand zwecklos war. Im Moment jedenfalls.

Um ihn herum standen vier Männer. Sie waren alle gleich angezogen, trugen blaue Leinenkittel und lange, weit fallende Hosen. Ihre Gesichter waren starr, fast wie Masken.

Zwei Männer stießen Bill in den Sessel. Dann prasselten die Fragen auf den Reporter herab.

»Was hatten Sie hier zu suchen?«

»Den Arzt. Ich bin wegen einer Krankheit hier«, erwiderte Bill.

»So spät noch?«

»Doc Meredith hatte mich bestellt.«

»Wer sind Sie?«

Bill zuckte mit den Schultern.

Der Frager gab seinem Kumpan einen Wink. Flinke Finger glitten in Bills Jackett und holten seine Brieftasche hervor.

Der Frager blätterte in Bills Papieren. »Sieh an, ein Reporter. Und Sie haben es nötig, zu einem Unterweltsarzt zu gehen?«

»Wusste ich das?«

»Machen Sie sich nicht lächerlich, Mr. Conolly. Es ist Ihnen doch klar, dass wir Sie nicht mehr am Leben lassen können, nach dem, was Sie gesehen haben?« Dabei deutete der Mann auf den toten Doc Meredith.

Bills Hände krallten sich in den Stoff der Sessellehne. »Was habt ihr mit dem armen Mann gemacht, ihr Schweine?«

»Wir haben ihn getötet, das ist alles.«

Bill lachte bitter auf. »Alles, sagen Sie? Sie haben ihn gequält, ihn gefoltert. Gucken Sie doch den zerschundenen Körper an, Sie dreckig ...«

»Stopp.« Der Mann hob leicht seine Hand. »Wir haben Doc Meredith nicht gefoltert. Als diese, sagen wir, Sache mit ihm passierte, war er schon tot.«

»Was sagen Sie da?«, keuchte Bill. »Aber verdammt noch mal, was soll das Ganze denn für einen Sinn haben?«

Jetzt lächelte der Mann zum ersten Mal. Doch es war ein kaltes, grausames Lächeln. Bill Conolly sah starke, kräftige Zähne, alle übermäßig groß, aber keine Vampirzähne.

»Um Ihre Frage zu beantworten, Mr. Conolly. Haben Sie schon mal etwas von den Ghouls gehört?«

Bill Conolly krampfte sich zusammen. »Sie meinen die Leichenfresser?«

»Ja, so nennt man uns wohl.«

»Mein Gott«, flüsterte Bill erstickt. Mehr nicht. Mehr konnte er nicht sagen. Zu ungeheuerlich war das, was er eben erfahren hatte.

Es gab Ghouls. Es hatte sie immer gegeben, wenn man den alten Geschichten und Sagen Glauben schenken wollte. Ghouls waren Horrorwesen, halb Mensch, halb Tier. Sie lebten meistens auf Friedhöfen, hatten dort ihre unterirdischen Verstecke und ernährten sich von Leichen. Sie brachen die Särge auf, um sich ihre Opfer zu holen.

»Sie haben uns gestört, Mr. Conolly. Schade für Sie. Aber gut für uns.«

Bill Conolly suchte nach einem Ausweg. Seine Gedanken arbeiteten fieberhaft, doch Bill brauchte nur in die Gesichter der vier Wesen vor ihm zu sehen, um zu erkennen, dass er keine Gnade erwarten durfte.

»Es gibt für Sie kein Entrinnen mehr, Mr. Conolly. Finden Sie sich damit ab.«

Bill nickte. »Etwas hätte ich allerdings gern gewusst«, sagte er mit leiser Stimme. »Weshalb musste Doc Meredith sterben? Nur damit Sie Ihren grässlichen Trieb stillen können?«

»Nein«, erwiderte der Ghoul. »Aber es wäre grundverkehrt, es Ihnen zu sagen. Zu viel steht auf dem Spiel.«

Der Ghoul hatte kaum ausgesprochen, als Bill sich mit aller zur Verfügung stehenden Kraft nach hinten warf.

Der Sessel, in dem er saß, war glücklicherweise leicht und stand auf viereckigen Holzfüßen.

Bill Conolly wurde wie ein Torpedo nach hinten geschleudert, rutschte ein Stück über den Boden und stieß sich den Kopf an irgendeinem Gegenstand.

Die vier Ghouls waren von Bills Aktion überrascht worden. Noch ehe sie reagieren konnten, war Bill schon wieder auf den Beinen und hetzte in Richtung Tür.

Er hatte gerade die Klinke in der Hand, da flog von der Seite eines der Wesen auf ihn zu.

Bill ließ die Klinke los und schlug mit der geballten Faust zu. Es knirschte, als er den Ghoul im Gesicht traf.

Dann schwang die Tür auf.

Bill warf sich in den Gang, prallte gegen die Flurwand, blieb jedoch auf den Beinen und rannte in Richtung Ausgang.

Hinter sich hörte er das Geschrei der Ghouls, die sofort die Verfolgung aufgenommen hatten.

Bill riss die Haustür auf. Mit mächtigen Sätzen rannte er durch den Vorgarten, übersprang das Gartentor und lief auf den Porsche zu.

Bill Conolly riss die Wagentür auf, warf sich hinter das Steuer und hatte plötzlich das Gefühl, sein Herz würde zu schlagen aufhören.

Sheila war verschwunden!

Sheila Conolly saß in dem Porsche und rauchte eine Zigarette. Immer wieder blickte sie zu dem Haus des Arztes hinüber, in dem ihr Mann verschwunden war.

Hoffentlich geht alles gut, dachte sie.

Fünf, sechs Minuten vergingen. Nervös schnippte Sheila die Zigarettenkippe aus dem halb geöffneten Seitenfenster, um sich gleich darauf ein neues Stäbchen anzustecken.

»Ich hätte mitgehen sollen«, sagte sie zu sich selbst.

Ihr Blick fiel in den Innenspiegel. Soweit sie sehen konnte, war die Latimer Road menschenleer. Selbst die nächste Laterne war so weit entfernt, dass sie den Schein kaum noch wahrnehmen konnte.

Ein leichtes Klopfen gegen die Seitenscheibe schreckte Sheila aus ihren Gedanken.

Verwirrt wandte sie den Kopf.

»Bill!«, rief Sheila überrascht. »Ich hab dich gar nicht kommen gehört.«

Bill Conolly lächelte ihr zu und sagte: »Steig aus. Ich muss dir etwas zeigen.«

»Sofort.«

Sheila warf die Zigarette in den Ascher und schwang sich aus dem Wagen.

Bill Conolly hatte die Hände in den Hosentaschen vergraben und wartete.

Komisch, dachte Sheila. So ist er eigentlich nie. Sagt kein Wort, macht ein verkniffenes Gesicht.

Misstrauen flackerte in der jungen Frau auf, das aber verflog, als Bill ihr zulächelte.

»Komm mit«, sagte er und fasste ihren Arm.

Bill zog Sheila auf den Bürgersteig und wandte sich von dem Haus ab, genau in die entgegengesetzte Richtung.

»Aber ich denke, wir wollten zu Doc Meredith«, protestierte Sheila.

»Gehen wir auch. Ich habe jedoch einen anderen Eingang entdeckt. Du wirst dich wundern.«

»Da bin ich mal gespannt.«

Sheila sah nicht das zynische Lächeln, das auf dem Gesicht des angeblichen Bill Conolly lag.

Sie gingen fast bis zu der nächsten Laterne, näherten sich immer mehr dem obskuren Beerdigungsinstitut.

»Bill, da stimmt doch was nicht«, sagte Sheila plötzlich.

»Keine Angst. Es ist alles in Ordnung. Hier geht es rein.«

Bill Conolly dirigierte Sheila auf einen Hauseingang zu, bei dem vier Stufen zu der alten Eingangstür hochführten.

Bill drückte gegen das Holz.

Die Tür schwang auf.

»Sei jetzt ganz still«, sagte Bill Conolly und legte seinen Zeigefinger auf die Lippen.

Bill Conolly führte Sheila durch einen stockdunklen Hausflur. Dann blieb er stehen.

Sheila, deren Augen sich langsam an die Dunkelheit gewöhnt hatten, erkannte die Umrisse einer Wohnungstür.

Bill drückte die Tür auf.

»Hier müssen wir rein«, flüsterte er.

Sheila lief eine Gänsehaut über den Rücken, als sie den finsteren Raum betrat.

Bill ließ Sheilas Arm los und ging zur Seite.

»Wo willst du hin?«, flüsterte die Frau ängstlich.

»Ich mache Licht.«

Wenig später leuchtete eine Stehlampe auf.

Sheila befand sich in einem Raum, der nur spärlich möbliert war. An der Wand stand ein alter Schrank und in der Mitte des Zimmers ein Holztisch mit zwei Stühlen davor.

Bill Conolly wandte seiner Frau den Rücken zu.

»Und was sollen wir hier?«, fragte Sheila.

Ganz langsam drehte sich Bill Conolly um. Er, der Sheila bis jetzt nur den Rücken zugedreht hatte, zeigte nun sein Gesicht.

Im ersten Moment glaubte Sheila, verrückt zu werden.

Zu entsetzlich, zu grauenvoll war die Überraschung.

Vor ihr stand nicht Bill Conolly, sondern ein anderer Mann, den sie aber auch kannte. Gut kannte.

Es war niemand anderer als William Abbot!

»Überrascht?«, höhnte der Bestattungsunternehmer und kam mit gleitenden Schritten auf Sheila zu.

Sheila konnte kein Wort hervorbringen. So sehr hatte sie das Grauen gepackt.

Abbot stieß die Frau brutal zurück. Dann kickte er mit dem Absatz die Tür zu.

»Nun sind wir unter uns«, sagte er hämisch grinsend.

Sheila Conolly hatte sich wieder einigermaßen gefangen. »Was soll das bedeuten?«, fragte sie mit schwacher Stimme. »Wer sind Sie überhaupt?«

William Abbot lächelte überlegen. »Wer ich bin? Nun, ich bin William Abbot, wenigstens für die Menschen hier. Ich habe mir auf der Welt eine Existenz aufgebaut, wie man in Ihren Kreisen doch wohl zu sagen pflegt. Ich gehe einem ganz normalen, wenn auch etwas makabren Job nach. Ich organisiere Beerdigungen mit allem Drum und Dran.«

Sheila schüttelte den Kopf. »Das glaube ich nicht, Abbot. Sie sind in Wirklichkeit etwas ganz anderes, ein Gangster, ein Verbrecher, ein ...«

»Hören Sie auf!«, sagte Abbot scharf. Er rieb sich nachdenklich sein Kinn und fixierte Sheila aus kalten, mitleidlosen Augen.

Die junge Frau erschauerte unter diesem Blick.

»Sie werden sterben«, sagte der Beerdigungsunternehmer dann plötzlich, und ehe Sheila zu einer Erwiderung ansetzen konnte, erklärte er ihr die grausamen Einzelheiten.

»Sie werden natürlich nicht vollkommen tot sein. Wenigstens nicht am Anfang. Ich werde Ihre Herztätigkeit auf ein Minimum herabsetzen und ihren Körper mit einer von mir entwickelten Kunststoffschicht übersprühen, die sich aber schon nach drei Tagen, also nach Ihrer ganz formellen Beerdigung, auflöst.«

»Sie sind verrückt«, stammelte Sheila. »Sie müssen

einfach verrückt sein. Das ist doch Wahnsinn, was Sie vorhaben.«

»Aus der Sicht eines Menschen vielleicht. Aber ich bin kein Mensch.«

»Und was sind Sie wirklich?«, schrie Sheila verzweifelt.

»Ein Dämon«, lachte William Abbot.

»Nein!«, hauchte Sheila und legte unbewusst ihre Hand auf ihr heftig schlagendes Herz.

Erinnerungen stiegen in ihr auf. Erinnerungen an den Dämon Sakuro, aus dessen Klauen sie sich erst im letzten Augenblick hatte befreien können. Damals war ihr Vater von Sakuro getötet worden.

Und jetzt sah es so aus, als würde sie ihr Leben ebenfalls unter den Händen eines Dämons aushauchen.

»Sie glauben mir nicht, Mrs. Conolly?«, fragte Abbot.

»Doch, ich glaube Ihnen.«

»Na, wunderbar. Dann wissen Sie bestimmt auch, dass Dämonen den Menschen weit überlegen sind. Ihr Mann übrigens wird in diesem Augenblick bestimmt nicht mehr unter den Lebenden sein.«

Diese Worte trafen Sheila wie Keulenschläge, raubten ihr den letzten Rest an Beherrschung.

Sheila drehte durch.

Mit erhobenen Fäusten und laut schreiend stürzte sie auf Abbot zu, wollte ihm mit den Fingernägeln das Gesicht blutig kratzen.

Doch wo William Abbot vorher gestanden hatte, war er nicht mehr. Ein schreckliches Wesen hatte seinen Platz eingenommen.

Das Wesen sah aus wie ein Mensch, war jedoch durchsichtig wie Glas, und Sheila, die ihren Lauf abrupt stoppte, konnte das Arbeiten der lebenswichtigen Organe haargenau erkennen.

In stummer Verzweiflung schüttelte Sheila den Kopf. »Das darf nicht wahr sein«, ächzte sie. »Das ...«

»Was darf nicht wahr sein, Mrs. Conolly?«, hörte sie Abbots schleimige Stimme.

Unendlich langsam hob Sheila den Kopf.

Sie blickte genau in Abbots lächelndes Gesicht. Jetzt sah der Mann wieder völlig normal aus.

»Ich verstehe das nicht«, schluchzte Sheila. »Ich verstehe es einfach nicht.«

Sheila schlug die Hände vor das Gesicht und sank über dem Tisch zusammen.

In ihrem Rücken klang Abbots widerliches Organ auf. »Es ist alles Ihre Schuld, Mrs. Conolly. Sie hätten sich ja nicht um Ihre Freundin zu kümmern brauchen. Aber bald werden auch Sie in einem gläsernen Sarg liegen und aussehen wie ein Engel.«

Die Vorstellung, in einem dieser gläsernen Särge ihr Leben auszuhauchen, bewirkte bei Sheila ein nie gekanntes Angstgefühl. Ihr Herz begann plötzlich, rasend zu klopfen, der Magen drohte sich ihr umzudrehen, und die Beine sackten weg.

Sheila rutschte ab und brach neben dem Tisch zusammen.

Aber es sollte noch schlimmer kommen.

Breitbeinig stand William Abbot über ihr. Seine Worte trafen Sheila Conolly wie flüssige Lavatropfen. Jede Silbe brannte förmlich in ihrem Gehirn.

»Wir Ghouls ernähren uns von Leichen. Auf den Friedhöfen graben wir Gänge zu den Gräbern, um an unsere Opfer zu gelangen ...«

Abbot holte jetzt aus seiner Jackentasche eine vorbereitete Spritze hervor.

»Damit Sie lange und fest schlafen«, sagte der Bestattungsunternehmer, kniete sich hin und stach Sheila die Spritze in den Arm.

Abbot steckte die Spritze weg und stand auf.

»Alle werden sich wundern«, flüsterte er. »Es wird die Zeit kommen, wo die Dämonen die Macht auf der Erde übernehmen. Und den Anfang werde ich hier in London machen.«

William Abbot warf noch einen Blick auf die ohnmächtige Sheila und verließ dann mit schnellen Schritten den Raum.

Bills maßloser Schrecken dauerte nur Sekunden. Jedoch so lange, um ihn erkennen zu lassen, dass die Ghouls in geschlossener Front gegen den Porsche marschierten. Mit langen Sätzen rannten sie heran.

»Kommt nur, ihr Schweine!«, presste Bill hervor, drehte den Zündschlüssel herum, startete den Motor und schaltete gleichzeitig die Scheinwerfer ein.

Das Röhren des Motors durchbrach die Stille, während die Lichtfinger die Dunkelheit erhellten.

Sehnige Finger griffen nach dem Wagen, so, als wollten sie ihn festhalten.

Bill sah durch die Frontscheibe die grässlichen

Gesichter der Ghouls und legte im selben Augenblick den Rückwärtsgang ein.

Die Wesen wurden von dieser Aktion überrascht. Wie Puppen flogen sie von dem Wagen weg.

»Euch werd ich's zeigen!«, knurrte Bill und jagte den ersten Gang ins Getriebe.

Aufheulend schoss der Porsche vor. Die breiten Reifen erfassten zwei auf dem Boden liegende Ghouls und zermalmten sie.

Nach wenigen Yard riss Bill das Steuer herum, trat auf die Bremse und wendete den Wagen.

Die starken Scheinwerfer erhellten eine makabre Szene.

Die beiden Wesen, die noch vor ein paar Sekunden von den Reifen erfasst worden waren, standen soeben auf und torkelten auf den Porsche zu.

Ihre Leiber waren teilweise eingedrückt, doch sie nahmen langsam und entgegen allen Naturgesetzen wieder ihre alte Form an.

»Das ist doch unmöglich«, flüsterte Bill Conolly. Sein Schrecken war so groß, dass er aus Versehen auf die Bremse trat.

Der Porsche stand sofort.

Jetzt hielt die Ghouls nichts mehr auf. Mit ihren knochigen Fäusten trommelten sie gegen die Scheiben. Einem war es gelungen, einen Stein aufzutreiben.

Er schleuderte ihn gegen die Seitenscheibe, die klirrend zerbrach.

Das Triumphgeheul der Ghouls gellte in Bills Ohren und riss ihn gleichzeitig aus seiner Erstarrung.

Zum Glück hatte ihn der Stein verfehlt. Bis auf ein paar Glassplitter hatte der Reporter nichts abbekommen.

Arme griffen in den Wagen, fassten nach Bills Schultern.

Bill schlug die Hände weg und warf sich auf den Beifahrersitz. Modriger Atem drang in den Wagen. Ein Ghoul quetschte seinen Oberkörper durch das zerstörte Seitenfenster und suchte nach der Türverriegelung.

Im selben Moment hielt Bill den Schraubenzieher, der in der Ablage gelegen hatte, in der Hand.

Er jagte dem Ghoul das spitze Ende ins Auge.

Durch die Wucht des Stoßes wurde das Wesen zurückgeschleudert, nur noch der Arm hing in dem Wagen.

Doch schon war ein zweiter Ghoul da, versuchte fauchend, Bills Kehle zu packen.

Der Reporter stieß die Arme weg.

In diesem Augenblick zersplitterte die andere Seitenscheibe.

Bill konnte nicht nach zwei Richtungen gleichzeitig kämpfen. Für ihn gab es nur noch eine Möglichkeit.

Die Flucht nach vorn!

Mit einem gewaltigen Ruck stieß Bill Conolly die Tür auf.

Die Ghouls hatten damit nicht gerechnet. Die wuchtig aufgeworfene Porschetür fegte sie zurück. Und ehe sie sich versahen, war Bill aus dem Wagen gehechtet und rannte an Doc Meredith' Haus vorbei in Richtung Welford Cemetery.

Nach einer Ewigkeit, so schien es Bill, tauchte die Friedhofsmauer vor ihm auf.

Bill riskierte einen Blick zurück, ehe er kurz Luft holte und dann sprang.

Seine Finger klammerten sich um die rissige Mauerkrone.

Hinter ihm keuchten die Ghouls heran.

Der Reporter mobilisierte alle Kräfte. In einer fast übermenschlichen Anstrengung zog er sich hoch und schwang das rechte Bein auf die Mauerkrone.

Im selben Augenblick waren auch die Ghouls an der Mauer.

Doch ehe sie zupacken konnten, hatte Bill auch sein linkes Bein hochgeschwungen.

Das Wutgeheul der Ghouls klang ihm noch in den Ohren, als er auf der anderen Seite zu Boden sprang.

Bill Conolly rannte sofort weiter. Taumelnd hetzte er durch die langen Grabreihen.

Bill wusste gar nicht, wie lange er auf dem Friedhof herumgeirrt war, auf jeden Fall stand er plötzlich vor dem großen Eingangstor.

Innerhalb weniger Sekunden hatte Bill es überklettert.

Von den Ghouls war nichts mehr zu sehen. Sie hatten die Verfolgung wohl aufgegeben.

Erst jetzt merkte Bill Conolly, wie fertig er war. Seine Beine schienen aus Pudding zu bestehen, und seine Hände zitterten wie Espenlaub.

Siedend heiß fiel ihm Sheila ein. Bill machte sich die bittersten Vorwürfe, dass er seine Frau im Stich gelassen hatte.

Aber wo war sie?
Wer hatte sie entführt?
Waren es auch Ghouls gewesen?
Bill wusste keine Antwort. Er wusste aber eins: Wenn Sheila nicht so schnell wie möglich gefunden wurde, war ihr Leben keinen Pfifferling mehr wert.

Allein dieser Gedanke ließ Bill Conolly in nie gekannte Panik fallen.

Es dauerte Minuten, bis er sich wieder beruhigt hatte und klar denken konnte.

Und schließlich wurde ihm klar, was er zu tun hatte. Hier konnte nur einer helfen.

Sein Freund John Sinclair!

»Das ist doch unmöglich«, sagte Oberinspektor Kilrain und schüttelte immer wieder den Kopf.

»Wo drückte denn der Schuh?«, erkundigte sich John Sinclair grinsend.

Inspektor Sinclair saß hinter seinem Schreibtisch und arbeitete an einem Bericht über seinen letzten Fall, in dem eine geheimnisvolle Gräfin die Hauptrolle gespielt hatte. John Sinclair war sozusagen das Ass von Scotland Yard. Er wurde nur dort eingesetzt, wo normale Polizeimethoden versagten. Zum Beispiel bei Kriminalfällen, in denen übernatürliche Dinge eine Rolle spielten. John Sinclair hatte schon einige Erfolge errungen, und den Spitznamen »der Geisterjäger« bekommen.

Oberinspektor Kilrain warf sich auf den Besucherstuhl, griff in die Tasche und holte ein Foto hervor. Er legte es vor John auf die Schreibtischunterlage mit den Worten: »Also, das ist mir in meiner 30-jährigen Praxis noch nicht passiert. Und ich habe schon verdammt viel erlebt.«

Das Bild zeigte einen offenen Sarg, in dem ein Mann lag. Der Tote war grausam zugerichtet. Er sah so schrecklich aus, dass Johns Magen revoltierte.

Der Inspektor zog die Luft hörbar durch die Nase und legte die Aufnahme zur Seite.

Dann blickte er seinen Kollegen fragend an.

Oberinspektor Kilrain hatte sich inzwischen eine Pfeife gestopft und sog hastig an dem kunstvoll geschnitzten Mundstück, was sonst gar nicht seine Art war.

»Sie warten sicher auf eine Erklärung, John. Teilweise kann ich Sie Ihnen geben. Also, passen Sie auf. Wir hatten vor gut vier Wochen einen Mordfall. Der Mann dort in dem Sarg war erstochen worden. Es dauerte nur ein paar Tage, dann schnappten wir den Täter. Inzwischen lag der Tote aber schon unter der Erde. Und jetzt kommt das Tollste. Der Täter behauptete, in dem Sarg des Ermordeten hätte ein Bekannter von ihm Juwelen versteckt. Wir hielten das zwar für ein Hirngespinst, aber letzten Endes blieb uns nichts anderes übrig, als den Sarg noch mal zu öffnen. Wir fanden tatsächlich die Juwelen. Wie sie da hineingekommen sind, weiß der Teufel. Aber das werden wir auch noch klären. Was uns allerdings stutzig machte, war die grausam verstümmelte Leiche. Verdammt noch mal, John, der Mann lag erst ein paar Wochen unter der Erde. Der Tote kann nach menschlichem

Ermessen noch gar nicht verwest sein. Und da Sie sich mit geheimnisvollen Fällen beschäftigen, John, will ich diese Sache gerne auf Sie abwälzen.«

Das war eine lange Rede, und Oberinspektor Kilrain lehnte sich aufatmend in seinen Stuhl zurück.

John Sinclair stand auf, steckte die Hände in die Hosentaschen, trat an das Fenster und blickte einige Minuten nach draußen.

»Wo ist dieser Mann denn begraben worden?«, fragte er.

»Auf dem Welford Cemetery.«

»Was? Auf diesem alten Totenacker?«

Oberinspektor Kilrain zuckte mit den Schultern. »Warum nicht? Der Mann hat dort in der Nähe gewohnt. Er hieß übrigens Ben Toffin. Hier ist die genaue Adresse.«

Kilrain reichte John einen Zettel.

»Seit wann werden auf dem Welford Cemetery denn wieder Beerdigungen durchgeführt? Es hatte doch geheißen, der Friedhof soll in einen Park umgewandelt werden«, meinte John.

»Soviel ich weiß, seit einem Jahr. Platzmangel, verstehen Sie. Sogar ein Bestattungsunternehmer hat sich in dieser miesen Gegend etabliert. Ein gewisser William Abbot.«

»Nie gehört, den Namen.«

»Er ist auch noch nicht lange in London. Wir haben ihm im Zuge unserer Ermittlungen einige Routinefragen gestellt, daher weiß ich das. So, und wie sieht's jetzt aus, John?«

Der Inspektor grinste verschmitzt. »Sie haben mal wieder einen Riecher gehabt, Oberinspektor. Ich werde mich um die Sache kümmern. Vielleicht steckt mehr dahinter, als wir ahnen.«

Kilrain stand auf. »Wusste ich doch, John, dass Sie die Flinte nicht ins Korn werfen. Und wenn Sie Unterstützung brauchen, ich stehe Ihnen mit den Männern meiner Abteilung zur Verfügung.«

John Sinclair nickte. »Ich werde gegebenenfalls auf Ihr Angebot zurückkommen, Oberinspektor.«

Dreißig Sekunden später war Kilrain verschwunden. John nahm sich noch einmal das Bild vor und betrachtete es unter einer Lupe.

Auch jetzt gelang es ihm nicht ganz, seinen Ekel herunterzuschlucken.

Entschlossen griff John zum Telefonhörer und ließ sich mit dem Vorzimmer seines Chefs verbinden.

Superintendent Powell hatte gerade eine Besprechung, die sich noch bis zum Mittagessen hinziehen konnte. Danach hatte er dann Zeit.

John Sinclair verzichtete auf ein Essen. Nach den Bildern war ihm der Appetit vergangen. Er trank stattdessen drei Kognaks, was er im Dienst sonst so gut wie nie tat.

Pünktlich um vierzehn Uhr fand er sich dann bei seinem Chef ein.

Superintendent Powell erinnerte John immer an einen bebrillten Pavian. Er spielte meistens den Unnahbaren, und nur wenige wussten, dass er in Wirklichkeit ganz anders war.

Als John eintrat, fragte der Superintendent als

Erstes: »Wollen Sie mir den Bericht über Ihren letzten Fall bringen?«

»Nein, Sir, der ist noch nicht fertig.«

Powell blickte vorwurfsvoll auf seinen Kalender, der auf dem Schreibtisch stand.

»Der Bericht ist mittlerweile schon drei Tage überfällig, Inspektor Sinclair. Ich erwarte mehr Pünktlichkeit.«

»Ich werde mich bessern, Sir«, versprach John.

»Ich nehme es zur Kenntnis«, erwiderte Powell, und auf seinen Lippen spielte ein verstohlenes Lächeln. »Weshalb wollten Sie mich sprechen, Inspektor?«

Statt einer Antwort holte John das Foto aus der Tasche. »Trinken Sie lieber vorher einen Whisky, Sir, ehe Sie sich die Aufnahme ansehen.«

Superintendent Powell schüttelte nur den Kopf und griff nach dem Bild.

Dann brauchte er allerdings einen Whisky, den ihm seine Sekretärin brachte. John trank nichts.

»Berichten Sie, Inspektor«, sagte Superintendent Powell kurz.

Und John erzählte haarklein, was er von Oberinspektor Kilrain gehört hatte.

Powell war ein guter Zuhörer. Nachdem John geendet hatte, fragte er: »Was halten Sie davon, Inspektor?«

John blickte seinen Vorgesetzten ernst an. »Ich glaube, dass es ein Ghoul gewesen ist, der diese Leiche so grässlich zugerichtet hat.«

Superintendent Powell furchte die Augenbrauen. »Ein Ghoul? Gibt es denn solche Wesen?«

John lachte blechern. »Bis jetzt habe ich noch mit keinem zu tun gehabt, Sir. Aber in den alten Büchern und Schriften steht, dass sich diese Leichenfresser meistens auf Friedhöfen herumtreiben sollen. Ich habe in meiner Praxis schon so viele Dinge erlebt, die sich mit dem normalen Verstand nicht begreifen lassen, dass ich an der Existenz der Ghouls keinen Zweifel hege.«

John hatte sehr überzeugend gesprochen, und Superintendent Powell sagte dann auch: »Gut, Inspektor. Kümmern Sie sich um den Fall. Im Moment liegt ja nichts anderes an, was Vorrang hat.«

John stand auf. »Ich glaube, Sir, dieser Fall ist vorrangig genug. Sollten wir es tatsächlich mit Ghouls zu tun haben, könnte dies für London zu einer Katastrophe werden.«

»Erklären Sie das genauer, Inspektor.«

»Ghouls brauchen Leichen, Sir. Und wenn sie diese nicht in dem Maße bekommen, werden sie sich welche beschaffen. Mit anderen Worten: Sie werden Menschen töten, um ihren Trieb zu stillen. Das ist es, was ich meine.«

John steckte das Foto in die Tasche.

»Und noch eins, Inspektor«, sagte der Superintendent. »Machen Sie ihrem Spitznamen ›Geisterjäger‹ alle Ehre.«

John lächelte schmal. »Ich werde mich bemühen, Sir.«

Dann ging John in sein Büro und nahm aus einem Wandtresor eine Pistole. Es war eine besondere Waffe. Sie war nicht mit Blei, sondern mit Silberkugeln geladen. Munition, gegen die auch Vampire und einige Dämonen machtlos waren.

John verstaute die Waffe in einem Spezialholster an seiner linken Hüfte.

Dann fuhr der Inspektor nach unten, um seinen Bentley zu holen. Er wollte in die Pelton Street fahren. Dort hatte bis zu seinem Tode ein gewisser Ben Toffin gewohnt.

Auch am hellen Nachmittag sah die Gegend, in der Ben Toffin gelebt hatte, düster und schmutzig aus.

John Sinclair fuhr durch enge, winklige Gassen, deren Kopfsteinpflaster teilweise aufgerissen war. In den entstandenen Löchern hatte sich Regenwasser gesammelt, auf dem Kinder Papierschiffe schwimmen ließen.

Die Pelton Street endete in einer Sackgasse, genauer gesagt, vor einer mannshohen Ziegelsteinmauer.

Schmalbrüstige, rußgeschwärzte Häuser säumten den Rand, und auf den verwitterten Treppenstufen, die zu den Hauseingängen hochführten, saßen schmutzige Kinder und Halbwüchsige. Sie beobachteten den langsam fahrenden Bentley aus schmalen Augenschlitzen.

Ben Toffin hatte in dem Haus Nummer 64 gewohnt. Es war das zweitletzte in der Straße. John wendete unter großen Schwierigkeiten den Bentley und stellte ihn wieder in die Fahrtrichtung.

Dann stieg der Inspektor aus und schloss den Wagen sorgfältig ab.

Nummer 64 sah genauso schmutzig und verkommen aus wie die anderen Häuser.

Ein Namensschild entdeckte John natürlich nicht. Dafür zog eine alte Frau die lose in den Angeln schwingende Haustür auf, um nach draußen zu treten.

John setzte sein freundlichstes Lächeln auf und erkundigte sich nach Ben Toffins Witwe.

»Sarah wohnt oben unterm Dach«, knurrte die Alte und drückte sich an John vorbei.

»Was wollen Sie denn von der Puppe, Mister?«, hörte John Sinclair hinter seinem Rücken eine schleppende Stimme. »Auf feine Pinkel wie dich ist sie nämlich nicht angewiesen. Ihr Alter ist noch gar nicht lange unter der Erde. Also setz dich in deinen Schlitten und zieh Leine.«

Der Inspektor drehte sich langsam um. Er hatte schon auf der zweiten Stufe gestanden, und so konnte er auf die drei Typen hinabblicken.

Sie sahen fast gleich aus. Lange Haare, enge Jederjacken und geflickte Jeans. Jeder allein wäre nur ein Würstchen gewesen, aber zu dritt fühlten sie sich stark.

John schüttelte den Kopf. »Macht doch keinen Ärger, Kameraden. Oder wollt ihr unbedingt Schwierigkeiten mit Scotland Yard bekommen?«

Das Wort Scotland Yard wirkte wie ein Zaubermittel. Einen normalen Bobby einschüchtern, okay, aber mit dem Yard wollten sich die drei Helden doch nicht anlegen.

Mit verlegenem Grinsen zogen sie sich zurück.

John Sinclair wandte sich um und betrat den Hausflur.

Dämmerlicht traf Johns Augen. Außerdem kroch ihm ein undefinierbarer Geruch in die Nase.

Das trübe Licht fiel durch ein blindes Flurfenster in Höhe des ersten Treppenabsatzes.

Mit gemischten Gefühlen betrat John die altersschwachen Stufen. Zum Schluss musste er sogar noch eine Stiege hinaufklettern, um in die Dachwohnung zu gelangen.

Die Decke war hier oben so niedrig, dass John den Kopf einziehen musste. Durch ein schräg gestelltes Dachfenster, dem die Scheibe fehlte, fiel Licht in den Flur.

Die Tür zu Sarah Toffins Wohnung war aus rohen Bohlen zusammengezimmert worden. Eine Schelle gab es nicht.

John donnerte mit der Faust gegen die Tür.

Nach einiger Zeit hörte er Schritte. Dann wurde die Tür einen Spalt aufgezogen, und eine unfreundliche Stimme knurrte: »Was wollen Sie?«

»Polizei«, sagte John. »Ich habe einige Fragen, die ich jedoch hier draußen nicht stellen möchte.«

»Kommen Sie rein«, antwortete die Stimme, und dann wurde die Tür aufgezogen.

Whiskydunst schlug John entgegen.

»Ich habe mir einen genehmigt«, sagte die Frau, die die Whiskyfahne vor sich hertrug. »Stört Sie doch nicht, oder?«

»Natürlich nicht, Mrs. Toffin.«

Die Frau führte John in eine unaufgeräumte Küche.

Der Abwasch stapelte sich haufenweise auf einem alten Holzspülbrett. Daneben stand ein schwerer Eisenofen mit langem Rohr. Auf dem zerkratzten Tisch standen eine halb leere Whiskyflasche und ein Glas.

»Sehr vornehm ist es hier nicht«, meinte die Frau und deutete auf einen Stuhl. »Sie können sich auch setzen.«

Sarah Toffin passte zu dieser Umgebung. Sie war eine Frau um die 30 mit einem Gesicht, in dem der Alkohol schon seine Spuren hinterlassen hatte. Das Haar hatte sie blond gefärbt, und es hing strähnig bis auf ihre Schultern. Stellenweise kam die ehemals braune Naturfarbe schon wieder durch.

Sarah Toffin goss sich einen kräftigen Schluck ein und sagte: »Sie kommen bestimmt wegen Ben, nicht wahr?«

»So ist es«, erwiderte John. »Und damit Sie sehen, dass ich Ihnen keinen Bären aufgebunden habe, hier ist mein Ausweis.«

John griff in die Tasche und zog das Dokument hervor.

Sarah Toffin winkte ab. »Schon gut. Ist mir auch egal.« Sie zog den Kittel enger um die vollschlanke Figur und fing von allein an zu reden.

»Ich weiß selbst, Inspektor, dass Ben kein Engel war, aber verdammt, was soll man machen. Durch Arbeit können Sie doch heute nicht viel verdienen. Ja, und da hat der Junge eben mal ab und zu ein krummes Ding gedreht. Was ist schon dabei? Aber eines sage ich Ihnen, Inspektor. Dass sie Ben umgelegt haben, ist eine bodenlose Schweinerei. Und mit den Diamanten hatte er auch nichts zu tun gehabt. Ich hätte das schließlich gewusst. Ben hat mir immer alles erzählt. Aber das habe ich auch schon Ihren Kollegen gesagt.«

John Sinclair interessierten die Ausführungen der Frau nur in zweiter Linie. Ihm ging es vielmehr um das Drum und Dran vor und nach der Beerdigung.

»Wer hat denn die Kosten für die Beerdigung Ihres Mannes übernommen?«, wollte John wissen.

Sarah Toffins Augen leuchteten auf. »Oh, ein sehr feiner Mann, Inspektor. Ich habe keinen Penny bezahlen müssen.«

»Das ist allerhand«, stimmte John ihr zu. »Wie heißt denn dieser Wohltäter?«, fragte er, obwohl er den Namen schon längst wusste.

Sarah wurde misstrauisch. »Was wollen Sie denn von dem? Lassen Sie Mr. Abbot ja in Ruhe. Er ist der Einzige, von dem ich in meinem Leben mal etwas umsonst bekommen habe. Und wenn es auch nur 'ne Beerdigung war«, fügte die Frau bitter hinzu.

»So war das auch gar nicht gemeint, Mrs. Toffin. Aber mich wundert es nur, dass es einen Mann gibt, der so etwas macht. War Mr. Abbot mit Ihrem Mann befreundet?«

»Nein. Die beiden kannten sich gar nicht. Aber Ben war kein Einzelfall. Mr. Abbot hat auch schon andere aus dieser Gegend kostenlos unter die Erde gebracht. Erst neulich ist ein Nachbar gestorben. Der alte McMahon. Auch für diese Beerdigung hat Mr. Abbot nichts genommen. Er ist eben ein Wohltäter.«

John Sinclair horchte auf. »Das kommt allerdings nicht alle Tage vor.«

»Toll, nicht wahr?« Sarahs Augen glänzten. »Und wie er meinen Mann zurechtgemacht hat. In einem gläsernen Sarg hat Ben gelegen. Ben sah so aus, als würde er nur schlafen. Er hat mich direkt angelächelt. Wirklich, Mr. Abbot ist ein Künstler.«

»Warum hat Ihr Mann denn erst in einem gläsernen Sarg gelegen, wo er hinterher doch in einem Holzsarg begraben wurde?«

»Damit ihn alle sehen konnten, Inspektor. Die ganze Nachbarschaft hat ihn bewundert. Ich sagte ja schon, Mr. Abbot ist ein Künstler.«

»Was wissen Sie denn noch so über Mr. Abbot?«, fragte John.

»Eigentlich nicht viel, Inspektor. Er ist noch gar nicht so lange hier in der Gegend. Vielleicht ein paar Monate. Aber er hat einen ausgezeichneten Ruf. Manchmal, wenn ich durch die Latimer Road gehe, stehen teure Wagen vor dem Beerdigungsinstitut. Ich habe mal gehört, Mr. Abbot ist in ganz London bekannt. Aber warum interessiert Sie das alles, Inspektor? Glauben Sie, dass er etwas mit den Diamanten zu tun gehabt hat?«

John zuckte mit den Schultern. »Das kann man vorher nie genau wissen. Auf jeden Fall danke ich Ihnen für das Gespräch. Ach, Mrs. Toffin, sagen Sie mir noch mal den Namen ihres Nachbarn, der vor kurzem gestorben ist.«

Sarah Toffin blickte John aus großen Augen an. »Warum wollen Sie das denn wissen?«

»Ich habe meine Gründe.«

»Also, der Mann hieß Geoff McMahon. Er war schon über neunzig Jahre alt, als er starb.«

John stand auf. »Vielen Dank, Mrs. Toffin. Sie haben mir sehr geholfen.«

Drei Minuten später stand John wieder auf der Straße. Den Bentley hatte keiner angerührt. Es schien sich herumgesprochen zu haben, dass John von Scotland Yard war.

John blickte auf seine Uhr und beschloss, noch kurz beim Yard vorbeizufahren. Er wollte Geoff McMahons Exhumierung beantragen.

Ein schrilles Klingeln riss John Sinclair aus dem Schlaf.

Fluchend fuhr der Inspektor aus dem Bett hoch, knipste die Nachttischlampe an und wollte gerade nach dem daneben stehenden Telefon greifen, als es erneut klingelte.

Verdammt, das war gar nicht das Telefon. Das war die Flurklingel.

Der Inspektor jumpte aus dem Bett, lief durch die Diele und guckte an der Flurtür durch den Spion.

»Aber das ist doch…«, sagte John und zog im nächsten Moment die Tür auf.

Ein völlig erschöpfter Bill Conolly taumelte ihm in die Arme.

»John!«, keuchte Bill. »Verdammt, John, ich kann nicht mehr. Ich bin am Ende. Sheila, sie haben Sheila…«

»Jetzt komm erst mal rein.«

John Sinclair schleifte seinen Freund Bill in das gemütliche Wohnzimmer und setzte ihn dort in einen bequemen Sessel. Dann ging John zur Hausbar und goss zwei Gläser Whisky ein. Für Bill einen dreifachen, für sich einen normalen.

»So, nun trink erst mal.«

Dankbar nahm Bill das Glas. Er trank es in drei Schlucken leer. John sah, dass die Hände seines Freundes zitterten. Er musste einiges durchgemacht haben. Das zeigten auch die äußerlichen Spuren. Der Anzug war an einigen Stellen zerrissen, und das Hemd war schmutzig.

»Hast du 'ne Zigarette?«, fragte Bill leise.

»Aber sicher doch.«

Bill rauchte hastig. Dabei fuhr er sich immer wieder mit der freien Hand über die Stirn.

»John«, sagte er plötzlich. »Sie haben Sheila.«

»Nun mal langsam, Bill. Wer hat Sheila?«

»Ich weiß es auch nicht«, erwiderte Bill Conolly gequält. »Aber dieser Beerdigungsunternehmer, Abbot heißt er ...«

John hatte das Gefühl, als würde eine Sprengbombe unter seinem Sessel liegen.

»Sag doch den Namen noch mal, Bill.«

»Abbot. William Abbot.«

»Wenn das kein Zufall ist.«

»Wieso, John? Kennst du den Kerl?«

»Erzähle ich dir später. Berichte du erst mal, wie es dir ergangen ist.«

Bill packte aus. Und je länger er redete, umso ruhiger wurde er.

»Und dann bin ich zu dir gefahren, John«, sagte Bill zum Schluss.

»Das war das Beste, was du tun konntest. Ich bin nämlich auch heute auf diesen Mr. Abbot gestoßen.« Jetzt erzählte John von seinen Erlebnissen.

»Das ist ja sagenhaft«, staunte Bill Conolly. »Und du warst heute Nachmittag bei dieser Sarah Toffin?«

»Ja.«

»Dann war Sheila nur zwei Straßen von dir entfernt. Was meinst du, John, ob sie noch lebt?« Bill Conollys Stimme hörte sich an wie gesprungenes Glas.

John Sinclair nickte. »Ja, Bill, ich glaube schon, dass Sheila noch lebt.«

Bill Conolly, sonst ein lebenslustiger Mensch, blickte seinen Freund gequält an. »Das sagst du doch nur, um mich zu trösten. Nein, John, wenn dieser Abbot wirklich ein Ghoul ist, hat er Sheila schon längst getötet. Er und seine Gehilfen ernähren sich doch von Leichen. Warum übernimmt er denn kostenlos Beerdigungen? Nur damit die Leute auf dem Welford Cemetery beigesetzt werden und er besser an die Leichen herankann.«

Der Inspektor musste zugeben, an den Worten seines Freundes war etwas dran. Trotzdem war er noch nicht überzeugt, dass Sheila Conolly tot war.

»Was sollen wir denn jetzt machen, John?«

»Ich werde diesem Abbot auf die Finger sehen, das ist doch klar.«

»Willst du sein Haus durchsuchen?«

»Nein. Ich gehe inkognito zu ihm. Er braucht nicht zu wissen, dass ich vom Yard bin.«

»Und ich? Was soll ich tun?«

»Du hältst dich erst mal zurück, Bill. Fahr meinetwegen aufs Land, aber überlass den Fall mir.«

Bill Conolly schüttelte entschieden den Kopf. »Nein, John, das mach ich nicht. Du kannst nicht verlangen, dass ich die Hände in den Schoß lege, wenn es um das Leben meiner Frau geht. Ich mische mit, John. Und wenn ich dabei selbst auf der Strecke bleibe. Ohne Sheila macht mir das Leben sowieso keinen Spaß mehr.«

John konnte seinen Freund gut verstehen, er wusste aber auch, dass Bill die Ermittlungen nur stören konnte. Denn ihn kannte man. Er war von den vier Ghouls gesehen worden.

Nach kurzer Unterhaltung über dieses Thema sah Bill ein, dass er sich diesmal zurückhalten musste.

»Aber du hältst mich auf dem Laufenden?«

»Ehrensache.«

Nur ganz allmählich kehrte Sheila Conollys Bewusstsein zurück. Sie hatte das Gefühl, aus einem langen, tiefen Schlaf zu erwachen.

Sheila öffnete die Augen.

Im ersten Moment wusste sie nicht, wo sie sich befand. Sie sah nur das matte blaue Licht, das von einer Ringlampe unter der Decke abgestrahlt wurde.

»Bill?«, hauchte Sheila und tastete mit ihrer Hand zur Seite.

Sheilas Finger griffen ins Leere.

Jetzt kam auch die Erinnerung wieder. Überdeutlich standen die vergangenen Ereignisse vor ihrem geistigen Auge.

Sheila Conolly setzte sich auf. Schwindelgefühl erfasste sie. Es legte sich erst nach einigen Minuten.

Gehetzt blickte sich Sheila um. Man hatte sie in einen gekachelten Raum mit einer weiß lackierten Tür gebracht.

Der einzige Gegenstand war die Trage, auf der sie gelegen hatte.

Mit unsicheren Schritten ging Sheila auf die Tür zu, fasste nach der Klinke.

Abgeschlossen.

Sie hätte es sich auch denken können.

Sheila wankte zu der Trage zurück. Urplötzlich überfiel sie die heiße Angst.

Was hatte man mit ihr vor? Wohin hatte man sie geschleppt? Und wo war Bill?

Sheila begann zu weinen. Sie weinte immer noch, als die Tür geöffnet wurde und William Abbot den Raum betrat.

Der Bestattungsunternehmer baute sich vor Sheila auf und stemmte die Arme in die Seiten.

Sheila blickte den Mann aus tränenverquollenen Augen an.

»Was haben Sie mit mir gemacht?«, flüsterte sie. »Was habe ich Ihnen denn getan? Bitte, lassen Sie mich frei. Ich will zu meinem Mann.«

Abbot lächelte höhnisch. »Das sind fromme Wünsche. Aber so einfach ist das nicht. Sie werden noch gebraucht. Ich habe eine Schwäche für hübsche Leichen. Sie werden die Krönung meiner Kunst sein. Und Ihr Mann, der wird auch bald hier liegen. Verlassen Sie sich darauf. Er ist uns einmal entwischt, aber ein zweites Mal nicht mehr.«

Sheila hatte ihre Verzweiflung überwunden. Sie konnte wieder klar und logisch denken.

»Mein Mann wird nie in Ihre Falle gehen, Abbot. Im Gegenteil, er wird mich hier herausholen, und dann sind Sie dran.«

»Sie sind naiv, Mrs. Conolly. Sie unterschätzen unsere Möglichkeiten. Wir werden Sie zwingen, uns zu Willen zu sein.«

»Niemals!«, schrie Sheila.

Abbot trat einen Schritt zurück. »Los, stehen Sie auf.«

»Nein!«

Der Mann sah Sheila für einen Augenblick an. Dann rief er irgendeinen Befehl.

Sekunden später betraten zwei schreckliche Gestalten den Raum.

Sheila sprang das nackte Entsetzen an, als sie diese Wesen sah.

Die Männer waren nackt. Auf ihren dürren Körpern saßen haarlose Schädel. Die Augen, gallertartige Massen, traten überdeutlich hervor, und aus den klaffenden Mündern lief Geifer. Die Wesen gingen leicht gebückt, die Hände mit den spitzen Fingernägeln berührten fast den Boden.

»Es sind Ghouls«, erklärte Abbot. »Sie haben lange nichts mehr bekommen. Sie sind besonders scharf auf Frauen. Nun, Mrs. Conolly?«

Die unheimlichen Wesen kamen auf die wie erstarrt sitzende Sheila zu. Schon roch die Frau den fauligen Atem. Vier Hände griffen nach ihr. Scharfe Fingernägel rissen den Stoff ihres Pullovers auf.

Die schrecklichen Gesichter tanzten dicht vor Sheilas Augen. Sie sah Zähne, die bereit waren, sich in ihren Körper zu graben.

Sheila wollte sich zurückwerfen, doch die Hände ließen sie nicht los.

»Nun, wie ist es?«, hörte sie Abbots Stimme.

»Ja«, stöhnte die Frau. »Ich tue alles, was Sie wollen. Nur pfeifen Sie die beiden ... Aaahhh ...«

Eine knochige, stinkende Hand legte sich auf Sheilas Mund.

Doch dann war auf einmal alles vorbei. William Abbot hatte einen kurzen Befehl ausgestoßen. Die beiden Ghouls ließen Sheila los und verschwanden wieder nach draußen.

Zitternd richtete sich Sheila auf. Sie war nicht in der Lage, einen vernünftigen Gedanken zu fassen.

»Wollen Sie immer noch Widerstand leisten?«, fragte Abbot. »Dies war erst der Anfang. Beim nächsten Mal werden Sie Stück für Stück ...«

»Hören Sie auf!«, schrie Sheila. »Bitte!«

William Abbot lachte scheußlich. »Ich sehe schon, Sie sind bald reif. So, und nun kommen Sie mit.«

Abbot brachte Sheila in einen Nebenraum. Die Decke war holzgetäfelt und die Wände mit Seidentapeten bespannt.

Das Prunkstück jedoch war ein gläserner Sarg!

Er stand auf einem Podest und war offen.

Sheilas Blick wurde nahezu magisch von dem Sarg angezogen.

»Gefällt er Ihnen?«, hörte sie hinter sich Abbots Stimme. »Das soll er auch. Es ist nämlich Ihr Sarg, Mrs. Conolly.«

Am nächsten Morgen wurde Cordelia Cannon beerdigt.

John Sinclair hatte von Bill erfahren, dass Cordelia und Sheila Freundinnen gewesen waren. Bill hatte ihm auch von Sheilas Verdacht erzählt, dass Cordelia überhaupt nicht tot war.

John hatte sich entschlossen, dieser Beisetzung beizuwohnen. Eine rechtliche Handhabe, die Leiche nochmals zu untersuchen, gab es allerdings nicht, denn Sheila, die Zeugin, war nach wie vor unauffindbar.

Cordelia Cannon wurde im Leichenhaus des Welford Cemetery aufgebahrt. Es nahmen nahezu 100 Menschen an der Beerdigung teil, und deshalb war die Leichenhalle so überfüllt, dass John draußen wartete.

Nach einer halben Stunde schwangen die schweren Türen zurück, und die vier Träger trugen den Sarg hinaus. Sie stellten ihn auf einen offenen Anhänger, der von einem kleinen Elektrowagen gezogen wurde.

Es war ein kostbarer Sarg. In die Seitenwände waren Figuren und Sprüche geschnitzt, die aber bald nicht mehr zu sehen waren, da der Sarg mit Kränzen überladen wurde.

John, der alles genau beobachtete, meinte auf den Lippen der vier Sargträger ein wissendes Lächeln zu sehen.

Waren es Ghouls?

John wollte Gewissheit haben.

Er fragte einen älteren Mann mit steifem Zylinder nach den Sargträgern.

»Die Männer gehören zu Mr. Abbot«, lautete die Antwort.

John wusste genug. Er bedankte sich höflich und reihte sich in den Trauerzug ein, der hinter dem Anhänger herging.

Langsam fuhr der Elektrowagen an.

Die vier Sargträger lösten sich aus der Schlange. Sie würden am Grab wieder in Erscheinung treten, um den Sarg hinunterzulassen.

John Sinclair ließ noch einige Leute passieren und verschwand dann mit ein paar Schritten hinter einer dicken Trauerweide.

Er hatte sich die Richtung gemerkt, in die die Männer gegangen waren.

John lief um die Trauerhalle herum, übersprang eine niedrige Hecke und stand kurz danach auf einem schmalen Weg, der zu einem Wasserbassin führte.

Hier mussten die Männer vorbeikommen, wenn er richtig geschätzt hatte.

Schon hörte John Schritte.

Der Inspektor huschte in ein Gebüsch. Er bog ein paar Zweige zur Seite und peilte nach rechts.

Da sah er die Sargträger. Sie bewegten sich mit

schleppenden Schritten, und auf ihren Gesichtern lag ein zynisches Grinsen.

John duckte sich tiefer in das Gebüsch.

Plötzlich blieben die vier stehen. John sah, wie sie eine angespannte Haltung annahmen.

Die Männer unterhielten sich gedämpft. John konnte nur Bruchstücke verstehen.

»Ein Mensch... muss irgendwo... Das habe ich gerochen... Opfer...«

Verdammt, jetzt wurde es kritisch! John hatte keine Lust, sich mit den Männern auf eine Auseinandersetzung einzulassen. Behutsam tauchte er tiefer in das Gebüsch. Das ging natürlich nicht ohne Geräusch vonstatten.

Und die vier Sargträger hatten gute Ohren.

In geschlossener Front brachen sie durch die Büsche.

John gab Fersengeld. Nicht etwa aus Angst, nein, er wollte eine zu frühe Entdeckung unbedingt vermeiden.

John achtete jetzt auch nicht mehr auf die Geräusche, die er verursachte. Er wollte sich möglichst ungesehen zurückziehen.

Der Inspektor schlug einen Bogen und gelangte schließlich auf einen etwas breiteren Weg.

Ein alter Mann kam ihm entgegen. Er trug eine Gießkanne und grüßte freundlich.

John grüßte zurück und ging mit zügigen Schritten weiter.

Der Weg machte einen Knick und mündete dann in den breiten, mit Kies bestreuten Hauptweg.

Und direkt hinter der Kurve standen sie.

Zwei der vier Sargträger!

Für einen winzigen Moment blieb John stehen. Automatisch lockerte er seine Spezialpistole im Gürtelholster.

Die beiden Männer nahmen fast die gesamte Breite des Weges ein.

»Darf ich vorbei?«, fragte John höflich.

»Natürlich«, erwiderte einer der Kerle. Er stand, von John aus gesehen, links. »Wir möchten Sie nur warnen.«

»Wovor?«

»Sie waren doch derjenige, der durch die Büsche gelaufen ist?«

»Das gebe ich zu.«

»Und wissen Sie nicht, dass es verboten ist?«

»Ich muss mich vielmals entschuldigen, Gentlemen, aber ich wollte unbedingt zu Miss Cannons Beerdigung. Und damit ich es rechtzeitig schaffe, habe ich eben eine kleine Abkürzung benutzt.«

»Sie lügen schlecht«, lautete die Antwort. »Sie waren schließlich vorhin bei den Trauergästen, hätten sich also ohne weiteres dem Zug anschließen können.«

»Soll das ein Verhör sein?«, fragte John scharf.

»Nein. Nur eine Feststellung.«

John Sinclair, der dicht an die beiden Sargträger herangetreten war und den Modergeruch, den die beiden ausstrahlten, wahrnahm, nickte.

»Ich werde Ihre Warnung befolgen.«

»Hoffentlich.«

Die beiden traten zur Seite und ließen den Inspektor durch.

Nach einigen Yards wandte John den Kopf. Die beiden Sargträger starrten ihm nach, und John spürte das bewusste Kribbeln in den Schulterblättern. Und er wusste, dass er den beiden noch öfter begegnen würde.

Für ihn gab es jetzt keinen Zweifel mehr. Er hatte es mit Ghouls zu tun.

John betrat den Hauptweg und hatte die Trauerkolonne bald eingeholt.

Das Grab, in dem Cordelia Cannon beigesetzt werden sollte, lag an der Westseite des Friedhofs, im Schatten von drei Pinien.

John sah die aufgeworfene Erde zu beiden Seiten des Grabes, auf der jetzt Kränze und Buketts lagen.

Einige Personen hielten Trauerreden.

Cordelia Cannons Eltern standen direkt vor dem Grab. Mrs. Cannon wurde von ihrem Sohn und ihrem Mann gestützt. Die Frau war einem Nervenzusammenbruch nahe.

Jetzt tauchten auch die vier Sargträger auf. An dicken Seilen ließen sie den Sarg in das Grab hinab. Dann zogen sie die Stricke hoch, verbeugten sich einmal und verschwanden.

John hatte sich inzwischen so weit vorgeschoben, dass er dicht neben dem Grab stand.

Er sah, wie Mrs. Cannon ein Blumenstrauß gereicht wurde. Ihr Mann sprach immer beruhigend auf sie ein. Er und sein Sohn ließen sie dann los, damit sie die Blumen auf den Sarg werfen konnte.

Und plötzlich geschah es.

Die lehmige Erde vor dem Grab war feucht und glitschig. Mrs. Cannon, die sich sowieso nur mit Mühe aufrecht halten konnte, rutschte ab.

Ehe ihr Mann und ihr Sohn alles begriffen hatten und zupacken konnten, fiel die Frau in das Grab.

Ein vielstimmiger Aufschrei gellte durch die Menge.

John Sinclair fasste sich als Erster.

Er stieß einige Leute zur Seite und hatte mit drei Schritten das Grab erreicht. John ging in die Hocke, stützte sich ab und ließ sich in das offene Grab hinabgleiten.

Mrs. Cannon war auf den Sarg gefallen und hatte sich an der Seite verletzt.

»Keine Angst, ich helfe Ihnen«, sagte John.

Mrs. Cannon schluchzte herzerweichend. Sie flüsterte immer nur den Namen ihrer Tochter und dass sie mit ihr begraben werden wollte.

John fasste die Frau vorsichtig unter die Achseln.

Er blickte nach oben.

Teils neugierige, teils ängstliche Gesichter starrten ihn an.

Cordelia Cannons Bruder hatte sich hingekniet und John beide Arme entgegengestreckt.

»Greif meine Hände, Mutter«, rief er.

John hob die Frau an, die plötzlich zu schreien anfing und das Grab nicht mehr verlassen wollte.

Es dauerte einige Minuten, bis sie es geschafft hatten.

Bevor John Sinclair das Grab verließ, sah er sich noch einmal um.

Er hatte einen ganz bestimmten Verdacht.

Und richtig. Der Verdacht wurde bestätigt.

An der Seitenwand des Grabes entdeckte John ein Stück trockener Erde. Als hätte hier jemand etwas verbergen wollen.

John warf noch einen kurzen Blick nach oben, ehe er sich bückte.

Niemand kümmerte sich um ihn. Sie alle hatten mit Mrs. Cannon genug zu tun.

John Sinclair fuhr mit der Hand über die bewusste Stelle.

Und tatsächlich. Der Lehm gab nach. Johns Hand war plötzlich verschwunden. Sie steckte bereits in einem Gang.

Es war ein Gang, den die Ghouls gegraben hatten, um so besser an ihre Opfer zu kommen.

Diese Entdeckung rief bei John eine eiskalte Gänsehaut hervor.

Das Telefon schrillte genau um zehn Uhr morgens.

Bill Conolly, der die ganze Nacht kein Auge zugetan hatte, riss förmlich den Hörer von der Gabel.

Ein leises spöttisches Lachen drang an sein Ohr.

Bill fühlte, wie ihm der Schweiß ausbrach. Er wusste genau, dass einer von Sheilas Entführern am Apparat war.

»Ich gratuliere Ihnen, Mr. Conolly«, sagte der Anrufer mit ätzender Stimme. »Sie haben gestern Nacht Glück gehabt. Leider nicht Ihre Frau. Sie befindet sich...«

»Sie verdammtes Schwein!«, presste Bill hervor. »Lassen Sie ...«

»Ich würde an Ihrer Stelle etwas zurückhaltender sein«, sagte der Unbekannte kalt. »Es könnte Ihrer Frau schlecht bekommen. Aber jetzt mal zum Kernpunkt der Sache. Sie möchten Ihre Frau gerne wiedersehen. Kann ich durchaus verstehen. Und deshalb lade ich Sie ein, zu mir zu kommen. Und zwar innerhalb der nächsten Stunde. Schaffen Sie es nicht, wird die liebe Sheila umgebracht. Das Gleiche geschieht, wenn ich auch nur den Zipfel einer Polizeiuniform sehe. Haben Sie mich verstanden, Mr. Conolly?«

Der Hörer in Bills Hand wurde auf einmal schwer wie Blei. Mit Gewalt musste der Reporter sich zusammenreißen.

»Wohin soll ich kommen?«

»Ich sehe, Sie haben kapiert, Mr. Conolly«, antwortete die widerliche Stimme. »Kommen Sie in die Latimer Road. Beerdigungsinstitut ›Seelenfrieden‹. Und ohne Polizei. So, Mr. Conolly, ab jetzt läuft die Uhr. Denken Sie daran, in sechzig Minuten ...«

Der Anrufer legte auf.

Für Bill bestand kein Zweifel, dass es sich bei dem Mann um William Abbot handelte.

Der Reporter begann, fieberhaft nachzudenken. Heute war Cordelia Cannons Beerdigung. Und John wollte hin. Demnach war er gar nicht mal so weit von Abbots Bleibe entfernt.

Bill wollte unbedingt John Sinclair verständigen. Hastig wählte er dessen Dienstnummer bei Scotland

Yard. Doch dort sagte man ihm, dass Inspektor Sinclair das Haus bereits verlassen habe.

Enttäuscht hängte Bill ein. Dann rief er ein Taxi an, denn sein Porsche stand noch in der Latimer Road.

Das Taxi war pünktlich. Bill nannte die Adresse und legte schon ein anständiges Trinkgeld in die Hand des Fahrers. Das spornte an.

Zehn Minuten vor der Zeit war Bill bereits da.

»Miese Gegend, die Sie sich ausgesucht haben, Sir«, meinte der Fahrer. »Passen Sie nur auf, dass Ihnen hier nichts passiert. Man hat leicht ein Messer im Rücken.«

Bill, der mit den Gedanken gar nicht bei der Sache war, grinste verunglückt. »Wird schon schief gehen.«

Der Reporter ließ seinen Blick an dem Haus emporschweifen. Dabei hatte er das Gefühl, der Kasten würde jeden Moment einstürzen, so brüchig sah er aus.

John entdeckte an der Wand einen verzierten Klingelknopf. Entschlossen legte er seinen Daumen darauf.

Schritte näherten sich der Tür.

Dann wurde sie aufgezogen.

»Herzlich willkommen, Mr. Conolly«, sagte der Mann, der die Tür geöffnet hatte. »Bitte, treten Sie ein. Ich sehe, Sie haben sich streng an unsere Abmachungen gehalten.«

Bill hatte den Mann zwar noch nie gesehen, aber aus Sheilas Beschreibung wusste er, dass es sich nur um William Abbot handeln konnte.

Abbot war ganz in Schwarz gekleidet. Er führte Bill in seinen Laden und zeigte ihm die Särge und Urnen.

Abbot redete ununterbrochen, bis Bill ihn mit einer schroffen Handbewegung unterbrach.

»Schluss mit dem Gefasel, Abbot. Wo ist Sheila?«

Sofort wurde das Gesicht des Bestattungsunternehmers hart. »Sie ist in guten Händen, Mr. Conolly. Da wird sie auch bleiben. Ihre Frau weiß zu viel. Und da sie Ihnen ihr Wissen mitgeteilt hat, werden Sie ebenfalls mein Haus nicht mehr lebend verlassen. Tut mir Leid für Sie, Mr. Conolly.«

Bill Conolly, der eigentlich nichts anderes erwartet hatte, reagierte ziemlich gelassen.

Mit ruhiger Stimme erwiderte er: »Dazu gehören aber zwei, Mr. Abbot. Ich habe nicht die Absicht, mich von Ihnen umbringen zu lassen.«

Mit diesen Worten zog Bill blitzschnell seine Pistole.

William Abbot lächelte verächtlich. »Was soll denn dieses Spielzeug, Mr. Conolly? Damit können Sie mir keine Angst einjagen.«

»Wirklich nicht?«, höhnte Bill. »Es wird für Sie kein schönes Gefühl sein, an akuter Bleivergiftung zu sterben. Und jetzt keine Mätzchen, Abbot. Führen Sie mich zu Sheila!«

William Abbot schüttelte fast bedauernd den Kopf. »Sie machen wirklich einen großen Fehler. Wann ich Sie zu Ihrer Frau führe, das bestimme ich. Eigentlich sollten Sie mir dankbar sein, dass Sheila noch lebt. Ich hätte sie schon längst umbringen können.«

»Halten Sie Ihren Mund!«, zischte Bill, dem Abbots Sicherheit irgendwie komisch vorkam. »Sie setzen sich jetzt in Bewegung und führen mich zu meiner Frau. Los!«

Sekundenlang sahen sich die Männer an. Dann sagte Abbot: »Ich tu Ihnen diesen Gefallen. Aber stecken Sie das Spielzeug weg. Es schreckt mich nicht.«

»Die Pistole bleibt!«

»Also gut.«

Abbot setzte sich mit ruhigen Schritten in Bewegung und ging auf eine dunkel gebeizte Tür im Hintergrund des Raumes zu.

Bill folgte ihm. Er war froh, den mit Särgen und Urnen überladenen Raum verlassen zu können.

Die Männer gelangten in einen Flur, in dem ein dämmriges Licht herrschte.

Bill blieb immer zwei Schritte hinter dem Beerdigungsunternehmer.

Am Ende des Flures befand sich eine Tür.

Abbot blieb davor stehen und drehte den Kopf.

»Sie werden Ihre Frau in wenigen Sekunden sehen können, Mr. Conolly. Ich hoffe, Sie erschrecken sich nicht.«

»Machen Sie schon!«, knirschte Bill.

»Bitte sehr«, erwiderte Abbot schleimig.

Er drückte auf die Klinke und zog langsam die Tür auf.

»Gehen Sie vor!«, befahl Bill.

Abbot betrat mit ruhigen Schritten den dahinter liegenden Raum.

Bill folgte ihm schnell. Und plötzlich hatte er das Gefühl, in einer verdammten Rattenfalle zu stecken.

Dieses Gefühl verstärkte sich noch, als er die vier Männer sah, die sich in dem Raum verteilt hatten.

Bills Blick wurde von einem gläsernen Sarg angezogen. Der Reporter tat einige Schritte vorwärts, und plötzlich weiteten sich seine Augen in einem grenzenlosen Entsetzen.

In dem Sarg lag seine Frau!

»Sie müssen doch ehrlich zugeben, Mr. Conolly, dass mir die Überraschung gelungen ist«, höhnte William Abbot.

Er stand neben dem Sarg und lächelte zynisch.

In diesem Moment war Bill alles egal. Er sah nicht die vier Männer, dachte auch nicht mehr an die Folgen seiner Tat, sondern stürzte sich mit einem Wutschrei auf William Abbot.

Er bekam den Beerdigungsunternehmer an der Kehle zu packen. Bill presste gnadenlos zu und drückte Abbot gleichzeitig die Mündung der Pistole gegen die Stirn.

»Sagen Sie Ihren Kreaturen, Sie sollen meine Frau aus dem Sarg nehmen. Wenn nicht, jage ich Ihnen eine Kugel durch den Schädel.«

Abbot gab keine Antwort. Er unternahm auch nicht den Versuch, sich aus dem Griff zu befreien. Er tat gar nichts.

Dafür jedoch seine vier Gehilfen.

In geschlossener Front rückten sie gegen Bill an.

Der Reporter zog sich mit dem Beerdigungsunternehmer zurück, bis er die mit blauen Seidentapeten bespannte Wand im Rücken spürte.

»Sagen Sie ihnen, sie sollen stehen bleiben!«, knurrte Bill.

Abbot dachte gar nicht daran.

Die vier Männer näherten sich mit unbewegten Gesichtern. Die Arme pendelten zu beiden Seiten des Körpers herab. Ihre Augen waren starr auf Bill Conolly gerichtet.

Der Reporter sah nur noch eine Möglichkeit.

Er musste schießen, um Sheilas Leben zu retten.

Aber lebte sie überhaupt noch? Konnte nicht all dies ein riesiger Bluff gewesen sein?

Diese Gedanken kreisten durch Bills Kopf, während er die Pistole von Abbots Kopf wegzog und auf die vier anlegte.

»Stehen bleiben!«

Die Männer gingen weiter.

Da zog Bill durch.

Überlaut peitschte der Schuss in dem Raum auf. Der mittlere der vier Kerle bekam die Kugel in die linke Schulter.

Das war aber auch alles.

Als wäre nichts geschehen, ging er einfach weiter.

Jetzt nahm Bill einen anderen aufs Korn. Diesmal traf die Kugel den Kopf des Mannes.

Auch jetzt passierte nichts.

Bill Conolly war dem Wahnsinn nahe.

Was waren das für Wesen, mit denen er kämpfte?

Neben sich hörte er Abbots leises Lachen. »Ich habe Ihnen doch gesagt, Conolly, Ihre Pistole ist für uns nur ein Spielzeug.«

Bill hörte die Worte kaum. In rasender Wut leerte er das gesamte Magazin. Jagte Schuss auf Schuss in die Körper der vier Männer, die trotzdem nicht aufgehalten werden konnten.

Dann war das Magazin leer.

»Geben Sie nun auf, Conolly?«, fragte Abbot.

»Nein, verdammt!«, schrie der Reporter, warf seine Waffe dem am nächsten Stehenden ins Gesicht, packte Williams Abbots Haare und zog dessen Kopf nach hinten.

Abbot riss plötzlich sein Knie hoch. Er traf Bill empfindlich. Der Reporter knickte zusammen, ließ den Kopf des Beerdigungsunternehmers los und taumelte gegen die Wand.

Jetzt hatten die vier Männer leichtes Spiel.

Unter ihren Schlägen brach der Reporter zusammen.

Wie glühende Stiche spürte er die Tritte, die sie ihm verabreichten.

Dann erklang ein scharfer Befehl.

Abbot hatte ihn ausgestoßen. Sofort ließen die Kreaturen von Bill ab.

»Nun?«, höhnte Abbot und stellte sich breitbeinig über den Reporter. »Wer ist jetzt der Sieger?«

Bill gab keine Antwort. Er war zu erledigt. Zu sehr hatten ihn die Schläge getroffen. Ein dünner Blutfaden sickerte aus seiner Nase und benetzte die angeschwollene Oberlippe.

»Zieht ihn hoch!«, befahl Abbot.

Zwei Ghouls zogen Bill auf die Beine. Schwankend stand er in ihrem harten Griff. Sein Kopf pendelte hin und her.

Abbot legte seine Hand unter Bills Kinn und zwang somit den Reporter, ihn anzusehen.

»Es ist aus, Conolly«, sagte er gefährlich sanft. »Sie haben verloren. Sie hätten auch gar nicht gewinnen können. Ich bin ein Dämon, Conolly, denken Sie immer daran. Genau wie meine Helfer. Sie hätten sich nicht einmischen sollen. So aber werden Sie sterben. Vielleicht werde ich Sie aber auch nur in einen Tiefschlaf versetzen, wie ich es mit Ihrer Frau getan habe. Aber das würde schlimm für Sie ausgehen. Denken Sie immer daran, wir sind Ghouls.«

Abbot drehte Bills Kopf zur Seite.

Der Reporter hatte plötzlich das Gefühl, in einem Gruselkabinett zu sein.

Zwei Männer, die vorhin noch ganz normal ausgesehen hatten, waren plötzlich nackt. Ihre Körper hatten sich verändert. Die Schädel waren blank und hatten die Form eines großen Eis angenommen. Überlange Arme berührten fast den Boden. Spitze Nägel wuchsen an Händen und Füßen. Grässliche Augen starrten Bill an. Aus den Mäulern troff Geifer.

Noch schlimmer war der süßliche Verwesungsgeruch, den die beiden verströmten.

Bill Conolly wurde es übel.

William Abbot lachte. »Sie würden nicht einen Fetzen von Ihnen übrig lassen, Conolly. Aber noch ist es nicht so weit. Noch sollen Sie leiden. Geht weg!«, herrschte Abbot die beiden Ghouls an.

Sie gehorchten.

Bill, der immer noch in dem Griff der zwei anderen Männer hing, kämpfte verzweifelt gegen die Übelkeit, die ihn überfallen hatte.

»Leichengeruch ist für uns wie Parfüm«, flüsterte Abbot. »Sie werden sich daran gewöhnen. So, und nun will ich Ihnen noch eine Freude machen. Sie dürfen sich Ihre Frau ein letztes Mal ansehen.«

Die beiden Ghouls schleiften Bill zu dem gläsernen Sarg.

Sheila sah aus, als ob sie schliefe. Sie trug ein knöchellanges Gewand und hatte die Hände über der Brust gekreuzt. Ihre langen blonden Haare berührten die Schultern, und die Augen waren geschlossen.

Bill begann am ganzen Körper zu zittern. Er konnte dieses Bild, das er sah, nicht mehr ertragen.

»Sheila!«, schrie er, und hätten ihn die beiden Ghouls nicht festgehalten, wäre er über dem Sarg zusammengebrochen.

Es war, als hätte Sheila seinen Ruf gehört. Sie öffnete plötzlich die Augen, sah Bill für einen Moment an, und ein zartes Lächeln legte sich um ihre Mundwinkel.

Bill Conolly wusste plötzlich nicht mehr, was er tat.

Sein gesamter Hass, seine angestaute Verzweiflung addierten sich zu einer ungeheuren Kraftanstrengung.

Bill riss sich plötzlich von seinen Bewachern los. Ein

Handkantenschlag fegte den einen zur Seite, und ein mörderischer Tritt, der die Magengrube des Ghouls traf, ließ diesen zusammenbrechen.

»Sheila! Ich komme!«, brüllte Bill und warf sich über den gläsernen Sarg. Mit bloßen Händen versuchte er, den Deckel hochzureißen. Bills Fingernägel brachen ab. Er achtete nicht darauf, dachte nur an seine Frau.

Doch die Anstrengung war vergebens. Der Sargdeckel saß zu fest.

Schluchzend brach Bill über dem gläsernen Sarg zusammen, nur ein paar Zoll von seiner Frau entfernt, die doch unerreichbar für ihn war.

Jemand zog Bill am Jackenkragen hoch. Es war William Abbot.

»Sie haben wirklich Mut, Conolly. Sie geben nie auf, was?«

Bill, der in gebückter Haltung dastand, keuchte: »Warum lassen Sie mich nicht endlich in Ruhe, Sie Schwein?«

»Wenn das eine Beleidigung sein sollte, ist sie nicht angekommen, Conolly. Machen wir uns doch nichts vor. Sie werden bald neben Ihrer Frau liegen. In einem zweiten gläsernen Sarg. Sie bekommen eine Spritze und aus.«

»Weshalb machen Sie das Theater mit den gläsernen Särgen?«, keuchte Bill.

»Ganz einfach. Aus Reklamegründen. Wenn ein Kunde kommt, und er will seinen Dahingeschiedenen verschönern lassen, zeige ich ihm meine Demonstrationsobjekte. Dann bekomme ich den

Auftrag. Außerdem ist es mein Hobby, Leichen zu verschönern.«

»Die Sie hinterher ...«

Bill brachte dieses eine Wort nicht mehr heraus.

»Auch das, Mr. Conolly. So, nun wird es Zeit, dass ich mich mit Ihnen beschäftige.«

In diesem Augenblick betrat ein weiterer Ghoul den Raum.

»Mr. Abbot«, sagte er, »da möchte Sie jemand sprechen.«

»Ein Kunde?«

»Ich glaube schon.«

»Hat er seinen Namen genannt?«

»Ja, Mr. Abbot. Ein gewisser John Sinclair ...«

Johns Name wirkte bei Bill Conolly wie eine Aufputschspritze. Plötzlich waren die Schmerzen vergessen.

Mit einem gewaltigen Satz warf er sich vor, fegte den Beerdigungsunternehmer zur Seite und hetzte in Richtung Tür.

»Joh ...!«

Der Schrei blieb Bill Conolly im Hals stecken.

Der Reporter hatte den zweiten Mann vergessen. Ein brutaler Hieb traf Bills Kiefer.

Bill, von den vorausgegangenen Schlägen immer noch geschwächt, flog zurück und blieb dicht neben dem gläsernen Sarg liegen. Ein dünner Blutfaden rann von seiner Oberlippe.

»Macht ihn fertig!«, schrie Abbot seinen beiden

Gehilfen zu. »Aber lasst ihn am Leben. Für diesen Angriff will ich noch meinen besonderen Spaß mit ihm haben.«

Bill, der sich gerade hochgestemmt hatte, musste einen gemeinen Fußtritt voll nehmen.

Der plötzliche Schmerz explodierte in seinem Körper und machte von einer Sekunde zur anderen einer gnädigen Bewusstlosigkeit Platz.

William Abbot war an der Tür stehen geblieben und starrte mit funkelnden Augen auf den Bewusstlosen.

»Bin wirklich gespannt, welch ein Kunde mich erwartet«, murmelte er. »Diesen Sinclair scheint der Reporter irgendwie zu kennen.«

William Abbot zuckte mit den Schultern und ging über den Gang in Richtung Laden.

»Verzeihen Sie, dass ich Sie so lange warten ließ, Mister ...«, sagte Abbot heuchelnd.

John winkte lässig ab. »Aber das macht doch nichts, Mr. Abbot. Ich weiß selbst, dass Sie sehr beschäftigt sind. Mein Name ist übrigens John Sinclair.«

»Sehr erfreut, Mr. Sinclair.«

Abbot nickte hoheitsvoll und legte auf seine Gesichtszüge ein gewisses Maß an Mitgefühl, das seiner Meinung nach nötig war, um als Beerdigungsunternehmer überzeugend zu wirken.

John spielte den unentschlossenen Kunden. Er druckste etwas herum, knetete seine Hände und tat so, als wäre ihm die Sache furchtbar peinlich. Dabei beobachtete er Abbot jedoch ganz genau. Ihm entging auch nicht der lauernde Ausdruck, der sich auf das Gesicht des Beerdigungsunternehmers gestohlen hatte.

Schließlich erinnerte sich Abbot wieder an seine Rolle und fragte scheinheilig: »Es handelt sich doch sicher um ein Begräbnis, Mr. Sinclair?«

»Das schon«, gab John zurück. »Nun, ich weiß nicht so recht, wie ich anfangen soll.«

»Sie können ganz offen mit mir reden«, erwiderte Abbot salbungsvoll.

»Also, gut«, meinte der Inspektor und tat so, als ob er tief Luft holen müsste, »gute Bekannte haben mir Ihren Namen genannt, Mr. Abbot, und Sie mir empfohlen. Und da gestern von mir eine Tante gestorben ist, bin ich zu Ihnen gekommen.«

John blickte Abbot an.

»Ich bin mir dieser Ehre bewusst«, sagte der Beerdigungsunternehmer.

»Die Sache hat allerdings einen kleinen Haken«, fuhr John fort. »Diese Tante wird mir einiges vererben, und deshalb soll sie ein wirklich gutes Begräbnis bekommen. Nur dürfen die übrigen Verwandten nicht erfahren, dass ich es bin, der dieses Begräbnis finanziert. Sie verstehen, Mr. Abbot. Man wird deshalb gewisse Rückschlüsse auf das Testament ziehen können. Ich will mich nicht in Einzelheiten verlieren. Kann ich mit Ihrer Diskretion rechnen?«

»Aber selbstverständlich, Mr. Sinclair«, erklärte der Beerdigungsunternehmer im Brustton der Überzeugung. »Bei mir wird alles diskret geregelt. Es ist eines unserer Geschäftsprinzipien.«

»Da bin ich aber froh.« John lächelte etwas verzerrt und wischte sich mit einem Taschentuch den Schweiß von der Stirn.

»Und welch einen Sarg soll die alte Dame bekommen?«, fragte William Abbot. »Wir haben wirklich eine sehr große Auswahl. Sehen Sie selbst, Mr. Sinclair. Außerdem stehen hinten im Lager auch noch einige prachtvolle Stücke. Wissen Sie, ich sage immer, eine gute Beerdigung ist besser als ein verpfuschtes Leben.«

»Tja.« John zuckte mit den Schultern. »Ich dachte eher an etwas ganz Ausgefallenes. Ich habe gehört, Sie führen auch gläserne Särge.«

»Das stimmt allerdings, Mr. Sinclair. Nur nehme ich diese Särge zu Demonstrationszwecken. Ich bereite die Leichen erst auf, verschönere sie und lege sie dann in einen gläsernen Sarg. Es ist natürlich auch eine finanzielle Angelegenheit.«

»Darf ich solch einen Sarg mal sehen?«, fragte John.

William Abbot schüttelte bedauernd den Kopf. »Es tut mir Leid, Sir. Wir besitzen nur zwei Särge, und die sind beide belegt. Sie werden aber morgen frei. Dann steht einer Besichtigung natürlich nichts im Wege.«

»Schade«, sagte John und spielte den Enttäuschten.

»Aber das macht doch nichts, Mr. Sinclair. Suchen Sie sich inzwischen schon den richtigen Sarg aus, in dem Ihre liebe Tante hinterher liegen wird.«

»Nein, nein, Mr. Abbot. Da komme ich lieber mit

meiner Frau wieder. Die möchte gern mit dabei sein.«

John wandte sich in Richtung Tür.

»Tut mir Leid, dass ich Ihnen nicht helfen konnte, Mr. Sinclair. Aber Sie müssen meine Lage verstehen. Ich kann Ihnen unmöglich die gläsernen Särge zeigen.«

»Bei Sheila Conolly haben Sie aber auch eine Ausnahme gemacht«, sagte John plötzlich.

Wenn Abbot überrascht war, so zeigte er es wenigstens nicht. »Sheila Conolly?«, echote er. »Wer ist denn diese Dame?«

»Eine Bekannte. Sie hat Ihnen gestern einen Besuch abgestattet.«

»Ach so.« Abbot schlug sich mit der flachen Hand gegen die Stirn. »Jetzt erinnere ich mich. Die junge blonde Dame. Ja, sie war hier. Bei ihr habe ich eine Ausnahme gemacht. Allerdings war das die Letzte, Mr. Sinclair. Ihre Bekannte hat danach einen ziemlichen Schock erlitten.«

»Das wär's dann wohl«, sagte John und nahm die Türklinke in die Hand.

In diesem Augenblick wurde die Tür aufgestoßen. Sarah Toffin betrat den Raum.

»Entschuldigen Sie, Mr. Abbot, dass ich so einfach hier hereinplatze, aber die Tür draußen stand offen.« Erst jetzt bemerkte Sarah Toffin John Sinclair, der im toten Winkel hinter der Eingangstür gestanden hatte.

»Inspektor? Was machen Sie denn hier?«

»Inspektor?«, fragte William Abbot misstrauisch.

»Ja, sogar von Scotland Yard«, erwiderte Sarah

Toffin ahnungslos. »Er war gestern bei mir. Aber ich verstehe nicht...?«

Sarah Toffin blickte mit großen Augen von einem zum anderen.

»Ich hatte mich Mr. Abbot nicht als Polizeibeamter zu erkennen gegeben«, sagte John schnell.

»Das finde ich aber äußerst eigenartig, wenn nicht unverschämt«, regte sich der Beerdigungsunternehmer auf. »Harmlose Bürger so hinters Licht zu führen.«

»Es geht um die Diamanten, Mr. Abbot.« John gebrauchte eine kleine Notlüge. »Nichts für ungut.«

»Das hätten Sie gleich sagen können, Inspektor Sinclair. Außerdem bin ich schon in dieser peinlichen Sache von Ihren Kollegen verhört worden.«

»Die haben den Fall eben an mich abgegeben, und ich wollte mir ein persönliches Bild von Ihnen machen. Ich darf mich dann jetzt verabschieden. Soll ich auf Sie warten, Mrs. Toffin?«

Sarah Toffin, die einen billigen Staubmantel trug, blickte Abbot an. »Ich weiß nicht so recht, Mr. Abbot hatte mich extra herbestellt.«

Der Beerdigungsunternehmer winkte ab. »Gehen Sie ruhig, Mrs. Toffin. Es ging eigentlich nur um die Kosten des Begräbnisses. Aber das können wir auch in den nächsten Tagen erledigen.«

»Wenn das so ist«, sagte Sarah Toffin, »dann gehe ich wieder.«

Als die Frau mit John Sinclair auf der Straße stand, war sie sehr nachdenklich geworden.

John konnte sich denken, warum.

»Haben Sie mir nicht erzählt, Mr. Abbot hätte die Beerdigung Ihres Mannes umsonst durchgeführt?«

»Genau daran habe ich eben gedacht, Inspektor. Was redet er denn dann von den Kosten? Komisch.«

John Sinclair hatte sich natürlich längst schon seine Gedanken gemacht. Für ihn schwebte Sarah Toffin in höchster Gefahr. Er konnte sich denken, dass sie für Abbot ein leichtes Opfer sein würde. Denn wer würde Sarah Toffin in diesen Slums schon vermissen?

»Mrs. Toffin«, sagte John eindringlich. »Was ich Ihnen jetzt sage, wird Ihnen vielleicht seltsam erscheinen. Aber wir werden jetzt zu Ihnen nach Hause gehen, und dort packen Sie Ihre Sachen.«

Sarah Toffin blicke John erstaunt an. »Weshalb denn?«

»Das erkläre ich Ihnen später einmal.«

»Und wo soll ich hin? Ich habe keine Verwandten. Nicht einmal eine entfernte Cousine.«

»Sie kommen mit zu Scotland Yard. Und zwar bleiben Sie bei uns für eine gewisse Zeit in Schutzhaft.«

Sarah Toffin sagte eine Weile nichts. Dann schüttelte sie den Kopf und meinte: »Das ist 'n Ding. Aber wenn Sie meinen, Inspektor, bitte. Ich habe nichts gegen einen Urlaub auf Staatskosten.«

William Abbot sah durch den Haustürspalt Sarah Toffin und John in den Bentley steigen.

Das Gesicht des Beerdigungsunternehmers war nur noch eine entstellte Fratze aus Hass und Wut.

»Diesem dreckigen Schnüffler werde ich es zeigen!«, zischte er.

Dann stieß er sacht die Tür ins Schloss und betrat wieder den Verkaufsraum.

Abbot schrie einen scharfen Befehl.

Sekunden später kamen zwei Ghouls angewieselt.

William Abbot fixierte sie aus schmalen Augenschlitzen. »Ich will, dass diese Frau stirbt. Sie heißt Sarah Toffin und wohnt Pelton Street 64. Beeilt euch, dass ihr vor ihr zu Hause seid. Und nehmt das Besteck mit, um die Wohnungstür aufzubrechen. Bringt sie um, sie ist eine lästige Zeugin. Und hinterher«, Abbots Stimme wurde zu einem rauen Flüstern, »hinterher schenke ich sie euch.«

Die beiden Ghouls, die momentan aussahen wie normale Menschen, grinsten auf erschreckende Weise.

Dann verschwanden sie lautlos nach draußen.

William Abbot lächelte zynisch. Er konnte sich auf seine beiden Helfer verlassen. Von der Frau würde nichts mehr übrig bleiben. Höchstens ein paar Knochen.

»Verdammt miese Gegend haben Sie sich ausgesucht, Mrs. Toffin«, sagte John und bugsierte den Bentley wieder in die enge Straße.

»Was will man machen, Inspektor, wenn kein Geld da ist. Und wenn mein Mann mal ein paar Scheine hatte, hing er nur in der Kneipe. Ist schon ein Scheißleben.«

John tippte auf die Bremse. Sanft kam der Bentley vor dem Haus Nummer 64 zum Stehen.

»Während Sie oben Ihre Sachen packen, werde ich wenden«, sagte John. »Ich komme anschließend nach.«

»Das ist Ihr Bier«, gab Sarah Toffin zurück. »Aber wenn ich mir die Sache noch mal so durch den Kopf gehen lasse, ist Ihr Verdacht eigentlich Unsinn. Mir wird schon keiner was tun. Mr. Abbot mag zwar ein seltsamer Kauz sein, doch ein Verbrechen – nein, das traue ich ihm nicht zu.«

»Warten wir es ab«, sagte John, lehnte sich zur linken Seite und öffnete die Beifahrertür.

Sarah Toffin schwang sich aus dem Wagen. »In fünf Minuten bin ich zurück, Inspektor.«

John nickte lächelnd.

Dann machte er sich daran, den Bentley zu wenden.

Sarah Toffin ging inzwischen die altersschwachen Holzstufen hoch. Auf dem zweiten Treppenabsatz traf sie noch einen Nachbarn, der jetzt, wo Ben Toffin tot war, Sarah unentwegt nachstellte.

Sarah musterte den Kerl verächtlich und sagte kalt: »Wenn du noch einmal dein Maul aufmachst, Bobby, sage ich es deiner Alten. Und dann gibt's Zoff.«

Jetzt zog Bobby es vor, lieber schnell zu verschwinden.

Schwer atmend kletterte Sarah die Stiegen hoch, die zu ihrer Dachwohnung führten.

Wie immer herrschte hier oben nur ein zwielichtiges Halbdunkel. Spinnweben streiften Sarahs Gesicht.

Irgendwo huschte eine Maus über die Dielen. Licht gab es überhaupt nicht.

Das Türschloss fand Sarah auch bei Dunkelheit. Im ersten Moment wunderte sie sich, dass die Tür nicht verschlossen war, doch dann zuckte sie mit den Schultern und murmelte: »Muss ich wohl vorhin in der Eile vergessen haben.«

Nichts ahnend betrat Sarah Toffin ihre Wohnung. Sie ging zuerst in die Küche und blieb plötzlich stehen.

Vor ihr stand ein Mann.

Ein Mann, den sie kannte. Sarah hatte ihn schon mal in dem Beerdigungsladen gesehen.

Der Kerl blickte sie ausdruckslos an.

Sarah begann zu kombinieren. Sollte der Inspektor am Ende doch Recht behalten?

Da flog mit einem Knall die Tür hinter ihr ins Schloss.

Erschreckt kreiselte Sarah herum.

Abermals sah sie in das Gesicht eines Mannes.

Auch ihn kannte sie. Ebenfalls durch William Abbot.

Und da wurde es Sarah Toffin mit hundertprozentiger Sicherheit klar, dass sie in der Falle saß.

Trotzdem versuchte sie noch zu retten, was zu retten war.

»Was soll der Quatsch?«, fragte sie, so forsch es ging. »Ich habe keine Reichtümer. Da müsst ihr schon in den Buckingham Palace marschieren. Seid vernünftig und haut ab!«

Die Männer gaben keine Antwort.

»Also schön, wenn ihr nicht wollt«, meinte Sarah gelassen und begann, ihren Staubmantel auszuziehen.

Noch immer rührten sich die Kerle nicht. Anscheinend genossen sie ihren Triumph.

Aber nicht mit Sarah. Sie war hier in den Slums aufgewachsen und wusste sich zu wehren.

Ehe irgendeiner der Kerle reagieren konnte, hatte Sarah dem an der Tür Stehenden blitzschnell ihren Staubmantel über den Kopf geworfen.

Der Mann fluchte ärgerlich auf und versuchte, sich von dem Kleidungsstück zu befreien.

Sarahs Knie fuhr ihm in den Magen.

Der Mann verlor das Gleichgewicht und fiel nach hinten.

Schon hatte Sarah die Tür aufgerissen und stürmte nach draußen auf die Stiege zu.

Nur einen Zoll vor der ersten Sprosse hatte der zweite Kerl Sarah eingeholt.

Er riss die Frau an der linken Schulter zurück, zog die Tür auf und warf Sarah mit aller Kraft wieder in die Küche zurück.

Die Frau flog quer durch den Raum und schlug schwer mit dem Kreuz gegen den eisernen Ofen.

Sarah Toffin hatte das Gefühl, man hätte ihren Rücken in der Mitte durchgesägt.

Breitbeinig bauten die Männer sich vor ihr auf.

»Lasst mich doch in Ruhe!«, flehte Sarah. »Ich habe euch doch nichts getan. Bitte!«

Die beiden Ghouls gaben keine Antwort.

Und plötzlich geschah etwas, was Sarah sich in

ihren schlimmsten Albträumen nicht hätte ausmalen können.

Die Männer begannen sich zu verändern.

Sarah konnte den Blick nicht von den beiden Gestalten wenden. Sie stand wie unter einem hypnotischen Zwang.

Zuerst lösten sich die Haare auf. Fielen wie Staubkörner zu Boden. Die Köpfe der Männer wurden länger, die Augen traten dabei aus den Höhlen, wurden größer, und Sarah sah die roten Äderchen in der geleeartigen Masse zucken.

Ein grässliches Fauchen drang aus den Mündern der Wesen. Modergeruch machte sich breit.

Knochige, mit überlangen Fingern versehene Hände näherten sich Sarah Toffins Körper.

Wie Messer drangen die scharfen Nägel durch ihren Pullover in ihre Haut ein.

Sarah wollte schreien.

Doch eine nach Moder riechende Hand presste sich auf ihren Mund.

Sarah sah mit vor Entsetzen geweiteten Augen auf die beiden grässlichen Fratzen, die dicht vor ihrem Gesicht waren.

Einer der Ghouls öffnete sein Maul.

Sarah sah eine pelzige graue Zunge, die gierig über starke Zähne leckte.

Die Nase in den Gesichtern der Wesen veränderte sich, machte zwei Löchern Platz, aus denen gelbgrüner Schleim floss.

Zwei Hände rissen Sarahs Pullover in Fetzen.

Die nackte Haut kam zum Vorschein, aus deren

Wunden das Blut tropfte, die die nadelspitzen Fingernägel hinterlassen hatten.

Mit Urgewalt wurde Sarah hochgezerrt und zu dem alten Küchentisch geschleift.

Gnadenlos drückten die Ghouls die Frau mit dem Rücken auf die Tischplatte.

Keiner von ihnen hatte bisher ein Wort gesprochen.

Plötzlich konnte Sarah wieder atmen, doch die Kraft, einen Schrei auszustoßen, hatte sie längst nicht mehr.

Sarah Toffin wimmerte in Todesangst.

Es kam nicht einmal eine gnädige Ohnmacht, um die Frau von dem schrecklichen Anblick zu erlösen.

Jetzt endlich hatten sich die Ghouls völlig verwandelt. Ihre gesamten Körper waren von dem gelbgrünen Schleim bedeckt. Er war es auch, der den penetranten Modergeruch verbreitete. Die Gesichter der Ghouls waren auch nicht mehr zu erkennen. Sie wechselten fast ständig ihr Aussehen. Mal waren es längliche, birnenförmige Ovale, dann wieder übermäßig breite, grässliche Fratzen.

Sarah Toffin fühlte die schleimigen Hände über ihren Körper fahren, sah, wie sich die grauenvollen Köpfe über sie beugten, und wusste, dass es für sie keine Rettung mehr gab.

Die beiden Ghouls würden nicht aufzuhalten sein.

John Sinclair machte sich langsam Sorgen. Es waren inzwischen schon fast fünfzehn Minuten vergangen, ohne dass Sarah Toffin sich irgendwie geregt hatte.

Schließlich war es der Inspektor leid. Er drückte seine Zigarette aus und schwang sich aus dem Wagen.

Die Haustür stand offen.

Es dauerte etwas, bis sich Johns Augen an die in dem Flur herrschenden Lichtverhältnisse gewöhnt hatten.

John Sinclair nahm die alte Treppe mit schnellen Sprüngen.

Den seltsamen Geruch bemerkte John schon, als er unten an der Treppe stand.

Modergeruch!

Eine schreckliche Ahnung kroch in John hoch.

Der ekelhafte Geruch wurde immer intensiver.

Mit einem Schwung riss John die Wohnungstür auf und blieb wie angewurzelt stehen.

Zu grässlich war die Szene, die sich seinen Augen bot.

Sarah Toffin lag über dem alten Küchentisch. Sie war fast nackt, trug nur noch einen Rockfetzen.

Festgehalten wurde die Frau von zwei Wesen, die die Hölle ausgespuckt zu haben schien.

Sie bestanden nur noch aus schleimigen, unförmigen Körpern mit grässlich entstellten Gesichtern.

Ghouls!

Leichenfresser!

John Sinclair sah, wie sich die Frau unter den Griffen der Ghouls zuckend bewegte, wie sie vielleicht versuchte, mit dem letzten Fünkchen Leben, das noch in ihrem Körper steckte, diesen Dämonen zu entkommen.

John hatte all die Eindrücke innerhalb von Sekunden in sich aufgenommen.

Jetzt handelte er.

Wie ein Berserker sprang John zwischen die beiden Ghouls, krallte seine Finger in die gelbgrüne, schleimige Masse und versuchte somit, die Leichenfresser von der Frau wegzuziehen.

Ohne Erfolg.

Wie Aale glitten sie ihm zwischen den zupackenden Händen weg.

Und wandten sich gegen John Sinclair!

Fauchend griffen sie ihn an.

John roch den erbärmlichen Mordergeruch, der ihm schon fast den Magen hochtrieb, und konnte im letzten Moment ausweichen.

Die Ghouls taumelten ins Leere.

Wutentbrannt kreiselten die Wesen herum.

Gewarnt durch Johns Ausweichmanöver, stellten die Ghouls es jetzt geschickter an.

Sie nahmen John in die Zange. Kamen von beiden Seiten.

Tapsig wie Gorillas näherten sie sich dem Inspektor. Eine dicke, widerliche Schleimspur zogen sie hinter sich her. Auch von den überlangen Fingernägeln tropfte die Ekel erregende sirupartige Flüssigkeit, die so erbärmlich stank.

John wich zurück, bis er den alten Ofen im Rücken spürte.

Wieder fauchten die Ghouls John Sinclair an. Diesmal siegessicher.

John riskierte einen kurzen Blick in Richtung Küchentisch.

Leblos lag Sarah Toffin auf der Platte.

Atmete die Frau überhaupt noch? War John vielleicht zu spät gekommen?

Er konnte sich keine weiteren Gedanken machen, denn die Ghouls waren schon nahe.

Und da griff John Sinclair zu letzten Mitteln.

Seine Hand huschte unter das Jackett und kam mit der mit Silberkugeln geladenen Pistole wieder zum Vorschein.

John zielte auf den links stehenden Ghoul und zog durch.

Fauchend verließ die Silberkugel den Lauf, bohrte sich klatschend in die breiige Masse des Ghoulkörpers.

Im selben Moment spürte John den Anprall des zweiten Gegners. Der Ghoul hatte seine Körperform etwas verändert, versuchte mit seinem breiten Brustkorb, John mit dem Rücken auf die Herdplatte zu drücken und unter sich zu begraben.

John Sinclair röchelte. Der widerliche, nach Moder riechende Schleim drang in seine Nasenlöcher, benetzte seine Lippen.

Johns Hände fuhren hoch, versuchten, seitlich das Gesicht des Ghouls zu treffen, um eine empfindliche Stelle zu finden.

John hatte Glück. Der Pistolenlauf bohrte sich von unten nach oben kommend in das schreckliche, hervorquellende Auge des Ghouls.

In einer Reflexreaktion überwand Johns Zeigefinger den Druckpunkt.

Die Silberkugel raste dem Ghoul schräg ins Gehirn.

Ein heulender, markerschütternder Schmerzensschrei klang auf.

John spürte, wie der Druck der breiigen Masse nachließ. Der Körper des Ghouls sackte förmlich in sich zusammen.

John Sinclair stieß sich ab. Noch immer hielt er die Pistole fest umklammert.

Doch er brauchte die Waffe nicht mehr.

Die beiden Ghouls waren erledigt.

Sie wanden sich wie Würmer auf dem Boden, stießen seltsame jaulende Laute aus und begannen sich langsam, aber unaufhaltsam aufzulösen.

Die schleimigen Körper schrumpften, lösten sich in dicke, ölige Tropfen auf, die sich zu einer großen Lache vereinigten, die fast den gesamten Küchenboden bedeckte.

Gebannt starrte John auf diesen unheimlichen Vorgang.

Hände streckten sich ihm in letzter wilder Verzweiflung entgegen. Die einst so spitzen Fingernägel waren nur tropfenförmige Gebilde.

Die Gesichter wechselten von einer Sekunde zur anderen, flossen ineinander und waren schließlich nur noch eine gelbgrüne Masse, aus der seltsamerweise die Augen wie Fremdkörper hervorstachen.

Fast automatisch steckte John die Pistole weg.

Noch ein letztes Mal schrien die beiden Ghouls auf, versuchten mit aller Macht, ihrem Ende zu entrinnen.

Vergebens.

Übrig blieb von ihnen nur noch eine gelbgrüne, widerlich riechende Lache.

Und zwei Silberkugeln.

Vorsichtig trat John an den Tisch.

Sarah Toffin sah grauenhaft aus.

Die nadelspitzen Fingernägel der Ghouls hatten grässliche Wunden gerissen, aus denen unaufhaltsam das Blut quoll, an den Seiten herablief und dann vom Tisch tropfte und sich mit der grüngelben Flüssigkeit zu einem makabren Farbenspiel vereinigte.

John Sinclair fühlte Sarah Toffins Puls.

Gott sei Dank! Er schlug. Aber nur sehr schwach.

Behutsam nahm John die bewusstlose Frau auf die Arme und trug sie aus der Wohnung.

Und draußen begann sich alles um ihn zu drehen. John konnte Sarah Toffin gerade noch auf den Boden legen, ehe er selbst stürzte.

Es war nicht der Kampf, der John so fertig gemacht hatte. Es war der Verwesungsgeruch gewesen, der in unsichtbaren Schwaden nach draußen zog.

Unten hörte John die Stimmen der anderen Hausbewohner.

»Der Gestank kommt von oben!«, keifte eine Frauenstimme. »Wer weiß, was die Toffin wieder angestellt hat.«

»Ich seh mal nach«, knurrte ein Mann.

»Aber bleib nicht zu lange, Bobby. Du weißt, was

die Toffin für eine Schlampe ist. Die nimmt doch jeden.«

Langsam verließ John Sinclair das Schwächegefühl. Der Inspektor stützte sich auf den Händen auf und zog sich langsam an der Wand hoch.

In diesem Augenblick tauchte das Gesicht eines Mannes auf der obersten Sprosse der Treppe auf.

Aus ungläubigen Augen starrte der Kerl die blutende Sarah Toffin an. Dann wanderte sein Blick zu John.

»Du Schwein hast sie umgebracht. Ich werde dir ...«

Der Rest ging in einem röchelnden Hustenanfall unter, denn der Modergeruch tat auch hier seine Wirkung.

»Holen Sie die Polizei und einen Krankenwagen«, krächzte John. »Dann ist die Frau vielleicht noch zu retten. Machen Sie schon!«, keuchte der Inspektor, als er sah, dass der Mann sich nicht rührte. »Ich bin von Scotland Yard.«

Das reichte. Blitzschnell verschwand der Kopf des Mannes. John hörte den Kerl die Treppe hinunterpoltern und unten im Flur brüllen.

John Sinclair aber beugte sich zu der Frau hinunter und fühlte deren Puls.

Keine Reaktion.

Sarah Toffin war tot.

Wieder war ein Mensch das Opfer eines Dämons geworden. Wer würde das Nächste sein?

Vielleicht Sheila Conolly?

Es roch nach verfaultem Laub, feuchter, frisch aufgeworfener Erde und Unkrautvernichtungsmittel.

Friedhofsgeruch!

John Sinclair stellte den Kragen seiner schwarzen Lederjacke hoch und zog die Schultern zusammen. Er fror.

In Johns Begleitung befanden sich zwei Männer vom Yard, die breitflächige Schaufeln trugen. John selbst hatte sich einen Spaten unter den Arm geklemmt.

Der Friedhofswärter wusste nichts davon. Er ahnte überhaupt nicht, dass sich die drei Männer auf dem Friedhof befanden. Sie waren an einer günstigen Stelle über das Gitter geklettert und bewegten sich nun auf Schleichwegen zu dem Grab von Cordelia Cannon hin.

Zum Glück lag das Grab am äußersten Ende einer langen Gräberkette, so dass die Männer von zwei Seiten durch Büsche gedeckt waren.

John erreichte das Grab als Erster. Seine Augen tasteten die Umgebung ab, so weit dies bei der herrschenden Dunkelheit möglich war.

»Kommt!«, zischte er den anderen beiden zu.

Die Beamten brachen durch die Büsche.

John blickte auf seine Uhr. Um 21 Uhr wollten sie beginnen. Jetzt war es sogar noch acht Minuten vor der Zeit. Eine gute Ausgangsbasis.

Auf dem Grabhügel türmten sich Kränze, Buketts und Blumen. Zwischen ihnen steckte ein einfaches Holzschild.

John schaltete seine Taschenlampe an und las:

Cordelia Cannon
geb. 1947 – gest. 1973

Sechsundzwanzig Jahre alt war dieses Mädchen geworden. Eine Schande.

John schaltete die Lampe aus und trieb seinen Spaten in das lockere Erdreich.

»Fangen wir an!«

Die Männer räumten zuerst die Kränze und Blumen weg.

Dann griffen sie zu den Schaufeln. Sie arbeiteten schweigend. Nur ab und zu stieß einer einen kurzen Fluch aus, wenn er mit seiner Schaufel an ein Lehmstück geraten war, das zu groß war. Dann half Johns Spaten.

Ein sichelförmiger Halbmond beleuchtete die Szene. Leiser Wind raunte in dem Blatt- und Buschwerk.

Die Männer ließen nur ab und zu ihre Lampen aufblitzen, um sich besser orientieren zu können, wie tief sie denn eigentlich schon waren.

John Sinclair arbeitete mit einer wahren Verbissenheit. Er, der praktisch Sarah Toffins Tod miterlebt hatte, hasste diese Satansbrut der Ghouls wie die Pest. Und auch um Sheila und Bill Conolly machte er sich heftige Sorgen. Bill hatte sich bei ihm den ganzen Nachmittag über nicht gemeldet, nur morgens hatte er kurz im Yard angerufen, aber da war John nicht im Büro gewesen. Natürlich befanden sich Sheila und Bill in Abbots Gewalt. Aber beweisen konnte man diesem Kerl nichts. Und bloße Verdachtsmomente reichten für einen Haftbefehl nicht aus.

»Inspektor, ich bin an dem Sarg angekommen«, rief einer der Männer leise.

John stemmte seinen Spaten in einen Lehmhügel, nahm die Lampe und leuchtete.

Der Mann stand bis zur Brust in dem offenen Grab. Mit dem Schaufelblatt kratzte er etwas Dreck weg. John konnte das Oberteil des Sarges erkennen.

»Macht weiter«, sagte er. »Aber schaufelt den Dreck um den Sarg herum weg.«

»Gut, Inspektor.«

Lehmklumpen auf Lehmklumpen wurde aus dem Grab geschleudert. John schaufelte sie noch etwas zur Seite, damit sie nicht wieder zurück in das Grab rutschten.

»Fertig, Inspektor.«

John wischte sich den Schweiß von der Stirn und ließ den Spaten fallen.

»Kommen Sie raus.«

Die beiden Beamten kletterten aus dem Grab. Sie zündeten sich erst mal Zigaretten an. Auch John genehmigte sich einen Glimmstängel.

Wie Glühwürmchen leuchteten die drei roten Punkte in der Dunkelheit auf.

»Und jetzt, Inspektor?«

»Ist Ihr Dienst beendet, Gentlemen.«

»Für Sie nicht?«

John schüttelte den Kopf. »Ich habe hier noch etwas anderes zu erledigen.«

»Wollen Sie etwa den Sarg allein aufbrechen?«

»Vielleicht«, gab John knapp zurück. »Auf jeden Fall danke ich Ihnen für die freiwillige Nachtarbeit.«

»Nicht der Rede wert, Inspektor.«

Die beiden Beamten wandten sich ab. »Und passen Sie auf, dass Sie nicht den Geistern in die Hände fallen«, rief einer noch.

John gab keine Antwort. Der Mann wusste nicht, dass sein Spott blutiger Ernst werden konnte.

John Sinclair ließ sich in das Grab hineingleiten. Mit einem Fingerdruck knipste er die Lampe an.

Die beiden Beamten hatten gut gearbeitet. Zwischen dem Sarg und den Seitenwänden des Grabes war genug Platz, um einigermaßen stehen zu können.

John zwängte sich auf die Knie. Der feuchte Lehm drang sogar noch durch seine Kordhose.

Der Inspektor hatte die Lampe zwischen die Zähne genommen. In dem Lichtschein sah er Würmer und Kriechtiere an den Grabwänden herumkrabbeln.

John machte sich an die Untersuchung des Sarges. Er war nach wie vor fest verschlossen. Damit war zu rechnen gewesen.

Den Inspektor interessierten vor allem die Seitenwände der Totenkiste.

Und hier machte er dann die Entdeckung.

Ein kleiner, kaum wahrnehmbarer Holzhebel geriet zwischen seine Finger.

John zog den Hebel probehalber nach oben.

Nichts geschah.

Dann in die andere Richtung.

Und plötzlich klappte die eine Seitenhälfte nach außen weg. Jedoch nur ein kleines Stück, da John zwischen Sarg und Grabwand stand.

John zwängte sich an die Stirnseite des Sarges, so dass die Seitenwand weiterfallen konnte.

Sie klappte fast ganz herum.

John konnte jetzt schräg in den Sarg leuchten. Der Lampenstrahl erfasste einen Frauenkörper, tastete sich vor bis zum Gesicht.

John Sinclair bückte sich und atmete gleichzeitig befreit auf.

Die Ghouls hatten sich die Tote noch nicht geholt.

John klappte die Seitenwand des Sarges wieder zu und setzte den Hebel in die richtige Stellung.

Er wollte sich gerade aufrichten, als er über sich eine raue Stimme vernahm.

»Grabräuber habe ich besonders gern. Kommen Sie raus, Mister!«

John wandte langsam den Kopf. Am Grabrand stand ein bulliger Kerl mit breiter, ausgebeulter Hose und einer viel zu weiten Jacke. Gefährlich war allein der dicke Knüppel, den er in der rechten Hand trug.

»Soll ich dir Beine machen, Junge?«, knurrte der Mann. »Du bist wohl ein ganz Perverser, wie?«

»Nun halten Sie mal die Luft an«, sagte John und wollte in die Innentasche seiner Lederjacke greifen.

»Wenn du die Knarre ziehen willst, haue ich dir den Schädel zu Brei!«, brüllte der Mann und hob zur Bestätigung seiner Worte den dicken Knüppel.

»Ich bin Scotland-Yard-Beamter!«, rief John.

Der Kerl fühlte sich wohl auf den Arm genommen und schlug zu.

John konnte nur durch eine blitzschnelle Drehung dem mörderischen Hieb entgehen.

Der Mann, ziemlich siegessicher, hatte nicht richtig auf seine Standfestigkeit geachtet. Durch seinen eigenen Schwung bekam er das Übergewicht. John half noch mit, indem er kurz am Knöchel des Unbekannten zog.

Der Kerl segelte in das Grab und in Johns Linke hinein, die krachend an seinem Kinn explodierte.

Daraufhin trat der Kamerad geistig weg.

John kletterte aus dem Grab und hievte anschließend den Bewusstlosen hoch.

»Tut mir Leid für dich, Junge«, murmelte der Inspektor.

Der Mann hatte bestimmt in bester Absicht gehandelt. Er hatte John für einen Grabschänder gehalten, was in dieser Situation durchaus normal war. Wahrscheinlich war es sogar der Friedhofswächter, den John niedergeschlagen hatte.

Der Inspektor sprang noch einmal in das Grab zurück. Die Stelle, an der das Erdreich nur lose aufgesetzt war, hatte er schnell gefunden.

John packte sich den Knüppel des Bewusstlosen und räumte damit das letzte Hindernis weg.

Schließlich lag ein fast kreisrundes Loch vor ihm, ähnlich wie der Beginn einer Röhre.

Ein nicht allzu dicker Mann konnte sich einigermaßen hindurchwinden.

Und John Sinclair wagte es.

Er war wohl der erste lebende Mensch, der in das Totenreich der Ghouls eindrang.

Bill Conolly war an Händen und Füßen gefesselt. Die dünnen, aber festen Nylonschnüre schnitten wie scharfe Drähte in seine Haut.

Bill lag auf der Seite. Die Ghouls hatten ihn fertig gemacht. Mit Tritten und Schlägen, ihn anschließend gefesselt und in einen Raum geworfen, dessen Boden aus rauem Beton bestand.

Die Wände waren aus roten Ziegelsteinen gemauert, und an der Decke brannte, durch ein kleines Gitter geschützt, eine trübe Funzel.

Ächzend rollte sich Bill über den rauen Boden. Sein aufgeschlagenes Gesicht ließ eine feine Blutspur zurück.

Der Reporter wollte bis an eine Wand kommen, sich dann aufrichten und versuchen, die Fesseln an dem Putz zwischen den einzelnen Ziegelsteinen durchzuscheuern.

Unter großen Mühen schaffte es Bill, bis an die Wand zu gelangen. Probehalber rieb er mit den gefesselten Handgelenken gegen den Putz.

Stöhnend zuckte der Reporter zurück. Der raue Putz hatte nicht seine Fesseln, sondern die Haut aufgerissen. Und das tat höllisch weh.

Erschöpft und verzweifelt hielt Bill inne.

Im selben Augenblick bewegte sich die Wand gegenüber. Ein Teil schob sich einfach zur Seite und machte einer quadratischen Öffnung Platz.

Gebannt starrte Bill auf das dunkle Loch.

Wie von Geisterhand gesteuert, schob sich plötzlich durch die Öffnung ein Schienenstrang in den Raum.

Unwillkürlich bewegte Bill die Lippen, ohne jedoch etwas zu sagen.

Ein schleifendes Geräusch drang an seine Ohren. Es kam aus der Öffnung.

Das Geräusch wurde lauter, und dann fuhr ein gläserner Sarg in den Raum.

Er kam kurz vor dem Ende des Schienenstrangs zum Halten.

Es lag jemand in dem Sarg.

Bill glaubte seinen Augen nicht trauen zu können, als er seine Frau erkannte.

»Sheila«, ächzte der Reporter und rollte sich verzweifelt auf den Sarg zu.

Er hatte kaum die Hälfte der Strecke geschafft, da quollen sie in den Raum.

Fünf Ghouls und William Abbot.

Sie kamen durch die quadratische Öffnung und nahmen sofort ihre Plätze an den Wänden ein.

Bill erkannte aus seiner Froschperspektive die grässlichen Gesichter der Ghouls und sah auch die schleimige Masse, die an den Körpern herunterfloss.

Ekliger, penetranter Verwesungsgeruch breitete sich aus.

Bill musste würgen.

William Abbot lachte.

Er hatte sich vor dem Sarg aufgebaut, beide Hände in die Hüften gestützt, und blickte verächtlich auf den am Boden liegenden Reporter.

Abbot trug einen dunkelblauen, hochgeschlossenen Kittelanzug und schwarze Schuhe. Er sah im Gegensatz zu seinen Gehilfen völlig normal aus. Er verbreitete auch nicht diesen entsetzlichen Verwesungsgeruch.

»Ihre Stunde ist gekommen, Conolly«, sagte Abbot mit triumphierender Stimme. »Sie werden uns, bevor wir Sie töten, noch ein schönes Schauspiel liefern.«

»Sie sind ein Dreckschwein!«, zischte Bill.

Abbot lachte nur, bückte sich, zog ein Messer aus der Tasche und säbelte Bills Fesseln durch.

Ungehindert schoss das Blut durch die Adern. Bill dachte, seine Arme und Beine würden in kochendem Wasser liegen. Mit schmerzverzerrtem Gesicht massierte er seine Arm- und Fußgelenke.

Die Ghouls und auch William Abbot sahen ihm dabei ungerührt zu. Während sich Abbot ruhig verhielt, begannen die Ghouls, ab und zu schmatzende Geräusche auszustoßen.

Bill hatte das Gefühl, als würden sich die Leichenfresser schon auf ihn freuen.

»Ich kann Ihnen übrigens eine für Sie freudige Mitteilung machen«, sagte William Abbot plötzlich.

»Und?« Bill hob gespannt den Kopf.

»Ihr Bekannter, dieser Inspektor Sinclair, hat es geschafft, zwei meiner Leute auszuschalten. Er muss wirklich über ungewöhnliche Mittel verfügen. Erzählen Sie mir etwas über ihn.«

Bill schüttelte den Kopf. »Kein Wort sage ich Ihnen. Nur etwas steht fest. Inspektor Sinclair wird Ihnen schon Ihr dreckiges Handwerk legen.«

»Sie vergessen, dass ich ein Dämon bin und nur menschliche Gestalt angenommen habe.« Abbot lachte meckernd. »Wollen Sie mal meine wahre Gestalt sehen, Conolly?«

»Danke. Darauf kann ich verzichten.«

»Schön.« Abbot zuckte mit den Schultern. »Nur über etwas müssen Sie sich im Klaren sein. Ich bekomme sowieso heraus, was ich wissen will. Ich werde Sie kurzerhand unter Hypnose setzen. Dann erzählen Sie alles.«

Bill, dessen Blutkreislauf sich inzwischen normalisiert hatte, stand auf. Er war zwar noch etwas wackelig auf den Füßen, aber das würde sich legen.

Bill trat zuerst an den gläsernen Sarg. Aus starren Augen blickte er in Sheilas Gesicht, das aussah wie von einem Maler geschaffen.

Minutenlang sah der Reporter seine Frau an. Er hatte sich mit beiden Armen auf den Sargdeckel gestützt und musste gewaltsam die Tränen unterdrücken.

Doch ganz tief in seinem Innern machte sich ein völlig anderes Gefühl breit.

Der Hass! Er wollte die Dämonen vernichten.

Bill Conollys Gesicht war fast zur Maske geworden, als er sich umwandte und William Abbot ansah.

»Ist sie ... tot?«, fragte Bill mit leiser Stimme und spürte, wie das Blut in seinen Adern hämmerte.

Der Beerdigungsunternehmer ließ sich Zeit mit seiner Antwort. Zehn, fünfzehn Sekunden ließ er Bill im Unklaren.

Dann tropften seine Worte wie flüssiges Blei in die herrschende Stille.

»Noch lebt sie!«

Bill atmete innerlich auf.

»Erklären Sie mir das genauer, Abbot«, verlangte Bill.

Abbot lächelte dünn. »Nun, ich habe beschlossen, dass Sie mit dabei sind, wenn Ihre Frau stirbt.«

Bill musste sich mit aller Macht beherrschen, um diesem Dämon vor ihm nicht an die Kehle zu springen.

»Und Sie glauben, dass ich das zulasse?«, presste er mühsam zwischen zusammengebissenen Zähnen hervor.

»Es wird Ihnen nichts anderes übrig bleiben«, erwiderte Abbot. »Denn ... Sie werden Ihre Frau töten!«

Im ersten Moment dachte Bill, er hätte sich verhört. Zu unglaublich klang das, was der Beerdigungsunternehmer eben gesagt hatte.

Bill spürte, wie ihm der kalte Schweiß ausbrach, wie seine Beine plötzlich anfingen zu zittern.

Sie werden Ihre Frau umbringen!, hatte Abbot gesagt.

Bill wischte sich über die Stirn. Sein Atem ging schwer und pfeifend.

»Niemals!«, ächzte er.

Abbot lachte. »Machen Sie sich nicht lächerlich, Conolly. Wir sind stärker als Sie.« Dann sprach er einen knappen Befehl. Vier Ghouls lösten sich von der Wand und gingen auf den Sarg zu.

Der Reporter blickte in die grässlichen Fratzen, dann wieder in Abbots Gesicht, in dem sich der Triumph widerspiegelte, und wusste plötzlich, dass er diesen Dämonen mit Haut und Haaren ausgeliefert war.

Die vier Ghouls machten sich an dem Sarg zu schaffen, hoben den Deckel ab.

Bill warf einen Blick auf seine Frau, die mit über der Brust zusammengefalteten Händen in dem gläsernen Sarg lag.

In stummer Verzweiflung schüttelte der Reporter den Kopf. »Nein«, flüsterte er immer wieder. »Nein, ich kann es nicht tun. Ich kann es nicht, und ich werde es auch nicht.«

Bills Lippen formten unhörbare Worte, seine Hände krampften sich ineinander. Mit Gewalt musste er seinen Blick von dem Sarg losreißen.

Er wollte sich an Abbot wenden, ihm sagen, dass er lieber selbst sterben würde, als seine eigene Frau umzubringen, doch Bill brachte keinen Ton hervor.

Die dunklen Augen des Beerdigungsunternehmers starrten ihn an. Mit einer fahrigen Bewegung ließ Bill die Hände sinken, er hatte auf einmal vergessen, was er eben noch sagen wollte.

Bill Conolly stand ganz unter dem hypnotischen Bann des Dämons.

»Du wirst sie umbringen!«, sagte Abbot mit dunkler Stimme.

Bill Conolly nickte. »Ja, ich werde sie umbringen.«

Abbots fleischige Lippen verzogen sich. Er hatte gewonnen, und das kostete er aus.

Immer noch bohrte sich sein Blick in Bills Augen, die wie verdreht wirkten.

Abbot griff unter seine Jacke und holte ein kurzes Schwert hervor.

»Damit wirst du sie töten!«

»Ja«, antwortete Bill automatisch.

Der Reporter streckte die Hand aus.

Abbot reichte ihm das Schwert. »Tritt an den Sarg«, sagte er, »und töte deine Frau!«

Bill fühlte das Schwert in seiner Hand liegen. So, als wäre es für ihn allein gemacht.

Der Reporter wandte sich um. Er brauchte nur zwei Schritte zu gehen, dann hatte er den Sarg erreicht.

Bill Conolly blickte auf seine Frau.

»Töte sie!«, hörte er hinter sich Abbots Stimme.

Bill hob das Schwert. Nichts warnte ihn, diese grässliche Tat zu unterlassen.

Bill Conollys Wille war völlig ausgeschaltet.

Der Reporter fasste den Griff des Schwertes mit beiden Händen. Weiß traten die Handknöchel hervor. Bills Mund stand offen. Leiser, pfeifender Atem drang daraus hervor.

Die Spitze des Schwertes schwebte etwa einen Yard über der wehrlosen Frau. Im nächsten Augenblick würde sie herunterfahren und den Körper durchdringen.

»Stoß zu!«, peitschte Abbots Stimme.

Bill Conolly gehorchte.

Er stieß das Schwert in Sheilas Brust. Der Reporter Bill Conolly hatte seine eigene Frau ermordet ...

John Sinclair hatte sich die brennende Lampe um den Hals gehängt. Der Strahl schnitt wie ein Messer durch die absolute Finsternis.

Der Stollen war eng. Zu eng.

John Sinclair musste auf dem Bauch kriechen, sich wie eine Schlange vorwärts bewegen.

John wühlte sich weiter. Feuchte Erde fiel auf seinen Kopf, in den Kragen seines Hemdes. Schon nach wenigen Metern war John schweißgebadet. Die ungeheure Anstrengung machte ihn fast fertig. Dazu kam noch die extrem schlechte Luft, die in dem Gang herrschte.

Ein Zurück gab es nicht mehr. John konnte unmöglich in dem engen Stollen wenden.

Immer weiter ging es. Nur nicht aufgeben, hämmerte sich der Inspektor ein. Die Luft wurde noch schlechter. Verwesungsgeruch drang in Johns Nase.

Sollte ein Ghoul unterwegs sein?

John verdoppelte seine Anstrengungen. Er hatte in alten Büchern, die sich mit dem Phänomen der Ghouls beschäftigten, gelesen, dass die Friedhöfe, unter denen sie hausten, durch viele Gänge erschlossen waren. Es gab Haupt-, Quer- und Nebengänge. John musste einen der Hauptgänge erreichen.

Plötzlich fasste seine tastenden Hände ins Leere. John legte sich auf die rechte Seite und zog sich weiter vor.

Der Lampenstrahl enthüllte ein schreckliches Bild.

John war an einem anderen Grab angelangt. Er sah einen aufgebrochenen Sarg, in dem ein blankes Skelett lag. Die leeren Augenhöhlen des Totenschädels glotzten ihn an.

John Sinclair wandte den Blick mit Gewalt ab. Zum

Glück führte der Stollen weiter, direkt an dem Grab vorbei.

Wieder kroch John auf dem Bauch weiter. Stück für Stück legte er zurück.

Dann drang wieder der Verwesungsgeruch in seine Nase.

Aber diesmal intensiver. Wie eine unsichtbare Wolke schwebte der Gestank auf ihn zu.

John löschte die Lampe.

Seine Rechte zwängte sich unter die Jacke und holte die Beretta hervor.

Es dauerte einige Zeit, bis John seine vibrierenden Nerven unter Kontrolle hatte.

Es gab für ihn jetzt keinen Zweifel mehr. Es würde zu einer Begegnung mit einem Ghoul kommen.

John Sinclair presste mit der freien Hand seine Nase zu, weil der Gestank unerträglich wurde.

Da hörte er auch schon vor sich ein widerliches Keuchen und Schmatzen.

Der Ghoul war auf dem Weg zu einem Opfer.

Für einen Augenblick schien die Panik John zu überwältigen.

Er, ein Mensch, befand sich in einem Stollen, der für ihn zur Todesfalle werden konnte. Er war auf eigene Gefahr in das Reich der Ghouls eingedrungen und musste deshalb mit allem rechnen.

Das Schmatzen wurde noch lauter, die ekelhafte Ausdünstung immer stärker.

Der Ghoul musste dicht vor ihm sein.

John schaltete die Lampe ein.

Der Strahl bohrte sich durch die Dunkelheit und erfasste eine grässliche Gestalt.

Fast zwei Yards war das Wesen vor ihm. Ein langes, schleimiges Etwas, aus dem nur die hervorquellenden Augen starrten.

Der Ghoul war für einen Moment überrascht. Doch dann streckte er seinen langen, schleimigen Arm vor, versuchte, John damit zu umfassen, ihn zu sich heranzuziehen und dann zu zerfleischen.

John Sinclair schoss.

Fauchend verließ das Projektil den Lauf, bohrte sich genau zwischen die Augen des Ghouls.

Das Wesen zuckte zurück. Ein nervenzerfetzendes Kreischen drang aus seinem Mund, das in einem jämmerlichen Heulen endete.

Der Ghoul begann, sich vor John Sinclair aufzulösen. Die Gestalt veränderte sich, quoll zu einer Kugel auf, fiel dann ineinander und zerfloss.

Zurück blieb eine stinkende Lache.

Mit zusammengebissenen Zähnen kroch John weiter, durch die Lache, die vor wenigen Sekunden noch ein menschenfressendes Untier gewesen war.

John Sinclair wusste nicht mehr, wie lange er sich vorwärts gewunden hatte, auf jeden Fall erreichte er plötzlich einen der Hauptgänge.

Der war wenigstens so hoch, dass er auf allen vieren weiterkriechen konnte.

John wandte sich nach rechts.

Jetzt endlich kam er schneller voran. Auch war dort die Luft besser.

Der Stollen stieg leicht an. John sah im Licht der

Lampe überall Nebenstollen in den Gang münden. Dieser Friedhof war ein einziges Labyrinth. Wie geschaffen für Ghouls.

John hatte seine Augen überall. Doch es kam ihm kein Ghoul mehr in die Quere.

Und plötzlich stand der Inspektor vor einer Holzleiter. Der Stollen war inzwischen wesentlich höher geworden, so dass John schon fast aufrecht stehen konnte.

Die Leiter endete an einer Falltür.

John Sinclair überprüfte erst die Sprossen, bevor er sie betrat.

Sie hielten.

John musste sechs Sprossen überwinden, ehe er die Falltür erreichte.

Der Inspektor steckte die Pistole weg und drückte probehalber mit der flachen Hand gegen das Holz.

Die Falltür rührte sich nicht einen Zoll.

John biss sich auf die Lippen. Sollte diese verdammte Tür nur von außen zu öffnen sein? Kaum, denn wie wollten die Ghouls je zurückkommen?

John drehte sich vorsichtig auf der zweitletzten Sprosse, machte einen Buckel und stemmte sich mit aller Macht gegen die Falltür.

Vor Anstrengung traten John die Adern an der Stirn hervor.

Doch der Inspektor hatte Erfolg.

Die Falltür knirschte in den Angeln. Sand und Dreck rieselten in Johns Nacken.

John atmete noch einmal tief ein und mobilisierte seine letzten Kraftreserven.

Es gab einen Ruck, und dann knallte die Falltür auf der anderen Seite zu Boden.

Geschafft!

John stieg die letzten Sprossen hoch, schwang sich aus der Öffnung und blieb für einige Minuten erschöpft auf dem Boden liegen.

Nur langsam beruhigte sich sein keuchender Atem. Die Luft, die in dem Raum herrschte, kam ihm wie Balsam vor.

Das monotone Ticken einer Uhr drang an Johns Ohren.

Der Inspektor stand ächzend auf, nahm die Lampe in die Hand und leuchtete seine neue Umgebung ab.

Er befand sich in einem schmalen Flur, von dem einige Türen abzweigten. Das Ticken kam von einer alten Standuhr am Ende des Flures.

Wem mochte das Haus gehören, in dem John gelandet war? Es schien unbewohnt, denn nirgendwo brannte Licht, und auch sonst waren keine Geräusche zu hören, die auf die Anwesenheit von Menschen hätten schließen lassen können.

John blickte auf seine Uhr.

Er erschrak regelrecht. Über eine Stunde hatte er in dem Labyrinth der Ghouls verbracht.

John Sinclair begann mit der Untersuchung des Hauses. Er zog die nächstbeste Tür auf, leuchtete in den Raum und stellte fest, dass er ein Schlafzimmer vor sich hatte. Die Möbel waren dunkel und sahen ziemlich alt aus. Aber kein Mensch war zu sehen.

John nahm sich den nächsten Raum vor.

Ein Wohn- beziehungsweise Arbeitszimmer. Der Lampenstrahl traf einen hochlehningen Sessel, einen Hinterkopf, einen neben der Sessellehne pendelnden Arm.

Und plötzlich wusste John Sinclair, wo er sich befand. In dem Haus von Doc Meredith. Bill Conolly hatte ihm schon davon erzählt.

Doch der Inspektor wollte hundertprozentige Gewissheit haben. Er betrat das Zimmer, ging um den hochlehningen Stuhl herum und leuchtete den darauf sitzenden Mann an.

Bill Conolly hatte recht gehabt. Doc Meredith sah schrecklich aus.

Angewidert wandte sich John Sinclair ab.

Im selben Moment, als Bill Conolly das Schwert losließ, erwachte er aus seiner Trance.

Die Erkenntnis traf den Reporter wie ein Blitzschlag.

Du hast deine eigene Frau umgebracht!

In Bill Conolly wurde etwas zu Eis. Er zog das Schwert aus Sheilas Brust, stand für einen Sekundenbruchteil da, wirbelte urplötzlich herum und schleuderte das Schwert fast aus dem Handgelenk in Richtung William Abbot.

Der Beerdigungsunternehmer bekam die Waffe genau in die Brust. Von der Wucht des Aufpralls wurde er einige Schritte zurückgeschleudert und prallte gegen die Wand.

Bill Conolly war mit zwei Sprüngen bei ihm.

»Du Bastard!«, schrie der Reporter. »Du hinterhältiger, dreckiger Bastard! Wegen dir bin ich zum Mörder an meiner eigenen Frau geworden. Du ...«

Bill holte aus und schlug dem Beerdigungsunternehmer die Faust in das feiste Gesicht.

Immer wieder.

Bis ihn schleimige, nach Moder riechende, krallenlange Finger packten und zurückrissen.

Bill stemmte sich gegen die brutalen Griffe an, versuchte alle Tricks.

Ohne Erfolg.

Die Krallen ließen ihn nicht los.

William Abbot blickte den Reporter kalt an. Der mörderische Stoß mit dem Schwert hatte ihm nichts ausgemacht. Die scharfe Schneide war zwar durch seinen Körper gedrungen, hatte aber keine Verletzungen bewirkt.

Gelassen zog sich William Abbot das Schwert aus der Brust.

»Sie sind ein Idiot, Conolly«, sagte er lässig. »Ich habe Ihnen doch schon mal gesagt, dass Dämonen gegen menschliche Waffen unempfindlich sind. Wozu also dieser Unsinn?«

Diese kalte Überheblichkeit des Beerdigungsunternehmers trieb Bill Conolly fast an den Rand des Wahnsinns. Das Gefühl, von einem überlegenen Gegner wie ein Spielball hin und her geworfen zu werden, konnte Bill nervlich nicht mehr verkraften.

»Ich kann Ihre Gedanken erraten«, sagte Abbot spöttisch lächelnd. »Sie überlegen bestimmt, wie Sie mich packen können. Aber ich kann Sie trösten.

Andere, Bessere als Sie, haben es auch nicht geschafft. Doch ein Kompliment muss man Ihnen machen. Sie sind der geborene Mörder. Ich denke dabei an Ihre Frau. Wie Sie meinen Befehl ausgeführt haben – einfach fabelhaft.«

»Du verdammtes Schwein!«, heulte Bill auf. »Du ...«

Der harte Griff der Ghouls wurde noch stärker. Es war Bill unmöglich, weiterzusprechen.

»Doch kommen wir endlich zur Sache«, fuhr Abbot fort. »Bisher habe ich mir erlaubt, mit Ihnen ein Spielchen zu treiben. Gewissermaßen zu meinem Privatvergnügen. Doch nun wird es ernst. Meine Helfer wollen etwas haben. Sie wollen Leichen sehen. Und deshalb werden Sie sterben.«

»Na und?«, keuchte Bill. »Glauben Sie, ich habe Angst vor dem Tod? Jetzt noch, wo meine Frau ...?«

»Ihre Frau?«, unterbrach ihn Abbot höhnisch. »Drehen Sie sich doch mal um.«

Die Ghouls ließen Bill los. Er konnte sich wieder frei bewegen und wandte langsam den Kopf.

Was er sah, ließ ihn bald an seinem Verstand zweifeln. Auf der Schiene fuhr gerade ein zweiter gläserner Sarg in den Raum. Und in dem Sarg lag Sheila Conolly!

Aber wer war die Frau, die er getötet hatte?

»Das ist doch – das ist doch ...«, flüsterte Bill.

»Unmöglich, Mr. Conolly! Sie haben nicht Ihre Frau erstochen, sondern eine von mir nachgebildete Wachspuppe!«

Bill Conollys Blicke irrten zwischen den beiden Särgen hin und her.

Der Reporter war sprachlos. Zu viel war in den letzten Minuten auf ihn eingestürmt.

»Ihre Frau liegt in einem hypnotischen Tiefschlaf«, hörte Bill wie aus weiter Ferne die Stimme des Beerdigungsunternehmers. »Sie wird kaum merken, wenn Sie diesmal ihr das Schwert in die Brust stoßen.«

»Nein!«, sagte Bill leise. »Das haben Sie einmal mit mir gemacht. Ein zweites Mal nicht mehr.«

»Wir haben Möglichkeiten, Sie zu zwingen, Mr. Conolly. Meine Geduld ist nämlich am Ende. Also, los!«

Abbot hatte die Worte kaum ausgesprochen, da handelte Bill schon. Er kreiselte gedankenschnell herum und rannte mit langen Sätzen auf die Öffnung zu, aus der die Särge gekommen waren. Bill musste den Kopf einziehen, um nicht gegen den oberen Rand zu stoßen.

Der Reporter tauchte in einem schmalen, dunklen Gang unter. Er lief immer auf den Schienen entlang, um die Orientierung nicht zu verlieren.

Hinter sich hörte er das teuflische Gelächter des Beerdigungsunternehmers.

Bill fragte sich, wo er landen würde.

Er wusste es wenige Sekunden später, als er mit dem Körper gegen ein starkes Eisengitter prallte.

Für einige Zeit sah Bill nichts anderes als Sterne. Dann ebbte der Schmerz langsam ab.

Bill Conolly blickte zurück. Die Öffnung, noch gut zu erkennen, kam ihm unendlich weit vor. Er sah das helle Rechteck und wusste, dass er, wenn er zurückging, genauso in der Falle saß wie jetzt.

Bill Conolly war verzweifelt.

Fieberhaft suchte er seine Taschen nach einem Feuerzeug ab. Er wollte wenigstens genau sehen, wo er sich befand.

Das Feuerzeug fand er in der Hosentasche. Beim zweiten Versuch flackerte die Flamme auf.

Bill schwenkte das Feuerzeug langsam herum und sah ein von der Decke bis zum Boden reichendes Eisengitter, gegen das er gerannt war. Die Räume zwischen den einzelnen Stäben waren so schmal, dass ein Mensch nicht hindurchschlüpfen konnte.

Auch dieser Fluchtweg war verbaut.

Bill hatte vorgehabt, von draußen Hilfe zu holen. Hilfe für Sheila, seine Frau.

Aber jetzt war alles vorbei.

Und noch etwas anderes sah Bill in dem Schein der kleinen Flamme.

Drei Ghouls.

Sie gingen hintereinander und kamen direkt auf Bill zu.

Der Reporter presste sich mit dem Rücken gegen das Gitter. Er sah die entstellten Gesichter der Ghouls und glaubte in ihren Augen die Gier nach Opfern zu lesen.

Bill Conolly sah keine Chance mehr. Er hatte nichts, womit er sich gegen die Ghouls hätte wehren können. Höchstens seine Fäuste. Und die waren für solche Bestien kein Problem.

Der erste Ghoul tauchte dicht vor Bill Conolly auf. Er stieß ein heftiges Fauchen aus und sprang den Reporter an. ...

Die klare, kühle Nachtluft umfächerte Johns Gesicht wie ein weiches Tuch.

Der Inspektor ging langsam durch den kleinen Vorgarten, der zu Doc Meredith' Haus gehörte.

Als John auf der Straße stand, gönnte er sich erst mal eine Zigarette. Sie hatte ihm selten so gut geschmeckt wie in diesem Augenblick.

John blickte die wie ausgestorben daliegende Latimer Road hinauf. Vereinzelt brannten trübe Gaslaternen. Ein streunender Köter huschte jaulend über die Straße. Aus irgendeinem Hauseingang torkelte ein Betrunkener, entdeckte John und stolperte auf ihn zu.

John kümmerte sich nicht um den Kerl, sondern sah sich Bills Porsche an, der immer noch vor dem Haus stand. John wunderte es eigentlich, dass den Wagen noch niemand gestohlen hatte. Die Seitenfenster waren zwar eingeschlagen, aber sonst schien der schnelle Flitzer noch vollkommen intakt zu sein.

Eine Alkoholfahne stieg in Johns Nase.

Der Betrunkene. Er hatte es tatsächlich mit heilen Knochen geschafft, sich John Sinclair zu nähern. Jetzt hatte er beide Arme gegen das Autodach gestützt und schwankte noch leicht hin und her. Sein glasiger Blick versuchte John zu fixieren, was jedoch schwerlich gelang, denn der Kerl kniff immer wieder die Augen zu.

»Ist – ist ... das Ihr Wagen, Mister?«
»Nein.«
»Hätte – hätte mich auch gewundert«, sagte der

Betrunkene mit leicht angekratzter Stimme. »Da saß nämlich 'ne Frau drin.«

Jetzt wurde John hellhörig. »Wann war denn das?«

Der Betrunkene zog eine Hand vom Autodach weg und machte eine wilde Armbewegung.

»Kann ich – kann ich Ihnen auch nicht so sagen, Mister. Ich lag 'n paar Häuser weiter in der Ecke. Ich wurde gerade wach, weil ich unheimlichen Brand kriegte, da sah ich, wie die Blonde von einem aus dem Wagen geholt wurde.«

»Ist sie freiwillig mitgegangen?«

»Sicher. Sie hat sich sogar noch bei dem Kerl eingehängt.«

Der Mann griff in die Tasche seines langen Mantels und holte eine Flasche hervor.

Er hielt sie sich gegen das Gesicht, kniff abwechselnd das rechte und das linke Auge zu und sagte dann mit tonloser Stimme: »Leer.«

John verstand den Wink mit dem Zaunpfahl. Ein kleiner Schein wechselte den Besitzer, und der Betrunkene war zufrieden. Leise vor sich hin singend schaukelte er ab.

John wartete noch, bis der Betrunkene verschwunden war, und setzte sich dann ebenfalls in Bewegung. In Richtung des Beerdigungsinstitutes.

Nach den Worten des Mannes zu urteilen, musste Sheila freiwillig mitgegangen sein. Aber wenn das der Fall gewesen war, hätte sie doch nur ein Bekannter dazu überreden können.

Oder aber ...

John kam eine fantastische Idee. Sollte dieser William Abbot tatsächlich ein Dämon sein, war er vielleicht auch in der Lage, jede andere Gestalt anzunehmen. John hatte davon schon gelesen und gehört. Wenn das stimmte, war es durchaus möglich, dass er die Gestalt von Bill Conolly angenommen hatte.

John hielt sich immer eng an den Hauswänden. Manchmal hörte er aus den schmalen Einfahrten Stimmen und geheimnisvolles Flüstern. Einmal stöhnte jemand jämmerlich. Doch John kümmerte sich nicht darum. Er hatte wichtigere Sachen zu erledigen.

Das Beerdigungsinstitut Seelenfrieden lag in völliger Dunkelheit. Es brannte nicht einmal eine kleine Lampe an der Hauswand.

John ging die paar Stufen zum Eingang hoch und drückte gegen die Tür.

Nichts. Sie war verschlossen.

Damit hatte John allerdings gerechnet. Also musste er versuchen, von der Rückseite in das Haus zu gelangen.

John hatte bei seinem ersten Besuch schon zwischen dem Nachbarhaus und dem Beerdigungsinstitut einen schmalen, kaum körperbreiten Durchlass entdeckt. Johns Schätzung nach musste er zur Rückseite führen, vielleicht sogar in einen Hof münden.

Der Inspektor zwängte sich in den Durchlass. Er berührte fast mit beiden Schultern links und rechts die Hauswände, so eng war es hier.

Eng und stockfinster.

John ließ kurz seine Lampe aufblitzen.

Eine fette Ratte huschte quiekend aus dem Lichtstrahl.

Es war totenstill. Das einzige Geräusch war das Schaben der Lederjacke an den Hauswänden.

Nach einigen Minuten hatte John den Durchlass hinter sich und stand in einem Hinterhof.

John schaltete die Lampe ein und deckte den Schein mit der Handfläche ab.

Drei überquellende, verrostete Mülltonnen duckten sich an der Hauswand. Mitten auf dem Hof stand eine verfaulte Holzbank.

John sah auch noch etwas anderes. Eine Brandmauer. Etwa mannshoch. Sie trennte diesen Hinterhof von dem des Beerdigungsunternehmens ab.

John grinste. Er hatte mal wieder den richtigen Riecher gehabt.

Die Mauer bot kein Hindernis. Mit einem kräftigen Schwung saß John auf der Krone und sprang leichtfüßig auf der anderen Seite wieder hinunter.

Der Hof, in dem er gelandet war, war völlig kahl. Es stand nicht ein Abfallkübel herum. Der Boden bestand aus einer glatten Betondecke.

An der Rückseite des Hauses entdeckte John eine Eisentür. Sie war verschlossen.

Aber der Inspektor sah auch noch etwas anderes. Zwei Kellerfenster, durch die sich ein Mann ohne weiteres schlängeln konnte.

John legte sich auf den Bauch und sah, dass die Kellerfenster nur durch ein dünnmaschiges Fliegengitter abgesichert waren.

Das war für ihn kein Problem.

John zückte sein Taschenmesser und klemmte es zwischen Holzrahmen und Fliegengitter. Er benutzte die Schneide als Hebel.

Das Fliegengitter riss.

John setzte noch an drei weiteren Stellen das Messer an. Den Rest des Gitters zerrte er mit den Händen herunter.

John Sinclair steckte das Messer weg und kroch mit den Füßen zuerst durch das schmale Fenster.

Vorsichtig ließ er sich im Innern des Hauses auf den Boden gleiten.

Einige Minuten blieb John lauschend stehen.

Niemand schien sein Eindringen bemerkt zu haben. Nur zog wieder dieser Moder- und Verwesungsgeruch in Johns Nase. Allerdings nicht so stark wie auf dem Friedhof. Trotzdem, die Ghouls waren also in der Nähe.

John knipste die Lampe an.

Der Strahl geisterte durch den Keller und riss einen makabren Gegenstand aus der Dunkelheit.

Einen gläsernen Sarg.

Er war offen und stand in der Mitte des Kellers. Das Oberteil des Sarges lehnte an der weiß getünchten Wand. Neben einem Schweißbrenner, der schon mit der zugehörigen Gasflasche durch einen Schlauch verbunden war.

John bückte sich und klopfte mit dem Fingerknöchel gegen den Sarg.

Das durchsichtige Glas war hart wie Stein. Es musste ein besonderer Kunststoff sein, aus dem der Sarg gefertigt war.

Der Lampenstrahl wanderte weiter, und John sah eine Holztür, die aus dem Kellerraum führte.

Der Inspektor drückte die Metallklinke herunter.

Die Tür schwang auf. Sie quietschte nicht einmal in den Angeln.

John gelangte in einen aus Ziegelsteinen gemauerten Gang, der wieder an einer Tür endete.

Und dann hörte John Stimmen.

Sie kamen von vorn, aus dem Raum, der hinter der Tür liegen musste.

Der Inspektor löschte die Lampe und schritt auf Zehenspitzen weiter.

Er bückte sich und peilte durch das Schlüsselloch.

Lichterschein traf sein Auge. Aber John sah auch noch etwas anderes.

Einen Mann und ein Stück eines gläsernen Sarges.

Der Mann stand mitten im Raum und hatte die Hände vor der Brust verschränkt. Als er sich jetzt ein wenig zur Seite bewegte, konnte John ihn erkennen.

Es war William Abbot.

Er sagte etwas, was John nicht verstehen konnte.

Der Inspektor richtete sich auf. Seine Rechte legte sich auf das kühle Metall der Türklinke. Und plötzlich ahnte John, dass er vor der Lösung des Falles stand.

Der Inspektor steckte die Taschenlampe weg und zog statt dessen seine Pistole.

Wenn nur die Tür nicht abgeschlossen war.

Sie war es nicht.

Fast wie in Zeitlupe schwang sie zurück.

John wollte gerade in den Raum huschen, da hörte er den Schrei. Es war ein Schrei, der zitternd in der Luft stand und mit einem leisen Wimmern abbrach.

John Sinclair sprang in den Raum.

Für Bill Conolly, der mit dem Rücken an dem verdammten Eisengitter klebte, gab es kein Zurückweichen mehr.

Er musste den Angriff des Ghouls voll nehmen. Der Leichenfresser presste Bill gegen das Gitter und legte seine schleimigen Arme um den Hals des Reporters.

Sofort wurde Bill die Luft knapp. Er strampelte mit den Beinen, versuchte, sich aus der gnadenlosen Umklammerung zu befreien.

Vergebens.

Bill sah die schreckliche Fratze des Ghouls dicht vor sich und spürte, wie ihn die schleimige Körpermasse immer mehr umfing.

Aber Bill hatte noch einen Arm frei. Und in der Hand hielt er das Feuerzeug.

Instinktmäßig winkelte Bill den Arm an, näherte sich mit dem Feuerzeug dem Kopf des Ghouls und drückte auf den Auslöser.

Die Flamme sprang hoch, fand Nahrung...

Und plötzlich stand der Ghoul in Flammen!

Vor nichts haben Dämonen so viel Angst wie vor Feuer. Feuer ist die einzig wirksame Waffe außer den Silberkugeln.

Der Ghoul ließ den Reporter los, taumelte zurück. Auf seine beiden Kumpane zu, die bisher nicht eingegriffen hatten.

Das Feuer fand immer neue Nahrung, züngelte an den Armen des Ghouls empor, erreichte seinen Kopf.

Ein grässlicher, unheimlicher Schrei entrang sich der Kehle des Ghouls, als das Wesen, wie von Furien gehetzt, die Schienen entlangrannte und als lebende Fackel bei seinem Herrn und Meister ankam.

Doch schon waren die anderen beiden Ghouls da.

Ehe Bill sich versah, hatte ihm jemand das Feuerzeug aus der Hand geschlagen, ihn damit seiner einzigen wirksamen Waffe überhaupt beraubt.

Bill Conolly war wehrlos.

Doch er gab nicht auf. Nicht, solange noch ein Fünkchen Leben in ihm steckte.

Den ersten Angriff der Ghouls unterlief er. Es gelang ihm, zur Seite zu tauchen und in Richtung Öffnung zu rennen.

Doch Bill kam höchstens zwei Yards weit.

Eine Hand krallte sich um seinen rechten Fußknöchel.

Der Reporter stolperte, bekam das Übergewicht und fiel. Hart prallte er auf.

Jetzt ist es aus, dachte er. Jetzt haben sie dich.

Im selben Moment hörte Bill, wie jemand seinen Namen schrie.

Mein Gott, das war John, der da gerufen hatte. John Sinclair, sein Freund!

»Bleib liegen, Bill!«, gellte Johns Stimme.

Dem Inspektor war die Überraschung vollkommen gelungen. Ehe Abbot und seine Helfer überhaupt reagieren konnten, war er in den Raum gestürzt, an den verdutzten Ghouls vorbei und auf die quadratische Öffnung zugerannt.

John Sinclair schoss.

Die Silberkugel sauste dem ersten Ghoul, der sich bereits nach Bill Conolly bückte, genau in die Brust.

Heulend wurde er zurückgeworfen und fiel zu Boden.

John jagte die zweite Kugel aus dem Lauf.

Sie drang dem anderen Ghoul seitlich in den Kopf.

Das alles hatte nur Sekunden gedauert. Doch die Zeit reichte aus, dass sich die anderen Ghouls von der Überraschung erholen konnten.

William Abbot brüllte einen Befehl.

John kreiselte gedankenschnell herum.

Der Ghoul war mitten im Sprung, als ihn Johns Kugel traf.

John sprang einige Schritte vor, über den sterbenden Ghoul hinweg und wandte sich seinem nächsten Gegner zu.

John drückte ab.

Auch diese Kugel traf, fetzte in den Unterleib des Dämons.

Blieb nur noch William Abbot!

John glitt zur Seite und blickte William Abbot an.

Auge in Auge standen sie sich gegenüber. Nur durch den gläsernen Sarg getrennt.

»Nun, Mr. Abbot?«, keuchte John.

Der Dämon zuckte nicht mit einer Wimper. Er reagierte auch nicht auf die verzweifelten Hilfeschreie der Ghouls, die sich sterbend am Boden wanden und sich immer mehr auflösten.

William Abbot sah, dass er verloren hatte. Mit einem Fluch machte er auf dem Absatz kehrt und rannte auf die Tür zu, aus der John gekommen war.

Der Inspektor hob die Pistole, visierte den Rücken des Dämons an.

Einem Menschen hätte er nie in den Rücken schießen können. Aber Abbot war kein Mensch. Er war ein Dämon, eine Ausgeburt der Hölle, wie sie nur der Satan persönlich schaffen konnte.

John Sinclair zog durch.

Klick!

Dieses Geräusch hallte fast wie ein Donnerschlag in Johns Ohren.

Er hatte sich verschossen! Es steckte keine Silberkugel mehr in dem Magazin.

Abbot war schon an der Tür, als er das Geräusch hörte. Er wandte noch einmal den Kopf und lachte gellend.

»Wir sehen uns wieder, Inspektor Sinclair!«, schrie er. »Und dann sitze ich am längeren Hebel!«

Abbot hatte kaum das letzte Wort ausgesprochen, da war er auch schon verschwunden.

John reagierte blitzschnell.

»Bleib du hier und kümmere dich um Sheila«, rief er Bill zu und rannte los.

»Aber John, du hast keine Waffe. Er wird dich töten!«, schrie Bill.

Doch darauf hörte John nicht mehr. Er kannte nur ein Ziel: William Abbot musste vernichtet werden, ehe er noch mehr Unheil anrichten konnte.

Der Schlag traf mit mörderischer Wucht Johns ungeschützten Nacken. Der Inspektor hörte noch ein hämisches Lachen, und dann raste der harte Betonboden auf ihn zu.

Augenblicke später war John Sinclair bewusstlos.

Sekundenlang blickte William Abbot hasserfüllt auf den gekrümmt am Boden liegenden Polizeibeamten. Dann erwachte der Beerdigungsunternehmer zu einer nie gekannten Hektik.

Er löste Johns Hosengürtel und fesselte dem Inspektor damit die Hände.

Abbot fasste John Sinclair unter die Achseln und schleifte ihn in eine Ecke des Kellerraums.

Sie befanden sich in dem Raum, durch dessen Fenster John eingestiegen war. Der Inspektor hatte, als er Bill Conolly verließ, Abbot noch soeben in den bewussten Kellerraum hineinhuschen sehen. John war dann zu unvorsichtig gewesen und genau in einen Handkantenschlag gestolpert.

Abbot trat John mit dem Fuß in die Rippen, darauf hoffend, dass der Inspektor schnell aus seiner Bewusstlosigkeit erwachen würde.

John Sinclair tat ihm den Gefallen.

Er öffnete die verklebten Augenlider, schüttelte ein wenig den Kopf, was ihm jedoch schlecht bekam, und wollte seine Hände heben.

Jetzt erst merkte er, dass sie auf dem Rücken gefesselt waren.

»Wer zuletzt lacht, lacht am besten. So heißt doch das Sprichwort, nicht wahr?«, drang Abbots triumphierende Stimme an Johns Ohren.

Der Inspektor blickte den Beerdigungsunternehmer aus seiner Froschperspektive an. »Noch steht nicht fest, wer zuletzt lacht«, erwiderte er mit leicht belegter Stimme.

Abbot kicherte. »Sie sind Optimist, was, Sinclair? Aber hier kommen Sie nicht mehr lebend raus. Sie waren gut, das muss ich anerkennen. Sie haben alle meine Leute geschafft, somit die gesamte Organisation zerschlagen. Bis auf mich. Und das wird Ihr Tod sein. Ihrer und der Tod Ihres Freundes.«

John presste die Lippen zusammen, um ein aufsteigendes Gefühl der Panik zu unterdrücken. Sicher, wenn man es ganz genau betrachtete, gab es so gut wie keine Chance mehr. Dieser verdammte Dämon hatte letzten Endes doch gesiegt. Aber John konnte wenigstens noch um Gnade betteln. Gnade für Sheila Conolly.

»Lassen Sie die Frau laufen, Abbot«, sagte John leise.

»Sind Sie wahnsinnig?«, kreischte der Beerdigungsunternehmer. »Wie käme ich dazu? Sie wird mein besonderes Opfer. Sie werden sogar zusehen, wenn ich sie ...«

»Halten Sie Ihren dreckigen Mund!«, schrie John.

Abbot lachte. Er beugte sich über den wehrlosen Inspektor und blies ihm seinen modrigen Atem ins Gesicht.

John wandte sich angeekelt ab.

»Wollen Sie meine wirkliche Gestalt sehen, Inspektor?«, flüsterte Abbot. »Passen Sie auf, ich zeige Sie Ihnen.«

Ehe John zu einer Antwort ansetzen konnte, war Abbot ein paar Schritte zurückgetreten und murmelte einige seltsame Beschwörungsformeln.

Die Luft in dem Kellerraum begann plötzlich zu knistern. Bläuliche Flammen schlugen aus dem Nichts hervor, und gelber, stinkender Qualm breitete sich aus.

Im Zentrum der Qualmwolke stand William Abbot. Oder der, der er einmal gewesen war.

John sah nur noch ein durch Schnitte schrecklich entstelltes Gesicht, aus dem ununterbrochen das Blut tropfte, auf den Boden fiel und sofort verdampfte. Eine weißgelbe, wie Teig aussehende Hand schob sich aus dem Nebel, und John, der die Hand gebannt anstarrte, sah, wie sich die Finger veränderten, wie sie zu Klumpen wurden und langsam abfielen.

Gestank breitete sich aus. Es roch nach Pech und Schwefel.

Höllengeruch!

Und dann war plötzlich alles vorbei. Von einer Sekunde zur anderen war der Spuk verschwunden.

Kein Qualm mehr, kein Feuer – nichts.

Nur William Abbot stand noch da. So wie John ihn kannte. Mit einem diabolischen Grinsen auf den fleischigen Lippen.

John Sinclair, dessen Herz wie rasend klopfte, zog scharf die Luft ein.

»Mir können Sie keine Angst mit Ihrem Hokuspokus machen, Abbot«, sagte er.

Abbots Gesicht verzerrte sich. »Hokuspokus, sagen Sie, Inspektor? Sie haben soeben in den finsteren Schlund der Hölle geblickt. Haben fast das Tor zur Dämonenwelt überschritten. Aber Ihnen wird das Lachen noch vergehen. Ich werde Asmodis, dem Fürsten der Finsternis, ein besonderes Opfer bringen. Sie werden nie mehr Ruhe finden nach Ihrem Tod. Ihre Seele wird zwischen dem Diesseits und Jenseits umherwandeln, und Asmodis wird sich die schrecklichsten Qualen der Hölle für Sie ausdenken.«

Abbot stieß die Worte hasserfüllt hervor, schleuderte sie wie Lanzen gegen Johns Gesicht.

Dann wurde er plötzlich wieder ruhig. Er wischte sich über die Stirn und sagte: »Jetzt werde ich Ihren Freund holen und dann die Frau. Sie beide sollen zusehen, wie sie stirbt.«

Abbot wandte sich ruckartig um und verließ den Kellerraum. Er dachte, John Sinclair wäre erledigt. Doch so leicht gab der Inspektor nicht auf.

Bis Abbot wiederkam, musste er es geschafft haben, seine Handfesseln zu lösen.

Wenn nicht, war alles verloren ...

Erst als John verschwunden war, kam Conolly richtig zum Bewusstsein, dass er noch lebte.

Sein flackernder Blick irrte durch den Raum.

Bill sah das Grauen.

Die Ghouls lagen in ihren letzten Zuckungen.

Von manchem war nur noch eine penetrant stinkende, gelbgrüne Lache zurückgeblieben, aus der Körperteile in letzten hektischen Zuckungen hervorragten.

Von dem letzten Ghoul, den John getötet hatte, war nur noch der Oberkörper vorhanden. Die Beine zerflossen langsam zu einem dicken Brei. Das Gesicht des Ghouls war gar nicht mehr zu erkennen. Nur der Mund, ein klaffendes Loch, formte verzweifelte, wehleidige Laute. Die Hände, ein gelbgrüner Schleim, streckten sich Bill bittend entgegen.

Der Reporter wandte sich schaudernd ab.

Er vergrub sein Gesicht in den Händen und musste sich beherrschen, um nicht laut loszuschreien.

Doch er konnte seinen Blick einfach nicht abwenden. Durch die gespreizten Finger sah er auf die sterbenden Ghouls, so lange, bis keiner mehr von ihnen übrig war.

Dann erst wich die Erstarrung. Und Bill sah wieder den gläsernen Sarg, in dem Sheila, seine Frau lag.

Ein gequälter, verzweifelter Schrei drang über seine Lippen. Ein Schrei, in dem all die Not und die Angst lagen, die er in den vergangenen Stunden durchgemacht hatte.

»Sheilaaa!«

Bill fiel neben dem Sarg auf die Knie. Durch den gläsernen Sarg sah er in das Gesicht seiner Frau.

Wie schön es war. So, als hätte es ein Bildhauer geschaffen.

Lebte Sheila überhaupt noch?

Bill starrte seine Frau an. Versuchte herauszubekommen, ob sich ihre Brust durch Atemzüge bewegte.

Bill starrte so lange, bis ihm die Augen tränten. Dann wusste er immer noch nicht, ob Sheila noch am Leben war.

»Ich muss den Sarg aufbekommen!«, flüsterte Bill. »Ich muss es einfach!«

Bills Augen suchten nach irgendeinem Gegenstand, mit dem er den Sarg öffnen oder zertrümmern konnte.

Das Schwert!

Es lag immer noch auf dem Boden, schien Bill förmlich anzustarren.

Die Finger des Reporters krallten sich um den Griff.

Noch vor kurzem hatte er mit dem Schwert seine eigene Frau umbringen sollen. Nun konnte er es zu ihrer Rettung gebrauchen.

Bill packte das Schwert mit beiden Händen, hob es hoch über den Kopf und ließ es mit aller Macht auf den gläsernen Sarg hinuntersausen.

Während das Schwert durch die Luft pfiff, fiel ihm siedend heiß ein, dass bei der Zerstörung des Sarges auch Sheila verletzt werden könnte.

Das Schwert knallte auf den Sargdeckel, rutschte zur Seite ab und wurde durch den Gegendruck dem Reporter fast aus den Händen geprellt.

Doch der Sarg hielt.

Der einzige Erfolg waren ein paar Kratzer auf dem Deckel.

Bill Conolly war einer Verzweiflung nahe.

Tränen der Wut, der Enttäuschung traten in seine Augen. Er hatte es nicht geschafft, Sheila zu befreien.

Ein Geräusch ließ Bill herumfahren.

Hinter seinem Rücken hatte sich die Tür geöffnet, und William Abbot war in den Raum getreten.

»Geben Sie sich keine Mühe«, sagte er. »Das Material ist sehr widerstandsfähig.«

Bill Conolly sah das zynische, siegessichere Lächeln auf dem Gesicht des Beerdigungsunternehmers, wusste auch im selben Moment, dass es Abbot gelungen sein musste, John Sinclair auszuschalten, und drehte durch.

Schreiend und das Schwert wild über seinem Kopf schwingend, rannte er auf Abbot zu.

»Damit können Sie mich nicht töten«, rief Abbot schneidend.

»Aber ich kann dir deinen Schädel abschlagen!«, brüllte der Reporter und führte einen sensenden Hieb.

Bill sah die Angst in Abbots Augen aufblitzen und wusste, dass er eine wunde Stelle bei dem Beerdigungsunternehmer gefunden hatte.

Abbot duckte sich im letzten Augenblick.

Haarscharf pfiff das Schwert über seinen Kopf hinweg und ratschte kreischend mit der Spitze über die halb offen stehende Metalltür.

Durch die Wucht des Schlages taumelte Bill nach vorn. Er prallte selbst gegen die Tür und schlug sie zu.

Ehe sich der Reporter fangen und zum zweiten Schlag ausholen konnte, traf ein mörderischer Hieb seinen Rücken. Bill hatte das Gefühl, als würde ihm die Lunge aus dem Körper gerissen. Er torkelte nach vorn und fiel gegen die Wand.

Für einen Moment nur verlor er die Übersicht.

Abbots Faust explodierte wie ein Dampfhammer an Bills Schläfe. Der Reporter sah Sterne und sackte in die Knie. Ein zweiter Schlag traf seinen Nacken und schickte Bill endgültig ins Land der Träume.

»Idioten«, knurrte Abbot verächtlich. »Mich reinlegen zu wollen. Die werden sich wundern.«

Mit geschmeidigen Bewegungen ging William Abbot zu dem gläsernen Sarg und drückte auf eine bestimmte Stelle. Es gab ein zischendes Geräusch, so, als würde Luft entweichen.

Fast spielerisch nahm William Abbot den Sargdeckel ab. Dann hob er Sheila Conolly heraus. Er legte die wie tot aussehende Frau auf den Boden neben Bill Conolly.

Sekundenlang betrachtete er die beiden Menschen. »Ihr werdet schöne Leichen sein«, flüsterte er.

Mit wilder Verzweiflung arbeitete John an seinen Handfesseln. Abbot hatte den Hosenriemen verdammt eng geschnürt. Doch das Leder war zum Glück weich. Verbissen drehte, dehnte und zog John an dem Gürtel.

Und das Leder gab nach. Zwar nur ein winziges Stück, aber es war immerhin ein Erfolg.

Der Inspektor arbeitete weiter. Mit dem Mut der Verzweiflung.

Plötzlich hörte er einen Schrei. An der Stimme erkannte er Bill Conolly. Dann knallte eine Tür, und danach war es ruhig.

John ahnte Schreckliches. Um so intensiver setzte er seine Bemühungen fort, den Lederriemen loszuwerden.

Mit aller Kraft versuchte John, wenigstens ein Handgelenk aus der Schlaufe zu ziehen.

Und es gelang.

Plötzlich hatte er seine rechte Hand frei. Es war zwar etwas Haut abgescheuert worden, aber das machte nichts.

Der Rest war ein Kinderspiel.

Im selben Moment hörte John aber auch das schleifende Geräusch, das draußen vom Gang her an seine Ohren drang.

Das konnte nur Abbot sein, der auf dem Weg zu ihm war. Wahrscheinlich schleppte er den bewusstlosen Bill Conolly mit sich.

John zögerte keine Sekunde, sondern sprang auf und huschte auf den Schweißbrenner zu.

Er wusste, was er zu tun hatte.

Mit dem Rücken stieß William Abbot die Kellertür auf. Unter den Achseln gepackt, schleifte er Bill Conolly in den Raum.

»Jetzt werden Sie sich wundern, Sinclair«, sagte der Beerdigungsunternehmer und legte den bewusstlosen Reporter ab.

»Wirklich?«, erwiderte John gedehnt.

Abbot kreiselte herum. Seine Augen weiteten sich in grenzenlosem Staunen, schienen nicht fassen zu können, was sie sahen.

John Sinclair stand neben der Gasflasche und hielt den Schweißbrenner in der Hand. Er hatte das Ventil schon aufgedreht. Als Abbot herumwirbelte, hielt John sein brennendes Feuerzeug an die Düse des Schweißbrenners.

Puffend fing das Gas Feuer.

John nutzte noch immer den Überraschungseffekt und drehte das Ventil voll auf.

Fauchend schoss eine armlange Flamme aus der Düse und sprang förmlich auf William Abbot zu.

»Nein!«, kreischte der Beerdigungsunternehmer und wich zur Seite aus, da der Rückweg zur Tür von John blockiert wurde.

Unerbittlich folgte der Inspektor dem Dämon. Zum Glück war der Schlauch, der den Brenner mit der Gasflasche verband, lang genug.

»Jetzt kommt dein Ende, Abbot!«, peitschte Johns Stimme.

Abbot heulte wie ein in die Enge getriebener Schakal. Er kreuzte beide Arme vor dem Gesicht, um der grellen Flamme des Brenners zu entgehen.

Rastlos trieb John den Beerdigungsunternehmer vor sich her.

Abbot duckte sich in die Ecke, über der das Fenster lag, durch das John eingestiegen war.

Der Inspektor blieb stehen.

»Da kommst du nicht mehr raus«, zischte er und schob die Hand mit dem Schweißbrenner vor.

Kreischend sprang Abbot zur Seite, stolperte ein Stück zurück und fiel über seine eigenen Beine.

Wehrlos lag er auf dem Boden. Angst, Wut und bodenloser Hass loderten in seinem Blick.

John stand über Abbot. Er hielt den Schweißbrenner gegen die Decke gerichtet. Gewaltsam musste er sich von dem Gedanken lösen, dass Abbot kein Mensch, sondern ein Dämon war, der keine Gefühle kannte. Auch wenn sein Blick momentan etwas anderes verhieß.

»Lassen Sie mich leben, Sinclair«, bettelte der Dämon. »Sie bekommen alles, was Sie haben möchten. Ich selbst werde mich bei dem Fürsten der Finsternis für Sie einsetzen. – Was wollen Sie? Geld? Gold? Sie bekommen alles, alles!«, kreischte Abbot.

»Nein«, erwiderte John eisig. »Ich will etwas anderes!«

Hoffnung keimte in den Augen des Beerdigungsunternehmers auf.

»Ihren Tod, Abbot!«

Der Dämon heulte wie ein waidwundes Tier, als John den Schweißbrenner senkte. Waagerecht fauchte die Flamme über Abbot hinweg. Vielleicht spürte er schon die Hitze, sah sich bereits zu einer gelbgrünen Masse dahinschmelzen und griff zum letzten Mittel.

Hypnose!

Abbot starrte John mit brennenden Augen an, mobilisierte all seine magischen Kräfte, um seinen Gegner auf diese Weise auszuschalten.

John Sinclair spürte den Strom. Merkte, wie die

Wellen versuchten, in sein Nervenzentrum einzudringen, und war sich plötzlich darüber klar, dass er einen geistigen Kampf mit dem Dämon immer verlieren würde.

Es kostete John bereits übermenschliche Anstrengung, den Schweißbrenner zu senken.

Die Flamme fauchte dem Dämon jetzt direkt entgegen.

Aufschreiend wandte er den Kopf zur Seite.

Sofort ließen die Einwirkungen der Hypnose bei John Sinclair nach.

»Steh auf!«, fuhr er den Dämon an.

Doch Abbot hörte ihn nicht. Oder wollte ihn nicht hören. Wie ein Wurm wand er sich am Boden.

Mit Fußtritten trieb John den Dämon hoch.

Keuchend taumelte Abbot vor dem Inspektor her, immer damit rechnend, jeden Augenblick von der Flamme des Schweißbrenners erfasst zu werden.

Abbot übersah in seiner Hast den offenen Sarg. Nur sein Oberkörper hing noch draußen.

Ehe sich Abbot versah, hatte John mit der freien Hand zugegriffen und den Dämon ganz in den Sarg gezerrt.

»Was haben Sie mit mir vor?«, kreischte Abbot.

»Das werden Sie schon sehen!«, knurrte John, nahm den Schweißbrenner und strich mit der Flamme ein paarmal über Abbots Kleidung. Im Nu fing der Stoff Feuer.

William Abbot brüllte entsetzlich. Sein Körper wurde blitzschnell von den Flammen erfasst und in eine feuerrote Lohe eingehüllt.

Und plötzlich kam wieder das schrecklich entstellte, aber wahre Gesicht des Dämons zum Vorschein.

Übergroß sah John es durch das lodernde Flammenmeer.

Der Inspektor musste zurückspringen, da die Hitze zu groß geworden war. Er lief zu der Gasflasche und drehte das Ventil ab. Die Feuerlanze, die aus dem Schweißbrenner zischte, fiel in sich zusammen.

Der Todeskampf des Dämons war grässlich. John wandte sich ab.

Und dann war alles vorbei.

Nur noch gelbgrüne Dampfschwaden stiegen aus dem Sarg und verbreiteten einen penetranten Gestank nach Pech und Schwefel. Der Qualm war alles, was von dem Dämon übrig geblieben war.

John Sinclair musste husten.

Dann sah John nach Bill Conolly.

Gott sei Dank, der Reporter war nur bewusstlos. John packte Bill unter den Achseln und warf sich ihn über die Schulter. Mit seiner menschlichen Last torkelte er in den Raum, in dem Sheila in ihrem gläsernen Sarg lag.

Was jedoch nicht mehr der Fall war.

Abbot musste sie herausgenommen und auf den Boden gelegt haben.

John Sinclair bettete Bill auf den Betonboden, beugte sich sofort über Sheila Conolly und legte sein Ohr gegen ihr Herz.

Drei, vier endlose Sekunden hörte John nichts.

Sollte Sheila …?

Doch da vernahm John den Herzschlag. Unendlich leise zwar, aber regelmäßig.

John stand auf und fuhr sich über das Gesicht.

Ein Stöhnen ließ John zur Seite blicken.

Bill Conolly erwachte soeben aus seiner Bewusstlosigkeit. Er stützte sich mit beiden Händen vom Boden ab, wandte den Kopf und sah Sheila, seine Frau.

»Sie lebt, Bill«, sagte John leise. »Du brauchst dir keine Sorgen mehr zu machen.«

Aufatmend ließ sich der Reporter zurückfallen. John sah plötzlich Tränen in seinen Augen schimmern.

»Dann ist ja alles gut«, flüsterte Bill Conolly.

Sheila Conolly hatte das Gefühl, als würde sie aus einem unendlich tiefen und traumlosen Schlaf erwachen.

Verwirrt öffnete sie die Augen. Sie sah eine weiße Decke und hörte Männerstimmen.

Sheila wandte den Kopf.

Bill Conolly, ihr Mann, sah sie an.

»Bill«, flüsterte die junge Frau. »Wie kommst du denn hierher? Wo bin ich überhaupt?«

Sheila wollte sich aufrichten, doch Bill drückte sie sanft in die Kissen zurück.

»Du musst jetzt schlafen, Darling.«

»Ich will aber nicht schlafen«, erwiderte Sheila überraschend fest. »Ich, ich muss dir unbedingt etwas erzählen. Dieser Abbot, Bill, er hat mich überwältigt und dann ...«

Sheilas Augen nahmen einen nachdenklichen, aber auch verstörten Ausdruck an.

»Es gibt keinen Abbot mehr, Sheila«, hörte die Frau eine andere Männerstimme.

»John!«, rief sie überrascht. »Du bist ja auch hier. Jetzt sagt mir aber endlich, was los war.«

Die beiden Männer blickten sich an. Bill über einen Strauß roter Rosen hinweg. Er überließ John die Antwort.

»Du hast fast vier Tage lang geschlafen, Sheila. Dieser Abbot hatte dir ein Gemisch eingespritzt, das kaum bekannt ist. Die Ärzte haben lange suchen müssen, um ein Gegenmittel zu finden. Das ist alles.«

»Und was habt ihr in den vier Tagen getrieben?«

»So einiges.«

Bill und John wollten nicht so recht mit der Sprache heraus.

Schließlich platzte Bill dann hervor: »Unter anderem haben wir dir Rosen gekauft. Hier!«

Mit einer eleganten Bewegung legte der Reporter seiner Frau den Strauß auf die Bettdecke.

Damit waren Sheilas Fragen vergessen. Glücklich strahlte sie ihren Bill an. John sah das gewisse Leuchten in Sheilas Augen und fand es an der Zeit, sich zu empfehlen.

Ganz sacht schloss er die Tür. Und einer Schwester, die gerade das Zimmer betreten wollte, teilte er im Verschwörerton mit: »Da dürfen Sie jetzt nicht rein. Der Professor machte gerade Visite. Und die dauert bestimmt eine halbe Stunde.«

John Sinclair aber verließ vor sich hinlächelnd das

Krankenhaus. Doch schon auf dem Weg zu seinem Wagen war die gute Laune verschwunden.

Er dachte noch mal an William Abbot. Und daran, was er gesagt hatte. Zum ersten Mal war der Name Asmodis aufgetaucht. Der Fürst der Finsternis. Auch Dämonenherrscher genannt.

Und John Sinclair hatte plötzlich das Gefühl, dass er noch oft über diesen Mann stolpern würde.

Der Inspektor sollte recht behalten. Aber das wusste er im Augenblick noch nicht.

Und es war auch gut so.

ENDE

»Jason Dark – der vermutlich erfolgreichste Schriftsteller Deutschlands«

Der Spiegel

Jason Dark
JOHN SINCLAIR
Die Rückkehr des Schwarzen Tods
320 Seiten
Geb. mit Schutzumschlag
ISBN 3-7857-2138-2

Besuchen Sie uns im Internet:
www.bastei.de

Vor Jahren hat John Sinclair ihn vernichtet: Den Schwarzen Tod, einen übermächtigen Dämon in Gestalt eines riesigen Skeletts. Doch etwas von ihm hat überlebt. In einer anderen, grauenhaften Dimension. Jetzt soll der Schwarze Tod wiedererweckt werden und auferstehen ... Um dies zu verhindern, kämpft John Sinclair gegen Menschdämon Namtar und sogar Seite an Seite mit dem Vampirherrscher Dracula II ...

GUSTAV LÜBBE VERLAG